日记中的"77级"

吴鹏森 著

上海三联书店

写在前面

一

1974 年底，我从家乡一所"文革"中新办的高中毕业不久，便被大队安排当了民办教师。三年的民师经历对我人生最重要的影响就是将自己从一个"理工男"变成了文科生。

过来人都知道，十年"文革"并非铁板一块，它是分为几个阶段的。就教育领域而言，最重要的事件就是 70 年代初的"修正主义教育路线回潮"。作为"回潮"的重要表现之一，就是在 1973 年进行了"文革"中间仅有的一次"中考"与"高考"。正是在这次"高考"中发生了影响全国的张铁生交"白卷"事件，也正是这个交"白卷"事件彻底断送了随后几年的"高考"，直到 1977 年的高考重新恢复。

但是，这一年的"中考"也千万不要忽视，因为它在后来重新恢复高考中有非常突出的表现。仅就我周围的同学和朋友来说，在 1977 年的"高考"中，虽说是被耽搁的十年考生同台竞争，但考取最多的恰恰是当年参加了"中考"的这批人。

正是这一次并不正规、严谨的"中考",使得我有了进高中读书的机会。[①] 在高中两年学习期间,我明显的偏重于理科,记得当时的数学与物理常常能考满分。尽管当年的教材内容比较简单,能考满分也不是容易的事。因此,如果高中毕业时能够直接参加高考,我确定会选择走理科之路。

然而,高中毕业后,我却回乡当了民师。为了做一名合格的语文教师,我把全部精力都投入到语文教师基本功的训练上。同时,作为爱好语文的附带产品,我逐渐养成了记日记的习惯,并把这一习惯带到了大学读书期间。

两年前,我在工作了 44 年后终于正式退休了。退休后,我将以往保存的资料作了一点清理,发现自己在大学四年中竟然还记了不少日记。这批保存下来的日记一共有七个笔记本,初步估算约有二十多万字。可惜的是,另有一个日记本遗失了,涉及时间是大学的第三个学期,从 1978 年 11 月至 1979 年 7 月。

二

粗略地翻了翻这些日记的内容,无非是一个穷学生的求学

---

① 关于"文革"中这次"中考"的影响,我曾在《乡村叙事》一书中有所记述。对我的人生来说,它是仅次于恢复高考给我带来的影响。因为没有这次"中考",我就没有机会上高中。如果没有读高中,也就不可能参加 1977 年的高考。虽然当时的确有不少人以初中学历参加 77 年高考并取得成功,但就我的家庭情况来说,这是不可能的事。参见吴鹏森著《乡村叙事》,上海三联书店,2018 年版。

经历而已。这样一份东西,还有什么值得公开出版的价值吗?我一直在问自己。

征求一些友人的意见,态度不尽一致。有的积极赞成,有的模棱两可。几经犹豫,几经反复,最后我给自己找了一个理由:**历史需要细节**。

1977 年,由于华国锋、邓小平等当时国家领导人的果断决策,因"文革"中断了十年之久的"高考"得以在当年恢复。这件事看似平常,实则非常不平凡,它对中国的改革开放和现代化建设事业产生了极为重要而深远的影响。

"77 级",还有其后的"78 级"和"79 级",在媒体上常被人们称为"新三届"。"新三届"已经成了当代中国历史上的一个特殊社会群体,甚至可以说是一种特殊的文化现象。这些年,社会各界给了"77 级"以极大的荣誉和肯定。然而,我们真正对"77 级"的研究又有多少呢?随着恢复高考 40 周年和"77 级"毕业 40 周年的先后到来,媒体上出现了不少回忆 77 年参加高考的纪念性文字。然而,"77 级"在大学里的四年是个什么样子?他们在大学里是如何学习和生活的?他们在学习期间有着怎样的精神状态与心路历程?目前还没有见到真正第一手的资料,更没有相关的专门研究。

正是出于这种考虑,本人不揣浅陋,将自己大学四年的日记公之于众,希望能够为未来的人们研究"77 级"以及这一时期的中国社会变迁提供一点历史细节。

"77 级"在校读书的四年正是中国的大转折时期,日记作为一种最自由的文章体裁,想记什么就可以记什么,没有任何的限制与束缚。因此,我在日记中不仅记录了本人大学四年的生活细节和心路历程,也记录了学校和班级开展的各种活动以及同学间的相互交往情况;不仅记录了那个年代高校学子如饥似渴地学习各种专业知识,也记录了他们关心国家大事和改革进程的心态言行;不仅记录了刚从"文革"中走出来的高校面临的诸多问题,如师资严重短缺,导致文科开不出外语课,年轻专业教师教学效果差,引起学生逃课、旷课及至公开抗议;也记录了许多老教师出色的教学能力与学术水平;不仅记录了当年高校师生之间的平等相处和教师对学生的真心关爱与倾心提携,也记录了当年学校为提高教学质量所作出的种种努力,特别是在学生管理和考试方法等等方面所作的许多改革尝试。日记还详细记录了当年的大学生的毕业分配全过程。那种免费读书还包分配的计划经济时代的高等教育模式,对于今天自费读书、不包分配的大学生来说,简直就是天方夜谭。然而,今天的大学生无法体会的是,当年的大学生在决定自己终身命运运的就业过程中,个人对自己命运的选择与把握的自由度是极其有限的。他们真正是一颗"螺丝钉","党叫干啥就干啥"。即使内心一百个不满意,还要公开表态坚决服从分配。这两种体制中的利弊得失,只能说是甘苦自知。

日记中除了记录自己的大学生活外,还记录了当时中国社会发展诸多方面的信息,大到国家的宏大主题,如经济政治体制改革,小到一些农民的社会心态。

这里,我想举一个非常生动具体的例子。当年农村推行以"大包干"为最终形式的农业生产责任制改革,由于观念的不同,一开始曾遭到一些地方干部的抵制。日记中记载了这样一个案例:我的家乡有一个生产队,过去一直是农业学大寨的先进典型。这个生产队的小队长也是一个非常有抱负的青年,他的理想是通过几年的艰苦奋斗,将全村农民的住房统一规划,建设一个像大寨那样的社会主义新农村。可是,他"生不逢时",遇到了包产到户。在广大农民都迫切希望实施包产到户的形势下,他仍然不惜顶风抵制,坚持原来的大集体制度。结果可想而知,仅仅一季庄稼出来后就优劣立现。周边实施包产到户的生产队各家各户都获得了粮食大丰收,而他们这个长期的先进典型却在包产到户的旋风面前彻底败下阵来。

再如,日记中非常详细地记载了当年的一些交通状况,特别是从我的家乡桐城到芜湖,无论从安庆乘坐轮船中转,还是从合肥乘坐火车中转,都非常的不便。还有,我在日记中记载了当年从芜湖经过繁昌、泾县到太平(今黄山市黄山区)的交通状况,然后再从太平经过陈村水库(今太平湖)、石台、贵池、枞阳,一路回家的辛苦。如果把当年的交通状况与今天快速、便捷的交通格局作一个比较,就可以帮助年轻一代非常直观地认识我国改革开放以来这几十年间的巨大变化和进步。

我在日记中还记载了当年的一些社会风气。比如,有的长途客运车站竟然根本不对外卖票,要买票全靠走后门,没有熟人关系的旅客只能望车兴叹。这些现象在今天看来都是不可思议的。

三

当然,大学生的日记,首先还是记录自己当年的大学生活。因此,从日记中可以看到当年中国高校在"文革"刚刚结束后的发展状况以及存在的各种问题。

我考上安徽师范大学带有某种偶然性。当年,安徽的考生是先填志愿后参加高考的,全国其他省市的情况我无从得知。记得高考前的一个星期天,我和一位中学同学在一起填报志愿。我们都是农村孩子,甚至从来没有进过城,对于上大学根本不知道是怎么回事,也没有任何可资参考的高校招生信息,所以对于如何填报志愿完全没有头绪。有趣的是,我们两人的报考理念截然相反,可以说代表着两个极端。他以"能走"为原则,只要能跳出"农门",读什么学校、读什么专业都无所谓。因此,他要填报一所"最差"的学校,从而减少可能的竞争。我的理念正好相反,觉得人生既然有了这样一个机会,那就一定要选一所好学校,至少也要填报一个"象样"的正规大学。抱持这样两种不同的理念,那位同学选了某大学在外地创办的一个教学点,校名读起来非常别扭,以至今天我还记忆犹新:安徽劳动大学蚌埠教学点政治经济学班①。而我填报的

————————

① 可别小看了这个"政治经济学班",由于改革开放后中国的工作重心转入经济建设主战场,经济学专业人才受到社会的特别欢迎。所以这个班的同学后来普遍发展得非常好。这个小小的教学点后来也发展成为安徽一所知名高校,这就是今天的安徽财经大学。

第一志愿是北京大学,第二志愿是复旦大学,最后勉勉强强地填了安徽师范大学作为第三志愿。

可是,等到正式考试时,我才发现自己当年所学已经遗忘殆尽。特别是考完了数学这门课以后,我知道自己与名牌大学已经彻底无缘。由于考前几天还在忙于民师教学工作,根本没有时间复习(也没有想到要去复习)。到了考场才发现自己当年的强项已经武功全废。面对数学试卷,我甚至连最基本的函数公式都想不起来了。一场数学考下来,我觉得自己和当年的张铁生一样交了"白卷"。不仅名牌大学,连普通大学都可能与自己擦肩而过。多年后,我才知道了自己当年的高考成绩,数学的确考砸了,幸亏语文考得还不错,将总分拉了上来,最后被安徽师范大学录取。

当年在填报安徽师范大学时,我对这所学校一无所知,只是觉得它像一所比较正规的大学而已。此外,还有几个因素也对我报考安徽师范大学产生了影响。一是据说师范大学不仅读书免费,并且还有生活费和助学金。这对于来自贫困家庭的我来说当然具有吸引力。二是听说民办教师报考师范大学可能会被优先录取(其实是不实消息)。三是在全省高校中,惟有安徽师范大学有美术专业,而我想顺带地报考一下美术。

到了学校以后,我才逐渐对安徽师范大学有所了解。当然更多的了解是在其后的几十年工作经历中获得的。在近代中国,安徽在文化上的影响很大,特别是新文化运动的两大领军人物陈独秀与胡适都是安徽人,而陈独秀还是五四运动的总司令和中国共产党的创始人。但是,旧中国的安徽高等教育却很落后。当年,我的家乡前辈吴汝纶先生在接任京师大学堂总教习一职前,曾专门赴日进行教育考察①。在考察中,他深感日本明治维新后的迅速崛起与其大力发展新式教育有密切关系。中国要走向现代化,也必须要大力发展新式教育。因此,回国后,他在尚未回京复命情况下,就在安庆创办了一所桐城学堂(桐城中学)。但可惜的是,他当年宥于客观条件的限制,没有能够为安徽创办一所正规大学。直到 1928 年,安徽才在各方几经努力下,创办了一所安徽大学,它也是旧中国安徽唯一的本科高校和重点大学。1949 年 10 月,因受洪灾等因素的影响,安徽大学从安庆被整体搬迁到了芜湖赭山南麓,与先期迁来的安徽学院合并,成立新的安徽大学。后来,这所学校又分分合合,几经演变,最终形成为后来的安徽师范大学。

今天,安徽师范大学不仅是安徽省属重点大学之一,而且是安徽全省师范教育的"母机"。安徽全省各高等师范院校都与安徽师范大学有着千丝万缕的联系,安徽全省的重点中学以及相当多的普通中学教师都是安徽师范大学培养出来的。在中国几千所高等院校中,安徽师范大学历年排名大致在 100 至 200 名之间。而它在安徽省内则一直稳居前四,属于所谓高水平大学。

---

① 吴汝纶(1840—1903),清代安徽桐城人。同治四年进士,先后任曾国藩、李鸿章幕僚及深州、冀州知州等职。后向李鸿章自荐主讲莲池书院,一时声誉鹊起。1902 年,张百熙请吴汝纶任京师大学堂总教习,吴坚辞不受。张奏请朝廷以五品卿衔请吴汝纶就职,吴不敢抗旨,但表示要先赴日考察教育。是年五月他率学生李光炯、方磐君等人东渡日本考察,并将考察所得编成《东游丛录》一书。由于在日本因留学生事与中国驻日公使发生龃龉,受到诬告,清廷电召吴汝纶回国。是年 9 月,吴汝纶回国后以生病为由直接回到安庆,在此期间创办了桐城学堂(桐城中学)。第二年春(1903 年),吴汝纶在家乡病逝,享年 64 岁。(资料来自网络。)

　　我不知道安徽师范大学这样一所高校能否代表当年的中国高校,更不知道自己是否有资格在这里代表 77 级大学生。所谓"代表"通常有先进代表、落后代表和一般代表之分。安徽师范大学肯定无法代表北大、清华这样的全国顶尖大学,我也不是一个先进学生。正因为如此,或许我在当年的学习经历,更能反映那一代普通大学生的生活与学习情况。

四

　　在专业志愿上,我当年填报的是中文系。可能是因为总分的因素,录取时被调剂到了政教专业。这种情况在当年的安徽师大政教系 77 级同学中不在少数。

　　因为是被调剂进来的,所以有一些同学进校后自然专业不安心。针对这一思想状况,在入学不久的一次会议上,一位领导将上大学、上什么大学和学什么专业,比喻为大学生的"三重门"。他说:现在有的同学觉得自己虽然走对了"大门",却摸错了"二门"和"三门"。意思是说,这些同学认为自己考大学这一步是走对了,但对进师范大学却不太满意,等于摸错了"二门",而对被调剂到政教专业更不满意,觉得将来在中学里,政治教师没有语文教师受重视,所以说这"三门"更是进错了。

　　应该说,的确有相当一部分同学有这种想法。有的同学甚至放弃本系课程,专门跑到外系去蹭课。但是,大多数同学通过一段时间的适应,最终还是能够安心于本专业的学习。我也有过同样的心路历程,在最初一段时间,对文学有很大兴趣,甚至动手写过两篇小说,在同学中传阅后还得到了一些好评。但是,这个过程很快就过去了,最终还是对政治理论产生了兴趣。

回顾当初的这一转变过程,有两个因素影响较大。一是在高中时期,我就对政治理论已有一定的兴趣,开始有了所谓的家国情怀。"文革"期间虽然能读到的政治理论书籍极少,但那时候,传播最广、影响最大的是毛泽东在青年时期和一批新民学会会员对国家前途与命运的关心与追求。这方面的书籍对我们这一代年轻人有很大的影响。因此,在进入大学后,虽然没有进自己选择的专业,但对于学习政治理论在心理上并不排斥。古人云,"达则兼济天下,穷则独善其身。"我们虽然没有能力改变这个社会,但觉得研究社会政治理论至少可以让自己做一个明白人。另一个因素则具有某种偶然性。在一次听中文系祖保泉教授的专题学术讲座中,曾与祖教授讨论过这个问题。他听说我在文学创作与政治理论之间犹豫徘徊,力主我回归本专业,安心研究政治理论。他有一句话给我留下了很深的印象。他说,"小说"相对的是"大道"。古代读书人追求的都是"大道",文学只是作为业余爱好,没有人一辈子专门搞文学。李白一辈子写诗不是他的志愿,而是因为他仕途不通,只能写写诗。明清那些小说家也都是些落第或失意文人所为。因此,研究治国安邦的社会政治理论才是"大道",你们年轻人不应该放弃"大道"而倾心"小说"。我知道,他这是在配合学校做我们这些专业不安心同学的思想工作。但他的一席话还是对我产生了很大的影响。从此,我便彻底放弃了自己的文学梦,专心致志地开始研究起社会政治理论来。

五

这样说,并不等于我从此走上了一条"政治正确"的道路。事实上,我在四年的大学生活中,基本上属于一个"边缘化"的学生,不仅在政治上没能积极要求进步,而且连班级开展的各项重大活动也鲜少参与。

我当年所在的安徽师范大学政教系 77 级是一个非常优秀的班集体。班上人才济济,不仅有许多文艺活跃分子,而且许多班干都曾在社会上工作多年,有着非常强的组织管理能力。正因为如此,这个班集体曾经获得全校唯一的全国"新长征突击队"的称号。这个称号今天已经无人知晓,而在当年获得这个称号可是一件非常荣耀的事。它至少从一个侧面说明,当年这个班集体有多么优秀,在各个方面都非常突出。给我印象很深的一件事是,作为一个与文艺不沾边的政教专业,这个班级竟然曾推出一台大型歌舞节目《春满校园》并获得了大奖。记得那时候全班同学几乎悉数登台,只有我和极少数同学没有参与其事。我们班级还曾多次组织集体外出参访活动,如到泾县茂林考察当年"皖南事变"旧址,到一些国有大型企业参观考察,等等。这些活动我同样是一次都没有参加。

究其原因很简单。一是因为我没有文艺细胞,既不会唱,也不会跳。因此,所有的班级文艺活动自然与我无缘。二是因为我不仅是一个"边缘化"的学生,也是一个家境极度贫困的大学生。由于家里还有年迈的母亲和两个未成年的弟妹,我在大学读书期间,不仅没有花费家里一分钱,还要经常带钱回家帮助家里购买国家供应粮("救济粮"的美称)。特别是农村全面实行包产到户以后,生产队不仅将所有的田地全分了,连农具和耕牛也分了,冬季兴修水利的任务也分到各家各户承担。这一切给我的大学生活带来了极大的困扰。我不得不在一边读书的同时还要经常请假回家种地。所以,我在学校里除了完成必要的课程学习任务,只能将班集体活动压到最低。特别是每年春秋两季的农忙季节,我总是要请长假回家做田、插秧、割稻,种棉花、收小麦、割油菜,挖山芋,等等。凡是当年农民所从事的所有农活,我是一样不少的全部承担下来。①

因此,我们这个班集体所取得的荣誉与我没有任何关系,我也没有为其作出过任何贡献。但是,我是靠着人民助学金才读完四年大学的,每月不仅有 18 元生活费,还有 4.5 元助学金。在大学期间,我得到了班上老师和同学的许多帮助,特别是先后与我同一个宿舍的同学从来没有因为我的家庭困境对我有歧视,而是在有意无意地尽自己所能帮助我。所以,尽管我是一个自我边缘化的学生,但对这个班集体仍然充满了感情。在今天重读这些日记过程中,每每看到许多同学在我请假回家种田时帮我代记课堂笔记,看到许多同学盛情邀请我到他们家里做客,

---

① 在这里要特别感谢当年班级辅导员感谢他们在我经常请假回家种田一事上给予的方便。

看到许多同学在我经济陷入困境时主动借钱给我,看到许多同学与我志同道合并结成了终生朋友时,我的心一次次被当年那些同学间的温情所感动。

六

尽管我是一个穷困潦倒且自我边缘化的学生,但我的心中从没有自卑过。所谓"身无分文,心忧天下",可以说是我四年大学生活的写照,甚至有时还会如毛泽东诗词中所写的那样:指点江山,激扬文字,粪土当年万户侯。我虽然没有参加班级的"官方"活动,但我参与了同学间的各种"非官方"活动。我还多次和其他高校的朋友结对进行社会调查。我对芜湖这座城市的风土人情与历史变迁也进行过很多考察,对它的了解甚至超过了一些当地同学。在大学期间,我还做了一件至今觉得非常有意义的事,就是与母亲已经失联几十年的舅舅重新建立起联系,并定期去那里陪老人家聊天。由于我的定期外出,同室同学曾误以为我在谈恋爱。谁都不知道我是在帮助一位抗战老兵度过他人生最为孤寂的最后岁月。这件事对我来说,不仅仅是在替母亲尽孝,而且对我后来的社会学研究也是很重要的感性积累。

此外,我的大学生活除了缺少文艺与体育色彩外,其他活动还是丰富的,并不是只知死读书和读死书。仅举一例,根据我的记录,在大学四年时间内,我总计看了 170 多场电影,平均每年达到 40 多场。除去寒暑假,差不多每个星期都要看一到两场电影,有时每周看电影达到三场以上。① 我看过的课外书籍更是无法统计,涉及政治、经济、法律、历史、文学、哲学等许多领域。

在大学的最后两年,随着对社会政治理论学习的深化,我开始主动参与一些学术活动,曾与当时全国最负盛名的政治学家取得联系,提出自己的一些不同观点并得到他们的认可。我在最后一年先后写了五、六篇学术论文。这些论文被老师们认为都达到了可以公开发表的水平。由于各种原因,我只投出了其中的一篇,并在毕业前夕收到了某知名刊物的稿件采用通知。由于对自己几篇文章的认可,我的毕业论文指导教师直接邀请我参与一本学术著作的撰写。我承担的专题是"国家观的历史发展",全文 5 万多字,主要梳理了从古希腊到马克思主义国家学说诞生之前,西方思想史上国家观的历史演变过程。该书出版后在学术界产生了很好的影响。本科生参与这种纯学术课题的研究,在当时的大学生中还是比较少见的。

七

回到日记上来。这本日记原始内容约有二十多万字。在整理过程中除了进行必要的文字整理外,我始终坚持"不作加法,可作减法"的原则。之所以提出这个原则,是因为有同学向我提

---

① 我曾在另外一个本子上对所看电影的片名专门列表进行了登记,共计 173 部电影。

出建议,可以根据当时的实际情况,对有关事情进行补记或追记。还有同学提出,第一年的日记较为幼稚,后面几年的日记相对比较成熟。如果通过补记的方式就可以弥补这一缺憾,避免读者看了第一年的日记就不想看下去。有的同学还举例说某某"右派"的日记就是这样处理的,并认为这样有助于人们更全面、更完整地了解当年发生的一些人和事。但是,我没有接受这个建议。我以为,历史就是历史,作为一本日记就是自己当年的实时想法,不可以用今天的想法来修改或完善,哪怕它有诸多不完善之处,也只能以这种破碎而不完整的面目示人。至于第一年日记的幼稚,正是我作为一个来自农村的大学新生的自然表现,人都是有一个成长过程的。

但是,我也觉得对某些日记内容可以适当作些减法,也就是删去一些不适合公开或没必要公开的内容。这些内容大致分为两类:一类是涉及他人隐私的,如当年一些同学在个人情感上遇到问题,喜欢与我交流,被我记入日记之中。这些内容当然已经不适合在今天的日记中公开。另一类是许多流水帐式的生活记录,如果觉得对反映自己的大学生活和那个时代的社会生活没有实质性意义的话,也没有必要保留在这本日记中。①

经过这样一番处理,最后保留下来的日记大约有十八万字。其中涉及许多老师、同学(包括大学和中学)和朋友。对于这些人,除了极少数作了模糊化、匿名化处理外,绝大多数都保留了

---

① 当然,毋庸讳言,在删除的内容中也包含一些在今天被认为是比较敏感的话题。

真名实姓。之所以这样处理,是因为如果全部匿名化,会让熟悉的朋友读后感到一头雾水,不知所云。①

此外,作为附录,我还收录了自己当年写的三篇论文。一是为了更全面地反映自己当年的大学学习情况,二是为了记录自己当年在这几个问题上的思考,这些思考即使在今天看来似乎仍有些价值与意义。

---

① 对于这些保留真实姓名的同学与朋友都尽量征得了本人的同意。但还是有部分同学因种种原因没有征求到他们的意见。希望他们在读到这本小书时,能够理解和原谅。但不论是真名还是匿名,日记中没有任何对同学或朋友的负面记录。这并不是处理后的结果,而是当年的日记中就是如此。即使是对个人债务的记录,当年也只记了欠债情况,没有我的还款记录。这也是笔者重读日记时感到非常欣慰的地方。

目　录

1978 年

(2 月 24—11 月 2 日)^①

安师大赭山校区大门。(图片来自网络)

---

2 月 24 日(阴历正月十八),星期五,晴

昨天早晨从金神搭顺便车到达安庆。

夜里从安庆乘船顺江而下,今晨抵达芜湖港。没有等待学校迎接新生的校车,我们几个人自己直接挑着行李来到了学校。从北京路到安徽师大,大约两、三公里路程。一路走来,感觉芜湖市没有想象中的繁华,尤其是北京路两旁,不仅房屋矮小,还有许多草房子。

上午报到,领了 3 月份的生活费。

下午,几个老乡一起到市内转了转,想看看芜湖的市容市貌。由于入学的激动心情还没有过去,大家一边走一边兴奋地聊着,根本没有注意走过的路及周围的环境,结果走到大寨路的北门附近竟然迷路了,怎么也找不到回师大的方向。最后问了好几个路人才找到回学校的路。

2 月 25 日(阴历正月十九),星期六,晴

今天见到了前几天先来学校的老生余学文。他是我的初中同学,在化学系读书。①

通过学文的介绍,对学校有了初步的了解。

下午给家里写了一封报平安信。

---

① 学文可谓一个幸运儿。当年没有上高中,后来反而"因祸得福"。1976 年,我们大队来了一个大学招生指标,要求必须下放或回乡满两年的知青才有资格申请。结果我们几个有高中学历的知青都只有一年半的下放或回乡经历,因而根本没有资格。三个没有读高中的初中同学因为已经回乡三年半,反而符合招生条件。通过简单的面试,余兄幸而得以录取,进入安徽师范大学化学系学习,成了最后一届工农兵大学生。

2 月 26 日(阴历正月二十),星期六,晴

和苏翔、戴斌三人一起到芜湖市教育局翟组长家,替赵秀华同学送了一点卤肉去,感谢他在去年北京广播学院招生面试期间对她生活上的照顾。①

随后,三人转到皖南医学院,在张娜那儿吃了午饭。下午和张娜四个人一起,又到市内转了半天。晚上学校放电影《乡村女教师》,由于看的人太多,我们只看了一会儿就出来了。送张娜回校后,大家一直聊到晚上十一点才休息。

2 月 27 日(阴历正月二十一),星期日,晴

下午,学校举行开学典礼。校党委书记陈韧首先作报告,教师代表发言后,新生、老生代表也发了言。会后有文艺演出,音乐专业的师生专门为迎新准备了许多节目,主要是一些乐器演奏,如手风琴、琵琶、笙、二胡,打击乐也很多。

2 月 28 日(阴历正月二十二),星期一,晴

今天开始军训了,上午进行军训动员。我们班正好编成一个连,有三名解放军官兵前来带训。他们是 83147 部队的,连长姓金,中等身材,30 多岁。指导员姓司徒,不到 30 岁,身材短而

---

① 赵秀华是我的中学同学,1977 年报考北京广播学院播音专业,在芜湖复试期间被安排住在市教育局翟组长家,得到他们全家在生活上的很多照顾。赵同学后因父亲问题政审不过关,第二年改考理科被录取到武汉测绘学院(今武汉大学)。

结实。副连长是个大高个的年轻小伙子。指导员给我们又作了一个小范围的动员报告。

下午训练正式开始，科目有立正、稍息、四面转向。

3月1日(阴历正月二十三)，星期三，晴

全天继续训练，先复习昨天的训练科目，然后练习齐步正步走。

3月2日(阴历正月二十四)，星期四，晴

上午，芜湖市人武部汪科长来为军训新生作形势报告。他是一个快乐的军人，精神饱满、声音洪亮、神气大方。报告之前，他要大家先唱歌，还亲自指挥打拍子。他报告的内容主要是国际形势，重点讲了我国和苏联、南斯拉夫、柬埔寨之间关系的现状及其历史演变过程。

下午继续训练。

3月3日(阴历正月二十五)，星期五，晴

整日训练。

3月4日(阴历正月二十六)，星期六，晴

上午继续训练。

下午，学校召开周总理诞辰八十周年纪念大会。礼堂门外新贴一副对联：

不衿威益重，

无私功自高。

主席台已经拉上了白色帷幕,上面挂了一条巨大横幅:隆重纪念敬爱的周恩来总理诞辰八十周年大会,中间悬挂着周总理画像。台上布满了青松翠柏和一盆盆鲜花。主席台两边贴有一副对联:

学习周总理崇高品质,

跟随华主席继续长征。

会上由校党委陈韧书记讲话。他缅怀了周总理的丰功伟绩,要求我们认真学习周总理的崇高品质,搞好自己的专业学习,紧跟华主席,为实现四个现代化而奋斗。然后是纪念演出。

3 月 5 日(阴历正月二十七),星期日,晴

上午在宿舍洗衣服,下午和戴斌、李高生三人同游赭山公园。

赭山公园就在学校的后面,只有一墙之隔。从前门转过去也不过二、三里路程。我们在园内观看了骆驼、狗熊、狮子、野猪、金钱豹、狼、猴子、仙鹤以及许多不知名的小鸟。还有牦牛、山羊、梅花鹿之类。然后,三人徒步上山。山顶有一个小亭子,在这里,可以俯视芜湖全景,大江的蜿蜒之姿也清晰地呈现眼前。

傍晚,跟着余学文到陡门山桂英家看望小梅母亲。她正在这里探亲,几日后就要回桐城。顺便请她带几封信回去。

芜湖赭山公园。（图片来自网络）

3月6日(阴历正月二十八)，星期一，晴

上午军训继续。

因为全国五届人大和五届政协会议闭幕，下午学校举行了声势浩大的游行活动，队伍里还出现了少数民族学员。附属小学的学生们挥动着花束和花环，一路载歌载舞。游行队伍从学校大门出发，沿着北京路转到长江边，然后从新芜路回来。一路上，锣鼓喧天，鞭炮齐鸣。

3月7日(阴历正月二十九)，星期二，小雨

昨夜不知从什么时候开始，天上下起了小雨。今天一整天都感觉天空是灰蒙蒙的，令人窒息。上午，大家以为不训练了，可连长却传来命令，要大家到学生食堂去进行队列操练。食堂很大，全连被分为六排，两排同学站在一边训练唱歌，其他几排

进行队列训练。

由于我得了重感冒,辅导员和排长都要我休息。于是我便坐在旁边凳子上看书。但脑袋一直嗡嗡响,人总是打不起精神,或许是想家的缘故吧。这几天,不知怎么搞的,刚来时的新鲜感没有了,一股难以言说的滋味在心头涌动,眼前的一切都觉得迷迷糊糊,闭眼就是母亲、妹妹和弟弟,总觉得家乡亲人就在眼前晃动,晚上做梦也尽是家乡的人和事。不知道自己为什么会这样感情脆弱,也不知道这种情绪何时才能过去。

下午进行身体检查。只有体检复查合格,方予正式注册入学。检查内容非常简单,只有外科、内科,另外量了一下血压。

3月8日(阴历正月三十),星期三,晴

天放晴了,但温度并不高,空气也是湿漉漉的。好在学校操场的地面是煤渣铺就的,所以雨一停下来,操场的路面就干了。早上我们仍然按时出操,我突然来了兴致,提前到操场跑了两圈。

上午,学校请一位老红军给我们作革命传统教育报告。这是一位在长征之前的1934年就参加了革命的红军老战士。听说像这样的老革命,现在全国也所剩不多了。大家对他非常尊敬,当他从汽车里出来时,同学们全体起立,热烈地鼓掌欢迎。这位老红军也是精神饱满,身穿崭新的绿色军装,戴着眼镜,讲话声音洪亮而粗犷。他讲的内容主要是五次反围剿和长征的片断,用自己的亲身经历歌颂毛主席的革

命路线,歌颂党领导的人民军队。由于没有什么文化,讲的内容比较零乱,但很有真实感。大家都屏声静气地恭听着,当讲到红军长征过草地期间的情景时,许多人不禁留下了热泪。

下午全营集中,由各连抽一个班进行表演,汇报这几天的训练成果。最后营长讲话,对全营的训练进行了总结。

3月9日(阴历二月初一),星期四,晴

今天上午是连队总结,我请了假,主要是身体不舒服。下午班上开会,主要是黄老师给我们讲第二天正式上课的有关事项,并对系里相关老师作了介绍。会后,我们集中去看了电影《杨门女将》,学生票一角钱,地点在芜湖市宣传馆。

3月10日(阴历二月初二),星期五,晴

今天正式上课了。上午由系副书记彭庆旨老师给我们讲"马克思主义的三个来源和三个组成部分"。彭老已六十多岁,但精神饱满。听说他在参加革命前便在大学当助教,参加革命后曾在延安的抗大担任教员。解放后,他曾担任过几任县委书记和省直部门干部,文化大革命中被下放农村劳动,后来被抽调到安徽师师范大学政教系当系副书记。彭老讲课虽然挺有精神,但毕竟年纪不饶人,讲话的声音很小,方言对我来说也不太习惯,所以大部分内容都听不清,笔记也无法记。

上午四节课连着上已经够累的了,下午彭书记还来上了一

安徽师范大学文科教学楼，我们的大部分课程都是在103教室完成的。
（图片来自网络）

节课。

3月11日(阴历二月初三),星期六,晴

今天还是彭老讲课,但仍未讲完。彭老说将在下周二、周六两天将这个专题讲完。

从开学到今天已经半个月了。半个月来,生活上仍然不能安心,总感觉有点心绪不宁,四肢无力。看了小说《军队的女儿》,心绪稍微好一些。在这部小说中,主人翁小海英16岁就从家乡参军来到祖国的边疆。虽然她也想家,家中只有一个母亲,但她决心为祖国为人民作出贡献,用喜讯告诉母亲。后来她在抢救水库大坝捞捆木材时,不幸溺水窒息。虽经抢救赶走了死神,却导致双耳失去听觉,成了聋人。可是她没有灰心,坚持学习苏联英雄保尔·柯察金,利用双眼练就了一副硬功夫,可以通

过嘴形读懂别人的说话。

小海英是不幸的,又是坚强的。我们应该向她学习,敢于迎接挑战,努力适应新的生活环境。

到校半个月,给家人、同学、同事、领导、朋友一共写了三十多封信。

吴老师说:政教系课程的内容,一看就懂,一放就忘。

3 月 12 日(阴历二月初四),星期日,晴

今天是星期天,宣传委员要我给班级出黑板报,整整忙了一上午。下午洗了几件衣服,一天也就过去了。

3 月 13 日(阴历二月初五),星期一,雨

上午是地理课。上课的是个女老师,讲得非常通俗易懂。虽然这些内容过去也知道一些,但经她一讲,仍然觉得很新鲜,毫无枯燥乏味之感。

下午体育课,中途下起雨来了。或许是江城的缘故吧,芜湖的空气老是湿的。

3 月 14 日(阴历二月初六),星期二,晴

上午前两节还是彭书记的课。第三节体育课因班级人多,只好轮流上场。一半人跟着体育老师上课,其他人自习,然后互换过来。我乘此期间请假到北京路邮局取了包裹。上海表姐寄来了一包笔记本和练习册。这些东西芜湖不好买。所以收到后,让戴斌、北水、学文、高生每人拿了一本。

3 月 15 日 (阴历二月初七)，星期三，雨

今天收到姐夫来信。远离家乡，接到一封信也感到很亲切。我走之后，家中多亏了姐姐、姐夫的支持，尤其是他们帮助母亲做一些重农活。母亲偌大年纪，让她老人家继续受苦，于心难安。

3 月 16 日 (阴历二月初八)，星期四，晴

今天上午，吴老师终于把中共党史的导论课讲完了，计七个教时。涉及内容很多，大都没有记下来。

下午自习，看了一下党史书，追记了这几天的简单行程。

日记是一个人的脚印，为使自己以后能够回顾曾经走过的路，需要记一下当天所做的事，应该坚持下去。

3 月 17 日 (阴历二月初九)，星期五，晴

朦胧中忽然听到对面老郭的呼唤声，睁眼一看，强烈的灯光刺得人睁不开眼，过了好一会眼睛才适应。靠窗的沈基明推开窗户，发现外面好大的雾，对面的古柏都看不见了，连附近的楼房也模糊不清。

我们立即穿好衣服到操场跑步。这是最近几天按要求做的，每天早晨到操场跑三到四圈，希望能够把它变成习惯。操场上早已闹哄哄的人声鼎沸，跑步的占多数，也有散步的，做广播操的，还有练武术的，打太极拳的，一个个像出笼小鸟，唧唧吵个不停。

这几天中午经常断水,所以在早锻炼后赶紧把昨天的衣服洗了。洗好衣服后去食堂吃早饭,谁知食堂的饭菜已经卖完了。

上午还是吴老师的课。刚来时大家都觉得党史课好学,反正老师讲的都是书上的内容,一看就懂。经过这几次上课才知道,所有问题都需要从历史渊源讲起。

中午,给双伍、吴胜写信。上海表姐寄来的笔记本已收到多日,不知为什么没看到信件。

晚上自习,看了一篇毛选《中国革命和中国共产党》,没看完,印象不深。

3 月 18 日(阴历二月初十),星期六,多云

早上大雾,虽是晴天,却一天到晚不见什么阳光。

下午系里召开全系学生大会,正在门前整队时,忽然王老师喊我,说是来了亲戚。我感到诧异,哪来的亲戚? 什么人?

匆匆赶回宿舍,原来是江南的二姨父。带他来的是一个叫朱大明的年轻人。他和二姨父是一个大队的,目前正在芜湖电校读书。因他熟悉情况,所以让他带路来了。远隔千里,收到一封信都是好的,何况来人了呢? 下午,和朱大明一起陪二姨父到赭山公园去游玩。

晚上本想请他们吃饭,然后在学校看电影。今天的电影是《刘三姐》。但二姨父坚持要我们一起到他姑父那儿去。他的姑父在市百货公司食堂做厨师,年近六旬,精神饱满,爱说笑话,为人十分热情好客。晚上便在他那里吃晚饭。一盘肉烧纤张,一盘洋葱豆干炒肉丝,一盆小青菜,厨师做的菜就是好吃。晚九点

回校,并约好明天上午再聚。

二姨父看我在校困难,硬要给我 8 元钱和 8 斤粮票,推辞再三,不由得不收。

晚上回来,同室同学看电影未归。听说张培银也给我买了票,还等了好久。上次看电影和洗澡也是他付的钱。

3 月 20 日(阴历二月十二),星期一,雨

昨天太累,连日记也没记。陪二姨父跑了一上午,中午还是在姑爹处吃饭,一盆肉圆子汤,两份红烧豆腐,一份豆干炒肉丝,一份小青菜。四个人还喝了一瓶酒。

今晨起床,发现外边下着细雨。二姨父明天就要回去了,他这次来是为生产队买电表,但没有买到。他让我以后帮他买,买到后直接给他送过去。我答应了,这样正好可以到江南一游,我对皖南山区充满着期待。

3 月 25 日(阴历二月十七),星期六,晴

生活就是这样有趣,刚来时那种想家情绪,没几天基本上消失无踪了,家乡的记忆也渐渐淡漠起来。刚来的几天,晚上总是梦见家人和原来的同学、朋友,这几天的梦里竟是和大学同学一道在花房赏花呢!

情绪一好转,人整个精神也愉快起来。

上个星期,班上重新调整了宿舍。新来的老郭是老三届的,已是两个孩子的父亲,他的大孩子已经十岁了。所以,大家喊他老郭也是实至名归。老郭善于思考,每当大家对某个话题进行

小组同学合影。自左至右：前排王春霞、郭崇武、顾国安、李宜青；中排沈基明、徐敏、张森年；后排张培银、宋淮丰、吴鹏森、刘先义。

辩论时，他总是不急于发言，而是倾听大家意见后进行归纳，在深思熟虑后才发表自己的见解。还有沈基明，他是和县人，入学前曾工作过几年，现在是带薪学习，条件较好。他为人很热情，乐于助人，象个党员的样子。还有徐敏，年龄和我差不多，但看起来却像小很多，整天快乐得像个孩子。

这几天，仍是吴老师上课。党史导论已讲完，后面再分专题讲授。只是他的方言不太熟悉，否则效果可能好些。

师大内的桐城老乡很多。他们都很热情，尤其是黄从沩老师，现在与他已经比较熟悉了。他是铁铺花园人，七三年毕业留校的，今年正在带中文系的中共党史课。他学习很刻苦，当了教师还经常到我们班来旁听吴老师的课程。我们每次到他那儿去，无论工作再忙，他总是停下来热情地接待我们，让人很有一种亲切感。

昨天下午到医院开了一点药和一瓶糖浆。这几天一直感冒,鼻子不通,老是昏沉沉的感到四肢无力。不过今天好多了,是那几副药的作用呢?还是人的精神好转了?或许两者兼有吧!

中午和北水、学文三人到街上澡堂洗澡。回来后用学文和高生的三张借书证借了三本列宁选集。我们的借书证还没有发下来。

从付前天来信要求给他搞一点历史地理复习材料。我这里并没有这类高考复习资料,但还是要尽量想想办法。过去我们都是好朋友,他对同学特别热情,帮助很大。

双伍、秀华也要复习材料,一起想办法吧。

3月27日(阴历二月十九),星期一,晴

现在还是农历二月中旬,江城的春意已经很浓了。柳树吐出了新芽,垂杨舞动起细枝,镜湖四周静悄悄地披上了一层新绿。到了晚上,青蛙整夜地叫个不停,让人想起家乡已到插秧的季节。

下午是体育课。体育老师是一个三十多岁的男教师,态度挺和气,喊起口令来,声音特别洪亮。

体育课的项目是练习队列、投弹、跑步,运动量一千五百米。先进行十分钟队列练习,然后开始跑步。20分钟后开始练习投弹,先分组投,然后再个人单独投,最后进行跑三步再投。

投弹过后开始跑步。第一次跑二百米,走二百米,正好一圈,回到原来位置。第二次跑三百米,走一百米。第三次是快跑

50 米再慢跑 50 米,交叉进行,直至回到原来位置。第五次是小步完整地跑一圈。

虽然运动量并不大,但不知怎么搞的感觉很难坚持。有几次跑到中途竟无法继续下去。想到自己身材比别人高一截,毅力却不如别人,只好咬牙坚持下来。今后要加强锻炼,像这样下去恐怕体育考试通不过。

毛主席年轻时曾说,要想干革命必须具备三个条件,第一条就是要野蛮其体魄。我们应该懂得这个道理。

傍晚接到表侄来信,他才上初中二年级,钢笔字写得挺工整的。

3 月 28 日(阴历二月二十),星期二,晴

人的理想各不相同,有的人雄心壮志,一心要为时代作出大贡献,有的人只想做个安分守己的人,谋得一份好职业,建立一个幸福小家庭。

由于目的不同,上大学以后,各人心态也不同。班上有些同学对学习政教专业不安心,觉得将来到中学当政治教师不如当语文、数学教师好。一位领导在讲话中作了一个形象的比喻。他说,上大学,上什么大学,学什么专业,是大学生的"三重门"。有的同学认为自己"大门"摸对了,"二门"、"三门"却摸错了。意思是说上大学这条路子走对了,但是上师范大学,将来到中学做教师是个"清水衙门",所以这个"二门"走错了。还有人认为自己"三门"也进错了。这些同学认为读政教专业不是自己的志愿,而是调剂进来的,所以说这"三门"也错了。领导说,这种思

想不对,每个系、每个专业都是国家需要的。

领导的说法其实是一种变相批评。但我以为,应该允许每个人有自己的志愿。

3 月 29 日(阴历二月二十一),星期三,雨

上午不阴不晴,尽管有几朵浮云遮住了太阳,但谁也没有估计到会下雨。中午大家正在午睡,突然被哗哗的雨水声惊醒了。探头一看,窗外正大雨倾盆。

下一下也好。看到越下越大的春雨,心情感到特别舒畅。

花了一天一夜把《六十年的变迁》的第二部看完了。第一部早在六年前就看过,早就想看第二部,到了师大才如愿。第二部比第一部写得好,它不仅是小说,也是历史。从某种意义上说,作者是把历史巧妙地融进了小说之中,这对我们学习党史颇有帮助。

3 月 30 日(阴历二月二十二),星期四,小雨转多云

入学已有一个多月,学校生活基本上习惯了,这是一个多么曲折的过程啊!

记得在家起程时,母亲心里非常难过,四邻与亲戚也都难分难舍,而我当时还很硬气,一点离愁别绪都没有,高高兴兴地离开家乡。一路上几个同乡在一起,心情也是愉快的。可是三、四天后便开始想家,直到四个星期后才渐渐适应。

下午到图书馆待了一下午。师大图书馆的藏书非常丰富,古今中外、各科各类的书都有,真令人高兴!从小就是个书痴,记得从四年级开始看古典小说《说唐》,五年级看《封神演义》,初

安师大图书馆。（图片来自网络）

中几年几乎都是泡在书堆里。那时候感到自己读了不少书。现在到图书馆一查，才发现自己看的书少得可怜。一股求知欲又在胸中升起。

3月31日（阴历二月二十三），星期五，雨

今天一天都在下雨，可能是寒潮到了吧，觉得天气有些冷。连青蛙的叫声也比前几天小了许多。

班上学习空气非常浓。各人有各人的学习方法，有的同学还学起了外语，准备报考研究生。许多同学都在用卡片学习，这确实是个好方法。

4月1日（阴历二月二十四），星期六，阴

雨基本停了，但天空仍然布满乌云，听学文说，芜湖的天气

就是这样。

晚上看电影《革命摇篮维堡区》，这是苏联早期故事片，主要描写苏维埃政府成立后，无政府主义者和社会民主党人利用国家暂时缺粮的困难和银行家们联手破坏国家财政，煽动饥民进行破坏。党的忠诚儿女马克辛和娜达莎在关键时刻出色地完成了列宁和斯大林交给的任务，坚决有力地镇压了破坏分子，打击了敌人的气焰，教育了受蒙蔽的市民，保卫了国家政权。故事的结尾是斯大林任命马克辛为红军前线司令员，整个故事在马克辛与娜达莎分别时结束。

到学校后已看了五场电影了，基本上每周一场。以后还是少看一点好，票每次都不多，大家总是你推我让。

吴老师讲的第一次国内革命战争专题党史课已经结束，下星期是黄老师开始讲土地革命战争专题。

4月2日(阴历二月二十五)，星期日，晴

星期日，大家都想多睡一会儿，我也一样。直到 7 点多钟才爬起来，太阳已经一竿子高了。阳光从窗户中射进宿舍，觉得特别可爱，下了好几天的雨终于结束了。

吃过早饭，想起要为二姨父买电表的事，便跑到电校朱大明那儿去了解情况。他正好在宿舍，说电表已经买到，但未去提货。

晚上把去年的高考试卷给双伍、从付等人各抄了一份寄过去。

4月3日(阴历二月二十六),星期一,晴

看完电影《孙悟空三打白骨精》已到十二点了。这部影片小时候在家乡看过,后来又看了《西游记》小说,所以情节比较熟悉。

星期一下午照例是体育课,今天学的是篮球。中学时对篮球根本不感兴趣,那时候,只知道看小说,对所有球类都一窍不通。现在老师要求必须人人学会打篮球,尤其象我这样的大个子更应该打篮球。老师总是很耐心地指导,好在师大篮球多,人人都有球打,但我可能很难养成打篮球的爱好。学会是不难的,学好则不易。

4月6日(阴历二月二十九),星期四,晴

昨天下午利用课余时间和学文又到陡门山去了一下。桂英正在门口织毛线,我们主要向她了解一下送小梅母亲回家的情况,并相约星期六一起看话剧《雷锋》,同时请她在星期日帮我联系几位老亲戚。

今天上午,我们政教系三个年级一起到芜湖市宣传馆参观雷锋生平事迹展览。展览以图片和照片为主,展出了雷锋许多动人的事迹。展览室还对比着展出了张铁生74年高考的白卷和他给领导的一封信,最后面的一张图片是1977年6月辽宁省逮捕张铁生的逮捕证。

尽管雷锋生平事迹大家早已知道,但今天看起来仍然感到亲切。五个讲解员轮番讲解,我们应该向雷锋同志学习,做一颗螺丝钉,为祖国的现代化建设作出自己的贡献。

4 月 9 日(阴历三月初三),星期日,晴

又几天没写日记了。我的日记与其说是日记,不如说是一本流水账。

昨天为班上出黑板报,整整忙了一下午。后来还参加了大扫除,感到很累。

收到王从付同学的来信,说历史复习提纲已收到。他还寄来 8 张邮票和一些纸。从付同学特别忠厚老实,同学们都喜欢他。他现在很着急,去年未被录取,今年准备复习再考。但印象中他的成绩一直不理想,今年还要有两种准备,毕竟高考成功率很低,不可能人人都能录取,必须要有这个思想准备。

上午和学文一起去看黄老师,他爱人已来学校多天了。黄老师很客气,一再留我们吃午饭。在场的还有在芜湖卫校读书的小费和他的哥哥。彭大姐搞了不少菜,鸡、鱼、肉、蛋都有,五个人喝了不少酒,很痛快。

下午睡了一觉后到百货公司姑爹处借了一只热水瓶。因为天气热,不可能没有热水瓶。虽然大家都很客气,说一个宿舍六只水瓶就够了(只有我与另一同学没有水瓶),但我们都应该自觉,集体生活,应该这样。

4 月 10 日(阴历三月初四),星期一,晴转多云

今天上体育课,我发觉自己体育能力太差了。手榴弹只能投二十多米,跑 800 米要三分钟,还觉得吃力得不行,体操等更谈不上了。国家规定的体育标准真不知用什么办法才能达标。

傍晚到黄老师那儿去,将彭大姐帮我补的一件衣服拿回来了。吃晚饭时,北水喊我,原来王从付又寄纸来了。赵秀华也写了一封信来,说她今年决定报考理科。

晚上和北水一起在校园散步,他又一次跟我谈了他的婚事,说某女生已三次给他写信,倾诉对自己的爱慕之情。可是他与未婚妻已谈了五、六年了,这使他很为难。从切身利益来说,他现在进了大学,如果能找个有工作的爱人当然很好(该女生今年考进了安庆护士班),然而他与未婚妻毕竟是有感情的,即使是迫于舆论压力也不能抛弃她。更重要的是,他家中只有一个常年生病的老父亲,非常需要有人照顾。我鼓励他坚持下去,不要受外面的诱惑,毕竟与未婚妻已有五年的感情。不过要做到这一点,最终还有待于他对自己的严格要求。

4月17日(阴历三月十一),星期一,晴

又有六、七天没记日记了,上星期老师布置了一篇课程论文,大家都忙于搜集材料。过去在家乡当了几年民办教师,写作技巧略懂一点,但这些专业知识却掌握得不深不透,概念很模糊。昨天写出初稿后,送给黄老师看,他说写得还可以。我知道这篇论文还有许多不足,目前只能如此。

4月18日(阴历三月十二),星期二,晴

中午正在教室自习,陈东宽突然推门进来了,令人又惊又喜。

原来,他被补录取到芜湖师范专科学校中文系,今天下午已

经报到了。他是老三届,我们以前在一个学校担任民办教师,是过去的老同事了。去年,他和我们同时参加高考,我和戴斌考取了,他一直没有消息,想不到最后总算也录取了。只分别了二个月,却象离开了很久一样。

母亲让东宽带来了一条裤子,还向别人借了十元钱带来。母亲在家十分辛苦,可她总是挂念我。妹妹写来一封信,说她考试成绩很好,又说二姨父给家里写了信,但不知自己叫什么名字。而她的名字和二姨、小姨的名字有同字,妈妈想让她改名,问我同意不同意。我觉得没必要改,又不是封建社会,还要避讳吗?

4 月 23 日(阴历三月十七),星期日,晴

今天下午开始搞战备施工,就是在后山挖防空洞,这是每届学生必有的一课。听说前几届大学生战备施工都是三周时间,我们则只安排了一周,主要是考虑到现在的学习比较紧张。

今天的任务是抬沙拌水泥砂浆。我和培银在井口搬石头上罐笼,先选择合适的条石,用小铁车推到井口,然后用罐笼将石头送到井下。王刚他们在下面再将这些石头运到地道口交给工匠师傅。

晚上和张培银、沈基明一道上街,正好芜湖市宣传馆在卖《姜花开了的时候》话剧戏票。培银立即买了三张,我们三个人去看了一场,整整三个小时,回来快十二点了。不过剧情还可以。

4月24日(阴历三月十八),星期一,晴

在教学楼后面小山上,长着一排塔柏,八九尺高,很象一座座小塔。园林工人把我们领到这里,要我们把它挖起来移栽到战备地道口。

这样大的树要移栽,必须带土,不能损坏树根。我们小组一上午只挖了三棵,下午一点钟继续挖。两个小组一共挖了八棵树,用草绳连土带根结结实实地捆绑起来抬到汽车上。每棵树连土约有好几百斤重,搬起来很吃力,主要是没办法动用很多人,有力也使不上。

等汽车将树运到地道口,我们再将它抬下来。

这里似乎有一点小技术。以前,面对这样大的树,我就不知道怎样才能移栽。

4月25日(阴历三月十九),星期二,晴

由于昨天太劳累了,工人师傅建议我们今天放假一天。

上午在图书馆看了一些去年的旧报纸。下午整理笔记。

4月26日(阴历三月二十),星期三,晴

今天继续施工。上午我和张森年、王春霞、李宜青、徐敏五人搬运石头。

下午继续搬。后来石块已经够了,就和王、李三人传砖给砖匠砌地道口。

傍晚,电校朱大明来了,留他在学校食堂吃晚饭,可惜没有什么好菜。他说电表明后天就能买到,这样,有可能要在五一节将电表送走。

晚上,把汪青松白天的听课笔记借来看了看。

4 月 27 日(阴历三月二十一),星期四,晴

今天一天都在出"五一"专栏,只有我、夏家龙和王源扩三个人。夏家龙画刊头,我负责抄写。稿件很多,也够吃力的。忙了一天,似乎比劳动还要累些。但总算为班级出了一点力吧。

4 月 29 日(阴历三月二十三),星期五,晴

上午贴好专栏才九点多钟,正准备洗衣服,突然背后有人喊我,回头一看,原来是吴胜,真是没想到。

下午,由北水陪吴胜。我看天气好,和培银一起把被子拆下来洗了。被子确实很脏,到校两个月了,一直未洗过。

傍晚和吴胜一起订被子,这是过去在家乡从未做过的事,手不小心被针扎了一个眼。

晚上看《东进序曲》电影。

4 月 30 日(阴历三月二十四),星期六,晴

今天早上,李高生同学十分热情,放弃了他们班到采石春游的机会,一定要来陪我和吴胜一起玩,令人很是过意不去。

三人到赭山公园玩了整整一上午。李的话匣子一打开,连我都插不上嘴。

中午三个人喝了半斤酒。傍晚到镜湖公园合影留念。

晚上看电影《十五贯》,回来已十点钟。

5月1日(阴历三月二十五),星期一,晴

今天早上,学校食堂发了餐券,每份三个油炸糍粑和一个花卷,我搞了三份,和吴胜两没吃完。

上午,送吴胜回安徽劳动大学,在鸠江饭店门口乘公共汽车。

5月4日(阴历三月二十八),星期四,晴

五四青年节到了,这是我们年轻人自己的节日。可是我们并没有节日的感觉。

下午,学校春季田径运动会举行开幕式。我一个项目都没有参加,很惭愧。宣传委员王源扩说,班委会决定让我当通讯员,写通讯稿件,这可是一项不好完成的任务。

晚上看了一本《上尉的女儿》,这是普希金的名著,托尔斯泰认为这是普希金的文学高峰。

5月7日(阴历四月初一),星期日,晴

今天是星期日,把冬衣全部洗了,天气热了,已不需要穿这些衣服。

上午把王毅老师的辅导课讲稿看了一遍,觉得很好,不过还有些可质疑之处。王老师是我们的党史课助教,为了准备这篇讲稿,他很费了一翻功夫。

现在时间上有不少浪费,自己也不知为什么,把过去的劲头丢光了。记忆力也开始大坏,许多东西学了就忘。

5 月 11 日(阴历四月初五),星期四,晴

在一阵热烈的掌声中,系学术报告会开始了。杨荣华和臧宏两位老师各讲了一个专题,大家觉得启发很大,特别是臧老师关于唯物论与唯心论的同一性问题受启发很大。

开展专题学术报告活动是今年高校出现的新气象,许多老教师都开了专题报告或学术讲座,这对我们学生来说是莫大的幸运。

5 月 15 日(阴历四月初九),星期一,晴

二姨父第二次来芜湖,但电表只帮他买到了两只。朱大明与沈全华一只也没有买到,可见年轻人办事有时很不牢靠。

5 月 16 日(阴历四月初十),星期二,晴

早晨五点半就起床送二姨父到车站。他很关心我的学习,这次又留了两元钱与五斤粮票,小姨也带来三块钱和十九斤粮票。他们都是农民,自己也很困难。

地理课中的行政地理部分已经讲完了。这位女教师以她女性的温柔讲课,给同学们留下了非常美好的印象。

6 月 8 日(阴历五月初三),星期四,晴

一转眼快到端午节了。"人逢佳节倍思亲",离节日越近,思念母亲的心情越迫切。过去 20 年,几乎没有一个节日不是和全家人一起过的。

但是,这种分别不是愁别,上大学是我的幸运,也是母亲的希望。

7月19日(阴历六月十五),星期三,阴转雨

期末考试已经结束,同学们都放暑假回家了。我们十几个人被抽调出来参加今年的暑期高考阅卷服务工作。

今年高考阅卷全省分片进行,皖南片安排在我校。学校抽了一部分同学留下来为阅卷服务。

7月20日(阴历六月十六),星期四,晴

生病了,这一次真的病得不轻,已经是第三天未吃饭了。18日早晨吃了一勺粥,19日早晨也只吃了一勺粥,今天更是一整天粒米未进,晚上费了好大的力气才勉强吃了二角钱的菜。三天来,都是同室同学帮忙将饭菜打回来,但最后都倒进了垃圾桶。不过今晚精神似乎好多了,看来病已祛除,食欲明天就会恢复。

可是谁能相信,昨天和今天,我在几乎没有吃饭的情况下还连着干了两天的体力活,甚至夜里还加了班。

这两天主要是打扫教学楼和搬运阅卷所需的各种物资。

昨天上午,大领导来讲了原则要求,小领导又讲了具体事务、注意事项及相关责任。下午打扫教室后,我和魏、郭三人以及另一位女老师一起跟随汽车去搬运物资,什么肥皂、脸盆、茶杯、水瓶、保温桶杂七杂八地整整装了一汽车。回来后离下班还有半小时,又接着打扫教室。这些教室很可能已经几星期没打

扫过,到处都是蜘蛛网、灰尘、废纸等,呛得人鼻孔里像进了辣椒水一样难受。

晚上从 7 点半开始加班到 10 点半。由于生病,我在 9 点就支撑不住,经领导同意,提前回来了。

这一天收获还是不小的,首先就是对两位女清洁工的印象。上午一碰头就注意到她们。一位领导介绍完情况后,我们本来还有点情绪,可她们却说,这是为高考服务,为下一代服务,不是为两个钱才来的。你们来也是为自己的战友,不然,这大热天何苦来这里吃苦。一席话真的让我们惭愧不已,甚至感到无地自容。

7 月 23 日(阴历六月十九),星期日,晴

值得庆幸的是,从昨天开始,每餐能吃三两米饭了。

今天上午跟汽车购货时仍没有力气干活,到"二百"商店买了一盒饼干却吃不下去。每到一个地方,老王和司机总是说:"你生病就歇着吧,我们来搬。"于是我也就依栏而立看着他们干活。老王人很好,大个子,长脸,络腮胡,一头灰白头发,话多,心热。他来芜多年,总是喜欢向人介绍芜湖的风土人情。

下午和晚上遵大家嘱,没有去上班,身体也实在是支撑不住。

昨天打扫教学大楼,我提议用皮管接自来水直接冲洗,效果果然不错。老师傅说,还是大学生的点子多,这是洗得最干净的一次。

8月9日(阴历七月初六),星期三,晴

昨天已立秋了。天气仍然燥热得很,知了从早叫到晚。屋子里像蒸笼一样热气熏人,即使坐着不动,汗也能从额头流到肩上,身上的衣服总不得干。睡在床上同样难受,汗在背底下能把草席湿润一大片。

这几天,由于分班干,每天有半天时间可以留在宿舍里。所以乘机看了几本茅盾的小说,有《子夜》、《茅盾文集》卷五和茅盾选集以及马克吐温的小说等。

8月14(阴历七月十一),星期一,晴

20多天的阅卷服务工作终于结束了,心情是不言而喻的。

现在已是8月14日夜里九点半,我已经乘上东方红254号班轮在万里长江上破浪前进,终于可以回家了。船上具有节奏感的机器轰鸣声淹没了人们的窃窃私语,身处这种嘈杂的机器轰鸣声中,我却觉得周围一片寂静。

望着江面上向后翻滚的波浪,心情久久不能平静。离家快六个月了,这是第一次出这么远的门,也是出门时间最长的一次。现在,不管怎么说,这一切总算都过去了,我已经踏上了归途。明天,最迟后天,我就会突然出现在家乡的村口。

故乡是个亲切的字眼,谁会没有可爱的故乡呢? 不管出门多远,所到地方有多好,山多青,水多绿,只要一提起故乡,总有一种特殊的感情。父老乡亲,儿时伙伴,还有那些简陋的茅房,门前的果树,窗外的翠竹,地里的庄稼,哪一样不令人记忆犹新?但是,一个年轻人不可能永远守在家乡不出门,我们必须走向社

会,走向未来,走向远方。

十点半了,江风从轮船的窗口滑过,两岸灯光似流星逝去,去了又来,来了又去。

夜里一点多钟,小魏睡醒了,换我接着睡。我们是老乡,这次一起留下来搞阅卷服务。在船上为了行李安全,我们只能轮换着睡觉。

一觉醒来,阳光已从弦窗射进来了,眼前一片灿烂。

8 月 15 日(阴历七月十二),星期二,晴

上午,轮船到达安庆码头已是十点多钟。一算时间竟花了十三个小时,中途只在铜陵和池州停靠了一下。

下船后,和胡宪凯、李庆甫两位老师告别,他们都是我的中学老师,这次也是到芜湖阅卷的。与老师分手后,我与魏珠友两人一道前行。我是归心似箭,想立即回家,但魏再三邀请我到他同学家去。我们在安庆师范门口乘公共汽车到达十里铺,十里铺离他同学家还有三里路,我们只好下车后步行赶路。天热得要命,行李是魏挑的,我提着一袋书跟在后边,竟还感到十分吃力。与其说是累的,不如说是热的。

魏的同学全家都很好客。由于天太热,中午什么也吃不下。下午休息一会儿后,人才渐渐觉得舒服一点。魏的同学下放在潜山县,几天前刚回来。他家里还有父母、两个妹妹。我感兴趣的是这姊妹三人的性情、经历、思想状况。通过观察觉得他们很有典型性,反映了当前一部分知识青年和在校中学生的思想动态。

8月16日(阴历七月十三),星期三,晴

吃过早饭后,乘公共汽车重新回到安庆车站。12点半乘车到新安渡,我与魏在新安大桥分手后,独自沿着路人指引的方向往家赶。在大圩埂的尽头有一幢砖瓦房,一问路人,原来这是新安公社姚圩大队部。巧得很,我的高中班主任张老师的家就在这里。

张老师大学毕业后本来分配在北京某中学担任政治教师,"文革"期间被送回原籍,成了刚刚组建的金神高中的政治与地理教师,从而使我们之间有了师生缘。这次,张老师也在师大阅卷。阅卷期间他就约我回去时到他家玩。但我当时以为不顺路,可能会影响自己的回家行程,便婉言回绝了。现在正好从这里经过,便不能不去看望一下老师。于是在当地毛笔厂一个工人的指引下,来到张老师所在的陈屋生产队。

村头的孩子将我引到张老师家门口,张老师正在家里。寒暄毕,我打量了一下他的房子,三间屋,虽是草房,但高高敞敞,还算明亮。张老师看我打量他的房子,笑着说,1969年春天曾盖了三间瓦房,但当年6月份一场大洪水就把房子全部冲垮了。说完苦笑了一下,虽不是痛苦状,却也有些怅然。

本是路过,却因张老师的热情邀请又在他家住了一夜。

8月17日(阴历七月十四),星期四,晴

晨起便趁早赶路,从张老师家到金神有20里地,但一路小跑也就到了。在公社医院的大门口碰到了余鸣亚,被邀到她家

喝茶。这一路紧赶也确实感到渴了,便接受了她的邀请。余鸣亚也是 77 级,在合肥工业大学。据她介绍,学校条件不理想,生活比较艰苦。

在医院稍作休息后,一路再未停留,一口气赶到家。母亲正在树上打枣子。见我回来了,闻声下树,竟然痛哭失声。见此状况,我只好强作笑颜,安慰起母亲来。分别只有半年时间,母亲却瘦了很多。繁重的家务劳动,对远方儿子的思念,使母亲脸上皱纹更多了,人也变得更加苍老。如果不是为了我的前途,让我留在身边不要外出读书,她的担子本来要轻松不少啊。

8 月 27 日(阴历七月二十四),星期日,晴

一转眼,又到新学期开学的日子了。回家这十天不知是如何度过的,反正不知不觉中已经过去了。

这些天家里来往的人很多。左邻右舍,亲戚朋友,同学同事,可谓络绎不绝。由于时间紧,我很少回访,只到双伍家去了一趟。双伍今年高考成绩不错,有录取重点大学的希望,这是最值得高兴的事

时间虽短,接触的人事倒不少。年成的展望,政策的落实,教育的改革,人事的变动,同学的音讯,有些有所耳闻,有些颇感吃惊。由于笔懒,当时未记,现在想起来也无从下笔。

8 月 28 日(阴历七月二十五),星期一,晴

回家十多天,给母亲添了许多麻烦。人来人往,仅烧茶水就够忙的了。天气炎热,房子又矮小,幸亏姐姐回来帮忙。

母亲虽然劳累,但精神上却很高兴。只要我在身边,她就感到生活是快乐的。几乎把家里一切好东西都要给我吃。几天下来,鸡蛋就吃了二十多个。家里还杀了两只鹅、一只鸡。我本来是不同意的,但想到我走后他们都舍不得吃,就让她杀了吧,正好让全家人一起改善一下生活。

8月29日(阴历七月二十六),星期二,晴

本来与学文约定,8月26日返校。因母亲感到难受,我也不便出门,只能在家待着,有机会劝她几句。27日下午,忠田医生带来口信,说学文生病了,要29日再回校,于是返程又延后了一天。昨天傍晚,姐姐回来帮我收拾行李。今天天没亮,母亲便起床了,下好面条喊我起来吃饭。临走时,母亲又流泪了。我虽心里难受,却尽量装出无所谓的样子。妹妹与弟弟,一个出去放牛,一个上工去了。母亲与姐姐将我送出村口,我只交代了几句,便头也不回地踏上返校路。

这次返校,天气太热,长途坐车,十分劳累。早上8点从金神出发,9点到县城换车到合肥。一路经过吕亭、卅铺、大关、舒茶。在舒城停车半小时吃午饭,实际上我们谁也未吃,只吃了几根冰棒。又经过一些小站,下午一点多才到达合肥。在合肥汽车站休息片刻,马上赶往火车站,乘做2点52分的火车,下午6点29分到达芜湖北站二坝,七点过轮渡,8点便回到学校了。幸亏一路上转车还算顺利,果然比走安庆水路要快一些。

只是沿途所见,旱情普遍严重。裕溪口的荷花竟然开在干

裂的"陆地"上,荷塘内龟裂出一道道大口子,连鱼苗孵化池都干枯了。

班上大半同学都已到齐了。一别月余,大家都感到格外亲切。

8 月 30 日(阴历七月二十七),星期三,晴

注册报道。晚上陪学文到轮渡所张应民家一趟,他和我们同一个大队,现在火车轮渡所工作。

8 月 31 日(阴历七月二十八),星期四,晴

上午到舅爹家去,他是母亲的亲舅舅,也是母亲目前唯一健在的亲人。由于战乱与世事变迁,他们之间已经几十年没有见面了。上学期才在桂英的帮助下找到了他。这次回家,母亲让我带来一些面条、绿豆和毛鱼给他送去。

晚上 7 点半开班会,分小组座谈暑假见闻,谈上学期的总结和新学期的打算。

给母亲的报平安信已经发出,希望明天就可以到达,以免母亲挂念。

9 月 5 日(阴历八月初三),星期二,晴

开学已好几天了,心一直安定不下来。除了上过两次课外,晚上都没有上自习,头总是昏沉沉的,沉重得很。也许是前天在学校农场劳动时,晒得太狠了。作为农村来的学生,那种农场劳动本不算很累,但因为已经很长时间没有晒过太阳,突然在烈日

下暴晒了一上午,又没戴草帽,把人都晒晕了。

9月11日(阴历八月初九),星期一,晴

下午上完体育课,接到双伍来信[1],他今年果然考上了武汉大学。看到他考得好,为他感到高兴,立即写信表示祝贺,同时将入学有关注意事项告之。

这几天心情还是安定不下来,常常感到空虚无聊,觉得自己意志有些消沉,对刻板、无味、枯燥的专业学习感到厌倦,渴望能有一种生动而热烈的学习环境出现。但是,面对难得的上大学机会,只有感恩的份。没有中央的英明决断,哪有我们这些农村孩子上大学的机会! 因此,无论学校教学方法如何枯燥,我们都要坚决地完成学习任务。

9月12日(阴历八月初十),星期二,晴

昨天二姨父又来了,并在当天将已买到的几只电表带回去了。这就免了我的一趟路。原来是打算在国庆节将电表送过去的。

今天,余学军和张泽善两人出差路过这里,大家一起玩了一下午,苏翔、戴斌、学文等一起陪同。晚上看了一场电影《橡树,十万火急》。

天气逐渐凉下来了,白天穿两层衣也不觉得热。

---

① 严双伍,安徽桐城人。1978年考入武汉大学历史系,先后获学士、硕士和博士学位,后为武汉大学教授,曾任政治学与公共管理学院副院长。主要从事现代国际关系和欧洲一体化问题的研究。

9 月 21 日(阴历八月十九),星期四,晴

中秋节过去几天了,但有意思的日子是不容易忘记的。

中秋节的晚上,同组几个同学在一起共度中秋。培银因参加团省委全委会没有参加,沈基明生病到亲戚家去了,其他同学都在。大家一起买了六七块钱的鸭子、肉圆子、炒肉丝、炒蛋,还有糖醋肉,等等,大约七八样,很丰盛。王春霞从家乡亳县千里迢迢带来了古井贡酒,她们两位女同学一点没喝,酒全被我们五个男生喝了。

席间,大家说说笑笑,虽然都远离家乡,但与第一学期已有很大不同,没有人再想家了,集体的温暖也是很留恋人的。老郭很会说故事,引来大家一阵阵的笑声。徐敏的家就在芜湖,可他怎么也不愿意回家,坚持要和我们一起过节。

学生生活是有趣的,可惜只有短暂的四年,它终有一天会突然远去。

9 月 23 日(阴历八月二十一),星期六,晴

看完了《两种乌托邦》与《天朝田亩制度》两本书,临睡前提笔写几句感想。

《两种乌托邦》讲的是自由派乌托邦与民粹派乌托邦。前者是极其有害的,它腐蚀人民的民主思想,后者尽管在历史上有一定的作用,但到了无产阶级进行社会革命时则转向了反动。乌托邦本是希腊文,"乌"就是没有的意思,"托邦"是地方,乌托邦就是一个从来没有的地方。

《天朝田亩制度》是研究太平天国的重要文献,不仅涉及土地分配,而且涉及政治、军事、经济、司法等各个方面。它是太平天国的一个纲领,一个章程,一部宪法!它反映了太平军所代表的农民对土地的要求,但也有许多绝对平均主义的主张是根本做不到的,因而很有"乌托邦"的味道。

晚上停了电,只能一个人在街上瞎逛,正巧遇上戴斌,将他一把抓住。原来是农机厂小汪来芜出差,戴斌和北水正陪他一起出来转转。于是我们四人一起到小汪住的人民旅社坐了一会儿。汪向我们介绍了桐城今年的高考情况,尤其是43号考场出了问题,地、县教育局都已经成立了调查组,金神高中校长和金神区委书记都在接受调查。据说在今年的高考中,金神高中校长将区委书记的女儿安排在几个尖子学生的座位中间,意图在高考时方便该女生抄袭。结果几个不知情的男生吃了大亏,他们三人都考得很好,现在已经全部被取消了录取资格。据说是一位女同学写信进行了举报。校长与书记是否有高考作弊行为,目前仍在调查中。

9月25日(阴历八月二十三),星期一,晴

今天太累了。上午上完两节课后,我几乎是小跑着回到宿舍,像一块砖头一样把自己掷在床上,蒙起被子便进入了梦想。

几天来,不知怎么搞的,夜里常常失眠。昨天晚上约二点钟醒来后就一直没睡着。

收到社潮来信。他的前一封信竟被人盖上"查无此人"的印章给退回去了。这次,他将上封信放在一起又寄来了。信中要

我代购一本英语语法书。这本书前两天还在卖,但今天去新华书店询问,已于昨天售完。只好找同学借了一本寄给他。

9 月 27 日(阴历八月二十五),星期三,晴

下午,同学们都在大扫除。我和几个同学给班级出国庆专刊,整整忙了一下午。傍晚,天下起了雨,这是几个月来的第一场雨。

晚上看了徐敏写的一首诗,表达他与同学的别后离情,觉得有点意思。

9 月 28 日(阴历八月二十六),星期四,晴

上午进行课堂讨论,题目是"关于中国革命如何由民主革命向社会主义革命的转变问题",题目是任课教师布置的。讨论收获很大。大家经过最近一段时间的学习,思想上有了很大的解放,对于一些学术问题也开始自觉运用历史唯物主义的观点进行探讨。如有没有一个"过渡时期"? 这个"过渡时期"从什么时间开始到什么时间结束? 不过存在的几种不同意见与学术界的几种意见大体相同。

中华人民共和国的成立,标志着中国民主革命的胜利结束和社会主义革命的开始,中华人民共和国的宪法总纲中也有这样的明确规定。但这中间有一个过渡过程,新中国是成立了,但民主革命还遗留下来许多任务未完成,只有完成了这些任务才能进行社会主义革命。这样,过渡时期就至少要划到 1952 年底。还有一种意见认为应该划至 1956 年,把"一化三改造"也算

在内。顾国安同学介绍了一种崭新的观点。他说,现在学术界有人提出,只有四个现代化实现了,中国才算进入了社会主义社会。因为从马列主义原理来看,进入社会主义社会必须具备许多条件,不仅要看国家性质和所有制性质,还有大机器生产,即生产力水平。中华人民共和国的成立,只解决了上层建筑,建立了无产阶级的国家政权,"一化三改造"虽然确立了新的所有制,但生产力水平至今未达到马克思所说的社会主义社会所要求的物质技术水平。

讨论中还涉及要不要引进外国技术问题。有人说现在不应放弃自力更生原则,但大多数人认为,过去先是美国封锁我们,后来苏联又封锁我们,我们为了不向敌人屈服,提出了自力更生的精神,不向外国贷款。这是可以理解的,但时至今日,我们国家的国际环境已经大为改善,完全有条件向外国引进先进技术,利用外国资金,为什么不这样做呢?这并不等于放弃了自力更生的原则呀!顾国安同学引用范文澜的一句话引起大家一阵大笑:"人是要吃猪肉的,但吃的是猪肉,长在人的身上却是人肉,而不是猪肉。"。

9月29日(阴历八月二十七),星期五,晴

上午听中国古代史课。感觉先秦部分讲得比较零乱,重点不突出,线索也不是很清楚。许多同学都有同感。

下午,学校召开纪念毛主席"大办民兵师"的题词发表20周年纪念大会。因昨天买了胜利电影院的《猎字九九号》电影票,与大会时间冲突。于是我们几个人中途提前退出,一直走到胜

利电影院,足足有四里路。

这部反特影片情节曲折,反映了公安战线与国民党特务之间的激烈斗争,但有些地方拍得不好,如一个扮成送奶工的特务与吴医生格斗的情节不合情理,可以说拍得很失败。

吴医生未被特务害死完全是偶然的,假如他被害了,那就是公安人员的失职。影片开头对窃图纸的特务如何下楼也交代不清楚。从上楼的情景看,楼是非常高的,而跳楼又是在无准备情况进行的,怎么可能一点不受伤? 这也太神奇了吧。其次,王长生被毒案情节更是离奇。据特务供述,这种毒药是烈性的,只需几秒钟就能致人死亡。可王长生喝了毒药后,先是打电话到公安局报案,然后被汽车送到医院救治,最后竟然还被救活了!

如何刻画反面人物是电影工作者和一切作家的重要课题。四人帮时期的电影作品,反面人物一眼便看出是蠢货、笨蛋,这不仅显得不真实,同时也变相贬低了正面人物的智慧。这部电影是粉碎四人帮后拍摄的,已经有所改进,但问题还是很多。

10 月 3 日(阴历九月初二),星期二,晴

国庆三天假悄无声息地过去了。小赵与小汪两人也于今天凌晨 4 点半回去了。这次他俩到戴斌这里来,我陪着他们玩了二、三天。昨天中午可说是老乡大聚会,有小赵和小汪、东宽、张娜、我和戴斌、学文、北水、苏翔,一共九个人,坐了一大桌。

昨晚和学文、东宽到火车轮渡所张应民家去了一趟,张的爱人生了孩子,他母亲也来了。张为人十分客气,晚上大家在一起

又喝了不少酒。

10月4日(阴历九月初三),星期三,晴

戴斌来说,他到系里看了新生花名册,吴国庆被录取在中文系,10月12至15日就要开学了。得知消息,非常高兴。

严双伍是14日入学。匆忙地给他写了封信,是寄到他父母那里的,希望他走之前能收到。

10月7日(阴历九月初六),星期六,晴

今天古代史换了老师,是万绳楠教授接着给我们上课。万是我省很著名的学者,上学期曾听了一次他的《评诸葛亮》学术报告。他在"文革"期间曾受到迫害,今春有关部门在安徽日报上宣布给他平了反,认为当年那些事都是学术问题。

万教授讲的是西汉时期,讲得非常好,纲目很清楚,一上午没有讲稿,也没书,全靠一支粉笔。

10月9日(阴历九月初八),星期一,晴

今天接到两封信,一封是王从付的,一封是赵彩云的。他们都在积极准备明年参加高考,但愿他们都能如愿考上。

10月10日(阴历九月初九),星期二,晴

晚上无事,写了一篇童话:"鬼子杨与小柏树"。这是应老郭的邀请为他孩子写的。他的大女儿已10岁了,学习很不错。老郭很用心培养女儿,经常找人帮忙出算术题、写儿童故事给孩子

看。孩子才小学二年级,就已能很有表情地说出许多故事来,确实令人称奇。

10 月 12 日(阴历九月十一),星期四,晴

这几天,为抗议食堂伙食差,墙上出现了许多大字报、大标语和漫画等,学生会也向学校党委打报告,反映学校伙食不好。但问题能否得到解决,还是一个大问号。

10 月 14 日(阴历九月十三),星期六,晴

下午接到妹妹来信,得知母亲生病了,肾盂肾炎加贫血。另外,家里口粮又没有了,很快就要断炊。这一切真的令人心碎,不得不回家一趟加以解决。

晚上陪吴国庆看了一场电影《奇普鲁安·奥隆贝斯库》,由于心绪繁乱,根本没有看进去。

10 月 16 日(阴历九月十五),星期一,晴

凌晨三点钟,北水送我上船。

现在是清晨四点半,我已乘上了长江小客轮。这是第一次在长江上坐小客轮,因为这次决定从枞阳回家,只有小客轮才停靠枞阳港。

舅爹得知母亲病了,特地给了一包糖和五元钱让我带回去。

在船上整整度过了一天,吃了两餐饭(每餐三角钱)。

船快到枞阳时突然停了下来。人们都在猜测原因,一打听,原来是主机坏了。过了一会儿,有人在广播,说是一个主机出了

毛病,一会儿就能修好,船马上要开了。我们都信以为真。这时一个了解情况的枞阳人说,不可能。他这是在安定人心。果然,左等右等,太阳都下山了,星星也出来了,船上灯也亮起来了,船就是不开,并开始供应晚餐。一直等到晚上8点多钟,船才开始发动,好不容易起航了,哪知道不到五分钟又停了下来。好在这次停的时间不长,船很快又动起来了。

这次回家赶得急,没带书,在船上干坐着好急啊。幸好带了一本速写本,画了几幅速写。

枞阳是个奇怪的县城,分为两个地方,人称"上枞阳"和"下枞阳"。小客轮停靠的是"下枞阳",我们下船后还必须从"下枞阳"步行到"上枞阳"。好在夜里的星星很明亮,路还能看得清。

在船上结识了一位新朋友。他是枞阳钱桥人,1970年招工在铜陵铜矿山工作,这次也是回家探亲。我因不熟悉路,便和他搭伴一起走。我的目的地是桐城水运社。到了上枞阳后,经他指点,过了枞阳大闸,又问了一个路人,才找到了桐城水运社。在水运社门口遇到一位青年职工,他帮我喊醒了赵峰。赵峰正迷迷糊糊地在睡觉,一下子被惊醒了。确实,他怎么会预料到我这时候来呢?

10月17日(阴历九月十六),星期二,晴

在赵峰处休息了一天。今天早上,他送我上机帆船。船上很干净,舱面被漆得特别红亮。

八点整,船终于开动了。绕过弯弯曲曲的河道,我们就很快到达第一站——王里头。王里头山峦起伏,怪石狰狞,一看就知

道是个蛮荒之地。山上除了一些不知名的灌木和野草外,就是光秃秃的石头。

这条河道很有意思,河面波光粼粼,河道三弯五扭①,远处湖面上渔帆点点,耳边传来渔歌阵阵。一叶扁舟与我们的机器船相伴而行,两边时而青山,时而草地,时而芦苇,时而大堤。山坡上一幢幢小瓦房,大半都粉得雪白,夹杂着几片竹林,给人一种满满的画面感。

过去,这里是行人最不方便的地方,几十里烂泥河,数九寒天也要赤脚在烂泥中跋涉。现在修了枞阳大闸,能够控制水量,因而冬季也能行船。

在船上随手写了几句打油诗:

水上见闻

一

风悠悠,水悠悠,

扁舟一叶在湖中。

老翁船头撒渔网,

老媪船尾摇橹轻。

二

一条船,一家人,

渔家姑娘情谊深。

相视不见笑,

---

① 这条河应该是《桐城县志》所说的"枞川"吧。

水中留倩影，

唱不尽的渔歌，收不尽的网，

说不完的幸福，戏不完的情。

10 月 18 日(阴历九月十七)，星期三，晴

中午在榆树嘴下船，直接到朱檀吴国庆家，将他托带的东西交给其父母。然后赶到双伍家，双伍妈正在上工。过去从未见她上过工，现在双伍上大学了，不知怎么他妈还上起工来。

傍晚才到家。家乡旱情十分严重，但目前还没看出灾荒的后果。田里晚稻长势良好，甚至比往年还要好。对我的突然回家，村里人都很惊讶。母亲正在上工，不过比以前显然更加憔悴、苍老。

晚上社员都在加夜班，忙着挑稻把。我走了四十多里路，也觉得很累，洗了个痛快澡就睡下了。

10 月 19 日(阴历九月十八)，星期四，晴

十分凑巧，昨夜姐姐也回来了。她送点小鱼和二斤肉给母亲。鱼是姐夫前天夜里抓的。姐夫很勤快，也很会捕鱼，做农民不勤快不行。姐姐身体倒还健康，挺着个大肚子即将分娩，很为她担心。

上午随姐姐回到她家，干爷干娘身体都还可以。侄儿张龙已长大了不少，见面再也不害怕了，还不停地喊起"大舅"来。

回来时顺路到张主任家。主任不在家，小平正在复习功课，和他聊了几句，鼓励他搞好学习，然后就回来了。

傍晚到玉咀学校去了一趟,本想看看黄志明老师,不巧他不在。其他几位老师都见了面。北水的家信托樊老师带给他未婚妻,学文的家信托小梅老师带给他妈。

10 月 20 日(阴历九月十九),星期五,晴

上午到镇上去,把戴斌的东西送到他家。苏翔的东西托从付班上的学生带回去了。中午在从付处吃饭,他很客气,专门到街上端了两碗粉蒸肉和豆腐。两人谈了些别后情景,知道家乡人事又有所变化。李干事调到杨公公社,金神的新干事姓杨。公社的中学与小学已分开来了。从付带甲班班主任,学生成绩都不错,是通过考试挑选出来的。

10 月 21 日(阴历九月二十),星期六,晴

全天都在家帮着种油菜和小麦,北畈河边的三双地的油菜全种上了,大矶头的两双地也翻了一遍。天旱太久,土地板结得不行,如果让母亲干这些重体力活,无论如何也是吃不消的。

10 月 22 日(阴历九月二十一),星期日,晴

昨夜,生产队里抽水抗旱。早上起来乘便将棉花地浇了个通透。上午将大矶头的麦子也种上了。吃过午饭休息一会儿,又将棉花地也翻了,然后将另一块油菜地也种下去了。

10 月 23 日(阴历九月二十二),星期一,晴

前天傍晚,忠田医生带来口信,约好今天陪母亲一起到金神

医院检查身体。今天吃过早饭,我和母亲到金神镇去,忠田医生从家里直接到医院会合。

经医院检查化验,发现没有大问题,只是血压偏低。医生开了一瓶补血糖浆和另几种药,花了两块多钱。

10 月 24 日(阴历九月二十三),星期二,晴

早上姐夫来了,准备一起挖山芋。上午将大块地挖完了,下午又将小块地挖了,浑身感觉又酸又痛,特别累。

10 月 25 日(阴历九月二十四),星期三,晴

本来约好姐夫今天再来和我一起种麦。但上午只有姐姐一个人回来了。原来他们生产队也在抽水抗旱,由于队里劳动力少,队长不让走人。这样,种麦就只有我一个人干了。天太旱,由于担心不出苗,必须给地里多浇水。仅这一块地我就整整挑了十七担水。母亲也来帮着下种,一直忙到天黑才种完。

10 月 26 日(阴历九月二十五),星期四,阴转雨

早上起来,天空布满乌云,夜里不知什么时候好像还下过几点雨。但干旱太久了,谁也不晓得老天会不会真的下雨,从根本上结束旱情。以前也出现过这种情景,看似要下雨了,但阴了一天后又是晴空万里,令农民失望。

不过,吃早饭时,老天真的下起雨来,一直下到傍晚。雨不算大,但时间倒下得不短。苍天有眼,老百姓今年有救了。

10 月 27 日(阴历九月二十六),星期五,阴转雨

雨停了,我抽空到苏翔家去,早上没有吃饭就出发。在杨圩大埂上与赵彩云不期而遇,两人许久都说不出话来,不像以前见面还能开开玩笑。如今两人只能轻描淡写地谈些学习和见闻。一百多米的大圩埂马上就走完了,恰好此时遇上一个熟人打乱了我们的话题,三人客气地挥手告别。

苏翔母亲身体很健康,妻子也很精明,全家人为我的到来而高兴。几个孩子争着喊叔叔。在他家吃过早饭后,冒着小雨跑到金神街上,王从付正在房间里批作业,不敢久坐,只得告辞。

下午冒雨赶到孙桥学校拜访妹妹的老师,了解一下妹妹的学习情况。

10 月 28 日(阴历九月二十七),星期六,晴

家里粮食不够吃了。上午向生产队借了一百斤稻子挑到大队部准备碾成米,不巧停电了,米未碾成。

按照原计划日程,下午两点左右整理好行装准备返校。晚上先到双伍家过夜。他父亲晚上正好回来了,我替他们给双伍写了一封信,他妈谈了一下双伍定亲的事。

10 月 29 日(阴历九月二十八),星期日,晴

早上起来,一看是个好天气,立即赶到国庆家。他妈正在烧饭,说已在村头看过好几趟,总不见我的影子。我笑着说,约好今天来这里吃早饭,不会失约的。吃过早饭就忙着赶路,到双店已是九点多钟,正巧在街上遇到江云,老同学相见也没有什么拘束。她妈仍如从前一样,乐观大方,嗓门粗大。中午就在她家吃中饭。

凑巧的是,在此处竟然碰到了杨柳涛老校长。他曾是我小学五年的校长,印象很深。一别十几年,平时并无机会相见。但他的记忆力太好了,一握手就喊出了我的名字,并且谈起旧事,如数家珍,十分熟悉。

在我的小学老师中,留下深刻印象的有两个人。其中之一就是这位杨校长。他精明能干,个人生活也十分讲究,无论新衣旧衣,穿在他身上总显得那么贴切自然,朴素大方。他的房间总是整理得干干净净,一尘不染。在他担任校长期间,校园也被整得像个花圃一样。另一位就是赵昌龙老师,他是国军宪兵出身,身材特别魁梧,走起路来,始终一副军人气派。特别是他的粉笔字板书,总是工工整整,就像用刀刻上去的一样。

这两个人常常留在我的脑海里,成了我的学习榜样。随着时间的推移,对他们的印象不仅没有模糊消失,反倒越来越清晰。

到了枞阳,在赵峰房间意外地遇上了吴胜的父亲。晚饭后,赵峰和我准备到街上看电影《十五贯》,我本已看过,只好随他。哪知去时电影票已售完,两人在街上逛逛就回到宿舍。晚上相谈许久,主要是他的高考问题。他已经连续两年未考取,思想负担很重。单位领导中有支持继续考的,也有不支持的。现在他还在复习,希望过两年再考,那时他正好满五年工龄,可以带薪学习。他要我多给予支持,那是当然,毫无问题。

听他整整说了一夜,也觉得为难,不知说些什么好。

10 月 30 日(阴历九月二十九),星期一,晴

早上起来,赵峰已经在食堂将两人的早饭准备好了。饭后,他将我送到公共汽车站。乘车到下枞阳,买了小轮票直接回芜湖。

10 月 31 日(阴历九月三十),星期二,晴

这次回家前后有十二天。旅途太累了,回来后就美美地睡到自然醒。

下午跟国庆一起到人民电影院看电影《天仙配》。国庆的舅舅在人民电影院当主任,买票很方便。

11 月 1 日(阴历十月初一),星期三,晴

上午在图书馆度过。借了一本《太平天国史稿》,罗尔纲著,他是太平天国的研究权威。

晚上,听到两个真实的故事,觉得有点价值,特记下。

1."文革"期间,芜湖有一人被打成了"叛徒"。他有两个孩子,大的十四岁,小的十二岁,都无法独自生活。于是在坏人引导下到处偷扒,由此也常常遭人毒打。十二岁的弟弟在马鞍山被人毒打后自杀了,十四岁的哥哥过得也不好。现在,父亲被彻底平反回家,看到两个孩子沦落至这样的下场,不知作何感想。

2.某地一孤儿,已三十岁了,才与一女子恋爱。但女方父母坚决不同意,将其另许他人,强迫女儿出嫁。但这对恋人却不

这是1979年清明节班级组织到西梁山春游并祭扫烈士墓时的小组照片。可惜这一时段日记遗失了。特将这张照片放在这里聊补遗憾。自左至右：前排杨亮生、冯静、李萍，后排：吴鹏森、周文龙、严方才、陈刚、黄宁、夏家龙。

想放弃，双双一起私奔出走。由于没有粮票，在外面根本没有生存之地。在外面流浪五六天后又被迫返回，最后竟双双拥抱着跳河自杀了。

11月2日(阴历十月初二)，星期四，晴

上午，到舅爹家，母亲要我带了一袋豆子和山粉送给他。

在我回家期间，班上同学组织集体到陈村水库游玩。下午，沈基明率先回来了。据他说，班上同学晚上都要回来。果然，吃晚饭时，两辆大客车到了。不知他们出去玩了几天，一个个风尘仆仆的样子，不过精神上都显得很快乐。

1979 年

(7.13—12.31)①

安徽师大旧大门内小道。（图片来自网络）

7月13日(阴历六月二十),星期五,晴

今天上午,《古代文选》课考完了,这是最后一场考试,由此,这一学期也宣告结束。

按照不久前的计划,暑假先到太平县二姨和小姨家走一趟。二姨家住在太平县新华公社董家湾大队,他们都是大跃进年代为了躲避大饥荒从家乡迁移到江南来的。一转眼已经二十年过去了,除了二姨父曾回去过几次外,两位姨妈再也没有回过老家。当然,我也记不清她们的面容,因为她们离家外逃时,我还是只有几岁的小孩呢!

昨天下午到芜湖汽车站买芜湖至陈村水库的车票,结果发现票已经卖完了,只好改买了十四日的车票,位子倒还不错,二号。可回来和宿舍同学一说,严方才不同意了。方才的家在南陵奎湖,前几天他就约我假期到他家里玩。我因为要到太平去,便婉言谢绝了。现在,我将日程推迟了一天,他又重提此事,希望我与他同行。盛情难却,我便收拾行李与他一道,同行的还有他的中学同学及其弟弟。路过汽车站,方才与我一起下车把原来买的汽车票退了。到火车站时,他同学已经将火车票买好等候多时。在火车上,我们还碰到班上吴昭友和严琴、李萍两位女同学。她们都是徽州人,为人很热情,给我们送来了冰棒。

车过两站,到了埭南,我们四人告别了几位同学下车,步行约五里地,便到了奎湖。

这是一个典型的江南水乡小镇,样子也很古老,周围河网交错,圩堤纵横相隔,奎湖镇因湖得名。湖在镇的南边,约有十里

方圆。目前梅雨时节刚过,湖水满得好像快要溢出来,整个湖面像一面大镜子,小镇的影子全都映在湖中。湖面被几条堤坝分隔成几个小块,或大或小,错落有致。但一条从青阳通往黄山的未竣公路路基从湖中间穿过,仿佛在湖面上划了一道伤口。

到了方才家,他的父母亲都很热情,弟弟、姐姐、姐夫也都过来问候。

吃过饭,洗完澡,方才邀我到朱老师家玩。

朱老师家在奎湖中学。奎湖中学在奎湖的西北角,离镇子不过百米。校园不大,呈 U 型结构,三面是房子,一面向湖敞开。因为是假期,学生和老师都已一走而空,除两个炊事员外,校园里只有朱老师一家人。

朱老师爱画,家里挂着好几幅、油画和国画。一看就知道,小家庭非常和睦,充满生机。听说朱老师已有十七、八年的教龄了,但看起来也不过三十多岁,至多不过四十。他的妻子是民办教师,只有三十岁左右,还在刻苦自学数学课程,看来也是一个上进的人。

整个下午几乎都待在奎湖中学。严方才和朱老师要我在这里多待几天,我坚持后天就要到南陵县城。最后双方妥协,一起到公社打电话让南陵二中的王老师替我买十五日南陵到陈村的汽车票。这样,我就可以在十五日早上到南陵。

我和方才一起到公社广播室打电话,方才的妹妹在这里值班。但打了几次,到二中的电话怎么也打不通,不是占线,就是无人接电话。二人只好悻悻而归。路上遇到严的一个堂兄,从他那里得知,从奎湖坐早班车到南陵,完全可以乘芜湖至陈村汽车。这样,又决定在奎湖再住两夜。

7月14日(阴历六月二十一),星期六,晴

早上起来,方才还在呼呼大睡,于是将其喊醒。两人漱洗毕,已是早上八点。我们相约来到集镇上逛街,这是了解社会的好途径,也是我的一个习惯。此时正是集市最热闹的时候,卖肉的,卖菜的,卖点心的,还有各种各样的土产品,情景与我家乡的金神镇差不多,只是规模略小一些。

上午几乎又是在朱老师家度过的。看样子,这将是方才假期的主要活动场所了。

中午略睡了一会儿,然后起来又到学校。方才与张、朱等几个人将乒乓球桌搬出来打乒乓球。我对此完全外行,方才的乒乓球基本功很好。

下午,四人一道畅游奎湖。他们都不敢远游,我也不便一个人单独远游,略游了一段就往回游了。

吃过晚饭,与方才两个人又下湖游了一会。

7月15日(阴历六月二十二),星期六,晴

早起洗漱毕,方才又买来了一堆点心,他太客气了。六点多一点,我们告别了严家父母,来到奎湖镇东面的一个小车站。说是车站,其实只是一间用草搭成的候车棚。七点整车子就到了,票是昨晚买好的,我与方才分别是一号与二号座位。

奎湖虽然只住了两夜,却对它有了感情,离开时很有点依依惜别的味道。

到达南陵县城,在车站一直等到十一点半也未等到芜湖方向来的车子。经打听才知道,这趟车是芜湖至陈村的路过车,由于无人在南陵下车,车子就没有进站,直接开走了。

真是一点办法也没有!

于是,不得不和严方才等人一起到他的中学老师王老师家。王是体育教师,住在南陵二中,妻子姓何,是一位数学老师。今天正值中专、高中升学考试,王老师正在忙着接送试卷。

这一夜就在南二中住下了。傍晚,四人又一起到学校南边的小河里游泳。

7 月 16 日(阴历六月二十三),星期一,晴

今天天气很好。9 点半车子就到了。我和方才同学告别后,上了到陈村水库的客车。车子一路颠波,到泾县县城已是中午,停车半小时吃午饭。忽然听到有人连声高喊:邓小平到黄山来了! 邓小平到黄山来了! 大家闻声跑到外面翘首观看,只见几辆小轿车从车站门前鱼贯而过,根本看不清里面有些什么人,也不知道邓小平来黄山的消息是真是假。①

下午二点左右,车到陈村。下车后过了渡口,一时竟辨不清方向。询问一路人,知道大致的方位后便上了公路。这里离二姨父家还有三十里路,不通班车,只能步行。

路上运木材的汽车往来不绝,导致公路上尘土飞扬。每走

---

① 经查资料,邓小平游黄山是 1979 年 7 月 12—15 日,由安徽省委书记万里陪同。7 月 16 日应该是他们离开黄山的日子,可能是车队从黄山回合肥时路过泾县。

百米,就要站在路边让车。走了四、五里路,我突然灵机一动,便招手喊停了一辆车,希望司机能顺道带我一下。谁知司机二话没说,立即停车让我坐进了驾驶室,将我一直带到昌溪,从而少走了十几里山路。下车后,按照司机的指点,我插上另一条公路,又走了大约十里路,终于到达二姨父家。

7月17日(阴历六月二十四),星期二,阴

早上一起床,匆匆地就要出去看山。二姨父家门前就是山,山腰间雾气浓烈,远看全是云。太阳出来了,阳光照在山上,逼得浓雾渐渐地退到山腰处,最后变成了一片片云彩在山腰间环绕。

吃早饭的时候,云层又爬上来了,渐渐的遮住了整个山峰。接着,天上就下起小雨来。

上午雨停后,我与表弟一起去游山。表弟只有十六岁,但爬起山来却比我强多了。他对附近的山路非常熟悉,先从小路垂直爬到山腰间的公路上,再沿公路南行,来到一个山洞里。山洞是近年来人工开凿的,约有一里多路长,里面已经安装了电灯,只是还未通电,洞里显得一片黑暗,只隐隐约约地看到对面洞口射进来的一点点光亮。幸好表弟随身已备有一把手电筒。

洞里有积水,只有1/3的地方是干的。但水很浅,深的地方才没过人的脚踝。洞也不高,一个人勉强可以直着身子通过。但像我这样身高的人则有1/3的地方必须要低头才能通过。

山洞直接穿山而过,出了洞口就到了山的另一边。原来在

另一边的山坳里,当地农民已经修了一个小型水库。水库尚未竣工,等水库修成后,刚才通过的涵洞就成为水渠,这样即可引水库里的水穿山而过,灌溉山这边的田地。

下午,村子里不少人来找我聊天,这也是我了解社会的一个途径。山里人信息闭塞,见闻较少,对我这样一个远道而来的普通大学生也表现出某种新奇。在聊天中发现,他们都为自己那个地区文化的落后而忧虑。村子里也有几个高中生和初中生,可听说他们连一封信都不会写。原因是这里的师资质量太差,大多是高中刚毕业的学生又来教高中,因而只有教育普及的形式,至于质量则无法保证。

7 月 18 日(阴历六月二十五),星期三,晴

姨妈十分热情,以至让人深感不安。

今天一整天都没有出去,抢着为姨妈家里的大水缸挑了几担水,然后就在家里看《十月》上的两个电影文学剧本。

7 月 19 日(阴历六月二十六),星期四,晴

上午由二姨妈陪着到小姨妈家去,还在半路上就遇到小姨妈来接了。小姨妈住在相邻的立新大队,并不算太远。据说这里比洪家还要富裕些。不过,小姨家由于人口太多,家境并不宽裕。

二姨家今天专门请木匠给我打了一个很大的木箱,说是要送给我装书。

7月20日(阴历六月二十七),星期五,晴

下午到大保小学去玩。

这里有一个胡老师,是小姨妈的结拜姐妹。她是太平县城的人,1968年就下放到这里当了民办教师。胡老师已经结婚,有一个四岁男孩,很是惹人喜爱。她的丈夫姓张,是个电工。

胡老师对文化大革命深为痛恨,对当地农村中的一些歪风邪气也愤懑不已。从接触中感觉到她的人生观有点消极。这是可以理解的,毕竟她的大好青春年华都浪费在这山沟沟里了。

胡老师对我的到来很高兴,她热切地想了解外面的世界。临走时她还给我送了些茶叶。

7月21日(阴历六月二十八),星期六,雨

凌晨三点即起床准备回校。一路上淋着雨,小姨父一直将我送到陈村车站。长途汽车使人疲劳极了,从早上七点半一直开到下午三点才到芜湖。雨一直下个不停,下午反而越下越大,车窗都无法开启,大家都感觉闷得慌。

到校后,勉强洗了洗澡即上床睡觉。

7月22日(阴历六月二十九),星期日,晴

上午应周文龙的邀请上他家玩,在他家吃中饭。下午回来收拾东西,准备明天起程回家。

7月23日(阴历六月三十),星期一,晴

坐了一天的小轮,到枞阳已是晚上六点多。赵峰已吃过晚

饭外出散步了,等了好一会儿他才回来。

7 月 24 日(阴历润六月初一),星期二,晴

根据赵峰的意见,今天在枞阳停留一天,明天有船到金神粮站买米,他本人也去,这样我们就可以少走几十里路了。因此,今天就由赵峰陪同到枞阳街上转了转。

路过枞阳县文教局,上去找杨亮生的父亲,想通过他找到杨亮生。不巧杨父正在外地参加高考阅卷,只好悻悻而回。

7 月 25 日(阴历润六月初二),星期三,晴

上午七点多随船出发,中午在双店上岸,和赵峰一起到吴胜家吃中饭。下午 2 点才返回船上,开船的金师傅一直在等着我们,弄得我们很不好意思。

傍晚到家,母亲又是一番流泪。家里很不安定,妈妈的手前不久不幸在雨天跌伤了。

7 月 26 日(阴历润六月初三),星期四,晴

上午社潮来了,约我到双伍家去。我们到双伍家时,正好国庆也在,四人欢聚一堂。

7 月 27 日(阴历润六月初四),星期五,晴

从双伍家回来,社潮就在我家宿夜,今天清晨回去了。

妹妹分了几分田的秧要插,我给她帮忙,一整天都在忙着插秧。中午给家里碾了一担米,期间在东宽那儿聊了一会。

7月28日（阴历润六月初五），星期六，晴

今天和同村的忠庆一起到县城卖梨子。我们是小学同学，他小时候很聪明，学习成绩很好，可惜在初一时就辍学了。梨子的价格已不像往年，只能卖到一角钱一斤，主要是近年来兴起的西瓜冲抵了市场。中午带忠庆到福庆表哥那儿吃了午饭，下午搭塘桥公社的顺便车回到松桂小学，然后步行回家。

7月29日（阴历润六月初六），星期日，晴

上午陪妈妈到金神医院去看手，马医师开了药方。在医院遇到社潮也在抓药，二人中午到朱光旭家吃饭，下午又到桂建平那里坐了一会，总算完成了一些礼节性的拜访。

晚上到社潮家歇宿，与社潮一起去看望黄志明老师。黄老师是我当民师时的同事，关系很好。现在他已经在玉嘴学校当了校长，对弟弟的学习也很关心。

7月30日（阴历润六月初七），星期一，晴

今天什么地方也没去，在家看了一天书，主要想对人权问题做点研究。现在只能做些准备工作。

7月31日（阴历润六月初八），星期二，晴

给二姨父、小姨父和胡老师各写一信，寄了一斤茶叶给上海表姐，这就是今天一天所做的事。

天太热,想看书也看不下去。准备给严方才、周文龙、黄学敏等人写信。

8月1日(阴历润六月初九),星期三,晴

再次到县城卖梨子,仍和忠庆一道,只是添了光夫与妹妹这两个小孩跟在后面来县城玩。路上遇到严桥生产队一个熟人,他帮我挑了十多里路。

晚上在县城住了一夜,主要是想看望一下王从付,了解他今年的高考情况。他说没有把握,不知自己考得怎么样,只能等几天分数下来再说。

晚上看电影《三毛》。这已是第三次看它了。

8月2日(阴历润六月初十),星期四,晴

上午十一点,搭金神农机厂的顺便车回家,在车上遇到双店陈龙老师和他的女儿陈静,谈了些阅卷情况和桐城师范的学习情况。陈静已快毕业了,她们下学期全部要实习,这个实习的时间比例似乎大了一点。只有二年的学制,实习就占了半年,等于四分之一的时间,不知是否适合?

下午二点,戴斌和余鸣亚两人骑自行车来了,他们是取道塘桥赵芳虎那儿来的,给他们每人摘了一袋梨子带回去。

8月3日(阴历润六月十一),星期五,晴

早上到余书记家作了礼节性拜访。上午到玉嘴学校遇到龙云、东朝两位老师,中午在龙云家吃午饭。饭后由两人陪同到樊

老师那儿借了他的宿舍钥匙,准备在玉咀学校里看几天书,正巧樊的未婚妻也在家。樊曾为亲事大费脑筋,他的第一个未婚妻因出事而服毒自杀,连带女方母亲在抢救女儿时,因吸入女儿嘴里的农药,竟和女儿一起中毒身亡了。

8月4日(阴历润六月十二),星期六,晴

在学校看了一天书,效果不大。想学日语,因无钟表,不能准时收听定时的日语广播。

8月5日(阴历润六月十三),星期日,晴

看了一天的《大唐新语》《北师大学报》之类。

8月6日(阴历润六月十四),星期一,晴

一天未出门。忠田医生上午来了,留他在家刚吃了午饭就被人找走了。赤脚医生还是很忙的,农村医疗条件差,农民看病多亏了他们。

8月7日(阴历润六月十五),星期二,晴

又到县城卖了一趟梨子,这已是第三趟了。回来没遇到顺便车,40里路只能步行回家,疲劳之极。

8月9日(阴历润六月十七),星期四,晴

到金神街走了一趟,见到赵秀华、黄传明、汪贵胜等人。

8 月 10 日(阴历润六月十八),星期五,晴

到外婆家玩了一天,傍晚才回来。本该早些去,只因他们双抢期间都很忙,不能耽误农时,故延迟至今。

8 月 11 日(阴历润六月十九),星期六,晴

早上起来迟,弟弟把饭已弄好了。吃过早饭把全家人的衣服洗了,因为母亲的手骨折受伤,没法洗衣服。

昨晚加树表哥来谈了一晚上,主要是生产队的事,很复杂,这个生产队一时很难翻身。

8 月 17 日(阴历润六月二十五),星期五,晴

这几天什么正事也没做成,只能在家洗衣、种菜、磨辣椒。

母亲的手尚未痊愈。前天到塘桥医院找汪医生来看,发现尺骨移位且已经破碎,很难医好了。经一再要求,汪医生将母亲的手用夹板夹好,不知效果如何。

到北水家去了一趟。他不在家,只有他的父亲和未婚妻在家。

16 日傍晚到肖店去与吴国庆约好日期,准备 23 日返校。

8 月 22 日(阴历润六月三十),星期三,晴

今天到县城卖枣子。凌晨两、三点钟即出发,挑一百多斤的重担,赶到县城天才蒙蒙亮,确实累极了,尤其是脊椎骨酸痛难忍。其实这样的事,在上大学前是年年做,但现在发现已经很难适应了。到了县城,直接将枣子批发给摊贩,然后到章钢同学家,躺在他家的靠椅上简直起不来了。

早饭后乘车回家,到社潮家吃中饭。回家收拾好行李,傍晚赶到吴国庆家,准备明天返校。

母亲的身体尚未痊愈,手也未好,很是不安。但日程到了,不能不回校。

8月23日(阴历七月初一),星期四,晴

吃过早饭,与国庆一道步行至双店。在吴胜家休息一会,然后到双店街上找江云未遇,不知她今年高考情况怎样?

中午十一点乘班船到枞阳。

在枞阳找赵峰未遇,准备到下枞阳住旅社,不料以前住过的迎江旅社已拆了。只好乘船过渡到"铁板洲"——铁龙公社高丰大队,在国庆一位远亲家过夜。主人十分热情好客。

铁板洲是长江中的一个沙洲,地图上有标记。现在这里是一个公社,土地肥沃,盛产棉花,水稻较少。土地平坦,杨柳成行,风光秀丽。农民群众的经济条件也较好,村庄是沿着江堤建设的,一家连着一家,一个生产队竟然绵延有两里路长。

江堤上的树,不论是杨树还是柳树,或是刺槐等其他树种,都长得特别高而挺拔。

8月24日(阴历七月初二),星期五,晴

早上过渡时,发现机动船被调走了,只剩下一只小船。足有两百多人在等着过渡。好不容易挤上了船,又遇上很大的江风,这是非常危险的。风把小船漂到码头下游很远的地方才靠上

岸。此时,到贵池的头班小轮已在鸣笛了。一阵猛跑,才匆匆赶上了这班小轮。在贵池下船,进城游览了一下。

贵池也叫池州,是一个古老的小城。特别是"秋浦"这个别称更是有名。唐朝大诗人李白曾在这里漫游时,留下多首"秋浦歌"。唯一的描绘炼铁工人的诗也是在这里的作品,至今,这里还有"秋浦大剧院"等地名。

晚上八点,到码头买了次日晨五点的大轮票,晚上在国庆大舅的船上过夜。他大舅驾驶的机动船正在这里装沙。

8 月 25 日(阴历七月初三),星期六,晴

乘"东方红"18 号轮船,五点从池州出发,中午十二点即达芜湖港。在船上遇到陈刚和吴江生等同学。

到学校已疲劳之极。洗澡后一直睡到晚饭时。

9 月 1 日(阴历七月初十),星期六,晴

来校一周了,疲劳仍未过去。

本学期课程不多,仅《共运史》《心理学》《逻辑学》,每周十三节(体育课除外)。但这些课都比较生疏,过去很少接触。

本学期打算多看点课外书及多写些文章,有些问题可作点学术研讨。

9 月 2 日(阴历七月十一),星期日,晴

星期天,到张应民那儿去了一趟,他已从裕溪口调到火车轮渡指挥部工作。吃过午饭,与张一起去拜访化学系金鹤老师。

金老师到杭州参加全国教材编写工作会议去了,他爱人陈校长(花心街小学校长)在家。

晚上,夏家龙带回一本老郭写的独幕剧"浩气长存",是歌颂张志新烈士的,要我看一下。剧本写得不错,但觉得缺少高潮,张志新的形象也不怎么丰满。由于张的真实情况就是常人难以超越,想在文学作品中写好她更加困难。

我的计划也未完成。看来什么事都要一鼓作气。

9月3日(阴历七月十二),星期一,晴

星期一,又是三节《共运史》课。一提起这门课,大家就感到厌烦。倒不是这门课本身有什么问题,而是纯粹由那几位老师给讲的厌烦了。

上学期上课的那位年轻老师,讲课时从来不敢看学生,只是自己嘴里咕噜咕噜地吐着一连串谁也听不清的方言,他的课受到同学们的公开责难。这学期换了另一个年轻老师,给人感觉更差。大家背地里都喊他"小队长"。他上课时声音特别单调,每句话总要分作三节来读,使得所有听课的同学都恹恹思睡。更叫人不能容忍的是,他上课全是照着讲稿读,每句都是低头念到最后一个字才能抬头看一眼学生。教师对自己讲课的内容生疏到如此地步,真是令人吃惊。因此,这位老师上课时,有些同学很不客气地用脚不停地搓地板,有的还故意大声咳嗽,或是用钢笔敲击桌面以示抗议。

长此下去如何是好!这还是大学吗?这样的政治理论课程能让人信仰?

但是,领导却对此视而不见,充耳不闻。对此,我们还是要大声疾呼:请重视政治理论课的教学!请配备合格的教师!

9月4日(阴历七月十三),星期二,晴

今天一整天都没有课,于是就躺在床上睡大觉。不想却做了一个梦,梦见父亲回家了,住了一夜又走了。原来他并没有死,这十一年来他都是在外面住着。父亲的音容笑貌很清晰,高高的颧骨上露出几根红色的血丝,还是十一年前的样子,只是身材不象以前那样高大,而是比我还要矮些,这是因为我长高了。

我们谈了几句话,却突然被人声打断,原来是同宿舍的同学回来了,他们的说话声惊醒了我。父亲死去已经十一年了,那时候姐姐十五岁,我是十一岁,妹妹三岁半,弟弟还未出世呢。记得那是腊月初一的晚上,我们在生产队里开会记工分,直到十点多才回家。天上正下着细雨,父亲把门前晒的柴草堆好了才上床睡觉。鸡叫时分,母亲听出父亲不正常的呼噜声,从内屋出来查看,父亲已经不能说话了。晨七点左右,父亲便停止了呼吸,前后不过四小时。

唉,一转眼竟已经十多年了,要是今天他还活在人世该多好啊。

下午班级打扫卫生,人不多,工具又差,环境区里杂草尺余。我到陈昌兵家借了两把镰刀才解决了大问题。

晚上和魏珠友到0号楼与叶建国聊天。叶是黄甲区大塘公社叶湾大队店屋队人,与父亲的朋友叶书生正好同村,他们也是本家。我在农村当民师时还曾到他们村子去过几回。

从叶那里回来,写了一篇随笔《闲话"最"字》,然后向吴胜如同学借了一本《竹谱》回来欣赏。

9月5日(阴历七月十四),星期三,晴

共运史的课程越来越无法听下去了,因此我决定放弃这门课程。到学期结束时再突击自学一下参加考试。确实没办法,不是亲耳聆听根本不相信还有这样的大学教师!

傍晚,辅导员钱老师来宿舍和几位同学商谈系里办刊的事。汇平说,办报刊历来是一件麻烦而困难的事,也是一件有意义、有价值的事。但是,象我们这样敏感的专业,要办好一个刊物不容易。脱离社会实际,不接触社会实际问题,刊物就很难办好,也不可能引起反响。如果办成了一个"御用工具",更是一件无聊的事。

9月6日(阴历七月十五),星期四,晴

下午没出宿舍,看了一本董说的《西游补》。

《共运史》课程已经改由魏老师上,原定计划也要作相应变动。

9月9日(阴历七月十六),星期日,晴

星期天去看舅爹,老人的身体一天不如一天了。他的儿子、儿媳都上班去了,孙女和孙子都还小(一个10岁,一个8岁)。老人很寂寞,希望我能经常去与他聊聊天。有时间我当然要常去看看他,他是母亲唯一健在的至亲。

今天是毛主席逝世的周年忌日,同学们都在议论纷纷,说相关的纪念活动几乎不见了,报纸似乎忘记了这样一个重大的日子。而周总理逝世纪念日,总是在一个星期前就能看到一些纪念文章。我想这里的原因是多方面的,一是过去对毛主席的宣传太多了,而宣传周总理则很少,事极则反;二是周总理在文艺界中的朋友多,这些人都曾在他直接领导下工作过,对周的感情深厚,因而撰写的纪念文章也多;三是文艺界人士在"文革"中均不同程度地受到冲击,他们不可能没有怨言。

不过,官方不重视这个日子更值得重视。《人民日报》只登了一篇毛主席同音乐工作者的谈话。

9 月 10 日(阴历七月十七),星期一,晴

日记总不正常,一拖就是几天甚至十几天,旧习难改。

这几天,看了电影《至爱亲朋》《冷酷的心》《八千里路云和月》等。

新生已入学了。今晚被吴国庆邀去看中文系的迎新晚会,其中的木琴独奏、山东快书等几个节目非常好,尤其木琴,第一次遇到这样高水平的演奏。

晚上回来与杨、黄、严、谷等五人联名写信给中央人民广播电台,要求复播夏青的诗朗诵:《将军,你不能这样做》。

夏家龙带来一本《中国现代作家传略》,看了其中几篇,很有感触。

9 月 12 日（阴历七月二十一），星期三，晴

由于对专业的厌烦，又想改行搞文学创作，苦于无人指导。写了几个短篇：《老驴头和他的儿子》、《夏日》、《一棵松树》，均不太满意。

晚上看《五四运动前后毛泽东同志的思想发展》（1979 年 5 月山东高等学校党史教材讨论会上的报告）。

看电影《画皮》、《沉默的人》。

9 月 18 日（阴历七月二十七），星期二，晴

为了看电影和买书，我们不得不节省菜票。今天采取一个办法，我和杨亮生两人合作买饭，早上买一毛钱咸豇豆，这样就可以省一天的菜钱。中午、晚上就吃咸菜，不用再买菜了。天气已凉了，豇豆用瓶子装起来，放一两天是不会坏的。

偶然听得一句话：无志之人常立志，有志之人立长志。信哉斯然。

看来我是属前一种人了。时常暗下决心，却总不能贯彻始终，终是无志。但是有一条，过去十几年来，不管具体的"志"如何变换，大方向是没有变化的。因此，这些年来多少还是学了点东西，思想也是解放的，从未迷信过什么人。

9 月 19 日（阴历七月二十八），星期三，晴

星期三下午是学习日，听省委某书记在省委宣传工作会议上的讲话：关于实践是检验真理的唯一标准的讨论。

听了这篇长达四个半小时的"大人物"演讲，感到从未有过的吃惊,明显感到他的讲话全是由别人代写的,自己在开会前估计都没有看过。

本来,实践是检验真理的唯一标准的大讨论已有一年了。在这场大讨论中,我和同学们也是完全同意并坚决支持这一观点的。但是,今天听了这个讲话感觉很丢脸。我甚至想,假若允许对方进行答辩的话,驳倒他的讲话简直不费事。

这篇讲话给我的印象是:

① 通篇都是套话,很容易听出他对中央的大政方针并未理解。

② 拖泥带水,废话特别多。

③ 语无伦次,没有逻辑。

④ 对马克思主义常识的了解少得可怜。唯一引用列宁的一段话还错了好几个字。

这倒不是我们对他个人有什么苛求,而是让人联想到,如果让这样一些人带领我们建设四个现代化,实在令人生疑。

当然,他们当年曾经对革命很有功劳。但是,这只能作为历史。作为党的高级干部,要领导人民建设社会主义现代化国家,必须要像邓小平那样有全球视野,有智慧谋略,有格局胸怀,有实际能力。

实现四个现代化,干部是关键!

是不是中国没有人才呢? 不是的。中国人才大有人在! 关键是要有完善的干部制度保证优秀人才能够脱颖而出,能够被选拔到最合适的岗位上去。这是中国能否实现四个现代化的关键。

千里马不能散放在深山老林里。

我观察了一下会场,80％以上的听众都在底下看书。有人更是用纸团塞进耳朵,专心致志地看任继愈的《中国哲学史》。

9月20日(阴历七月二十九),星期四,晴

下午去文科阅览室查阅了一些人权问题的法律条文。不过一小时就感到疲倦之极,看书总是看不下去,暑假返校后一直如此。睡觉无止境,十二、三个小时也不能满足。精神衰退,口中发甜,食欲极强,每次饭前都感到饿极了。总有一种预感:有场大病即将来临。

9月21日(阴历八月初一),星期五,晴

程则凡教授讲授的逻辑学受到同学们一致好评。他的教学特点:

① 完全脱稿讲课,书也是他独自编的。

② 力求通俗易懂,避免纠缠不清和一些不必要的重复、解释、考证。

③ 多举有趣的能说明问题的例句,使学生从例句中自然体会原理。

④ 尽量用口语或通俗的语言表达概念、原理。

⑤ 语言的逻辑性极强,用词恰当、准确、生动。

⑥ 有自己独特的讲课风格。

下午,魏珠友陪我到第二人民医院进行身体检查,作了小便化验。医生说没有问题,开了一瓶五味子糖浆和一点谷维素,不

知效果如何。

晚上继续整理"人权问题初探",争取国庆节前完成初稿。

9 月 23 日(阴历八月初三),星期日,晴

上午皖医的张娜与许丽二人来了,玩了一上午。

中午给双伍和吴胜各写一信,加上昨天给王法如老师、王从付同学以及家里的信一道发出去了。

傍晚到舅爹家去,老人要我为他代写一封人民来信给市财办,要求为他办理退休手续,解决退休工资待遇问题。

他解放前是抗战老兵,解放后流落芜湖,一直是个体摊贩,1958 年正式参加工作,1977 年 3 月因病离职休养,每月只拿 20 元的生活费,未办任何离职手续。现在年纪大了,退休问题一直得不到解决。据说上面有文件,他这种情况是可以解决退休问题的,其他单位类似的情况都解决了,可他们单位就是不主动。所以他要我帮他写信向市财办反映问题并咨询相关政策。

9 月 26 日(阴历八月初六),星期三,晴

这两天系里正在紧张地排练黄梅戏《浩气长存》,参加国庆会演。编剧郭崇武、周文龙,作曲刘照礼,导演郭崇武。张志新由七八级马文华扮演,秦贞由黄丽娅扮演,小陈由李孝兰(七八级)扮演,志勤由于珊珊(七八级)扮演,林林由冯静扮演,胡鹏由郭崇武扮演。

昨天下午剧务张佛全找我为他们制作幻灯片,以便将来演

出时将唱词同步放出来。为此忙了一天多。

晚上系里召开迎新晚会,节目不少,但出色的不多。

下午,剧务组几个人一起合影留念。我与徐敏、范大平三人拍了一张合照。由王刚摄影。

9月27日(阴历八月初七),星期四,晴

最近看了几本书,有《尼克松回忆录》《克格勃·苏联秘密警察全貌》《美国简明史》《哲学译丛》等。

9月28日(阴历八月初八),星期五,晴

为了庆祝国庆节,系里今晚在校礼堂举办"学习张志新,加深社会主义民主和法制"专场晚会。

晚会节目有二项,一是诗朗诵,大约有十一、二首,其中有几首诗给观众留下了深刻印象。而印象深刻与否与诗本身没有什么关系,主要看能否被朗诵者的激情所感染。一是演出黄梅戏《浩气长存》。看后,有同学要我提提意见,我便提了如下几点:

1. 演出总体上是成功的。因为无论演员还是台后,均未出现明显失误,观众的印象也还可以。

2. 也有许多值得总结的地方。

① 剧本的结构比较散,没有形成高潮,情节的故事性不强。

② 曲调相对单一,唱来唱去就那么三、四个,没有充分发挥黄梅戏丰富的表现手法。

③ 导演没有在人物关系上进行充分协调。有时舞台上几个人物不是一个整体,似乎各演各的。另外,演员该思考的地方

没有思考,该留恋顾盼的时候却大踏步地下台去了。

④ 未能挂上天幕和边幕,导致舞台过于空旷,三、五个演员在这么大的舞台上显得太空虚了,导致台景不充实。

当然,这是从严要求。作为业余文艺演出团队,只有一个星期的课余时间排练,又是政教专业的学生,能达到这样的效果应该是令人满意的。

9 月 29 日(阴历八月初九),星期六,晴

今晚是国庆文艺晚会。

9 月 30 日(阴历八月初十),星期日,晴

放假三天,宿舍里有四个人回家了。只剩下谷玉山、陈刚、黄宁和我,好像有点清冷。

上午谁也未出门,大家在宿舍听了一部"泪血樱花"广播剧。剧本写得很好,令人感动,扣人心弦。高潮时不禁使人流出了泪水。但本子也有不足之处:

① 加上一个四人帮的爪牙有点牵强附会,反而使人感觉不真实。

② 有人问吴国光之女(烈士之女),她的妈妈在哪? 她回答说:"她在很远很远的地方。"这句话前后未作任何铺垫与呼应,感觉太假。

③ 之光的未婚妻似乎无关紧要,甚至有点多余。如果安排吴国光之女为日本反战同盟的村山之女,并安排她与之光成为一对,结局似乎更好些。

10月1日（阴历八月十一），星期一，晴

学校节日早餐有油条、糍糕、花卷、馍等。

上午到舅爹家去，表爷还在工厂加班，表娘在家烧饭。

舅爹长年躺在床上，身形消瘦，给人弱不禁风的感觉。

尽管如此，老人还很关心时政，每次都与我讨论国家的新变化。其实他在年轻时的经历很有故事性，当过兵，抗过战，是一个抗战老兵。

10月2日（阴历八月十二），星期二，晴

下午与严方才上街看电影《蔡文姬》。

读了叶剑英在国庆纪念大会上的讲话，感觉比较实事求是，开诚布公，令人心悦诚服。

10月3日（阴历八月十三），星期三，晴

寄五条肥皂、两块香皂给江南二姨。

下午学习叶帅讲话。

看《哲学译丛》79年第五期上的几篇文章，作了详细摘要。

10月5日（阴历八月十五），星期五，中秋节，晴

今夜由周文龙发起，我们六个人组织了一次小型赏月会。六人为周文龙、郭崇武、黄学敏、徐敏、夏家龙和我。地址在荷花塘畔、花圃墙边。这里桂香四溢，月光如泻，看书写字如同白昼。会上，大家喝酒联句，作诗和答，好不快慰。下酒"菜"有苹果、芋

教学楼东边的荷花塘。在荷花塘的右边有一个花圃，我们的中秋赏月活动就在这个花圃内进行。一位老师傅还特地送给我们一捧刚收集的新鲜桂花。（图片来自网络）

头、五香豆、月饼、酱蒜头等。

先联句，后各人作诗若干首。最后要求每人须与对面之人和诗一首。我写了三首词、两首诗，其中一首是和徐敏的。

从七点一直玩到十点半方才结束。食物还剩了不少，余酒用来祭月。

10 月 6 日（阴历八月十六），星期六，晴

下午系里举行纪念国庆学术报告会，有刘老师、田老师、方老师等人的学术报告。主题是真理标准与阶级性问题。

晚上看《苏南冲突经过》（南·休迪耶尔考著）

10 月 7 日（阴历八月十七），星期日，晴

早上还在梦中被人叫醒，头伸出帐外，发现吴国庆站在床边。他笑着说:"好啊,现在还在睡觉!"

"今天是星期日。"我强调说。

"吃不到早饭了吧!"

"已买来了。"我指了指杨亮生给我买来的馍馍与稀饭。我们两人是合作的,每人买一天饭。

早饭过后,正在看《苏南冲突经过》,戴斌来邀我上街。在街上买了一本《史论选》、《中学作文指导》。

下午方才找我帮他抄一篇稿件。是他和汪青松合写的,题目叫"尊重事实,全面反映马克思主义与机会主义的斗争——兼评共运史教科书中的袒左现象"。主题很好,有万字左右。文章认为现在的共运史教材存在大谈反右倾机会主义而袒护左倾机会主义的现象,呼吁要纠正这种现象。观点很好,但我觉得有两点不足:一是史实叙述多而理论阐述少,二是逻辑性不强。

从下午三点半抄到晚上九点,除晚餐外,整整花了四个小时。

10月8日(阴历八月十八),星期一,晴

上午三节课都是在朦朦胧胧中度过的,看来我是没有精力研究共运史了。

中午吃了两只馍,这样可以不吃菜,每月可节约3至4元钱。即使这样,仍是债务不断。最近,森年买的一件中山装不合身,要转卖于我。这样债务便超过了三十元。

下午考排球,双手连续托球拍在墙上,三十五个为100分,15个及格,10个为50分。我几次都无法通过,只得留待下周补

考。由于当年农村中学无正规体育活动,使我的投掷和球类成绩一直无法提高。

10 月 9 日(阴历八月十九),星期二,晴

上午陪谷玉山到二院看病,顺便检查了一下眼睛。医生说要配眼镜,我知道根本不需要,不过是长期用眼疲劳,点些眼药水就可以了。

历史系女生在楼下贴出一张大字报,在班上引起轩然大波。大字报说我班女生不自觉,在她们楼上乱倒污水,影响了她们的学习。认为这这种行为与先进集体和共产党员的称号不相符。大字报写得简洁有力,但有失真的地方,如说上面八个女生中有五个党员就不是事实。

辅导员立即召开了班干会、女生会和班会,决定公开检讨,并且也要用大字报的公开形式。

10 月 10 日(阴历八月二十),星期三,晴

下午看电影《保密局枪声》,晚上方才又送来电影票《神圣的使命》,一直看到夜里 12 点。

10 月 11 日(阴历八月二十一),星期四,晴

下午系里召开教学意见座谈会,每组出一人。我由小组推荐与会,系里有张正元副主任和教学秘书吴老师参加。辅导员钱老师主持,大家发言都很激烈,对今年的三门课都提了很多意见。一致认为程则凡教授的课教得最好,心理学课有些问题。

这位心理学老师长期受到政治迫害,被下放到农村中学,去年才平反回来。有怨气大家能理解,所以他开始时发发牢骚,大家还很同情。但后来牢骚讲得太多了,大家就不满意,因为耽搁了太多的课堂教学时间。另外,他对教学内容也十分生疏,讲稿不能使人满意。一个概念未讲清,又带出许多新概念。

共运史课大家的意见最多。我提了以下几条:

1. 共运史课程由几个老师担任教学任务,教师经常轮换,他们之间没有协调好,讲课提纲没有统一,标准也不一致。有的以年代为线索,有的以事件为线索,有的以原著为线索,使得整个课程内容体系非常混乱。

2. 有的青年教师没有吃透教材,以为内容越繁杂越好,到处收集各书之细,结果导致总体线索不清楚,重点不突出,难点既没分散也没讲清楚。

3. 教师的教学方法有问题,虽然态度认真,但是效果欠佳。希望他们多去听听外系或其他课,如逻辑学课程,教学内容虽然不尽相同,但教学方法可以相互借鉴。

4. 教材要补发。

晚上,中秋赏月会的六名成员再次聚会,决定以此为基础,成立一个文学社团,定名为"明月社",并创办《明月》半月刊。这次会议完全是自发的,没有任何背景。会议主要讨论并决定了以下事宜:

一、积极筹备成立明月社。

二、讨论社章。

三、根据社章选举第一任社长与总编。

四、其他事项。

会议讨论结果,第一任社长郭崇武,第一期总编吴鹏森。委托吴鹏森起草社章草案和发刊词,会议还决定本月 20 日,大家要将稿件交给总编审稿。22 日召开成立会,25 日正式发刊。

刻印由夏家龙负责,封面、封底、插图由徐敏负责,印刷由周文龙、黄学敏、郭崇武负责。

"明月社的由来"改为稿件放在在第二期上刊登,社章单独草拟。

10 月 13 日(阴历八月二十三),星期六,晴

昨天上午下课后到市财办政工科询问舅舅退休一事,办事人员却在上班时间到医院去了。

回来时在校大门遇上一个陌生人。经他介绍名叫黄××,是陈新的同学。经他提醒我才想起,今年春节期间我们确曾见过一面。于是领他回到宿舍。在交谈中才知道,他是外销员,靠提成获取收入,提成比例是 15％。路费及一切其他用费全部自理。虽然他未明说,但我知道他来的目的就是为了省点住宿费和生活费。怎奈曾有一面之交,况且陈新的母亲是家乡的大队领导,对我也非常照顾。因此对他应该热情接待。但是,昨天下午陪他玩了一下午,他却沉默寡言,不懂礼貌,甚至一句客气话都不会说。同室同学都怀疑他这样的人怎么能跑外销?

今天下午,他终于走了,我也出门办事去了。哪知他买好了船票后又赶回来要在我这里吃晚饭。同室同学都觉得好笑,笑他从码头赶回来,只为省一顿饭钱。可他不知道的是,我们这些

六人合影。自左至右：夏家龙、严方才、吴鹏森、沈基明、黄学敏、杨亮生。（王刚摄影）

穷学生经济十分拮据，天天在节省饭菜票。而他毕竟是外销员，是有提成收入的。但我觉得他是第一次来我这里，还是要好好接待，善始善终。

晚上和方才、文龙三人到钱老师家和他辩论，因为他在下午的班会上讲了两点我们都非常不满意的僵化观点。

晚九点从钱老师家归来后，又与方才一起上街看电影《马路天使》，至夜十二点多回来。

10月14日(阴历八月二十四)，星期日，晴

星期天什么事也没干，写了一篇散文《荷花塘的命运》和两篇小杂感。

下午与严方才、夏家龙、杨亮生、沈基明、黄学敏六人一起在校园里照相，摄影仍是王刚同学。他为我们既拍了合影，也拍了单照,地点主要在图书馆、教学楼、生化楼以及礼堂前。

晚上,宿舍同学展开激烈辩论,讨论当前的教育问题。目的是为周文龙下周一下午的演讲提供一些素材。当前的教育是大家长期关心和思考的问题之一,讨论主要有了以下几点认识:

(一)现在有些人反对四人帮对教育的破坏,总是以十七年为准绳,以十七年为满足,以恢复十七年教育为目标。我们认为这是不够的。一方面,"十七年"也存在许多问题,甚至有重大的失误;另一方面,即使在十七年是对的东西,到今天,时代已经发展了,社会条件也变了,那些旧的东西也不可能适应了。

(二)国家对教育的关心还是不够,长期以来,可谓头痛医头,脚痛医脚。虽然在理论上认识到教育的重要性,但对教育存在的问题并没有充分认识,也没有从长远角度来规划。

(三)中国人不重视教师是有历史渊源的,孔夫子是教育大师,可他也是不得志后才办教育的,如果他得志了,一定不会办教育。历代都是这样,教师从来就是落第文人的事。不过在中国历史上,学生是尊师的,家长也是尊师的。今天却连这一点点东西也没有了。

(四)教师队伍是教育发展的关键。目前我国的教师队伍存在两大问题:第一,师资质量差。不仅业务水平差,更重要的是教学方法落后,中小学尤为突出,农村更甚。第二,教师缺乏教育家的品格。教师是一个神圣而崇高的职业,可如今的教师并不这样定位自己。大多数教师都把自己视为一个雇佣者,教书不过是为稻粱谋。这样的教师对学生当然谈不上感情。

（五）没有按教育规律办事，没有注意引进国外的先进教育理论和教育经验。

有了这些意见，相信周文龙下周一的演讲一定能取得成功。

这种讨论也是一条很好的经验，以后遇事要善于集思广益。

10 月 15 日(阴历八月二十五)，星期一，晴

华国锋主席今天到法国访问。这是一件大事，表明中国的闭关锁国政策一去不复返了。

晚上看美国埃勒里·奎因的推理小说《希腊棺材之谜》，这次首次看推理小说。以前只看过相关介绍，推理电影倒看过《追捕》等。

吃晚饭时与郭崇武等人又进行了一些讨论，主要是如何完成第一期《明月》刊的任务。

10 月 16 日(阴历八月二十六)，星期二，晴

今天全天都在为《明月》第一期审稿、撰稿。

10 月 17 日(阴历八月二十七)，星期三，晴

费了好大的劲才看完了《希腊棺材之谜》，因为它的逻辑性太强，稍有疏忽，下文便不可理解。

下午班上开会，周文龙的演讲果然不出所料，博得阵阵掌声。另外，余淑贞也讲得不错，她讲的是文化大革命的问题。其余人则一般化，有的演讲又臭又长，提不出新问题，尽是些八股腔。

晚上夏家龙交来一稿。

10 月 18(阴历八月二十八),星期四,晴

上午上完课又到舅爹家去了,今天他们全家休息。

报纸今天报道了北京对魏某的公审,判了 15 年。

10 月 19 日(阴历八月二十九),星期五,晴

下午照片取回来了,很好。

双伍来信,告知他母亲下月 15 日来芜。

晚上,明月社在 530 室举行第一次例会,由我主持。会上主要做了以下几件事:

① 通过社章,一致通过,没有修改。

② 审订稿件。

③ 选举下期主编,确定下期出刊日期。

④ 分派任务。

会议很圆满,也很紧凑,整整开了一个晚上。

10 月 20 日(阴历八月三十),星期六,晴

下午打扫除后和杨亮生一道上街,把有些照片又洗了一张。

晚自习时将本期两篇稿子又修改一遍。

晚十点和夏家龙、谷玉山一起看电影《生活的颤音》,这部电影真是一个创新,可以说代表着今后电影发展的方向。

10 月 21 日(阴历九月初一),星期日,晴

一个多月未下雨,简直成了灰的世界。校园里、街道上、公园里到处都是厚厚的积尘,行人走过,不仅身上落了厚厚的一层,嘴里也会吸进不少。

上午看电影《七十二家房客》。

中午正在刻印《明月》第一期,曹晓慧来了,要我与国庆带她去被服厂做衣服。

三点半去看舅爹。今天是老人的 68 岁生日,要我去吃寿面。这是我们家乡的习俗,也是一件很庄重的事情,买了一点水果作为礼物。

晚八点回,继续刻印《明月》第一期。

10 月 22 日(阴历九月初二),星期一,晴

晚上开完"普通话比赛"会,辅导员钱老师来宿舍坐了很久,谈了一些关于《明月》刊的话题。[1] 他说:

1. 结社是自由的,我们不干涉。但我们担心你们能不能把握住方向,宗旨和目的是不是明确;

2. 你们要办成文学刊物,我是不同意的。目前系里许多同学本来就专业不安心,你们再一影响,后果不堪设想。如果你们结合专业,办成班级的刊物,开展学术讨论,我们会大力支持。

3. 听说你们要与外校进行刊物交流,我们不主张。如果在校内与其他系进行交流是可以的。

4. 办成半月刊太紧了,会影响你们学习的。

---

[1] 今天,中国高校大学生组织学生社团是非常普遍的现象,也是学校大力支持的。但是在当年,高校对于学生组织文学社团还是有所顾虑。

5. 系里也在准备办一刊物,可能要抽你们的人员,你们不能阻挡。

我们的答复是:

1. 我们的办刊宗旨和目的是明确的,目前只是内部交流,不散发扩大。

2. 我们目前只能办成文学性的刊物,以后逐步加大专业论文与时事评述等文章的比重,尽量压缩文学部分。

3. 我们的刊物暂为内部传阅交流,影响是有限的。系里不必担心。

4. 我们允许自己的成员积极参与系里刊物的创办活动。

10 月 24 日(阴历九月初四),星期三,晴

下午刻写完毕,又印完了《明月》第一期,二十五日发行已不成问题。

晚上到街上取相回来,从戴斌那里买了一本《文学概论》,书是他们系里发的,他因为以前买了一本,故转售给我。

10 月 25 日(阴历九月初五),星期四,晴

晚上看《中日战争时期的通敌内幕》,美国博伊尔著。

10 月 27 日(阴历九月初七),星期六,晴

下午校宣传部朱部长在我系办公室召开学生政治思想工作座谈会,与会者有朱部长和校团委张干事(女),系崔书记(女),辅导员钱老师。学生有张培银、周文龙、黄汇平、沈基明、黄学

敏、姚钦颖和我等七位同学。

大家畅所欲言,辩论无拘,发言热烈,指出当前学生思想政治工作的最大问题是严重脱离了学生思想实际。讨论到最后,话题已经远远超出了最初设定的范围。

会议是令人满意的,不论效果如何,大家觉得一吐为快,把想说的话说出来了。

10月28日(阴历九月初八),星期日,晴

下午听宛敏灏教授《关于学词的几个问题》专题讲座。他是中国著名词人,听说《辞海》收有他的词条。听后,对词的来源与演变有所了解。

晚上与周文龙一起到钱老师家,送了一本《明月》第一期给他。他提了一些建议性意见,很好,可供参考。

下午周文龙和我谈了一个设想,由我和周文龙、张培银等人发起,组成一个学生学术交流委员会,举行学生学术报告会。这件事可以办,但要进行充分准备,才能收到好的效果。

晚上看了几本杂志,有《中国青年》、《读书》等。

10月29日(阴历九月初九),星期一,晴

班上出刊也分包下来了,要求以组为单位,各出一期,年终评比。这第一期是一、三两组合出,下午遵命赶写了两篇稿件:《南瓜绿豆粥为什么变味?》、《杀人》。

今天只吃了五分钱的咸菜,但感觉还好。加上二月份的,一共节省了七元钱。这个月还要争取再省3—4元,好买几本书。

办法还是早上买点咸菜,用瓶子装起来,供一天吃。这比许多大学者早年求学的条件要好很多了。

10 月 31 日(阴历九月十一),星期三,晴

下午进行政治学习。大家对"我们的一切胜利都是在毛泽东思想的指导下取得的"这个议题进行了激烈的辩论。这种政治学习的变化是前几天朱仇美部长开座谈会后发生的,也算是一种收获。

晚上与严方才在镜湖公园的石桌上对"过渡时期"进行了讨论,拟定了一份提纲,准备参加下周三的小组讨论,然后写成论文。

11 月 4 日(阴历九月十五),星期日,晴

上午看了一场《阿诗玛》,中午美美地睡了一觉,到下午两点才起来。

下午看了一遍《郭沫若文集》(五)上的"叶罗提之墓","喀尔美罗姑娘"。

《明月》第二期出刊只有几天时间了,昨晚赶写了两篇稿件。

这几天总是神情恍惚,四肢无力,不知什么原因。

人要是不受精神折磨多好,偏偏又多读了那么几本书。我常常莫名地羡慕起那些农村青年,像他们那样没有那么多的思想多好!

春天到了,种子最大的欲望就是要发芽!这是郭崇武同学文章中的一句话。说得好!种子要发芽,她应该发芽,也必然能

够发芽!

11 月 5 日(阴历九月十六),星期一,晴

今天陪苏翔到芜湖师专去看陈东宽,他们二人是中学同学,可他从未到过师专。前几天他来约我,因为腾不出时间而未去。

到师专后才知道,师专中文班已经搬到红星大队那儿去了。想找曹晓慧带路,她又正在上课。于是我们便自行到红星大队去,大约有二里多路。

中午他们很客气,要求喝酒,可是我和苏翔喝酒都不行。陈东宽、陈挺、项玉山和一个姓马的同学四人喝得多一点,一斤酒最后还剩了不少。

因为他们三天后要到广德去实习,时间一个月,今天正在试教,故两点多,我们即告辞。步行到师专本部,在操场上碰到曹晓慧,于是她会也不开了,回到宿舍陪我们聊天。四点后我们坐汽车回校。车过湾里机场,看到几架军机在起飞,赶紧下车欣赏这难得的场景,然后步行回校。

晚上,《明月社》举行第二次例会,审订稿件,决定付印。但稿件质量感觉不及第一期。

11 月 6 日(阴历九月十七),星期二,晴

今天无课,到图书馆看了一天的书,大约有八个小时。对过渡时期和社会主义时期有关问题有所思考。

晚上与严方才一道上街,在大众电影院连看了《哪吒闹海》与《刘三姐》两场电影。

11 月 7 日 (阴历九月十八)，星期三，晴

上午全组对"过渡时期"进行讨论，照例又是我和周文龙、严方才三人进行激烈争辩，对过渡时期的观点基本上大同小异，但对涉及的有关问题，如过渡时期结束后的阶级关系问题，还要不要无产阶级专政的问题，在社会主义社会会不会产生一个新的官僚剥削阶级的问题，成了辩论的中心话题。

11 月 8 日 (阴历九月十九)，星期四，晴

前天把票夹弄丢了，里面大约有二元钱菜票、几斤饭票和几斤馍票。

今天上午班级对过渡时期问题进行了讨论。

晚上到百货公司去坐了一会儿，本想去看电影《吉鸿昌》，但没买到票。胡兵回去结婚后并将爱人带来了。他爱人是吴立胜的侄女，去年腊月我与立胜曾去过他们家一次。

11 月 10 日 (阴历九月二十一)，星期六，晴

前天晚上与同组几个人在百花剧场看了一场话剧《雷雨》。昨晚又看了电影《尼罗河上的惨案》，这是一部推理电影。电影散场后，天上下起了雨，气温也急剧下降。正在踌躇间，冯静送来一把雨伞，她自己和宋蓓共用一把伞回去了。

11 月 11 日 (阴历九月二十二)，星期日，晴

今天天气仍然很冷，原计划到长虹机械厂去也没去成。

中午正在床上看《大众电影》，国庆前来要我和他仍然去长虹机械厂。我看外面天气好了，便同意去。长虹厂我俩都未去过，不过同班的张光世同学原是那厂里的干事，暑假期间还去做过调查，写有调查报告。所以，我也想去看看这家工厂的情况。

到达长虹时，胡兵还在睡午觉。他在这个厂的食堂里工作，与吴国庆是同一个大队的老乡。他的爱人还是我的本家侄女。

长虹机械厂的情况令人吃惊，到处都是垃圾、废钢铁、废机床等，有的都已经烂了，院子里野草丛生，墙倒壁塌，一片废墟景象。粉碎四人帮已经三年了，工厂里还是这个样子，真是令人难以想象。如果不是有几个工人在干活，我真怀疑这是一个已经被废弃的工厂。

胡兵四点要上班，我便和吴国庆一起到工厂的周边转转，心里盘算着要好好看看这里的情况，简单作一点调查。

我们登上弋江大堤，这条传说中的"黄鳝精"赤裸裸地暴露在我们面前①。江水已经低落下去了，江的两岸停靠着许多大大小小的船只。吴国庆指着江边停靠的几艘机器船与小帆板船对我说，你看，这就是传统与现代的统一。其实，这没有什么奇怪的，每一个发展中国家都要经历这种新旧重叠与交替的时代，问题是不能老是停留在这个时代！

---

① 小时候听人说，芜湖弋江是一条黄鳝精，因为它发源于皖南山区，有几百里长，却没有支流。据说当年道教张天师曾想斩杀它。可在实地考察时，他问黄鳝精身子已经出来多少？黄鳝精说刚出来一半。天师太惊。因为如果斩杀它，只要它的身子一绞动，就会地动山摇，不知有多少人会受其所害。于是，天师放弃了斩杀计划，转而答应它每年送它几船礼物。于是，在这条弋江的出江口，每年都会翻掉几条船，甚至会淹死几个人。老百姓说这是张天师当年答应它的。

芜湖弋江在长江的出口，宝塔叫中江塔。（图片来自网络）

江边的画面是不协调的，这边是鱼罾与扁舟。对面工厂烟囱林立，一个个向天空喷着浓黑的烟云。这种恶劣的环境使人想起狄更斯笔下的英国小镇。

江边有一高台，我健步跨上去想登高远眺。不远处有一耸立的砖砌烟囱，约有几十米高，上有钢精抓手，供检修人员上下之用。看到这里，突然想起了陈登科《破壁记》中秦斐自杀的那一幕。

沿着江堤继续往前走，有工人在卸石头。他们干得十分卖力，赤膊，光背，齐声喊着号子。这与我们两个在附近闲逛的人构成了鲜明的对比。我忽然感到有点惭愧，急忙快步从他们身边穿过。

忽然发现，前面有十几只山羊散放在大堤上，让人一下子来了精神。江边有一片很大的竹排，我立马快乐起来，拖着吴国庆跳上竹排察看。竹排绵延有几十米长。我想,这些竹子原本长在山上,甚至能覆盖一个山头。遗憾的是,它们被人从几百里外拖到这里来并没有派上什么用场。而是被遗弃,长期浸泡在江水中,许多竹子已经腐烂了。奇怪的是,岸上还有一小棚子,里面住着一位看竹排的人。这里有一个很有趣的逻辑:这些竹排烂在江水里是可以的,但不能允许路人拿走一根,哪怕是只拿一根竹片也不行。这可能就是当前国营企业面临的一个突出困境吧。

王毅老师为我们《明月》社捐赠了一百张印刷纸和一卷蜡纸。晚上特地代表全社同学到他家里表示感谢。

11 月 12 日(阴历九月二十三),星期一,晴

今晚看了一份《经济研究参考资料》,很受教益。上面有于光远、高放的几封通信和沈志华的"社会主义科学概念"等文章。外国的几篇有关社会主义评论中,美国人写的"一个允诺多而兑现少的意识形态"文章,令人印象深刻,它戳穿了当今许多社会主义国家的华丽外衣。

11 月 17 日(阴历九月二十八),星期六,晴

又一个星期过去了,时间总是无情的。

《明月》第二期在前几天正式发行了。大家决定以后改为一个月出一期,不然负担太重。

郭崇武写了一篇"亚姐"的短篇小说给我看了看,我觉得结构比较散,但比较有感情,可能与他的经历有关。

晚上看电视,全国文代会曲艺专场,但不太喜欢。主要是一

些地方性文艺形式不熟悉,缺乏欣赏能力,其他同学也一样。

周文龙要求与他合写"六零年"小说,我感到自己没有这个能力。

11 月 18 日(阴历九月二十九),星期日,晴

上午陪戴斌上街给梅光明买了一双皮鞋寄回去。梅是我们的中学同学,已结婚并有了一个孩子。

中午看日本电影《生死恋》,写一位女郎夏子不仅门第高贵,而且是科学家。但她后来爱上了未婚夫的朋友大公,大公虽然不愿与朋友野岛的未婚妻恋爱,但经过一些曲折后还是狂热的爱上了。他们已经准备结婚,此时大公出差到了巴库,他们每天一封信,互相倾吐着爱情。但是到了两个月的最后一天,大公突然接到一份电报,原来在一次实验事故中,夏子被炸死了。他悲痛欲绝,连忙赶回去,野岛也来了。野岛当初曾打了大公两个耳光,等于将未婚妻让给了大公。

电影并不以情节见长,但画面新颖,细节入微,人物性格突出,给人留下了深刻的印象。

晚上黄宁从湾里机场朋友处回来说,12 日夜有一架军机在夜航时,由于飞行员头晕,只得跳伞,导致飞机爆炸在当涂丹阳湖边,烧了好几亩农田。据说这属于二等事故,一等事故是连机带人全毁。

11 月 20 日(阴历十月初一),星期二,晴

看了《人民教育》第十期上的几篇文章,很受教益。如何培

养人,如何搞好课堂教学,这的确是当前教育部门迫切需要解决的问题。

大学生应该具有良好的道德素质。但是,我们经常看到一些浪费现象:有人任由自来水把脸盆放满了还继续白白地流;有人在大白天将电灯开着永远不关;有人打水不带水票却理直气壮地和看水老师傅纠缠,等等。真不知他们的书是怎么读的。

11月21日(阴历十月初二),星期三,晴

最近,《共运史》新换了一位老教师。据老师自己说,他虽是"文革"前北大研究班出身,但他认为自己讲不好这门课。一个星期过去了,大家的确对他的课议论纷纷。前几天系里来征求意见,同学们都说,意见只有一个:让他下课!但是,提别的意见可以,让他下课是不可能的。

这说明教师的质量并不简单地取决于文凭。不管是"文革"中的工农兵学员,还是"文革"前的研究生,都是有好有劣的。问题是一个人必须根据工作需要不断地学习,不能总是吃老本。

上次系里一批人来班上听课,可听课后却不提意见,也不反映相关情况。这样的听课有什么用呢?装装门面而已!他们对学生在上课时搓地板、吹口哨的现象竟然无动于衷,也可能是根本无法理解学生的行为。

这一个月丢了两次菜饭票,连明天早上吃的饭票都没有了。

我的学习方法也要改变。从小学到大学,我偏重自学,喜欢独立思考。小学时因"文革"的影响,基本没有正规读过几天书,只是看了几本古典小说。中学时有几位老师对我有很大影响,

数理成绩也不错,主要也是受那几位老师的影响。高中毕业后当了民办教师,为了不误人子弟,必须不断学习,而自学成了唯一的办法。到大学后对每天跟班听课一直不习惯。因为老师讲的都是教材上的,而那些教材几天就可以看完。

下午花二毛钱买了六七本特价书!特价,多好听的新名词。

从高中开始,我就比较喜欢社会政治理论,曾与十几个同学成立过一个小组,还出版过"展翅"周刊,只是没出几期就流产了。原因主要有两个:一是学校当时正在组织学工,学生天天要到工厂去,没有时间办自己的刊物;二是内部意见不统一,有些人总是胆小怕事。到大学学了政治专业,才开始真正接触到各门社会科学。但没想到,遇到这些不称职的教师,硬是把我的理论爱好断送了。

今晚看了《剧本》第十期,有一篇话剧《权与法》写得不错。另外还有几篇反映剧作家生活的。如曹禺,十八岁时写了《雷雨》。白桦,多才,多思,多产,诗歌、戏剧、电影、小说都很出色,作家叶楠是他的孪生兄弟。

11 月 22 日(阴历十月初三),星期四,晴

看话剧《未来在召唤》、《我为什么死了》、《曹禺选集》等。

11 月 23 日(阴历十月初四),星期五,晴

每年的第一天下霜,是我冬季长跑的开始。每天早晨五点钟起床,到操场上跑 1500—2000 米,四到五圈。今天是今冬晨跑的第三天。

吴胜来信,要求对一些重大理论问题继续探讨,并提醒注意锻炼身体。

11月24日(阴历十月初五),星期六,晴

早上起来,满地都是白霜,有点冷。操场上坚持跑步的人已经寥寥无几。为了抵御寒冷,大家只能戴着手套跑步,一圈后周身便发热了,三、四圈后便浑身冒汗,感到很舒服。

下午,和严方才、杨亮生一起看电影《万家灯火》。三点多回来,黄学敏告诉我,双伍的父母亲来了,因到宿舍没找到我,留下字条约我晚上去。

晚上和国庆一起去看双伍父母。他们正在双伍表姑家吃晚饭,我们虽已吃过晚饭了,但还是坐下来喝了点酒。

11月25日(阴历十月初六),星期日,晴

今天开始参加劳动,时间一共五天,这是大学期间每学期都有的安排。五天中,按小组轮流分工。今天我们的任务是把旧屋檐上的钉子取下来,劳动量较小。大家兴致都很高,心情也愉快。

中午在和平大戏院看了一场电影,是相声专集《笑》。电影票是前不久参加芜湖电影公司对国庆献礼片投票得的奖。

因昨晚有约,和国庆今晚到双伍表爷家吃晚饭。

11月26日(阴历十月初七),星期一,晴

今天的劳动是填土。由于很久不劳动,连续干了两天,觉得

很累。但是,大家都认为我们农村来的,会干活,不会累。其实不然,很久不干活,突然做重活也是吃不消的。不过我们再累也不会像城里学生对劳动感到厌烦,我们对劳动是有感情的,觉得劳动很快乐,仿佛又回到了以前的乡村岁月中。

下午打扫卫生,整整干了一下午。

《曹禺选集》中三篇话剧《雷雨》、《日出》、《北京人》总算看完了。如果不是天天劳动,一天时间就能看完。这三篇话剧虽然都是名作,但还是各有特色。论情节《雷雨》最好,论语言《北京人》最好,相比之下,《日出》似乎要次一些。

11 月 27 日(阴历十月初八),星期二,晴

今天的劳动是到凤凰山填沟,工人师傅把下水管安好后,由我们把土回填上。

看了一本《蒋帮特务罪行录》。

11 月 28 日(阴历十月初九),星期三,晴

今天是最后一天劳动,上午和谷玉山、黄宁、陈刚四人一组,任务是在教工食堂边挖一条小沟。工人师傅说,这是你们一天的任务,干完了,这一天的任务就算完成了。结果我们在上午即把沟挖好了。但是,下午别组挖树坑,我还是去了。总觉得劳动比学习更使人心情愉快。我与李萍一组,挖了七、八个树坑。

11 月 29 日(阴历十月初十),星期四,晴

今天到舅爹家,用自行车把老人推到芜湖地区医院作了

检查。

11月30日(阴历十月十一),星期五,晴

上午和黄汇平一道上街准备看电影,结果没看到。他拿出自己写的一首歌《不要失望,年轻的朋友》,请我帮他刻写十几份送人。后来,我俩到艺术大楼看油画展,发现上午不开放。在门口碰到李锦胜老师,他带我们上去了,并邀我们参观他们的国画教室以及美术专业同学创作的作品。

晚上召开全系大会,布置打扫卫生,迎接皖南片高校的检查。会议开了三个小时,先是程副主任宣读蒋南翔部长的讲话和教育部的文件,而后是崔副书记传达一些文件,后面是钱老师讲了时间安排和注意事项,最后崔书记又讲了一阵搞好卫生的重要性。同学们意见极大,觉得会议开得太长,内容重复,形式主义。不就是搞一次卫生吗?叫大家干就是了。

12月1日(阴历十月十二),星期六,晴

听说五日进行《共运史》课程考试,大家都开始紧张地复习起来。别看大家对教师的教学有意见,但对考试还是很重视的。

12月3日(阴历十月十四),星期一,晴

上午接到《清明》编辑部编辑来信,对我投的两个短篇小说《龙书记》和《一棵松树》提出修改意见。认为作品的农村生活气息浓,语言好,心理活动刻画也不错,但有两个缺点,一是情节过于简单,二是性格不够鲜明。但我最近已经没有了走文学路的

冲动,当然也不会去改什么小说了。

晚上坐在床上用手电筒照着看书复习。由于《共运史》这门课大家都没有听,只能临时抱佛脚。这两天看了好几个版本的《共运史》,人大的,杭大的,天津师院的,应付考试应该没问题。

11 月 5 日(阴历十月十六),星期三,晴

上午《共运史》考试,只有两题:

一、为什么说《哥达纲领》是一个倒退的纲领?

二、列宁是怎样得出世界进入帝国主义和无产阶级革命时代的结论的?

这两题基本上都复习到了。

晚上与吴国庆一起在百花剧场看芜湖市文工团演出七场话剧《一双绣花鞋》,演得还不错。但觉得正面人物演得不出色,反面人物却演得很好。

11 月 6 日(阴历十月十七),星期四,晴

看了几本内部杂志。北京西单墙拆了。

11 月 7 日(阴历十月十八),星期五,晴

下午接到妹妹来信,母亲的眼睛愈来愈差了,家里又遇到了一大堆困难。首先就是口粮问题,由于没有足够的工分,就无法从生产队分到相应的工分粮。别的家庭每人已分粮五、六百斤了,我家每人才给了三百斤。眼看马上就要挨饿了,真不知道怎么办才好。

夜里雾气很大,天要下雪了。

11月9日(阴历十月二十),星期日,晴

昨天下午,老师带大家到附中听课。第一节是高二(九)班的政治课,内容是经济危机的周期性。讲课人是邱老师。据说邱老师是全市最好的政治教师,他26岁就在大学里当老师,最近为照顾夫妻关系才调回芜湖(爱人在师大)。他的课的确很有特色,复习旧课,导入新课都很好,语言清晰而准确,以姿势助说话也做得不错。另外,他还用小黑板把历次经济危机的时间列成表挂在墙上,从1825英国第一次经济危机到1974至1975年的经济危机,使学生看后一目了然,对经济周期的逐渐缩短规律也看得非常清楚。

但是,我觉得也有几个不足:一是过多地介绍学术界的分歧,二是插入了一些不需要介绍的概念,如在经济周期中又加入了"中间性危机"等概念。这其实是把大学的知识下放到中学来了,这样只会使学生被众多概念困惹犯糊涂。知识传授是有阶段性的,有些知识在中学阶段就不宜讲。三是对经济周期的特点没有很好的突出出来,只要求学生在书上划了记号,没有强调。四是一堂课的内容安排得太多,致使拖堂15分钟,这可能与我们来听课也有关。

第二节课是世界历史课,内容是介绍阿拉伯国家,由葛老师讲。他从一般概念讲到伊斯兰教创立的背景以及创立后的快速传播,阿拉伯帝国的形成以至崩溃。总的印象不及邱老师讲得好,内容同样安排太多,时间上也拖了堂。

　　我们这次到附中听课是由心理学戴老师安排的,目的是用心理学理论来解释中学的教学过程,并看看他们在讲课中是怎样运用心理学的。戴老师要我们回来后各写一篇文章,代替期中考试,题目由自己决定。我准备写的题目是"注意在课堂教学中的应用"。

　　上午九点半到工人俱乐部看巴基斯坦电影《叛逆》。这是第一次看巴基斯坦电影。影片情节曲折感人,给观众留下的印象是深刻的,可以看出它在各方面都与印度电影有紧密联系,包括音乐、歌曲。因为两国本来就是一个国家,政治、经济和文化都曾是一体的,只不过由于宗教信仰不同,被英国人为地分成了两个国家。有人说《叛逆》可以与《流浪者》、《两亩地》媲美,我认为还有差距。它还不及印度那两部影片,一是结构松散,二是演技也比不上。

　　傍晚,心理学戴老师来访。他是一个干瘦的老头,不熟悉的人会以为他是农村来的大爷,这是几十年政治迫害给他留下的印记。据说他曾被打成右派,后一直在中学教书,前不久才回到大学。大家觉得他对业务不是十分熟悉。但是,他为人正直敢言,勇于指摘时弊,对学生态度谦虚,非常关心学生,这些都深为同学们所称道。

12 月 10 日(阴历十月二十一),星期一,雾

　　上午《共运史》课,校教育长许老又来听课了。他每次都是不声不响地来到后排坐在我的身边。我问他,外面雾这样大,眼睛能否看得见?他笑着说:腿不行了,但眼睛还好。他一边说

着,一边还把手里的拐杖连连杵地。许老估计有七十多岁了,个子不高,身材很胖,疏疏落落的几根头发全白了。我心里想,这真是个好老头子,如果领导都像他,工作效率一定更好。许老听课不同于别的老师,课后并不忙于和授课教师交换意见,而是喜欢与学生交流,认真听取学生对教师上课的意见。当他听说黄宁是嘉山人,立即笑着说:嘉山县和立煌县都是国民党时期新建的县。过去这些地方属于"三不管"地区,结果导致共产党活动频繁。为了对付共产党,便设立了这两个县。

下午体育课是篮球考试,老师给了我84分,满足矣。

晚上与杨亮生去看电影《傲蕾·一兰》。电影票很紧张,从票贩子手里买了两张票,每张票贵了5分钱。路上遇一外地人找不到旅店,我与杨领着他跑了好几个旅社也没有住上,各个旅社都是客满。很遗憾,助人不成。这也说明芜湖的旅店发展严重不足。

电影从9点10分放到12点多,三个多小时。出电影院时,电子钟正指向0点14分。

《傲蕾·一兰》电影还未公演,报刊上已多次推介了,看后却有些失望。

一是现代味太浓。出现许多现代语言,如"小伙子"、"乡亲们"等;从场面看,在部落里竟然出现有集体劳动的场面,割麦的场面就象在农场里集体劳动。一兰在莫斯科监狱里也是如同在中国监狱里一样,看不出异国监狱有什么不同的符号。

二是结构松散。全剧分上下集完全是多余的,中间情节并没有间断。影片主题是反映沙俄侵略我国和中国边民对沙俄的反抗斗争。这个主题根本用不着这么多的情节来反映。一兰与奥库的爱情是一条副线，但在上集却被提到了主线之上，冲淡了影片的主题，导致结构臃肿而松散。

三是有些情节牵强附会。如沙俄士兵叛逃还带着一把虐待一兰的铁铲等。

四是人物性格刻画有问题。影片开头告诉人们，一兰像雄鹰烈马，不是弱草嫩花。可影片中却把大量篇幅用来反映两人花一样的爱情故事。这不仅不符合一兰的性格，更重要的是清朝估计还没有这种现代爱情戏吧！

作者叶楠是白桦的孪生兄弟，但写电影比白桦差多了。

12 月 11 日（阴历十月二十二），星期二，晴

今天没有课，上午写了一篇心理学课程论文："教师在课堂教学中怎样保持注意的稳定性"。晚上写了"流水不腐的新启示"、"民主论"两篇小文章，用于《明月》刊的发稿。

12 月 12 日（阴历十月二十三），星期三，晴

下午是政治学习，系里传达了中央 83 号文件。内容主要有两条：一是关于高级干部生活问题的十条规定，主要是纠正干部的特殊化。因为近来群众对此反映强烈。二是邓小平的讲话，主要讲了三个问题：(1)就十条规定讲了自己的意见；(2)如何培养接班人的问题；(3)如何关心群众生活问题。第二个问题提得很尖锐。干部必须要有退休制度，不能只等着干部老了自然让位。应有制度保证干部能上能下，才能做到"流水不腐"。

傍晚给家里和生产队各写一信,希望生产队不要扣压家人的口粮。

12 月 13 日(阴历十月二十四),星期四,晴

晚上分别给几个朋友写了信。

购了一本柳体玄秘塔字帖,欣赏而已。

12 月 14 日(阴历十月二十五),星期五,晴

双伍同学来信,谈了一下对当前形势的看法,很有同感。中学时我们的思想就很接近,不过以往总觉得他较为动摇,正如他自己所说,思想上经历了一个过程。

现在从电视上看,从报刊上看,从文艺作品中看,甚至从一些知识分子的言论来看,似乎形势一片大好。可一深入社会底层和社会实际,就叫人感到忧心不已。腐败、特权、官僚主义、无能之辈充斥,正是这些在阻碍着祖国前进的步伐。

12 月 15 日(阴历十月二十六),星期六,晴

下午复习心理学,第二章快结束了。

中午一直要午睡,一睡就是两个小时。现在日子短了,不能再午睡了。但习惯难改,到时不上床就觉得特别难受。

12 月 16 日(阴历十月二十七),星期日,晴

上午去看望舅爹,老人还未起床。一看就知道他的身体已经越来越差,整天不断地吐痰,但并不咳嗽,应该是肺部出了

问题。

晚上到灯光球场看河北省承德市大型硬气功表演。"大型"二字名不副实,整场表演只有三个人,其中两个人还是弟兄。三人都出自气功世家,是祖传的武艺。大部分武功在纪录片《奇功异彩》的电影上已经见识过。但有几项绝活很出色,第一次看到。一是那位"老大"把鸡蛋大的铁球吞入腹中,用内气托住,不掉入胃中,绕场一周后又用气吐出。二是人在地上仰卧着,上压一块木板,让江淮牌汽车从身上压过。三是光背赤膊仰卧在四把削木如泥的大刀上,肚子上置一大石,然后让边上人用十八磅大锤将大石锤碎。至于头击四砖,项上顶钢筋,睡钉床,用胳膊缠绕铁条等节目以前均看见过。演出相当成功,获得了掌声阵阵。

回来复习心理学。

12 月 17 日(阴历十月二十八),星期一,晴

应黄汇平邀请,与他合作写了一首歌。我作词,他谱曲,歌名叫"孤帆"。歌词如下:

> 树上的枯叶萧萧落下,
>
> 低垂的乌云遮住蓝天。
>
> 在那江边的小湾里,
>
> 飘着一片孤帆,
>
> 孤帆,孤帆,
>
> 你为何如此凄凉!
>
> 孤帆,孤帆,

　　你为何落入这个港湾？

　　堤边的杨柳吐出新芽，
　　初升的太阳金光灿灿。
　　在那江边的小湾里，
　　飘着一片孤帆，
　　孤帆，孤帆
　　你为何还不出航？
　　孤帆，孤帆
　　你何时离开这个港湾？

　　歌成，汇平用手风琴拉给同学听，立即受到大家的喜欢，许多人当即学会了。有人要我谈谈写作背后的故事，甚至有人怀疑它与我的情感经历有关，这都是误解。歌词中确实有自己的感受。我常常想，在过去的岁月里，秋风落叶，空气低沉，令人窒息，我们无所事事；现在已是春归天暖，柳绿花红，我们怎么还不奋发呢？我们应该振作起来，奋发起来，有所作为才对。

　　孤帆第一段描绘的景色是几星期前我在弋江边散步时见到的场景。在那个江湾里就停着几只小木船，当时就很有触动，想写一篇散文，然而终未成篇。于是，这一实景就被融入到这首歌词的意境中。

　　另外，其中也有古诗词的影响。如杜甫《登高》中的"无边落木萧萧下，不尽长江滚滚来"，李白《望天门山》中的"两岸青山相对出，孤帆一片日边来"等等诗的意境，对歌词的写作也很有启发作用。

但这首歌词自己并不是很满意,因为是第一次写歌词,只能如此。

晚上,明月社召开例会,决定了第二期的稿件。老郭担心有风险,正式声明退出。大家推举我继任社长,我想也应该担起来。其实,这几期的组稿、审稿、刻印、装订主要都是我在做。就像"文革"期间在家乡为生产大队或学校出大批判专栏一样。那时候也是一个人包揽一切,既要撰写稿件、誊写稿件,还要画刊头,甚至最后的张贴上墙都是一个人包干的。

12 月 18 日(阴历十月二十九),星期二,晴

早上起来,天气显得格外的温暖,这是天气要变化的征兆。

想不到"孤帆"这首歌如此为同学们所喜爱,第一次就印了四十多份,一天后再次翻印。清晨起来就听到有人在唱它,看来主要是它与大家的心情有点契合,容易引起共鸣吧。

12 月 19 日(阴历十一月初一),星期三,阴

心事浩茫连广宇,于无声处听惊雷。

12 月 21 日(阴历十一月初三),星期五,阴

《明月》第三期的蜡纸已经刻好了,决定星期天到外面印。这次不同于以往,系里不方便印了。钱老师多次前来劝我们停刊,我们则是有策略地软抗。

从付的信来了好几天,想回信却提不起笔。人有时会特别

茫然,连写封信也感到无从下手,过去常常一个晚自习就能写十几封信。

天阴了好几天,间或下点小雨,这对农村无疑是好消息,农民早就在盼着下雨了。

这两天又写了几首歌词,但都不满意。主要是应汇平之约而写的,没有发自内心的写作冲动是写不出好东西的。

斯大林诞辰一百周年,系里专门开了学术报告会。由哲学组方老师报告斯大林的理论以及中国对斯大林评价的曲折演变过程。最后提出,要重视学习、宣传、研究斯大林。

看了一本《杰弗逊文选》,摘了几段。尽管立场和民主观可能有所不同,但人类的基本思想是相通的。

12月23日(阴历十一月初五),星期日,阴

星期天,细雨渐停,地面还是湿的。上午没出宿舍,看胡曲园的《形式逻辑》。

下午与方才、亮生一道上街,至五点多方回。

12月26日(阴历十一月初八),星期三,晴

为了纪念毛主席诞辰,由我们几个人发起搞了一场音乐会。与会者中男生有黄汇平、张培银、黄学敏、桂声民、王文有、王一频、王源扩、周文龙、夏家龙、汪青松等,女生有王春霞、姚钦颖、余淑珍、孙安平、汪心玲等,大约二十多个人,聚在第七组的宿舍里,这完全是自发性的纪念。黄汇平被推为主持人。他要求每人出一个节目,或唱,或诵,并且由上一个出节目的人点名下一

个人出节目,次第进行。桌上有糖果、葵花籽等小茶点。钱老师也来参加了。

元旦将到,系里准备搞游艺活动,要出些谜语之类。不知谁的建议,任务被派到我和 78 级的施平与 79 级的高开华身上。中途,施平、高开华来喊我,故我只得中途离开会场。

12 月 27 日(阴历十一月初九),星期四,晴

最近欠债较多,记于下:

张:18 元。

吴:3 元。

严:4 元。

王:10 元。

慢慢还吧。

12 月 28 日(阴历十一月初十),星期五,晴

上午学习中央党校一位学者对苏联的考察报告,班上决定将这份资料翻印。下午由我、家龙和萧扬三人负责刻印。

下午与张传开老师聊了一个多小时。谈话从他新房的摆设开始,他前不久才结婚,系里老师送了两幅铁画(兰草和菊花)。后来又谈到有人在《社会科学战线》上写文章,对臧宏老师与他合作的一篇文章进行商榷。他说,那篇商榷文章是站不住脚的,他要写文章反驳。

最后谈了一些学习方法问题,很受教益,兹记之。

① 读书既要博览,又要确立自己的主攻方向。

②要重视读原著。他在学生时代就将马列选集通读了一遍。只有这样,才能在不同观点的文章中发现问题,提出自己的见解。要多浏览,精读可少些。

③要善于提问,不耻下问。他有一个体会,不问具体问题,而是与老师交流最近一阵学习的体会。

④要注意积累材料,积累时要注意材料的保存价值,赶时髦的东西无用。

⑤要记卡片,有三种卡片:

1)目录卡片

2)经典名著中的警句卡片

3)心得体会卡片(要精炼)

⑥要善于上门求教。每个老师都是自己的引路人,要学会博取众家之长。

⑦多看专题论文,学着多写写心得体会。

12月30日(阴历十一月十二),星期日,晴

晚上班里开茶话会,全班同学欢聚一堂。邀请了系里张主任、吴老师、钱老师、魏老师、陈老师、宣老师,还有体育系的周老师。七八级来了两位同学,七九级来了曹晟同学。茶话会从六点开始,由班长桂声明致辞,张正元主任讲话。然后是表演节目。诗朗诵有吴光球、刑建国、胡万福、宋蓓。宋蓓的朗诵最好,她朗诵的是文天祥的"过零丁洋"和《三国演义》开卷词。独唱有余淑珍、孙安平、王一频等。黄汇平对老师与外班同学也没有饶过,在他的邀请下,钱老师唱了两段京剧,魏老师也唱一段京

剧,体育系周老师的京剧唱得最好,七九级的曹晟唱得也不错。七八级那个"大个子"唱了一段沪剧。俞扬朗诵了一篇"戴高帽子"寓言。最有趣的是黄丽娅临时拉的节目,由汪青松、王文有、傅恩国三人唱沙家浜的"斗智"。从不上台的黄学敏、潘利华也上台表演了。冯静表演的独舞,舞姿特别优美。第五组四个人来了个三句半,以敲茶缸代替敲锣。史际春与黄德明说了段相声"霸王别姬",吴光球唱了豫剧选段,郭崇武随口编了段单口相声。

教室里掌声如雷,一些同学简直发狂了,不停地敲桌子,蹬地板,许多外班同学中途闻声也参与进来。

生活委员桂世昌买来了橘子,瓜子,糖果。大家整整闹了三个多小时后,张培银起身宣布晚会结束。

许多同学反映,这是一次最成功、最活泼的晚会。

12 月 31 日(阴历十一月十三),星期一,雨

昨夜不知从何时开始下起雨来,天亮时雨仍未停。这对农民是一件大好事,今冬旱情太严重了。

上午买了一件风衣,价格 18 元,收布票 17.2 尺。

1980 年

校园墙外的赭山古塔。（图片来自网络）

1月1日(阴历十一月十四),星期二,阴

元旦的到来,标志着旧的一年结束了。回顾过去,不同的人可能会有不同的感受,对我来说,一方面感到时间过得太快,一转眼大学生活就过去了一半;另一方面又觉得时间过得太慢,还有两年才能参加工作。

上午系里搞元旦游艺活动,我负责谜语组。本系活动结束后,我到中文系去竞猜。此时都是剩下的难题了。但还是拿到了一个一等奖,一个二等奖,以及几个三等奖。

1月2日(阴历十一月十五),星期三,阴转雨

天仍未晴,时而还下些雨,路上湿湿的很不好走。

眼睛害起来了,真是飞来厄运。前天晚上只是隐隐的有点感觉,昨天游艺活动时就感到很不舒服。今天早上起床,觉得眼睛已经睁不开了。上午勉强上了课,然后到医院去看医生,开了点口服药片和一支土霉素眼膏。

下午看了《新时期》杂志创刊号,内容丰富,思想解放,但理论性不强。

晚上,眼睛无法看书,只好和杨亮生、黄学敏在一起讨论心理学,这样可以让眼睛获得休息。

1月3日(阴历十一月十六),星期四,雪

今天上午,天上飘起了雪花,这是1980年的第一场雪。但不太过瘾,仅仅飘了一阵雪花而已。

眼睛病得更厉害了,上午课也没法上。遵照医嘱,在家不时

用毛巾进行热敷。

晚上学校放电影《红与黑》，因眼睛不行，未看。

1月4日(阴历十一月十七)，星期五，阴

今天眼睛好多了，最严重的情况已经过去。天还是阴沉沉的，如果晚上风停霜降，天气就会晴好起来。

1月5日(阴历十一月十八)，星期六，晴

晚上看美国电影《来自大西洋底的人》，大开眼界。

今天看了《书林》、《书法》两本杂志。

1月6日(阴历十一月二十)，星期日，晴

上午看邹韬奋的《经历》。这种传记性文字对我们的成长很有好处。

1月7日(阴历十一月二十一)，星期一，晴

上午《共运史》三节课，只带了一本《红与黑》，教材和笔记都没带。

下午继续看《红与黑》，这是近几年看到的最好的小说。很久以前就对长篇小说不感兴趣了，尤其是外国名著，感到很难看下去。但这本小说是个例外。

1月8日(阴历十一月二十二)，星期二，阴

继续看《红与黑》，对三天后就要举行的《心理学》考试完全

置之不理。直到下午五点才将全书看完。

1 月 10 日(阴历十一月二十三),星期四,阴

近几天开始复习心理学,迎接星期六的期末考试。昨晚与严方才一起到戴老师家去咨询问题,得知我的课程论文得了全班唯一的"优秀"。严方才等几个同学是"优减",还有一些人只得了及格。

1 月 12 日(阴历十一月二十五),星期六,晴

上午考完心理学,看了一场《曙光》电影,觉得不错。它不仅塑造了一个真实感人的贺龙形象,而且在反映中共党史上那次左倾路线的影响也很真实,与同一题材的《赣水苍茫》相比,要好很多。

1 月 13 日(阴历十一月二十六),星期日,晴

今天是星期天,抄了一天的《共运史》笔记。平时不烧香,只能临时抱佛脚。

前几天与班上几位同学发起一个签名运动,要求《共运史》期终考试改为开卷考试,或用写一篇文章代替考试。当时拥护的人不少,委托我起草建议书。可到签字时,许多人退缩了,最后签字的人比原来预计的要少很多。有些人平时和背后发发牢骚还可以,一到真正地出来干点实事时,就显得胆小怕事,畏首畏尾,瞻前顾后,优柔寡断。还有人提出非常无理的要求,要我们保证在他们签字后,系里能采纳我们的建议,真是有点可笑。

1 月 14 日(阴历十一月二十七),星期一,晴

晚上看电影《唐山地震后的人防工作检查》。

1 月 15 日(阴历十一月二十八),星期二,晴

星期二常被我们称为"小星期",因为这一天没有课。

我和谷玉山两人将各自的被子拆洗了,还有垫单、枕巾等,满满的一大盆。这对我们男生来说是要下决心的。前几天谷玉山还表示等过年后再洗被子,今天竟然也同意了。

整整洗了一上午。天气很冷,但阳光很好,傍晚时被子居然全都干了。王春霞来帮忙订被子,我让她帮谷玉山,我还是喜欢自己动手。

1 月 16 日(阴历十一月二十九),星期三,晴

昨天和黄学敏一道把关于共运史考试的建议递上去了。一封由系资料室的闵老师转交共运史教研组,一封直接送给了许用思教务长。

晚上,辅导员钱老师来了,我估摸他是为此事而来的。但钱老师是众人皆知的好脾气,这也许与他长期做学生工作有关吧。他说自己很支持这个建议,建议写得也很有道理。但他又说,开卷考试没有可能性。可见他是在肯定之中进行否定。我和他进行了激烈地辩论,弄得他很难堪。这也许有点过火,事后黄学敏、严方才都给我提了出来。但我并无恶意,只不过是据理力争。我能无所顾忌地与老师争论,说明我对他是信任的,否则没必要争论。

我认为,钱老师能和学生进行平等的讨论,还是应该肯定的,至少说明他身上没有高高在上的官僚气吧。

中午继续看韬奋的《经历》。韬奋的东西看起来很舒服,语言通俗易懂,与他大众化的一贯主张很吻合。他的经历也很感人,虽然并不曲折离奇,也没有非凡伟大的举动。但对青年人应该怎样走自己的路很有借鉴与参考价值。另外,通过阅读这本书还可以帮助我们了解不少当时的政治、经济、文化等方面的历史背景知识。

下午开完班会,与汇平上街看《金环蚀》,未成。汇平提出将上次写的歌曲《孤帆》送到芜湖市办的文艺报《江花》编辑部去,于是两人立即就去了。

编辑部不远,就在校门前工人俱乐部院内一间红砖房里。许多人正在忙着寄回信什么的,一位中年男子接待了我们,他很热情地让我们坐下,然后接过稿件认真地看起来,不想正巧有一位女同志前来喊他有事。他便抱歉地将稿子交给那位女同志,自己出去办事了。看来这位女同志是他的领导,三十多岁。她看了很久然后才抬头发表意见。她说,稿件很好,但刊用有困难。因为歌曲和摄影作品都要摄影制版,费用高昂。对他们这样的小刊来说,目前还做不到,因为他们不得不从经济成本上考虑问题。她的意见是,让我们把稿子留下来,等以后有关部门如果需要,他们可以帮助转投,并希望我们以后多多联系,给他们写点小块文章。于是,我们起身告辞,她热情地将我们送出门外,并告诉我们,她姓徐,那位男同志姓王。

1 月 19 日(阴历腊月初二),星期六,晴

晚上校礼堂放映电影《可怜天下父母心》,香港故事片,与《万家灯火》类似。故事很感人,很多同学都流出了眼泪。大家认为通过影片不仅受到了道德教育,知道天下父母为了子女真的可以呕心沥血。同时也认识到,在高度激烈竞争的西方社会里,即使父母再拼命也无济于事,因为仅凭他们的辛苦打拼很难使下一代真正幸福起来。

1 月 20 日(阴历腊月初三),星期日,晴

前天大队领导张应荣来信,要我与戴斌两人到张应民那里把他托张买的鱼钩子带回去。今天上午与戴去张那里,但张说鱼钩子尚未买到。

刚回学校,黄学敏与陈刚对我说,上午有两位女同学来找我。我估计是曹晓慧来了,可怎么会有两个人呢?我想大概是她的同学吧。赶到吴国庆那里一问,竟然是江云来了。原来,江在一周前通过顶职来长航上班了。真是太好了,我们同学都盼着她早点出来。

于是我和吴国庆按她们留下的地址赶到东风旅社,这里是她们的临时宿舍。张北水已先到了,大家在他乡相聚真的好高兴。

晚上在江那里吃晚饭。饭后大家一起沿江边散步,晚八点在海员俱乐部看了一场电影《苦恼人的笑》。

1月22日(阴历腊月初五),星期二,晴

天很晴,阳光格外暖和。乘着大好阳光,把被子全搬出来晒了。

一整天都在复习《共运史》。因为根本没听课,我便把不同版本的教科书搬出来比较着看,有北大的、人大的、编写组的、杭大的、劳大的,还有青年自学教材。大家见我桌上摆满了书,笑我像个学者。

下午,接到太平胡老师来信。内容有两点:一是她的工作已搞好了,顶职接替了她母亲,但还是在原来小学里工作;二是小姨托她带信要我寒假一定要到太平去,并提前告诉她放假的日期,她要到陈村来接我。

晚上给社潮写了一封信。

1月24日(阴历腊月初七),星期四,晴

《共运史》课程终于结束了,大家都起劲地鼓掌,弄得任课教师好尴尬。

1月28日(阴历腊月十一),星期一,阴

昨夜下雨了,早晨起来雨已停,但路面和操场上还是集满了水。

明天要考《逻辑学》。

《共运史》课程是2月9日考,签名运动实际上是失败了。虽然老师们口头上都说我们的建议提得有道理,但实际上办不到。这是典型的抽象肯定、具体否定。奇怪的是,二十多人的正

式签名书,竟没有得到任何正式的书面答复。可见校方还是无视学生意见的。更奇怪的是,那些参与签名的同学也无动于衷,似乎他们从一开始就知道必然失败一样,甚至根本没有人过问一下结果。只有黄学敏等人发了几次牢骚。

现在形势似乎有点异样,攻击"自由主义"、"无政府主义"的文章比批判"极左路线"的文章多了起来,这不能不引起人们的注意。

白桦说得好:有些人一爬上宝座,就把党的利益与人民的利益对立起来。其实何止如此,表面上说为了党的利益,实际上不过是在维护自己的官位而已。党的利益与人民的利益应该永远是一致的,背离了人民利益讲党的利益是值得怀疑的。

1 月 29 日(阴历腊月十二),星期二,雪

早上起来,天空飘着雪花,可能昨夜就已经下雪了。早上起来,外面已是一片银色的世界。

上午考完《逻辑学》,雪还在下。

1 月 30 日(阴历腊月十三),星期三,雪

大家都很关心《逻辑学》的成绩。一大早就有人去程则凡教授家探望。据他们回来说,卷子已经改了一大半,我得了 96 分,大约属前几名。失去的 4 分是由一道有争议的题目引起的。那一题是"芜湖市在长江南岸"和"芜湖市在长江北岸"的判断关系,按照老师上课所讲和教材上的内容,都认为它们之间是矛盾关系,适用排中律。但沈基明同学提出,一个城市可以同时跨越长江两岸。芜

湖市在长江北岸还有一个裕溪口呢。这样,这两个判断之间的关系就由矛盾关系变成了反对关系,适用矛盾律。程教授接受了这个意见,从而使十几个同学都失去了这4分,只有沈基明得了100分。大家觉得是"哑巴吃黄连,有苦说不出。"但我想,这4分失的也值得,因为它让我们对这个问题有了正确的答案。

1月31日(阴历腊月十四),星期四,晴

天晴了,但很冷,温度只有零下8到10度,可谓滴水成冰。地面上的雪并不多,但树上、屋顶、山坡上的雪都未化。

大家都蜷缩在宿舍里复习,总觉得宿舍比教室暖和些。

下午又到舅爹家去了一趟,算是寒假前去打声招呼。老人躺在床上很久没下床了。

2月1日(阴历腊月十五),星期五,晴

下午,与学敏、亮生三人到赭山公园去复习《共运史》,山上同样积雪未化,但石板路却非常好走。

2月3日(阴历腊月十七),星期日,晴

芜湖地区卫校小曹来了,中午与戴斌、北水几个老乡在一起吃中饭,喝了点酒,然后又一同回到他那儿去玩了一下午。卫校、商校都已经放假了。他们学校的77级同学已经毕业。小曹是学牙医的,被分配回安庆地区,可能在安庆市医院工作。

傍晚回来,发现陈东宽来了。他带来一大袋书要我帮他背回去,可是我放假后要先到太平去,无法帮他。于是,两人商量

后决定他在七号回去时,我帮他将书送到码头交给他。他也已经毕业了,分配回桐城。

看到许多一起上学的熟人都毕业了,甚至有些比我入学时间还迟些的人,现在都毕业去工作了,确实有点动心。对于我们这些家境特别困难的人来说,不得不盼着早些毕业,早点参加工作。

2 月 4 日(阴历腊月十八),星期一,晴

张应荣上次写信来,要我与戴斌帮他带鱼钩子回去。鱼钩子由他约张应民购买。本以为张已经买好了,结果去张那儿发现他根本未买。他见我是骑自行车去的,便约我一起去鲁港买,只好陪着他去。芜湖离鲁港约有三十多里路,从轮渡所出发更远,但一路上还算顺利。在鲁港停了一小时,买了五千根鱼钩,总计 39.59 元,重量有 18.5 斤。本来约定我将鱼钩带回去交与张。由于我要去太平,鱼钩只能由戴斌带回去。

上海表姐来信,邀我明年暑假去沪。现在无法决定,到时再说吧。

2 月 5 日(阴历腊月十九),星期二,晴

与黄学敏在一起复习。说是复习,两人在一起更多的是讨论别的事。

学敏认为,"明月社"已被公认为班上的一支力量,谁也不能无视它,谁也不能否认它。老师之所以不敢公开对它表示不满,也是因为这个原因。因此,他主张明年开学后,明月社既不宣布解散,也不继续活动,就这样拖着。

但我不同意他的观点。我的意见是公开解散,既然由于种种客观条件的限制无法办下去了,那就没有存在的必要,倒不如公开解散的好。

2月6日(阴历腊月二十),星期三,晴

上午几乎没有看书,收拾一些放假需带回的东西。

下午与谷玉山、黄学敏、杨亮生四人到长江边讨论。

晚上,魏老师来给我们进行个别辅导。听说他是原合肥师院的,后来调到共运史研究所,负责人是李希凡的老婆,"文革"中受到很大冲击。

本期还剩欠债:

王:10.00元

张:10.00元

吴:3.00元

张:3.00元

2月7日(阴历腊月二十一),星期四,阴

天气格外的冷,估计又要下雪了。

中午和国庆聊天,感到学校的空气非常沉闷,领导思想普遍保守,令人感到窒息。

粉碎"四人帮"已经数年了,人民思想上确实获得第二次解放。我国外交战线很有起色,国际威望有所提高。但社会并未完全安定下来,其原因在哪呢?

我以为以下几点原因不可忽视:

1. "文革"十年给社会各个方面都种下了祸根。但在"文革"那种严酷的环境里,这些"祸根"并未破土出苗。如今春融大地,一切不好的东西反而都出来了。

2. 相关政策摇摆不定,"一天睡二十四个觉",无一定之规,一天一个样,导致老百姓无所适从,也难以理解。

3. 干部腐败问题越来越严重。官僚主义、教条主义、形式主义充塞神州大地,到处都是"土豪劣绅"。

4. 体制、机制等结构性问题,到处都是机构臃肿、人浮于事。

要解决这些问题,必须从改革干部制度入手。中国需要一大批适应新时代的干部队伍,但这些干部不会凭空而来,他们只能来自群众,来自青年,来自基层。必须要大力推进干部制度改革。使干部真正能上能下,做到"流水不腐"。

2 月 9 日(阴历腊月二十三),星期六,晴

随着《共运史》课程考试结束,本学期也宣告结束了。

下午吴胜到芜,他是安徽劳动大学哲学系 77 级的。晚上送他和国庆到轮船码头。他们这次乘火车取道合肥回家,因为嬉子湖水已退干,几十里湖心全是烂泥,根本无法乘船。

2 月 10 日(阴历腊月二十四),星期日,晴

按事先约定,又到太平来了,这是今年的第二次。幸好车票是校长办公室统一买的,否则很难买到车票。

昨夜一直没有睡好。因为宿舍里只剩我一个人,所以不敢

贪睡,怕误了今天早上的乘车时间。

今晨五点起床匆匆赶往车站。

车行一路,只见山上残雪未化,雪后的景色与暑假见到的大不相同,到处是一片肃杀悲凉的气氛。过了泾县后,天气开始暖和一些,残雪也没了。

坐长途汽车真是一桩苦事,非不得已不为之。一路上颠来晃去,头晕目眩,到陈村下车,已是中午十二点半。下车后心里难受得厉害,忍不住把早上吃的全吐了出来,倒了个干干净净。肚子是空了,但却不想吃东西,咬咬牙,继续步行到小姨家,一口气走了近三十里路。

晚上到立新小学胡老师家去玩,正好她丈夫也在家。胡老师仍如以往热情大方。大家谈了些别后经过,一直聊到十点钟。一个最大的收获是偶然得知她看过话剧《假如我是真的》的剧本。原来这个剧本被太平县文化馆翻印过。于是托她再去找找看,能否借来一阅。

2月11日(阴历腊月二十五),星期一,晴

上午,胡老师真的把剧本借来了,虽已残破不堪,仍如获至宝。下午一口气看完,并让二姨家孩子去买个练习本,将剧本抄下来了。

2月12日(阴历腊月二十六),星期二,晴

早上起来又去爬山,想看看晨雾中的日出。

路上听说昌溪有大赌博分子被拘留,正在召开公社社员大

会批判。各个大队凡有赌博行为的人一律要求参加，其余社员派代表参加即可。现在农村赌博行为极为严重，有的一夜输赢在六、七百元，甚至达千元以上。此风不刹，后患无穷。

2 月 13 日（阴历腊月二十七），星期三，晴

今天早上天没亮就早早地起来准备回家。二姨父将我送到陈村水库时天刚刚亮，原来我们已经摸黑走了七、八里山路了。

到了陈村水库，先乘二角钱的船，再乘三角钱的船，又步行了五、六里路，才赶到广阳，然后从这里乘车到贵池。一路上都是山路，峰回路转，车子颠簸得特别厉害。有时车子比步行还慢。过了青阳县便可以遥望九华山，李白诗中的九朵莲花隐隐可见。

下午两点到达贵池，又等了两个多小时才乘上小客轮，到枞阳已是傍晚五点多钟，六点到了赵峰处。赵峰这次没有回家过年，先前已经给我写信约我来，故正在等我。

2 月 14 日（阴历腊月二十八），星期四，晴

晨八点，告别了赵峰。先是乘班船到燕窝山下，再赤脚在湖中走了五、六里路的泥河。湖中间的泥水有脚肚子深，好在天气较暖，又有几个老工人同行，所以并不觉得很冷。到瓦竹咀上岸后又跑了十多里才到吴胜家。洗脚时发现泥水已经布满了两条裤腿，确是一副狼狈相。

下午三点，从双店乘车到曹岗，再步行回家，到家已是傍晚五点。

2月15日(阴历腊月二十九),星期五,晴

今天是除夕。早上起床匆匆梳洗后即赶往北水家。北水今年未回家过春节,他的未婚妻及老父亲都很惦念。更重要的是两人都疑心重重,怕北水变心不要未婚妻了。如果今日不去说明清楚,他们这个年必然过得不安生。因此,特地赶在清晨就前来说明情况。

在北水家吃了早饭,他的未婚妻也在家。北水父亲一定要我与他详谈有关情况,直到十一点才让我回家。

路过韩庄,买了一点过年的鞭炮。正好学文也在家,作了简单的交谈。

下午忙着给生产队社员写春联。

2月16日(阴历正月初一),星期六,晴

一天都没有出门。农村有句古训:"初一不出门,初二拜新灵,初三拜母舅,初四拜丈人。"后三句如今已不为人们遵守了,但初一不出门的习俗还是坚持下来了。

2月17日(阴历正月初二),星期日,雨

上午和妹弟一起到外公家拜年。

下午母亲来喊,说双伍来了。于是立即打道回府。天上正下着雨,一路泥泞路滑。回来发现双伍已到社潮家去了,并留言明晨再来。

傍晚到张应荣家,送去买鱼钩的发票。

2 月 18 日(阴历正月初三),星期一,晴

清晨,双伍和社潮果然来了。半年不见,分外亲热,谈及形势,多所感慨。武汉大学的学分制令人向往,财贸学院的考试也有所改变。社潮谈到他们班上同学恋爱成风,特别是一枞阳男生与一淮北女生恋爱出了问题,在期末考试那天,女方提前下场,到宿舍吞了八十粒安眠药自杀,幸好被辅导员发现后救活了。

2 月 19 日(阴历正月初四),星期二,晴

昨天下午正准备与社潮到双伍家,出门不远,弟弟追上来喊我们,原来吴胜和张仕龙两人来了。于是两班人马合成一处,晚饭后一起到双伍家。

今天早饭后即赶回来,因为姐夫一家要来拜年。

2 月 20 日(阴历正月初五),星期三,晴

上午到方庄福庆表哥家走亲戚。他年轻时在罗岭招亲,去冬才搬回原籍。在这里新结识了大表哥福雷。

2 月 21 日(阴历正月初六),星期四,晴

上午从方庄回来即去姐夫家,晚上被拉到洪庄他的二姐夫家喝酒。夜里得知母病,连夜赶回。

母亲发烧得厉害,原来在我上午走后不久就病倒了。于是和姐夫一道连夜去找赤脚医生来打了一针,送医生回家时已是深夜。

2月22日(阴历正月初七),星期五,晴

今天接姐夫的父亲和他的弟弟以及外公等人来家里吃饭,算是春节期间对长辈的一种节日孝敬,实际上成了一种礼节性任务。

下午,北水的父亲来了,他直接在村里对着诸多陌生人详细地讲了北水的事情,讲到伤心处,竟蹙眉落泪。留他过夜,他又不愿意。于是在半夜将其送回。

2月23日(阴历正月初八),星期六,晴

下午到医院拿点药,遇到社潮、学军等人。到戴斌、秀华家略坐,谈了些别后情况。

朱光旭去冬已经结婚了。

2月24日(阴历正月初九),星期日,晴

上午准备行李,决定明天返校。

2月26日(阴历正月十一),星期二,晴

今日返校。早上母亲和姐姐、弟弟、妹妹将我送至村口。兴虎因上学,一路陪我至金神。寒假总算结束了。

到了桐城车站,因春节返城买票的人特别多。排队等了三个多小时,队伍前面还有三十余人。有关系的人都从后门买票走了。中午十二点,赵秀华的姐姐来了,见我们还没有走,立即去找熟人。结果她认识的车站工作人员一来就叫我们直接上车,等车子开动后再临时补票。果然排队三小时比不上她的一

分钟,可见如今中国的社会风气有多坏。

车是加班车,一辆破旧的带棚卡车被临时用来拉客。车子开动时摇晃不定,风雨齐入。几十人全都挤到车子的后半截,状甚狼狈。

行至范岗,遇到前方有交通事故,又等了一个小时。车到安庆已是下午三点多钟。由于晕车,心里难受至极。

在安庆码头看船行公告,得知今日无船。于是将行李寄存后,便去排队买次日船票。

忽然听一上海旅客说,下水到南京的船正停在码头马上要走,并且还有票。于是匆忙跑去碰运气。结果还真的买到票了,于是立即上船。

票是四等舱,整整睡了一夜,在池州、铜陵等地停靠情况一概不知。清晨四点有人喊"起来啰,芜湖港到啦",方才醒来。

走出港口,踏上北京路,街上冷冷清清,只有几个行人匆匆而过。

回到宿舍,走廊里也是冷冷清清的,灯也没有开。敲开宿舍门,发现同室的人都回来了。有的也是半夜才到,正睡得很熟。因怕影响他人休息,便先伏在桌上一直睡到天亮。

上午去看望舅爹。母亲让我带了一只鸡和 18 只五香鸡蛋送给老人家。表姑也回来了,这是我们的第二次见面。

2 月 27 日(阴历正月十二),星期三,晴

上午是哲学原理课,由方老师授课。

下午班上召开座谈会,老师要大家畅谈寒假见闻。但吃东

西却成了主要任务,每个人都带了些家乡特产。

晚上和吴国庆一道,把双伍父母托带的东西送到他表爷家。

2月28日(阴历正月十三),星期四,晴

今天的课是教育学,教师姓名不详,但学生反映讲课效果很好。因他上课的语言和表情特别丰富,有人形容其上课如小河流水,令人轻松愉快。

下午看《郁达夫选集》。

2月29日(阴历正月十四),星期五,晴

北水今天请假回家。我送他到码头,结果出门就遇到下雨。下午一点到达码头,发现晚上七点半才有船,六点钟才卖票。回不得又走不了,很是尴尬。于是两人到江云那儿去,她正好上午才回单位。晚饭后一起将张送到码头。

晚上广播播报了党的十一届五中全会公报,有几件重大新闻。一是中央增设书记处,胡耀邦担任总书记。二是刘少奇被彻底平反,荣誉不在周总理之下。三是中央人事有变动,汪东兴、纪登奎、陈锡联、吴德等人辞职,赵紫阳、胡耀邦进入中央政治局常委。

3月1日(阴历正月十五),星期六,阴

今天是元宵节。下午班委会改选。有十三名候选人,要求所有候选人的选票必须过半数才能当选。第一轮投票便有六个人过了半数,只剩一个名额进入第二轮投票。第二轮投票只须

选一人,结果姚钦颖虽然得票最多,但仍没有过半数。第三次直接采取举手表决的方式,姚终于得了 50 票,通过。于是,新的班委会成立。

傍晚,吴胜来了。晚上陪他找江云未遇,碰到他的同乡江社会、金张来、朱国文等人,他们都是去年顶职来到长航的,与吴胜都是中学同学。大家一起闹到夜里十点才回校。

3 月 2 日(阴历正月十六),星期日,阴

上午与吴胜、吴国庆一起看电影《苏捷斯卡战役》,南斯拉夫片。影片对战争的残酷性有逼真的描写,使人对第二次世界大战的了解更加深入。

晚上看电影《人证》,日本片。电影情节很紧张,也很吸引人。东居给人留下了深刻的印象。

3 月 3 日(阴历正月十七),星期一,阴

上午是哲学原理课,只上了一节课即回来送吴胜上火车。

傍晚去医院。左上臂皮下出现一硬块,与静脉血管相粘连。前几日已看过医生,但没有效果。近日下臂又生出一硬块,令人不能不着急。黄医生看后也不知是什么东西,要我转院就医。于是与国庆一道赶到二院,因为快下班了,医生说时间不够,来不及做检查,只得明日再去。

3 月 4 日(阴历正月十八),星期二,阴

下午到二院,值班医生又换了。这位医生看也不看一眼,就

说这是淋巴结发炎,直接开了一盒硫酸庆大霉素注射和一包丸药吞服。不知他是医术高明,还是马虎草率,药取出来放在包里,竟不敢用。

3月5日(阴历正月十九),星期三,晴

看《中国青年》、《大学生》、《人民教育》、《文化与生活》等几本杂志,很有启发。

3月7日(阴历正月二十一),星期五,晴

昨天下了一天雨,今天雨虽停了,但天仍是阴沉沉的。

看了竹林的"生活的路"很有感触。作为一个下放知青,她竟是那样的熟悉农村生活,连我这个在农村长大的人都自觉不如。

看了北大《未名湖》杂志,果然不负名校,充满朝气。

3月11日(阴历正月二十五),星期二,阴

哲学课老师开的参考书很多,看也看不完。

3月13日(阴历正月二十七),星期四,阴

天仍是阴沉沉的,让人精神上感到很压抑。

从昨晚开始看《沫若文集》六、七两本,主要是他的自传。他将自己儿童时代的琐事写得很吸引人。看着看着就想起了自己的童年。

晚上补写了一篇小结。小结本来是开学就要交的,都是些形式主义的东西,所以就没有写,想蒙混过关。哪知被查出来

了,不得不补写。于是就把自己的一些想法胡写一气,其实算不上总结。

3 月 14 日(阴历正月二十二),星期五,阴

看《小说月报》第 3 期,感到耳目一新。但多篇都是旧作,说明近来文艺界明显受到挫折。

看《旅游》杂志,上面有一篇"十三陵外又一陵",说的是明朝十四帝中有一帝未在皇陵中安葬的一段掌故。

公元 1449 年,明英宗朱祁镇昏聩,宦官当权。正值蒙兵进犯,宦官极力谏英宗御驾亲征,结果兵败被俘。蒙兵乘势进犯,包围北京,英宗之弟朱祁钰受命于危难之时,听从于谦等人意见,率兵顽强抵抗。在人民的大力支援下,终于打得蒙兵溃不成军,大败而逃。第二年,蒙人看英宗已无用处,便将其放回来了。景帝朱祁钰奉他为太上皇,但他不服,于 1457 年趁景帝病危,发动宫廷政变,逮捕了于谦等人,以"意欲通外罪"加以杀害。不久,景帝也被宦官用帛勒死(一说病死)。并废其帝位,复其王号,以王礼葬于嫔妃的坟地。因此,明十四帝就只有十三陵,于是也就有了这个"十三陵外又一陵"的文章。

这里有两点值得记取。

一、在历史上,像英宗这种无义之人并不少见。自己被别人救了,却反过来算计别人。

二、宋朝的岳飞被"莫须有"的罪名危害,这明朝的于谦被"意欲通外罪"杀害,两者多么相似。

不禁想起于谦的《焚石灰》诗:

千锤万击出深山,烈火焚烧只等闲。

粉身碎骨浑不怕,只留清白在人间。

3月15日(阴历正月二十九),星期六,晴

上午进行哲学基本问题讨论,许多人都认为哲学只有一个基本问题,我认为有两个。理由如下:

1. 所谓基本问题就是根本问题,它的解决对其他问题的解决起着支配性作用,因此,基本问题概念必须符合以下两点要求:

① 它必须是每个哲学家,每个哲学流派都必须回答的,也是哲学家们无法回避的。

② 对基本问题的解决决定着哲学派别的发展方向。

因此,我认为基本问题有二:

一是物质与意识的关系问题,对它的不同回答,划分成唯物论与唯心论。

二是物质世界的存在形式问题,对它的不同回答,形成了辩证法与形而上学。

为什么要两个基本问题呢?因为哲学家仅仅回答第一个问题是不够的,还必须回答第二个问题。这样,他所属的哲学营垒才清楚。同时,如果只回答第一个问题,只能支配其朝着唯物或唯心的方向发展,不能支配其向辩证法还是形而上学的方向发展。

下午,钱老师出了个"鬼点子",要求大家进行"真心话"问答测试。有的同学写了很多。我想,对这类问题,一不能说假话,

二不能太具体。于是对每题作了简单的回答。兹记之：

1. 你对当前的形势有何看法？为什么？

答：当前形势总是来说比过去好。但与人民的理想与愿望还有差距。原因：

（1）人民觉醒了，迷信打破了。

（2）路线正确了，局势稳定了。

（3）官僚、特权未除。

（4）方针、政策经常变动。

（5）人才大量埋没、浪费，实干家太少。

（6）管理体制改革不到位。

2. 你对高等师范大学文科教学有什么意见？

答：提高教育质量，改进教学方法，增加实习时间，引导学生科研。

3. 你对当前"学雷锋、创三好"活动有什么看法与意见？

答：目标模糊，内容不清。需要实事求是，反对形式主义。

4. 你对政治辅导员有何意见？

答：建议多与学生谈心，真正了解每个同学。

5. 你认为班上党员哪些好？哪些差？

答：真正为人民服务的人都令人尊敬，哗众取宠者令人生厌。

6. 你真心热爱本专业吗？你有哪些业余爱好？

答：主张文史哲不分家。

7. 你希望将来干什么工作？愿意分配到哪里？

答：工作无法选择，按政策进行即可。如果做中学教师，愿回家乡。

8. 你谈恋爱了吗? 如没有,想找什么样的人做对象?

答:没有,无从谈起。

3 月 16 日(阴历正月三十),星期日,雨

《左传》记载了这样一个故事:"子产不毁乡校。"郑国人在工作之余,总喜欢到乡校去聚会,议论国家官员,当然免不了要诽谤朝政。因此有人建议要毁了乡校,子产却不赞成。他说:为什么要那样做呢? 议论得对的,我就照着办,提出正确意见,我就改正,这是我的老师呀。我只听说多行忠善才能减少怨恨,没听说靠威力能防止别人的怨言。防民之口犹似防川,河堤决了大口,伤害的人必然多,还不如开个小口子让河水畅通。我愿意经常听听他们的议论,并把它当作苦口良药。子产的话说得真好,体现了一个古代政治家的智慧与风度,怪不得孔子也称赞他。

3 月 19 日(阴历二月初三),星期三,阴

昨天四组与二组合出墙报,稿子收了不少,但大多空洞无物,根本不像大三学生写的。只有黄学敏的"小夜曲"和史际春的"谈谈真理的标准"两篇比较好。奇怪的是,班上成立了一个审稿组,审稿组偏偏把这两篇稿子抽掉了。据说是因为文章的观点与中央政策有冲突。黄学敏气得与之大闹一场,后来干脆不理睬他们。我觉得这样处理非常不妥,有些牵强附会。最后我在出稿时还是将这两篇稿子用了。

3 月 20 日(阴历二月初四),星期四,雨

天又下雨了,开学以来,只晴过两天。最近一个月好像只见过一天的阳光。

这几天在看托尔斯泰的《复活》,虽然很欣赏它的主题与某些议论以及人物性格的描写,但并不怎么特别喜欢这种叙述方式,只能粗略地把线索勉强连贯下去。

下午借了一本雨果的《九三年》。

晚上自习,看了《哲学研究》上的两篇文章,澄清了一个问题,即将辩证法的核心归结为对立统一规律,并不是列宁首次提出来的,因此,列宁在这个问题上也谈不上发展。马克思在《哲学的贫困》中,恩格斯在《反杜林论》中都已明确表达过这个思想。过去理论界都没有弄清这个问题。其实,马恩也不过是将黑格尔的理论颠倒了过来,黑格尔已经天才地猜出了辩证法的核心。

头昏沉沉的,嘴里发苦,感觉自己生病了。

3 月 21 日(阴历二月初五),星期五,雨

昨夜又是一夜的雨,风也特别的大,刮得呜呜地叫。今天白天雨又整整下了一天。去冬,天气预报还说今春旱情将持续,雨水很少。看来天气预告也未必准确。

把 1979 年的《哲学研究》合刊浏览了一遍。

3 月 23 日(阴历二月初七),星期日,晴

上午看《人民文学》第二期,其中"乔厂长后传","陈奂生进

城"等几篇留下较深的印象。于是又补看了"乔厂长上任记"短篇小说集,感觉几篇都很好。

3月24日(阴历二月初八),星期一,晴

天好不容易晴了,于是抓紧时间晒被子。

下午在图书馆看《哲学研究》78年合订本,对真理标准问题的争论史有所了解。

中世纪经院哲学以圣经教条为真理标准。

机械唯物主义者培根以经验和实验为标准,但必须要在他的新工具指导下进行。

主观唯心主义者贝克莱以"集体的知觉"为标准。

休谟、康德都是不可知论者。

笛卡儿认为真理在于观念本身的清楚明白。

斯宾诺莎认为真理有两个标准:一是外在的,主观要与客观相符合,二是内在的,观念自身必须清楚明白。

拉美特利、狄德罗、霍尔巴赫、爱尔维修主张以经验、实验、观察为真理标准,狄德罗有时非常接近现代唯物主义。

康德认为,人的认识能力永远达不到彼岸世界,因此无须找一个标准来证明自己思维的此岸性(真理性)。

黑格尔以思想衡量思想,但有合理因素。

费尔巴哈提出了朴素的生活实践观。

直到马克思才提出了社会实践这个标准。

我们有几个同学认为,客观实在才是检验真理的标准,社会实践只是沟通主客观的桥梁,是检验真理的途径或渠道。

晚上，历史系放教学片《列宁在 1918》和《甲午风云》。看了一场《列宁在 1918》，加映了一场 1979 年美国队与八一队的篮球比赛。

3 月 25 日(阴历二月初九)，星期二，晴

天真的晴起来了。

上午哲学原理课后，钱老师把大家留下来。原来前几天在哲学基本问题讨论会上，有两位同学因观点不同而发生纠纷，甚至在回宿舍的路上还动了手。原因是汪同学作为小组代表在班会上发言时没有介绍本组的意见，并且说了"桂同学的意见他没有水平带上来。因为他的体系博大精深"等等明显带有讽刺的话，弄得桂大伤自尊心，所以在路上就打了汪一拳。然而桂同学这一拳就把他从有理变成了无理。因为他是一名党员和班干，竟然动手打人。大家认为他侵犯了人权。

现在，经过学生会与辅导员做工作，他俩已经握手言欢，要求同在班上做检查，大家当然鼓掌欢迎。

3 月 28 日(阴历二月十二)，星期五，雨

团支部决定星期天到采石矶与马鞍山参观游玩，今天却又下雨了。不知后天能否去成。

晚上在教室听陈老师讲爱因斯坦相对论，三个多小时还未讲完。大家都很感兴趣，可惜我们的自然科学知识跟不上，有些东西他也无法深讲。看来，要学好哲学，不学点自然科学是不行的。

应李锦胜老师邀请,准备参加学校书法作品展。今天上午和徐敏一道去艺术系看教师美展。李正在给学生上课。随后陪我们看画展,作者有老画家王石岑、郑震等,也有新教师的作品,他自己也有多幅作品展示。

3月29日(阴历二月十三),星期六,阴转晴

兴虎侄来信,告知家乡的生产队已经一分为二。原因是生产长期上不去,分组又分不好。这样也好,我向来主张分组不如分队。因为分组矛盾太多,导致社员经常发生争吵。分队虽然麻烦,但只须一次分成之后就互不干扰,好与不好全在各个生产队了。但我觉得最终还是要分到户,只有这样才符合农民的心愿,也才能真正调动农民的生产积极性。

中午去买了一本《中学物理例题与习题》,两本《政治复习材料》,分别寄给兴虎与陈新。陈新今年刚退伍回来,准备参加高考。

3月31日(阴历二月十五),星期一,晴

给妹妹写一长信,谈了些学习方法。

读《桐城派研究论文集》,对桐城派有所了解。

4月1日(阴历二月十六),星期二,晴

看《上海文学》,"被爱情遗弃的角落"中的故事与我过去在农村处理的一件事差不多。

现在人们一提到中国的落后和遭到的破坏,都认为是林彪、

四人帮破坏的结果。可是,为什么不想想,为什么我们这个国家会出现林彪、四人帮,而其他国家却不会出现呢? 这就说明,林彪、四人帮的出现本身就是我国社会制度不完善的一种表现。因此,我们在社会结构和国家体制上要吸取世界各国的经验教训,不断完善我们的国家体制。

4月2日(阴历二月十七),星期三,晴

上午是哲学课,没有认真听,看了一本《未名湖》杂志。它是北大学生办的刊物,其中的"留学生来信"很有意思,还有小说"负心"等也不错。

下午政治学习,讨论中央提议废除"四大"的问题。钱老师出了四个题目:

1.回顾一下"四大"的历史,评评它的功过。

2.除掉"四大"你认为对吗?

3."四大"废除的理论依据是什么?

4.对在班上开展一次关于"四大"问题的讨论,你有兴趣吗?

大家讨论非常激烈,但多是发发感慨而已。

1947年,邹韬奋在《周报》上一篇文章中说:君有诤臣,不失天下。士有诤友,不离令名。这是中国旧时代的说法,在民主思潮日益成熟的今天,政府不但应该博采舆情,也还当兼听横议,假使连这一点度量都没有,那就必然会和群众隔离起来,孤独起来。这些话今天说来,仍然给人以启发。

忽然想起黄药眠的一句话:"我不愿做清浅平静的湖水,自我欣赏其清清,我宁愿跟着洪流,夹着泥沙与石块,滚滚东流,而

归于海。"

4月3日(阴历二月十八),星期四,晴

上午讨论教育学,大家准备不充分。

看《随笔》杂志第4期,很有兴趣。笔记文学是独特的,其他文学形式都不能代替它。

看电影"书法艺术"与"疯狂的贵族"。前者使我们对书法的历史与现状有所了解。后者描写西班牙的一个贵族(财政部长)因"失礼"与"通奸"被解职后,千方百计要官复原职,进行了一系列的阴谋活动,最后还是弄巧成拙,被流放到非洲。故事传奇色彩浓厚,喜剧效果很强。

今天还进行了拔河比赛,一共六场。我们组赢了三场,输了三场。输的都是1:2,赢的却是2:0。第七组最厉害,几乎无人能敌、"所向披靡"。我们组与之较量很久,最后还是以1:2输给他们了。

4月4日(阴历二月十九),星期五,晴

今天是清明节,天空零零星星地下着小雨,印证了"清明时节雨纷纷"。

中午,国庆约我去镜湖划船,他真是好有雅兴! 下午两点,我喊北水一道去。

雨中镜湖,空气特别新鲜,湖面如镜,不负镜湖之名。

湖上已有十几只游船,大家都是趁着清明节出来游春的。中小学生集体组织出来了,他们在老师带领下,一队队打着小红旗唱着歌,不禁使人想起少年时在乡村的快乐时光。

我们三人上船是 3 点 20 分,每小时三角钱。船很小,但作为游船足够了。过去在家乡暑期防洪时就与船打过交道,现在划这种小船当然不在话下。

天仍下着小雨。我们划船到湖中心的一个亭子边,正巧碰上了熟人。他们三男两女正在拍照。受他们邀请,大家合拍了一张。然后告辞上船。

这几天晚上抄了些过去报刊上的哲学论文目录,以作参阅用。卡片是从张老师那儿借来的。

4 月 5 日(阴历二月二十),星期六,晴

午睡刚起,曹晓慧来了。记得还是正月初十在金神与她见面的。老同学见面都有一股亲切感。我和北水等三人一起聊了一下午。她说自己即将毕业,希望能分到安庆,如果安庆不行就只能回桐城了。

吃过晚饭,与国庆、北水、晓慧四人到江云那儿去,玩到九点方回。

教育学作业尚未动手,题目是"正确贯彻教育方针是实现教育为四化服务的关键"。现在手边材料有限,许多问题并没有想清楚,如社会主义教育规律是什么? 有几条? 教育方针怎样体现它? 等等。

4 月 6 日(阴历二月二十一),星期日,晴

上午,晓慧与江云来了。按昨天约定去镜湖划船,但天色不好,只能放弃,直接送她回学校去了。

4月8日(阴历二月二十二),星期二,晴

看了一本《福尔摩斯探案集》,共三篇:一是血的研究,二是四签名,三是巴斯克维尔的猎犬。作者是柯南道尔(1859—1930),由于他成功塑造了福尔摩斯这个侦探形象,使他成了最有影响的侦探小说作家。

4月9日(阴历二月二十三),星期三,晴

教育学老师布置的论文至今未写,一个重要原因是我觉得"教育为无产阶级政治服务"这一提法不准确。因为教育既有与上层建筑相联系的部分,也有与生产力相联系的部分。自然科学是人类共有的财富,既然如此,它就不光为政治服务,更直接地是为经济服务,这是没有阶级性的。

当然,在特殊情况下,生产任务、经济工作也会成为政治任务,具有政治属性与政治意义,但经济生产本身并不是政治,二者不能混淆,不能牵强附会地解释教育与政治的关系。

4月10日(阴历二月二十四),星期四,晴

妹妹来信,说母亲的肾炎病十分严重。

4月11日(阴历二月二十五),星期五,晴

昨天下午,陈老师又作了一场专题报告:关于控制论、电子计算机、人工智能及其哲学意义。

今天下午,听生物系老师关于人体特异功能的报告,很有

趣。去年报上已有介绍,但不详尽。他的报告分四部分:

一、大致经过。

去年三月,四川大足县一农村学生(18 岁)发现耳朵能认字,轰动一时。四川日报报道了这件事,反响很大。但也遭到一些人的反对,认为其事荒唐透顶,如叶圣陶就曾著文反对。但全国各地相继发现了一大批青少年甚至还有成年都有此功能。黑龙江一女子(25 岁,已有两个孩子)自称 13 岁即发现有此功能,至今已有十余年。河北一名叫陈树栋的工人,54 岁,自称 14 岁即有此功能,已四十年。于是,研究工作也在各地相继展开。我校生物系主要对本省七名儿童进行了测试(宣城 2 人、芜湖 3 人、含山 1 人,六安 1 人因路远未去),研究前后持续十个月,一直到今年 2 月,证明其是真实存在的。

二、科学研究及交流。

在上海召开会议,有 14 名儿童临场受测,每人达百余次,准确率均在 80%,包括头顶、耳朵、腋下、背脊、肘部、手心、腿弯、脚趾、屁股等部位,并且有传感、遥感之奇。

经分析显像过程:

三、意义。(略)

四、前途。(略)

4 月 12 日(阴历二月二十七),星期六,晴

今天星期六,下午照例是"周末团日活动"。内容有两项:一是击鼓传花,二是音乐欣赏。击鼓传花是把一人的双眼蒙上,由他击鼓。另扎一朵大红花,大家互相传递,当击鼓人突然停止时,花落谁手,由谁抽签回答一个问题,回答不出则须演一个节目,场面甚是热闹。音乐欣赏因录音机有问题,效果不佳。

4 月 13 日(阴历二月二十八),星期日,阴转雨

学校书法展览,写了两幅字,一幅行书,一幅草书。李锦胜老师送的宣纸。

看岳飞传,有一句话印象很深:患难好同,安乐难共。

难道这是一种宿命么?何以这样的事情在历史上不断重复?

4 月 16 日(阴历三月初二),星期三,晴

张传开老师上第二周课了,他的课讲得很好,这说明工农兵大学生也不是都不行。过去同学们都不信,其实这是偏见。

下午系里开春季运动会,我一个项目也未报,只好为别人呐喊助威。

4 月 17 日(阴历三月初三),星期四,晴

下午看了一本"苏联辩证唯物主义论文集",进度缓慢。

到弋矶山医院为母亲开了点药。

4 月 19 日(阴历三月初五),星期六,晴

昨晚看电影《孤星血泪》,内部片。这也是中国特色,什么事都有内外之分。影片充满人情味,宣扬了善有善报的思想,其实这有什么不好呢?为什么不敢公开放映呢?中国恐怕就缺少这

种人情味的东西。

中午吃饭时与张老师讨论了几个问题。

一是列宁的物质定义。我认为不完备,容易被人钻空子,应把运动与时空引进物质定义才无懈可击,张也同意。我已写了一篇文章,"物质定义之我见",他很赞成,但指出有一个地方的立论还须推敲。他说稿子修改后可投《哲学动态》,可我纯粹是写点心得体会,根本无投稿的想法。

二是对立统一规律。现代自然科学认为物质是不可分的,科学家已找到了最小的基本粒子。如果这是确实的,那么在这最小粒子中,对立统一不就不适用了吗?不就失去了普遍意义吗?我对这个物质无限可分性也难理解,"至大无边"好理解,但至小无内则难以想象。即使今天的基本粒子还可分,那么再分一百次,一千次,难道可以永远分下去吗?感到不可思议。

三是循环论问题。否定之否定规律是不承认循环的,但有些现象是客观存在的,如一年四季周而复始,地球的轨迹、月亮的轨迹不是在"循环往复"吗?天体由星云组成,以后再还原为星云,不是在循环吗?生命是由无机界演化而来,以后人类在地球上消灭了,会不会再从无机界又一次演化出人类?如果是,那不是循环吗?这里很复杂,自己也讲不清楚。

晚上看了张老师的一篇论文,是与臧宏教授合写的。"论同一性的相对性与斗争性的绝对性"。文章认为,"同一性"就是对立面的相互依存,互为存在条件,即矛盾的稳定性,不能包括对立面互相转化的内容。因为稳定是相对的,所以同一性也是相对的。斗争性就是对立面的变动性,也就是矛盾的变动性,即矛盾的展开。这种变动性是绝对的,所以斗争性也是绝对的。

这篇文章的新意就在于,把转化从同一性中抽出来,在斗争性中要重视它的展开(过去只讲矛盾双方的排斥),只有这样才能更好地理解相对性和绝对性。也只有这样,同一性和斗争性的含义才更加科学明了。矛盾的变动性之所以是绝对的,是因为它是无条件的,不受任何条件的局限,不以任何条件为转移,而矛盾的稳定性则是有条件的。

4月20日(阴历三月初六),星期日,晴

持续几天高温,空气也特别的干燥。

上午与戴斌到弋矶山医院看望刘秀茹。

下午看电影"七品芝麻官",这是首次看豫剧。以前只听过豫剧唱腔,班上王春霞同学会唱豫剧。这个戏原名"唐知县审诰命",现由牛得草执笔改编。他的改编真正做到了思想性与艺术性的统一,看后颇受教育,引人深思。当然,深思的内容各人可能有所不同。农民盼望自己的家乡能出现唐知县,官员或许会想着自己要不要做一个唐知县,我们则想着什么时候通过政治体制改革,消灭官僚政治,消灭那种官官相护的现象,把几千年封建社会留下来的官场恶习从根子上铲除,让官员人人都成为唐知县,都能毫无顾忌地秉公断案,做他该做的事。

演员的演出都不错,牛得草尤为出色。

4月21日(阴历三月初七),星期一,晴

中午把张老师的论文送过去,他要我提意见,我提了几点:

1. 从主题来看,文章是论述同一性的相对性和斗争性的绝对性,但文章的主要篇幅都在讨论同一性与斗争性的含义,重心没有突出。虽然追本溯源它们的含义,也是为了说明斗争性的绝对性与同一性的相对性问题。

2. 关于把转化的趋势与可能也算入同一性内容的观点没有展开详述。(可参见《教学与研究》80 年第 2 期上一文。)

这是挑剔了。其实文章颇有新意,我是同意他的观点的。

据张老师说,文章已寄《哲学研究》,复信也来了。编辑部八个人看了此稿,其中四人同意这个观点,另四人不同意。因此,估计发稿后一定会引起一场争论,故编辑来信征求作者意见,如果愿意引起争论,将在五期或六期发稿。

后来还谈了些学习方法与我校政治学教师情况。他向我介绍了系里各位教授的特点。

田老师对原理非常熟悉,无论何时,谁问一个哲学原理上很小的问题,他都能给你讲上一大套,从各种角度来阐述它。因此,就哲学原理的熟悉程度来说,田老师首屈一指,无人匹敌。

臧老师对哲学重大问题有深度研究。现在正着手研究普列汉诺夫的方法论问题。他很想物色一个古汉语基础较好的同学与他一起研究中国哲学史。他的知识面宽,不仅哲学,史学、文学、美学、逻辑学都很有造诣。

孟老师以熟悉《资本论》见长,全系唯有他讲课可以完全不用讲稿,尤其是对《资本论》的研究。这次全国编写《资本论》研究资料,他是主编之一。

方老师是 54 年复旦毕业的,对历史唯物主义颇有研究。他能讲能写,但文字比较啰嗦。所以写得多而发的少。前不久,他写了一篇关于马克思主义辩证法史研究的文章,二万多字。送给张主任看,张主任要他修改,说只需要五千字即可。这不免有夸张之嫌,但压缩到一万字估计是可以的。

方在历史上还留下一个笑话:1956年,江苏省理论刊物《江海》杂志的主编孙淑平对生产力与生产关系的关系提出了一个新观点,遭到同行大多数人的反对,只有方老师写了一篇文章支持他。孙看到方的来稿很高兴,但觉得文章太啰嗦,于是亲自动手帮他修改,以至改得面目全非,只保留了基本观点,然后发在该刊头条,并以黑体字标其目录。到了"文革"期间,这篇文章遭到红卫兵的批判。红卫兵逼方老师写交代,于是他不得不说出内情,说这篇文章实际上不是他写的。他把底稿拿出来一对比,二者果然差异很大。于是调查组前往南京调查,孙淑平主编也承认此事属实。现在,只要别人一提到这篇文章,方就大摇其头。

吴胜同学来信,邀请我与国庆二人在"五一节"期间到劳大去玩。信中说:"五一"没有多少天了,乘此空隙,大家可否来劳大一游?劳大虽远离城市,却也有几分"山水"。大家分别已久,不妨乘此机会再聚一聚。

其实,这也是我所盼望的。去年就有此想法。然而,几天前接家信得知母亲生病,正准备"五一"回家探亲。所以,这次就无法成行了。

4月22日(阴历三月初八),星期二,晴

东北民间艺术"二人转"中有句话挺有意思:

笑,先由眼中来;

哭,先由鼻中来;

愁,先由眉间来;

惊和怒,先由嘴上来。

4 月 23 日(阴历三月初九),星期三,晴

下午全系召开学生大会,开展社会主义政治思想教育,崔书记作动员报告。以后每周的政治学习就是这些内容了。

晚上去请假,准备周六晚上回家。

黄老师即将到上海师院进修。晚上与北水、戴斌三人去看他,以示送行。正巧他托人刚买了五百克杜仲,据说这是治肾炎的良药。于是与他商量,分了二两带回去。

4 月 24 日(阴历三月初十),星期四,晴

看《安徽文学》,印象较深的有诗"爱人"(作者刘祖慈)、早春通信(作者刘登科、肖马)。

4 月 25 日(阴历三月十一),星期五,晴

上街买了一袋麦乳精和五包飞马牌香烟,准备回家。

夜里,天阴下来了,意味着可能要下雨。

4 月 26 日(阴历三月十二),星期六,晴

下午团支部开会,讨论新团员入团问题。我要买船票,请了假。

4 月 27 日(阴历三月十三),星期日,晴

晚上回家,苏翔、戴斌、国庆、北水几位老乡都来送行。苏翔特地给金神医院李医生写了一封信,请他在母亲治病时提供方便。戴斌下午还特地去弋矶山医院帮忙买了两盒庆大霉素。

凌晨四点,北水送我上船。

船上人不多,不像春节期间,位子绰绰有余。白天坐船又睡不着,便带了一本托尔斯泰的《安娜·卡列尼娜》在船上看,但噪声太大,根本看不下去。

一看周围几个人全是农民模样,便与他们聊天,想顺便了解一下各地农村的情况。我对农民总是一见如故,很有感情。

他们一开始见我带了大捆的书,知道与他们不是一路人,搭不上伴,便不大愿意回答我的问题。但我没有放弃,从他们的家乡开始谈起,又把水杯子让给他们喝水。他们很感激,态度转向积极。我从口音里听出他们是枞阳人,便问:

"你们是枞阳人吧?"

"是的,我们是钱桥人。"他们回答。

"钱桥? 那儿姓吴的很多吧!"

"你怎会对那里这么熟悉?"

"熟悉谈不上,因为我根本没去过那个地方。但我知道那儿的一些情况。那儿有个大李庄吧? 有一个大队书记叫吴怀胜。"

他们听罢,一脸惊骇,不知道我为什么能知道这些详情。

我这才告诉他:"我的祖籍就在那儿,也姓吴,我们应该是宗家呢。"

他们便问："您是什么辈分？家在哪儿?"我告诉他们，"我是'聿'字辈，家在桐城县。"

他们大骇："啊呀，你可是我们的老祖宗了。我们弟兄俩是'福'字辈。聿、怀、多、福，相差四辈了，不是老祖宗么?"

我说，现在不讲究这些了，不必拘老理儿。

他们告诉我，他们那儿现在还没有分田到户，但分了作业组。由于田地很少，每人平均只有三、四分田，好年成时能分到四百斤粮食，年成稍差便只能分到三百斤。因为每家有一份自留地，再加上分粮不分大小口，所以口粮基本够吃。收入则要看副业情况，一般一个劳动力每年收入在 230 左右。当地的家庭副业较多，大半都是外出收购旧棉絮回来纺成纱，再织成土布卖出去，这样能挣到一点现金收入。

这种情况与我的家乡情况差不多。但从他俩的精神状况看，我觉得他们是在往好里讲，并没有讲出全部实情。他俩是弟兄，不过三十岁出头的年纪，但身形特别消瘦。艰苦的生活、繁重的劳动在他们脸上刻下了无法掩饰的岁月痕迹。他俩这次是外出卖土布，顺道到芜湖禽旦厂的姐姐家走亲戚。

一般来说，农民走亲戚衣服总要穿得比平时讲究些，况且还是青年人。可是，这两个正值壮年的农民却衣裳褴褛，一脸的疲劳状，由此我便知道他们的真实生活远比他们介绍的情况更糟。我的心中突然涌起一股莫名的感慨，中国农民实在太苦、太可怜、太老实了。他们真的是任劳任怨，甚至根本弄不清自己的命运为什么如此。我们天天在高喊要实现四个现代化，但不知道什么时候才能把这些农民也带进现代化的生活中来。

另有三位妇女与一个男性是一起的,他们都是无为人。我对无为县的情况并不熟悉,但知道张恺帆是无为人,我们的谈话便从这里开始。这几位女性虽是妇道人家,但一提到当年的安徽副省长张恺帆莫不知情,脸上立马现出光彩。这是她们家乡的骄傲。因为当年大饥荒的高峰期间,正是张恺帆及时废止了家乡的公共食堂,才使无为县少饿死了好多人,老百姓当然会记得他。

4月28日(阴历三月十四),星期一,晴

昨晚到枞阳时已是下午五点,晚上与赵峰谈了一阵别后情况。今天上午八点,赵峰送我上船,抢着替我付了船票。船到双店因下雨不能靠岸,于是大家都脱下鞋袜赤脚上路。道路十分泥泞,到双店街上也没有惊动吴胜、江云的父母,自己在饭店吃了一碗饺子。看见同行的一位妇女带着几个孩子因没有粮票无法买到吃的,我便送了她一斤粮票。这位妇女连声道谢,感激不已。

下午两点半,乘车到曹岗。然后下车步行回家,到家时已经快四点了。

4月29日(阴历三月十五),星期二,晴

今天与母亲一起到姐姐家去。

姐姐的孩子张龙出麻疹,母亲带了一斤白糖,一袋米粉和糯米粑之类,又带了一些萝卜与芹菜。姐夫、姐姐都上工去了,但听说我们来了便都回来了。

中午在一起吃饭的还有司机和赤脚医生。鲍医生给母亲看了看，认为还是要打庆大霉素。

下午到玉嘴学校去了一趟，黄志明校长不在。但见到了旭升、农云、公社等几位老师，还有新调来的罗老师。彼此交谈了一下当前的形势，话题可谓海阔天空。他们都反映，现在学生的负担太重了。他们也觉得考试太多，但又无可奈何，不得不如此。

晚上，生产队来了好多人，大家一起聊天到半夜。母亲说，前面还有几个人来过，见我不在家便走了。

从交谈中了解到当前农村存在的一些社会问题。有几件事值得记一下。

1. 一天下午，肖店有一位妇女（43 岁）去医院刮胎（人工流产），医院里几个医生都无事可干，却不愿意为其做手术，反而一起骂她，说她四十多岁还怀孕是自己作的（粗话）。这个妇女本是老实巴交的家庭妇女，面对医生的谩骂，气得一句话都说不出。结果周围群众生气了，他们对医生的行为愤愤不平，大闹起来，差一点把医院几间房子推倒了。

2. 某公社广播站一维修工生有三个女儿，一直想生个儿子。这次妻子又怀孕了，已经八个月。老话说，怀孕七个月的孩子生下来就能成活，何况已经八个月了。但这名孕妇还是被强行带到医院流产，孩子取出来发现恰是一个男孩。夫妻二人抱头大哭，痛不欲生。

3. 某生产队长有两个女儿，没有儿子。书记要带他去结扎，这位农民竟然要磨刀将书记的儿子杀了。说你要让我没有儿子,我就先让你没有儿子。吓得书记再也不敢要他结扎了。

4. 某生产队一妇女是个瞎子,且身有多种疾病。但当地医生不考虑她的实际情况,强行将其结扎。结果导致瞎女大出血,转几个医院抢救无效死亡。

5. 某生产队一老头为避免被罚款,将一个刚出生不久的孙子用毛主席和华主席的画像包裹着抛到河里淹死了。然后自己爬在河边,放声大哭。

6. 某地一个农民说,不知为什么现在不发生战争?真希望现在就发生战争,最好用原子弹打,让大家一起完蛋最好。

4月30日(阴历三月十六),星期三,晴

今天上街,先到戴斌家送信,然后到梅光明,朱光旭、王从付等人那里作礼节性拜访。最后到平岗初中拜访妹妹的老师。

平岗学校的老师都在上课,只有赵彩云在房间。

赵正生病躺在床上。刚进去见她发了一阵呆,神情有点不自然。但很快适应了,话也多起来。她仍像以前充满正义感。但看得出来,她的人生态度比较消极,一副无所谓的样子,好像对什么都懒得认真。作为朋友,我含蓄地劝了她几句,希望她能振作起来。

等到下课,见到了方老师。方仍与从前一样又黑又瘦。两人足足谈了两个多小时,一方面是了解妹妹的学习情况,更多的是谈外面的形势。这中间,学校其他老师和校长都来见了面,赵自始至终只是旁听。

5月1日(阴历三月十七),星期四,晴

五一节,弟弟放假,妹妹不放假。

请棉匠来家里弹棉被。

中午收了一条田埂,明天要在上面种黄豆。

5月2日(阴历三月十八),星期五,晴

上午收田埂,这是第二遍。

5月3日(阴历三月十九),星期六,晴

上午到戴斌家,他老爹托带 15 元钱给戴斌,他妈也给 5 元钱要带给戴斌。然后到王法如老师那儿坐了一会,了解兴虎等人的学习情况。

下午收田埂(第三次)、种黄豆。

晚上,队里来了五六个社员,一直交谈到深夜。

5月5日(阴历三月二十一),星期一,晴

假期已满,必须回校。昨天从金神搭车经桐城转车到安庆已是下午二点多钟。浑身发着高烧,强撑着身子从车站赶往轮船码头,排队买了一张船票,晚十点上船。

今晨六点到达学校。同组的同学都到农场劳动去了,我倒在床上睡了一觉。

5月6日(阴历三月二十二),星期二,晴

把张老师的讲稿借来补笔记,预计需要两天时间。

昨晚与北水、国庆三人到江云处,在校门口遇到高子兰。她是中文系七七级的,孔城人。上次江云同室工女说与高是一个大队,要我们带话让高去玩。今天正好遇上,便约她一起去了。

这一星期都没什么事干,后悔没有在家多住几天。同学也怨我不该这么早就回校。

5 月 8 日(阴历三月二十四),星期四,晴

学校开春季运动会,上午举行开幕式。黄德明昨天就通知我搞通讯报道,但我今天要去看望舅爹,开幕式一结束就走了。

舅爹希望我多去与他聊天,但老人一谈起来就流泪。我想,再没有人比他清楚地意识到,自己正在一天天地接近死亡。老人从去冬开始卧床,已几个月没有起来了。人也越来越消瘦,但他的头脑特别的清楚,整天在床上想东想西,想前想后。他总是怨怪儿媳不热情,虽然也承认他们夫妇还算听话,人也老实,但就是对人冷冰冰的。每天儿媳上班后,便只有他一个人躺在床上无人过问,有时一饿就是一天,饥肠辘辘,没有人帮助他。我也是可怜老人才经常过来陪陪他,与他聊聊天。

老人对时间特别敏感,一天要问我好几次时间。听我说已经下午五点了,他叹道:又一天过去了,这日子又少了一天。我现在就是在熬日子啊。我巴不得早点死,但现在却要我一天一天地数着日子慢慢熬。

我觉得老人在精神上太痛苦了。严重的肺气喘使他不能动弹,连起来漱漱口都很困难。人就怕老,老了没人照顾实在是可怜。可是,我也不可能天天来陪他。

5 月 9 日(阴历三月二十五),星期五,晴

运动会开了三天。9 日上午轮到我们小组服务,小组的人都走了,只剩老陈、谷玉山、黄宁和我四个人带着水瓶去操场。听说今天只有孙晓雯一人的标枪项目,我笑着对她说,我们全组都为你一个人服务来了。她脸一下子红了,说,谢谢你们,不用管我。

后来才知道,今天还有滕祁远和祖云二人的跨栏与 200 米跑。

我是通讯组成员,却两天没写一个字。黄德明多次催稿,我却动不了笔。听到广播里播的稿件尽是些空话,感到很不舒服。自己没有心情写,也不想写这种稿子。

下午为程美虹写了一篇报道,题目叫"长跑名将程美虹"。我为此还是做了些准备。先访问了她本人,又采访了余淑珍、王源扩等人,了解到程确实是我校的长跑名将。1978 年,她获得全校越野赛第二名,1979 年更夺得全校冠军。在过去几年的运动会上,她的长跑成绩均名列前茅。在今年系的运动会上,她又获得 1500 米第一名。下午她将在校运动会上再冲击 1500 米冠军名次。

程美虹身材娇小,总给人以弱弱的感觉。但其实她一直是学校的长跑名将。之所以能跑,估计原因有三:一是生长在山区,从小就这样跑;二是长期自觉地锻炼长跑项目;三是耐力好,尤其是意志特别坚强。

报道分三部分:①介绍她过往的长跑成绩;②分析她善于长

跑的原因;③祝愿她这次能够取得更好的成绩。全文约五百字。

5月11日(阴历三月二十七),星期日,晴

曹来取东西,留她玩了一天。下午我与国庆去看"奇异动物展览",顺道送她回校。

严方才、周文龙、黄学敏三人趁运动会期间到庐山玩了四天。严买了一本《西行漫记》,这几天一直在看他买的这本书。

5月16日(阴历四月初三),星期五,晴

今天再次看日本电影剧本"白衣少女"。

这两天,南京师范学院体育系与我校体育系举行友谊赛,大家都前去观看。有跳高、短跑和接力赛等,我校跳高成绩是1.95米,南师更是达到2米,他们夺得了冠军。

看体育比赛也是一种享受。

5月20日(阴历四月初七),星期二,晴

昨天,黄学敏推荐我看《中国青年报》上关于南开大学对读书与政治的讨论,以及学生要不要关心政治的文章。我们二人意见是一致的,大学生应该关心政治。两人想合写一篇文章,题目叫"既要认真读书,又要关心政治",由我执笔,但写了两稿都不太满意,遂放弃。

5月25日(阴历四月十二),星期天,雨

上午不凑巧,刚把几件衣服洗好,天就下起小雨来。

与黄学敏一起到邮局订《小说月报》与《散文》,前者未订上,后者两人各订一份。

中午从学敏处借来一本《强者》,这是烈士张志新的传记。一口气把书看完了,整整三个半小时都没有挪动一下,就躺在床上看。许多地方让人不知不觉地流下了眼泪。这本书的文字并不出色,有的地方可以说写得很粗拙,但张志新的事迹本身足以感动每一个中国人。

过去读过很多人物传记,都深受教育,尤其是人生观和道德修养方面。但读了张志新的传记故事,感受超过以往任何一本。它能使人在动摇中坚强起来,在迷茫中振作起来,推动你在彷徨中继续前行,在苦闷中看到光明。

张志新的理论水平很高,她对中国历史与现实的看法,可谓一针见血。她对许多问题能够穷根究底,站得高,看得远。但真正令人敬佩的地方还不在思想层面。有张志新这种思想的中国人并不少见,但真正能做到的人则太少了。这才是张志新最值得歌颂的伟大之处。她伟大的背后更多的是惨烈。而她之所以能够做到这一点,关键在于他有一颗追求真理的心,有一股不屈不挠、一往无前、不怕牺牲的伟大精神。

5 月 26 日(阴历四月十三),星期一,晴

看《中国青年》第五期,引起注意的是一封女青年的来信。这封信主要是谈她关于人生意义的看法。作者认为,每个人都是为自己,想要提高自己的社会地位。而提高自己的社会地位,只要不损害别人,也就在客观上有利于社会。就像太阳

发光,本来只是自己的物质运动,但客观上却普照了世界,给人类送来了光和热。这种比喻不一定恰当,但道出了一个实实在在的事实,即除了能自觉的为社会为人类谋利益的一部分"伟人"之外,大多数人就是这样的生活着(当然还有少数人专以损人利己而活着)。几千年的人类历史都是这样。我们说人民群众创造了历史,其实人民群众的历史就是这样"创造"的,他们是人类的绝大多数,所谓平民百姓是也。单个看起来,他们好像都在为了自己,为了自己的小家庭而忙忙碌碌,但正是这样亿万个"细胞"组成的社会,才创造了人类的历史。

今天,这种人生观也不是一下子就能完全排除的,作为一种社会现象,它还要存在相当长的历史时期。

看了《科学 24 小时》与《科学与生活》,各有其长,阅后有益,增长了见识,开阔了眼界。

6月1日(阴历四月十九),星期日,晴

星期天与国庆两人到芜湖师范专科学校曹晓慧同学那儿去了。她即将毕业,正在复习考试。中午,我们一起到红星大桥散步。桥头是一个小镇,不大,半条街而已。站在小镇上,忽然想到陈世旭的小说"小镇上的将军"里那个小镇来。

6月2日(阴历四月二十),星期一,晴

《反杜林论》原著课,正在讲"道德与法"几章,由张主任授课。

但张主任关于道德的一些观点引起争议。他认为,道德只有阶级性,没有共同性,如果有一些,也是极少极少的,如母爱、性爱等,少到可以忽略不计。他还认为,今天有些人宣传道德的共同性是有害的,不符合马克思主义。

我不同意这种观点,周围几个同学也不同意。

道德有阶级性、时代性、民族性,不同的时代,不同的民族,不同的阶级的确有不同的道德观。但是,道德也有共同的一面,有超时代、超民族、超阶级的道德。正因为如此,道德才有历史继承性,这恰恰是符合马克思主义的,马克思主义告诉我们,人类不能割断历史。

每一种道德的核心部分是有阶级性的,它规定着各种道德的基本属性。但这并不表示每一种道德规范都是有阶级性的。

6 月 3 日(阴历四月二十一),星期二,晴

看到几段话比较有意思,特记下来。

1. 拿破仑说:"在政治上只有头脑,而没有良心。"马基雅弗利说:"政治斗争无道德可言。"真的是这样吗?

2. 张培志撰有一联:竹雨松风梧月;茶烟琴韵书声。(载《书法》1980.2)

3. 渣滓洞中难友为悼念战友,在草纸上写了一副挽联:是七尺男儿生能舍己,作千秋雄鬼死不还家。《新文学史料》(80.2 作者杨益言)

晚自习时看了一本《青年一代》(80.2),觉得它是青年人的好朋友。

学期快要结束了,但复习尚未开始,应尽快行动起来。

6月4日(阴历四月二十二),星期三,晴

男女平等在人类历史上已喊了几百年,在中国也喊了60多年了。现在世界上不少国家都在法律上对男女平等作了明确的规定,但真正做到男女平等的国家有几个呢?

在非洲北部,现在还流行着传统的妇女集市。每年在规定的日子里,妇女们都来到集市上,让男人们挑选自己。而男人们来集市总是以做生意为主,做完生意后(卖羊、牛等)再挑个女人带回去。奇怪的是,寡妇比处女更容易引起男人们兴趣,价格也高一些。理由是寡妇一切都学会了,而姑娘们买回去,还得让他一切从头学起。就这样,一个女人的价格也不过一头牛的三分之一价钱。

在澳大利亚的某个地方,男人从不干活。如果两个女人吵架,对方骂自己男人曾干过活,则感到备受侮辱。因此,男人只是在无人知晓的情况下才偷偷为自己女人干点事。

还有一些地方,女人受到种种奇怪的待遇。如有的国家女子成人后要在肚子上划一条口子,有的女人成人时要在大森林里呆三天。印度女人如果不生孩子或只生下女儿,就意味着离婚。

发达国家一般都比较强调男女平等,中国的女干部也已经占有不小的比例。美国的政府部长中,女部长比例超过中国。世界上最出名的女人要算印度的英·甘地夫人和斯里兰卡的前总理班奈克夫人。现在的英国既是女王(伊丽莎白),又是女首

相(撒切尔夫人)。

但在这些国家的一般平民中,妇女的社会地位仍然不高。据报刊披露,日本有些公司常常降低女工的工资,美国女兵的工资也比男兵少得多。中国城市里女工工资基本与男工平等,但农村妇女的报酬则比男人低多了。

从理论上讲,男女平等也不可能,政治上、经济上、生理上都不可能。但作为一种价值观,各文明国家总是要力求实现男女之间的基本平等,至少要不断地逼近平等。

6月5日(阴历四月二十三),星期四,晴

上午,政教系与历史系联合起来组织同学一起到湾里机场参观。

清晨4点半,大家就起床了,然后到老火车站乘五点半的火车,到达机场时六点多。机场昨天已向南京空军司令部报告,将今天临时改为飞行日。

七点半,我们进入飞行场地,几架歼七飞机正在待命起飞出航。一位机械师给我们做了简单的介绍。目前,我国现役的主要机种是歼五、歼六、歼七等。"歼五"相当于苏联的米格17。在苏联就是米格17、米格19、米格21。歼五是亚音速,其他机种都是超音速。它的发动机相当于1万2千瓦马力,喷气力达到4千多公斤,理论飞行时间约为二个半小时,飞程约为一万多公里。

介绍完毕,机场安排了二架飞机让我们上机参观。由于人多,我们只能分批登机。大家一会儿钻入机翼下,一会儿爬到机舱中,反正很自由。

参观后是飞行观摩,这次空军部队一共安排了八架飞机为我们进行飞行表演。

九点五十分,乘火车返回。

6月6日(阴历四月二十四),星期五,晴

下午,班上开演讲会,主题是"社会主义好"。说是演讲,其实名不副实。因为演讲人是内定的,演讲的方式是照本宣科,演讲的时间不受限制。

这次安排的演讲人有五个,演讲有两个题目:

1. 中国是不是社会主义国家?

2. 通过中美比较,看社会主义优越性在哪里?

发言人的分歧也很大。史际春认为,中国是社会主义国家,但不是社会主义社会,而是处在向社会主义社会的过渡阶段。他认为,社会主义比资本主义好是不成问题的,因为社会主义是更高一级的社会形态。但我们今天还不是社会主义社会,所以就不能硬气,否则反而给人一种错觉,以为这就是社会主义,比资本主义差多了! 为此,他从理论和实践上做了阐述,认为我国农村的生产关系还不适应生产力水平。因为农村只要在生产关系上松一松,农民就自发地要求化大为小,要求自由贸易,要求自留地等等。同时也只有在放松对所有制管理的几个时期,中国农村经济才得到较大的发展。①

---

① 史际春,1952年出生于上海,江苏溧阳人。中国人民大学教授、法学博士,经济法学研究中心主任。曾任2005年中央政治局讲座主讲人。

其他几个同学与他意见相反,但讲的都是报刊上宣传的观点。周文龙是即兴发言,明显未做准备,讲得比较零碎,但问题提得很尖锐。

也有同学长篇大论,大谈今天老百姓的生活水平比解放前提高了多少,社会主义社会比资本主义社会有多少优越之处,结果班上九十人走了大半。

学校 1980 年书法美术展览开始,我的两幅字被选出参展。一副是草书,内容是鲁迅《赠日本歌人》:春江好景依然在,远国征人此际行;莫向遥天望歌舞,西游演了是封神。另一幅是行书,苏东坡《念奴娇·大江东去》。

晚上看"社会科学战线丛书"第一集,其中有秋瑾年谱、冯雪峰年谱,以及对王鲁彦夫人覃英的访问记等几篇印象较深。感到他们之所以赢得人们崇敬,最重要的是他们的奋斗精神和民族气节。他们总是不屈不挠,矢志不渝,以民族利益和人民忧乐为重。

哲学复习至今没有起步。只有不到一月的时间了。

6 月 7 日(阴历四月二十五),星期六,晴

天很热。正在太平县五七大学进修班进修的胡老师来信,发了许多感慨。从字里行间可以看出她一个在农村度过十几年生涯的老知青那饱经忧患的心。可贵的是,她虽已是一个孩子的母亲,却依然保持着知识分子的品格,对社会,对人生都有自己的独到认识,这是她从长期的生活实践中得到的。她不像一般知青对一切都很淡漠,仿佛对一切都无所谓,只关心自己的小家庭,只考虑日常生活的吃穿住行,只盼着能轻松、舒服地走完人生。她

也失望过,她在来信中说,"我觉得我现在的思想已经消沉到一个可怕的境地"。她害怕自己不能自拔,对自己的消沉感到可怕。其实这正是她积极向上的一面,是她身上最可宝贵的地方。

她说来进修班八十多天了,看小说占去了很多时间。主要是过去在农村无法见到的大型文艺刊物,如《清明》《当代》《十月》《红岩》等,现在有条件阅读,她觉得自己就像个孩子吮吸母乳一样,如饥似渴地贪吸着。她不认为这是浪费时间(她进修的是教学),反而认为这是进修期间的最大收获。

她说,对周围的社会现象都不敢看,害怕一思考它们就会引起精神上的痛苦。她说,"我每天不上街,不串门,不和与我无共同语言的人讲话,……我怕我又要看见什么,又要听见什么,……"她感慨万千地问:人为什么要长眼睛,耳朵,还有大脑?

一个在农村最偏僻的山沟里生活了十几年的小学教师,能够始终保持一颗纯洁的心灵是多么不容易啊。

6月8日(阴历四月二十六),星期日,晴

给胡老师回了一封信,也写的比较长。

6月9日(阴历四月二十七),星期一,晴

徐敏说,一个丑女人如果不识美丑,也许还能愉快的活下去,可一旦认识了美丑以后,她可能再也愉快不起来了,甚至会永无止境的苦恼下去。

这种现象在社会中是存在的。几年前,我也写过类似的文字。那是一个真实的人和真实的故事。在我的家乡,有一个四十多岁男人,身材特别矮小,妻子邋遢而懒惰。他们一共生育了五个孩子,住在两间又矮又小的草房子里。他们的房子没有窗户,由于长期烧柴草灶,整个墙壁和房顶全部被烟火薰成一片漆黑。外人初进这个房子,根本分不清东南西北。他们的孩子也都像父亲一样个子矮小。年龄基本上相差一至两岁。冬天,孩子们甚至没有棉衣穿,有的孩子穿的棉衣只有半截袖子。冬天,孩子们都赤着脚整天在雪地里奔跑着。在这样的家庭里生活,他们的精神状况如何呢? 令外人难以想像的是,他们全家人一直都很快乐。他们家的床上冬天没有整块的棉絮,夏天没有蚊帐,连床垫也不知是什么时候的陈旧破烂品。然而这一切,并不影响他们的快乐。有一年,政府救济给他们一床蚊帐,他却没有挂。我问他"为什么不挂?"他说,蚊子不咬他们! 说得多好。但蚊子为什么不咬他们? 是被咬习惯了? 还是因为烟熏火燎蚊子不敢进他们的家门? 我无法想像。但我当时就在想,像他们这样的家庭,不知道外面的世界也许是好事。如果他们认识了外面的世界,了解到其他人的社会生活,等等。他们还能活得这么淡定吗? 他们还会这样快活吗?

6 月 10 日(阴历四月二十八),星期二,阴

黑格尔有句名言:凡是合理的都是现实的,凡是现实的就是合理的。

这句话受到不少人的批判。我也无法从什么更深的角度来证明它的正确与否,但它使我想起鲁迅的一句话,那是在《父子与出行》中写的:抢得天下的便是王,抢不到天下的便是贼。

中午在李锦胜处借了一本《文化与生活》第 2 期,李是艺术系美术班国画教师。他的夫人是本校中文系毕业生,分配在合肥中医学院教古汉语,今年到母校来进修。他们住在我们的隔壁,于是我们成了邻居。由于我和徐敏等人也喜爱美术与书法,所以大家便得以相识并要好起来。

6 月 11 日(阴历四月二十九),星期三,雨

昨夜大雨,天明未停。

复习哲学,突然想到哲学与宗教都是世界观,哲学是通过严密的逻辑体系以理服人的,而宗教是通过教义叫人盲目服从的。按说,以理服人应该是人们比较容易接受的,要人盲目服从是不易被人接受的。可奇怪的是,现实正好相反,哲学费了九牛二虎之力,也很难普及,而宗教却轻而易举地让千百万人就范。

历史上,宗教传播的区域与信教的人数恐怕比任何一种哲学都多。宗教的狂热曾经产生过多少神奇的力量啊!古印度的僧人们可以勇敢地跳入火坑,古希腊的处女甘愿在神庙里为神圣卖淫,中世纪的苦行修士可以在墓穴中居住多年,信奉原始犹太教的人可将儿子杀了去作牺牲。还有那让人无法理解的八次"十字军东征"和恐怖的巴托罗之夜……①

---

① 1572 年 8 月 24 日凌晨,巴黎数万名天主教教徒伙同警察、士兵对城内的胡格诺教徒进行血腥大屠杀,他们根据事先画在胡格诺教徒居所门前的白十字记号闯进屋中,把多数还在睡梦中的胡格诺教徒统统杀戮,将尸体抛入塞纳河中。此后,其他许多法国城镇也发生了类似屠杀事件。由此引发了一场旷日持久的宗教战争。这是巴黎史上最血腥的一夜。

在中国,情景并不好些。许多宗教信徒终身不嫁不娶,吃素不吃荤,有的甚至连盐也不吃,叫"清水淡斋"。还有一些西藏的农奴终生勤俭,把全部节余送到布达拉宫,然后行乞回家。这种宗教迷信在"文革"中再次以现代化的形式表现出来,如跳忠字舞,搭宝书台,早请示、晚汇报,等等。

谷玉山说,他做过的最傻的一件事就是在"文革"中串连到北京,一个地方也没去游玩,只知道整天到处抄大字报。有一次,为买一枚毛主席像章与语录牌,竟整整排了二天一夜的队!

我也有类似的经历。记得那时毛主席的像章刚出来,上海表姐给我寄来几只。邮递员亲自将像章送上门,然后向我们讨要像章。神情是那样迫切、虔诚,以至我今天还记忆犹新。

在中学读书时,我们学校食堂里一个工友将二十几个领袖像章别在蚊帐上,大小,排列有序,一触动就会叮当作响。

记得在小学读书时,每天第一节课必须手举红宝书"早请示"。我当时没有小红书,便用火柴盒代替。有同学举报我,我便强调在火柴盒上也印有毛主席语录。结果遭到老师一次又一次批评,多年后还说我从小就思想反动。

下午,系里开学生学术报告会。主讲人是王源扩同学,题目是"论加强研究无产阶级专政国家政体问题的必要性"。郭崇武主持,听的人不多。其实,他的演讲稿写得还可以(与周文龙合写)。

6 月 13 日(阴历五月初一),星期五,雨

小雨仍在下。天气预报说,今年我省黄梅季节降雨量是很

大的,家乡又要准备防汛了。自从1970年大队兴修了东西两个大圩以后,几乎年年都要防汛。

嘴里又发甜了,这种奇怪的现象已持续数年。曾问过医生,医生说这是正常现象,有的人嘴里发苦,有的人嘴里发甜,主要是唾液中的酶不同造成的,因此不用治疗。但自己心里还是常常感到不安。

下午,教育系请马鞍市二中汪老师介绍班主任工作经验,听众有政教、历史、体育三系的七七级同学(都在上教育学课程)。汪是马鞍山市模范班主任,去年曾参加北戴河班主任工作经验交流会(22省市),在班主任工作中做出了突出的成绩。

他的经历非常坎坷。他是太平县人,先后毕业于太平初中、屯溪高中、合肥师院。因家庭是地主成分,在"文革"中不断挨整,连老婆都找不到,前几年才结婚。但他热爱工作,对学生有感情,工作扎实,吃苦耐劳,忠心耿耿。

但是,他的经验介绍却不怎么样,所谓报告,不过是介绍了一些零乱的个人经历而已。

6月14日(阴历五月初二),星期六,晴

看了电影文学剧本《罗马11时》。这是意大利新现实主义电影的代表作。内容反映战后意大利的严重失业问题,数百名妇女(主要是少妇与姑娘)为了争夺一个打字员职位,以致挤坍了楼梯,造成一场惨祸。电影情节非常简单,但作者本来就无意于追求曲折的情节,而是以细腻的笔触详细而生动地描绘了这一事件中每个妇女的鲜明个性。读完电影文学剧本使人就像看

过了电影一样,头脑里会浮起一幅幅动感十足的鲜活画面。

编者把作者的写作素材与剧本同时收集在一起,从而使我们知道,作者是以 1951 年 1 月发生在罗马的一个真实事件为基础创作的。它也反映了作者是怎样看重生活,深入生活,从调查研究入手的新现实主义创作方法。

新现实主义是要表现"真名实姓的真人",强调调查是它的一个重要特点。新现实主义电影倡导人之一——柴伐梯民认为,调查是创作者"道德上的头等需要",电影要像"一面镜子那样正确而迅速地反映真实事"。作者要置身局外,不带任何观点地"照原来的面貌来叙述事件"。

《罗马 11 时》,作者德·桑蒂斯等,兰萧子译。

剧中许多人物形象此刻还浮现在我的脑海里,我把她们的名字列在下面:

母亲:陪伴应考的嘉娜;

从郊区小镇上来到罗马的洛列塔;

和水兵一见钟情的柯尔涅丽雅;

和轧路机手相互爱慕的安洁琳娜;

一心想成为歌唱家的柯拉拉;

因丈夫长久失业而抢先应试的露仙娜;

被老板侮辱怀孕出走来应试的阿德里阿娜;

技术精湛但年事已高以致失败的"老机枪手";

妓女出身的卡杰琳娜;

还有不愿丢失面子的将军;

忠厚老实的车夫;

一见钟情的水兵;

狂热恋爱的画家;

令人讨厌的看门人;

渴望炫耀的柯拉拉父亲

......

6月15日(阴历五月初三),星期日,晴

星期天本来准备复习哲学,不料中文系吴国庆同学送来了一张学术报告入场券。我问报告人是谁？他说是吴组湘①,题目是"关于中国古典小说研究的几点体会"。于是,我改变主意,接过入场券,与他一道匆匆赶到小礼堂听报告。

小礼堂里已经挤满了人。戴斌在对面喊我,挤过去时发现高子兰也在场。

吴组湘是著名的作家、教授,也是"文革"理论研究的权威人士。他是安徽泾县茂林人,中学时即在芜湖读书,还办过《赭山》刊物与《皖江日报》的文艺副刊。因此,这里也算得上是他的故乡与母校了。

后来他入清华大学文学系学习,与曹禺同年级。他在很年轻时作品就引起了日本增田涉的注意,增氏曾写信给鲁迅问吴是何许人。抗战时期,他在武汉,是周总理领导下的文化界抗敌协会理事。1946年,吴曾到美国考察。解放后吴到北京参

---

① 吴组缃(1908—1994),著名作家,安徽泾县人。中学曾在芜湖五中读书,并编辑学生刊物《赭山》,在《皖江日报》副刊发表诗文。1949年后任北京大学中文系教授,《人民文学》编委、《红楼梦》研究会会长。

加第一次全国文代会,后受聘于北京大学,任北京大学中文系主任。

吴在国外也有很大影响,据说美国编的《中国文学史》中有专章介绍他。

吴老今年已经七十二岁,个子高大,瘦而精神矍铄,说话幽默风趣,知识渊博,引古论今,出入自如。

他说古时"小说"并非今日小说之意,乃是与"大道"相对而言。大道就是治国平天下之道,小道则是老百姓所关心的事。

各国小说都以神话为源头,志怪志人开始。志与作是对立的,"作"是虚构,"志"是忠实记录。在古代,文史不分,统属史学。六朝时梁太子萧统编《文选》才开始把文史分开。"文选"之文是与史学相对立而言的,那时还只有诗歌。小说仍登不上文坛。

文学以诗歌最早,源于人民之口。新兴地主阶级为反映人民疾苦,反对奴隶制,便收集这些民间文学,编辑成书,这便是《诗经》、《乐府》。

直到唐人传奇,小说才从史学中分出来。白居易、柳、韩、元等人也都写过传奇。

"说书"始于和尚,以后传入民间,听后再写下来,就成为"故事"。如《女娲传》、《唐明皇与杨贵妃》等。

鲁迅认为,"小说"形成的标志有两条:①虚构情节,②加以文采描写。实际上还应加一条,小说写人不像过去的故事只虚构情节,不注意人物的性格刻画。

因此,小说体裁是各文学样式中成熟最晚的,但它的出现有其必然性。小说可以自由地表达,不受时间、空间的限制,既能写人物的外表,也能写人物的内心世界。但小说也并非得天独厚,各种文学样式均有其短长。

对于小说的创作方法,现在提倡现实主义与浪漫主义相结合。但二者其实不可并列,应以现实主义为基础。我国现实主义出现很早,小说成就也最大,封建社会一直走在世界的前列。曹雪芹比托尔斯泰早一个世纪,吴敬梓比果戈里早一个半世纪。

我国古典小说的创作理论也很丰富,不然就不会出现《三国》、《水浒》、《红楼梦》,现实主义创作经验总结的书籍很多,散见于书信(白—元)文章之中,专著比较著名的有唐刘知几的《史通》,明朝李贽也颇有见解。

对于小说的创作体会,主要讲几点:

一、要有器识。

《史通》讲才、学、识,识最重要。"士先器识"(孟子),司马迁写史记是因为"读万卷书","行万里路"。读万卷书者,我国古代不在少数,但能写出史记只有司氏一人,关键在于他能"行万里路",有器识。

现在讲深入了解生活,但也要广泛接触生活,不出远门,不知天下之大。认识生活的深度与广度是不可分的。吴老说,我小时候,对母亲应该是熟悉的,但讲不出来,母亲就是母亲,还有什么?后来走向社会,认识了几百个母亲,朋友的,同学的,学生的,然后回首往事,就认识了自己母亲有哪些性格特点,可见深度与广度实不可分。鲁迅也很强调这一点。

二、要有感情——要有孤愤。

这是李卓吾提出的。文学作品要以情动人,不是以理服人。要感动别人,先要感动自己,连自己都不能感动怎能感动别人？

司马迁孤愤发于《史记》,

左丘明孤愤发于《左转》,

蒲松龄孤愤发于狐鬼,

施耐庵孤愤发于英雄。

曹雪芹孤愤发于儿女之情。

吴老说,我与曹禺同年级,曹在宿舍里写《日出》、《雷雨》时,常常擂胸呐喊,如痴如狂。大家都怕他写东西,因为吵闹得很。现在有几个中学教师,作品写得不错,但作者问我时,我就认为他们的作品像国文教员,喜欢教训人,说教太多,尤其是正面人物。

三、要从生活中来,不能主观臆造。

李贽写文章,对忠义水浒传批注,写好后给小和尚看。小和尚怀林是个孩子,又是他的书童,却说出了一段著名的话:世界上先有英雄,然后才有武松、林冲、鲁智深等,先有王婆、潘金莲其人,然后才有其书。这就是说文学创作不能凭主观臆造,要深入生活,不能主题先行、原则在先。

吴老谈到了茅盾的作品。他说茅盾是他的导师,对他很关心,他也十分看重他。但茅盾的作品却是主题先行。茅盾的代表作《子夜》、《春蚕》、《林家铺子》分别写民族资产阶级、农民、小市民在帝国主义、买办资产阶级和地主的欺压排挤下必然破产,从而唤起人们觉醒去革命。但是,他没有生活,如《春蚕》里的蚕农竟不考虑桑叶的来源而大养其蚕,结果造成破产,这是不真实的。蚕农不会这样做的,即使真有这样的蚕农,那也怪不了帝国主义,只能怪他自己。

茅盾那时没有条件深入生活,他的《子夜》只是在一个资本家朋友家里跑了两趟就仓促写成的,这是当时历史条件的局限。所以我们的评论家不能乱吹,把他的缺点当成优点大事吹捧。茅盾是站在当时中国文化界的前列的,他的作品思想性强,对后来的作家影响也很大。

另外,写人物,要写出人物性格的发展过程。"爱而知其恶,恨而知其善。"司马迁很同情项羽,讨厌刘邦。但他仍然忠实地记载了他们的长处与短处。贾宝玉的性格,武松、林冲的性格都是不断发展的,而诸葛亮和关羽则一出场即是英明,终生不变,这一点不及水浒、红楼梦。

评论也要忠实于原著。毛主席说《红楼梦》写了四大家族的兴亡史,一损俱损,一荣俱荣,并非这样。我看了很多遍,只看出两家(或一家半),史、王两家根本未写。贾母有权、有势、有钱,并没有让史湘云也跟着"荣"起来。

四、艺术的生命在于真实。

苏轼曾有一首题雁画的诗:

"野雁见人时,未飞意先改。

君从何处看,得此无人态?"

艺术的生命在真实。比如照片,集体合影,摄影师让大家笑,这就是千人一面,故意做作,不能将这种方法用于创作。现在许多青年作者在这方面做得不错。

要批判地继承前人的文化遗产。既要继承又要批判，如吃花生，必先去其壳，只食其仁。吃到肚中尚要"批判"，否则还要厕所干什么？（大笑）物质粮食是这样，精神食粮也如此。

吴老的讲话不时被掌声打断，他整整讲了一个上午。

芜湖文联，芜湖日报等文化单位也来了不少人，小礼堂里挤满了人。

听说他还要讲《红楼梦》研究的体会。

中午，李锦胜老师在看《北京中国画选》，我便借来看了半天。我对国画虽然不懂，但却爱看。这本画册共选了一百幅，都是北京三十年来的名家名作，画家有徐悲鸿、王雪涛、何香凝、齐白石、李苦禅、李可染、卢沉、周思聪、于非闇、郭传璋等，真正是百花争艳，万紫千红。

小时候，我也很爱画画，可是没有条件学。一是学校没有美术课，二是周围没有一个人懂绘画知识（包括教师），三是没有欣赏作品的机会，连像样的年画也看不到。看到的都是毛主席像。

现在，想学画已不可能，只能看看而已。

6月16日（阴历五月初四），星期一，晴

天闷热极了。

上午到医院看病，还是嘴里发甜的问题。医生让我做小便化验，结果一切正常。我问为什么发甜？他说是正常现象，与发苦一样。我问为什么年年都在这个季节才发甜，有明显的周期性特征。他答不出来，便有点不高兴。说没有病便无法解释。真是怪事，一个医生对病人提出的问题不能作出令人信服的科

学解释,不知他可惭愧!

6月17日(阴历五月初五),星期二,晴

今天是端午节,是中国最古老的节日,与中秋节、春节并称为一年三节。各地都有不同的传统习俗。我们家乡的端午习俗有:

吃咸鸭蛋;

孩子用红头绳扎一只手和一只脚,据说可以防溺水;

大人、小孩都要喝"雄黄酒";

正门上要插菖蒲和艾草,说是能祛毒、辟邪。

这一天,男女老少都要去看划龙船。

小时候,我只看过一两次划龙船。那时还很小,具体情景已记不分明了,只记得看的人很多,并且听大人说每年都有孩子溺水而亡。大人说这是龙王爷要的,无法避免。因此,有些人家就不允许自己的孩子去看龙船。但小孩子是不怕死的,总是喜欢几个人相约着一道去看。

后来由于破四旧,划龙舟的习俗禁止了。但端午节在大门上挂菖蒲与艾草的习俗还是延续了下来。父亲在自家菜地的边角地种有一片艾草,并在池塘临水的一面养了一排菖蒲。每年的端午节,母亲要求我自己把这些艾草和菖蒲割回来扎成一束一束的背到街上去卖,印象中是一束5分钱,每年能卖几角钱到一块多,当然这也成了我最早的创收活动。

后来到的地方多了,才知道端午的习俗远远不止这些,在江南,更为流行的是家家户户都要吃粽子。不知道我的家乡当年

为什么没有吃粽子的习俗？想来想去,恐怕还是没有吃粽子的"物质条件",因为我们那儿好像没有能包粽子的大芦叶。

至于端午习俗的来历,传统的看法一致认为是纪念楚国诗人屈原。他是杰出的诗人和政治家,有伟大的抱负和杰出的才华,因受到嫉妒与排挤,被楚怀王罢黜贬职。后来楚国灭亡了,他忧愤之极,竟投入汨罗江以身殉国。这一天正好是五月五日,人们为了纪念他,便在每年的这一天举行纪念活动。他的故乡在湖北省秭归县三闾乡,现在叫三闾公社屈原大队。

当然,还有另一种说法,认为吃粽子是人类原始宗教图腾的遗风,但没有多少科学证据。

至于喝雄黄酒,按照我们家乡人的说法,认为雄黄酒可以驱蚊祛毒。

今年的端午节是在大学度过的第三个端午节了。过第一个端午节时还在第四组,当时是全组同学聚在一起过的,"浊酒一杯家万里",但其实心里并没有多少思乡之情,更多的是年轻人在一起的欢聚之乐。第二年的端午节是在亲戚家度过的。今天是第三个端午节,早上食堂向每人免费供应四个粽子,中午免费供应一盘皮蛋与鱼肠拼盘。我和亮生一起又加买了两份菜、一瓶葡萄酒,饮得干干净净。

6月18日(阴历五月初六),星期三,晴

晚上看电影"等到满山红叶时"。写的是船员生活,写得很好,突破了过去的一些条条框框,没有什么第一号、第二号人物,而是对四、五个人同时着力用笔,几条线索交错织成,给人以清

新之感。

6月19日(阴历五月初七),星期四,晴

教育学课程基本结束,期终考试是写一篇如何当好班主任的文章。没有具体命题,可以自选一个角度或一个方面写。材料发了两份:一是上次马鞍山市二中汪老师的材料与报告,二是北京市某中学刘纯朴老师的材料。要求下周四交稿,并与以前的两次平时作业一起作为期终考查的成绩,不另考试了。

上次作业发下来了,我因回家没有到附中听课,自己写了一篇高中政治经济学的教案,幸好还得到个"优"的成绩。其实,我们政治经济学的课还没上呢! 可能下学期要开设政治经济学原理课。

6月20日(阴历五月初八),星期五,晴

春天早过,此时正值盛夏。我却不知为何,突然想起了《碾玉观音》上有关"春归去"的一则文坛趣闻。看到暮春时节,花瓣一片片被风吹落,宋代的一帮文人给出了各自不同的解释。

王安石说:"东风断送春归去。"①

苏东坡说:"不是东风断送春归去,是春雨断送春归去。"②

秦少游说:"也不干风事,也不干雨事,是柳絮飘将春色去。"③

邵尧夫说:"也不干柳絮事,是蝴蝶采将春色去。"④

---

① "春日春风有时好,春日春风有时恶。不得春风花不开,花开又被风吹落。"
② "雨前初见花间蕊,雨后全无叶底花。蜂蝶纷纷过墙去,却疑春色在邻家。"
③ "三月柳花轻复散,飘扬澹荡送春归。此花本是无情物,一向东飞一向西。"
④ "花正开时当三月,蝴蝶飞来忙劫劫。采将春色向天涯,行人路上添凄切。"

曾两府说:"也不干蝴蝶事,是黄莺啼得春归去。"①

朱敦儒说:"也不干黄莺事,是杜鹃啼得春归去。"②

苏小妹说:"都不干这几件事,是燕子衔将春色去。"③

王岩叟说:"全不干这些事,是九十日春光已过,春归去。"
"怨风怨雨多俱非,风雨不来春亦归。"④

　　从诗的角度看,这些诗人所言各有特色。但就科学而言,只有王岩叟的说法是符合科学道理的。春夏秋冬,周而复始,此乃自然规律。规律不是人力可以改变的。因此,春天总是留不住的,正如她来时的不可阻挡一样。同样,夏天也是要过去了,尽管现在正是盛夏最炎热的时候。

6月21日(阴历五月初九),星期六,晴

　　不知道自己的无知乃是双倍的无知。从前有一个学生问哲学家芝诺,"你掌握的知识数倍于我们,您回答的问题十分正确。可是,您为什么总是对自己的解答产生怀疑呢?"芝诺用手杖在地上画了一大一小两个圆圈。然后对学生说,大圆圈的面积是我的知识,小圆圈的知识是你的知识,圆外的部分是我们不知道的知识。虽然我比你们的知识多,但我的无知范围也比你们大

---

① "花正开时艳正浓,春宵何事老芳丛? 黄鹂啼得春归去,无限园林转首空。"

② "杜鹃叫得春归去,物边啼血尚犹存。庭院日长空悄悄,教人生怕到黄昏。"

③ 《蝶恋花》词:"妾本钱塘江上住,花开花落,不管流年度。燕子衔将春色去,纱窗几阵黄梅雨。斜插梳犀云半吐,檀板轻敲,唱彻《黄金缕》。歌罢彩云无觅处,梦回明月生南浦。"

④ "怨风怨雨两俱非,风雨不来春亦归。腮边红褪青梅小,口角黄消乳燕飞。蜀魄健啼花影去,吴蚕强食柘桑稀。直恼春归无觅处,江湖辜负一蓑衣!"

啊。这就是我为什么要怀疑自己的原因。

芝诺真的是知道自己的无知啊。

6月22日(阴历五月初十),星期日,晴

昨晚看电影《丽人行》,片子太陈旧,效果极差,只模糊地猜出了一点情节梗概。

上午九点多钟,到舅爹家去。上次还是五一节回家返校后去的,已经有一个半月了,很挂念老人。不知老人近来身体如何？到那儿,只见院门口一片泥泞,天井里积满了污水,给人一副破败不堪的印象。表爷的房门紧闭着,他们夫妇已经上班去了。两个孩子也没有看见身影。推开舅爹的房门,只见小龙一个人在玩纸,舅爹在床上面朝里面睡着了。我制止了小龙的叫喊,想让老人安静地睡一会儿。但老人却被惊醒了,他慢慢地转过身子,看见是我来了,脸上露出了笑容。

"你来了？……"他轻声地说。

"我来了,舅爹。最近学习忙,许久没有来看您了。您这一向身体可好?"我弯下身子问。

"好?"他眼光向上,看着我的眼说:"不行了。不能吃了,吃一样,厌一样,人还行么?"

"没有关系,舅爹,您放心养病,会好的。"

"咳,我还要安慰吗？到时候了,有什么值得留恋的？人如一盏灯,油干了,灯自然是要灭的。"

"……"

我无言以对地看着老人,不知说什么好。他说得完全对。

老人已到时候了,他那露在被子外面的头和手只剩下了骨头,外面包着一层薄薄的皮,根本看不出肉的感觉来。他那瘦骨嶙峋的躯体是那样小,连包裹的薄被子在一起像个小包袱一样丢在床的中间。

我的眼睛一下子模糊起来,感情之堤好像要崩塌,渐渐地有点支持不住自己了。

"今天是星期几?"老人的声音惊醒了我。

"今天是星期天。"我弯腰趋前回答。

"又是星期天啦?"老人慢慢地说,带着无限惋惜和接近死亡的混合感觉。我忽然想到,一个人如果猝死,对活着的人也许会带来无法承受之痛,但对死者则不失为一种突然的解脱。象舅爹这种慢慢地,连他自己都能感觉到的一天天"死去",对老人的精神是多大的折磨啊。这种不断临近死亡的悲伤与无奈是我们这些"活人"永远无法体会的,等到你真的能够体验到的时候,你也就不能再告诉别人了。

人类本身就是一场演不完的悲剧呀。

两年来,我已经完全熟悉了老人的性格和脾气,他是用不着别人进行安慰的。他的头脑极其清楚,每天还关心国家大事和社会新闻。床头有一台小收音机与他为伴,为他输送最新的消息,然后让他慢慢地思考。把时间没完没了地消磨在这些方面。我每次来向他介绍的也是这些新闻,把最新的动态讲给他听。只有在这时候,他才忘记了自己是一个濒临死亡、快进坟墓的人。

老人也常常和我谈到家庭与后事。

　　他认为自己的儿子、媳妇都是老实人,为人忠厚,但过于古板、机械,缺少热情,说话生硬,使人容易伤心。每当谈及这里,他的眼里总是泪水盈眶,甚至泣不成声。

　　他也不满儿子对什么都怀疑,特别是对单位领导的怀疑与不满。"他什么人都看不惯,觉得别人都不行。可是,人家都不行,那你怎么也不行? 如果这些干部都不行,那许多工厂是怎么办起来的? 机器怎么造出来的? 国家是怎么一天天地好起来的?"他常常这样对着我问。

　　他对后事也想得很周到。他说:"我死后不要什么热闹,你们几个人把我送到神山火化掉,也不用骨灰盒,只用一只小罐子装起来,回来时在弋江桥上直接倒入弋江中就行了。"他说,"文革"期间,舅奶奶去世时,他就是这样操作的,用一只瓦罐将骨灰装起来,然后直接丢到弋江里去了。

　　他从不讲自己的心情,今后的情况也不让我讲,这可能是他不愿想的缘故。可是他对过去的经历却可以无休止地回忆。他常常和我谈起当年在家乡被抓壮丁的情景,在长江轮船上当帮工的经历,后来在芜湖做小摊贩的生活,等等。他对城市搞工商合作社时没完没了地开会,文化大革命中没完没了地辩论等,都记得非常清楚,甚至许多细节还能生动复述。①

　　中午,表娘下班回来了。夏天,她们每天只上半天班。看她拖着疲惫的身子回家,马上又忙着去洗菜、烧饭,还有饭后永远

---

　　①　但是,他却很少与我谈当年抗战的经历,或许那时国民党老兵身份被认为不是好事,所以不愿与人提及。而我当年也意识不到这一点,未能主动请他回忆这一段历史。

做不完的家务,等等。这一切都为我展现了城市普通工人家庭生活的真实图景。

6 月 23 日(阴历五月十一),星期一,晴

黄梅季节雨水特别多,悄悄地来,悄悄地走,给大地浇了一遍又一遍。

昨晚,在百货公司遇上姑爹的儿子,他在家乡是电工,正在准备顶父亲职来芜湖接班。顺便向他询问了一些家乡的事。听他说今年家乡的水并不大,早稻长势特别好,粮食肯定是大丰收。这是比什么都好的消息,须知中国农民还没有摆脱"靠天吃饭"的命运啊。

忽然想到文艺创作的现实主义原则问题。这是吴组湘教授报告的余音还在脑子里回荡。怎样理解、掌握、运用好社会主义现实主义原则不是一件容易的事,许多作家毕生都没有解决好这个问题。现实主义搞不好极易流入自然主义,或者又成了形式主义。《金光大道》就是在这方面出了问题。表面看起来,这部小说也是遵循现实主义的创作原则,但最后却演变成了形式主义和公式化的东西。

在国外,巴尔扎克是现实主义,左拉是自然主义。所以恩格斯说,"巴尔扎克比过去、现在、未来的一切左拉都伟大"。

不久前,看到一则小故事:古希腊有两个画家,一个叫巴尔哈希乌斯,一个叫才乌克西斯。两人赛画,后者画了一个小孩,头顶一篮葡萄。据说画得惟妙惟肖,小孩的眼珠能随着观画的

人转动,正如有两只鹰要扑下来抓葡萄一样。轮到前者展示画作时,他只捧着一个包袱站在台上,一动不动,既不解开包袱,也未取出什么作品。底下的观众不耐烦了,纷纷对其谴责。他说,我没有包袱,这就是我的画! 观众愕然。

学校在暑期要组织一部分同学勤工俭学。我久久不能决定是否参加。主要是吴胜与严双伍两人提出了不同的暑期计划。吴胜曾来信,要我和他一起在假期回去进行社会调查,我也答应了。可是不久又接到双伍来信,说他 7 月 12 日放假,14日即来芜,要求与我在芜湖相聚。依前者,当然不能参加学校的勤工俭学活动,依后者则是留下来参加勤工俭学最好,可以一举两得。

14 世纪法国哲学家布里丹有一个寓言:一匹驴子看到两捆外形和质量完全一样的干草,犹豫不决,不知该选哪一捆好,结果反而饿死了。

6 月 24 日(阴历五月十二),星期二,晴

"怎样做好一个班主任。"这是上周教育学老师布置的作业,要求在这个范围内选择一个方面,自己命题写一篇文章,本周四交稿。

班主任工作是极复杂的,既巨又细。都说教师是人类灵魂的工程师,班主任既是一个工程师,又是一个砌砖糊泥的建筑工。

当班主任是要有点牺牲精神的。当然,每一个教师都要有牺牲精神。他们中许多人本来可以做出更大的贡献,从事与自

己特长、兴趣、爱好相一致的事业,但为了培养下一代,他们不得不放弃这些,去做"人桥"、"人梯",把知识从上一代传到下一代。

做好一个班主任的方法有多种多样。每个班主任都有自己独特的工作方法和经验,这是在长期的实际工作中逐步摸索形成的。

现代教育体制中的学校与班级制度是为适应现代大工业的人才需要而兴起的。因此,我认为做好一个班主任,最好还是要善于通过集体活动来教育学生,这样才能获得大面积的丰收。一个教师带几十个学生,不可能象过去的私塾先生那样一个个的教,如果那样,效果必然有限。当然,对于特殊的学生进行个别教育也是必要的。

这次作业,大家写的内容很分散,各取一面。我本想写关于班主任怎样通过集体活动来影响学生,搜集了一些材料,提纲也拟好了,但突然想到一个大家都容易忽视或者说不敢接触的主题,即师道尊严问题。其实这是教育学中回避不了的,教师必须有尊严,有尊严才能有威信,有威信才能有效果。一个教师如果没有尊严和威信,既教不好书,更当不好班主任。所以临时改变了计划,题目改为"谈谈班主任的威信问题。"

6月25日(阴历五月十三),星期三,晴

很不巧,临近考试,眼睛得了结膜炎,又痒又胀还羞光。医生开了两瓶眼药水,每天要轮换点上七、八次,几乎无法看书。每次看书不到一小时,眼睛即难受得很,胀痛疲倦之极。

6 月 27 日(阴历五月十五),星期五,晴

对物质的定义问题,唯物辩证法的规律问题,我有些自己的看法。

6 月 28 日(阴历五月十六),星期六,晴

人不能没有骨气,尤其是知识分子。无论历史上还是在当代中国,知识渊博的人并不少见,但兼有知识与骨气的知识分子更为人们所看重。所谓铮铮铁骨、浩然正气,给人一种凛然不可侵犯的形象。鲁迅先生在这方面堪称楷模。郭沫若的学术成就不比鲁迅小,尤其是在甲骨文研究方面。但若论文人骨气,郭比鲁要逊色得多。在文化大革命期间,不少知识分子都在淫威面前屈服了、投降了,甚至出卖了自己的灵魂。但有骨气的知识分子则不然,他们会不屈不挠,甚至以死抗争,死得悲壮而慷慨。萧军就是这样一个威武不屈的汉子。他在被押往沙河农场劳改时,交出的第一份"思想汇报"竟然是这样一段话:"无论什么人,敢于对我进行人格侮辱、人身侮辱,我将和他同归于尽。"多有气魄,掷地有声。据说萧军武艺高强,这也是他说此话时的一个物质力量吧。他很重视古人的一句话:"看文事者,必有武备。"当年鲁迅喜欢他,除了他的文笔外,就是他的野性。这种野性其实就是一种豪风侠骨,这从他当年毅然与萧红结为伴侣的事也可见一斑。萧红当年不过是一个普通少女,被人诱奸怀孕,遗弃在一家旅店,临近产期,店老板见男人跑了,准备把她卖到妓院,以偿还她所欠老板的旅店钱。当时正值城内发大水。萧红住在二楼,水已淹到二楼下面,萧红已经濒于绝望之中。正在此时,萧

军借了一条小船连夜划到萧红的楼下，不仅送来吃的，还将她接到外面藏起来，逃过了老板的追债。其实萧军自己此时也是穷困潦倒。后来，他们二人结为伴侣，双双成为作家，还获得了鲁迅先生的高度认可。尤其是萧红后来成长为一个非常有影响的作家，她的作品以《生死场》与《呼兰河畔》最为著名。可是，谁会想到当年这位女作家与妓女之间竟隔得那么近！如果不是萧军的见义勇为与挺身而出，中国可能就会少了一个作家而多了一个妓女。

7月2日（阴历五月二十），星期三，晴

上午考哲学原理课，分量太重。六个名词与范畴解释，三个简述题，两个回答题，两个论述题（任选一题），竟考了四个小时，有的同学竟达到四个半小时，平均一份试卷要写六、七千字。其实，教务处规定的考试时间只有两小时。上午考试如果不是不限时间，有的同学一定会向上面反映的。考试结束后，许多同学错过了食堂吃饭时间，没有吃到中午饭。

晚上与杨、严上街看电影《杨排风打孟良、焦赞、韩昌》，京剧片。上海京剧团演出，齐淑芳演杨排风。京剧古装戏给人以很大的娱乐，是一种非常特殊的艺术享受。它完全超越了实际生活，成为一种高度程式化的艺术形式。

看电影回来，老顾来了。他是走读生，也是一个很有演讲才能的人。他在与人交谈时才思敏捷，对许多国内外重大问题的分析往往能一语中的。然而，他在班上却是声名狼藉，许多人一提到他就摇头。他也是唯一被辅导员在班会上点名批评的学

生。每次考试他的成绩也是全班垫底,因为他从来就不把考试当回事。他就是这样一个矛盾统一体。

7月3日(阴历五月二十一),星期四,晴

未来总是令人向往的。

过去总是令人怀念的。

现实总是令人不满的。

7月6日(阴历五月二十四),星期日,晴

考试结束了.哲学原著比哲学原理考得好些。但试卷分量也很重,卷面约写了六千字。

7月7日(阴历五月二十五),星期一,晴

放假了,班上同学大部分已回家,我在等吴胜来。上午洗被单和换季衣服等,下午到舅爹那儿去了,发现老人更不行了。

人往往能在逆境中奇怪的活下来,在舅爹家谈到彭加木的失踪案时,我忽然想到这个奇怪的问题。彭加木在罗布泊离奇失踪,国家花了很大的气力找寻他的踪迹,至今没有任何结果。一般说来是不可能找到活人了。但是,人往往也是能创造奇迹的。白毛女不是在那种情况下都活下来了吗?汉代的苏武在匈奴住了十八年,最后依靠鸿雁传书,最终得以返回故国。

巴尔扎克笔下的那个在埃及打仗中被俘的士兵,更是奇怪的活下来了。他本来被埃及兵捉住后带走了。一天晚上露营,他趁兵士熟睡之机,磨断绳索,偷了刀、枪和一匹马逃跑了。但

沙漠无边无际,他怎么也跑不出去,更无法找到他的部队,马也累死了。于是,他一个人继续朝前走。一天晚上,在一个山洞里过夜,半夜里突然发现一只大花豹与他同居,原来是他跑到人家大花豹子的窝里来了。天亮时,他等着与豹子来一场生死决斗,奇怪的是豹子并没有吞吃这个家伙,反而过来挑逗他,像猫一样在人面前作出妖媚之态。士兵吓得浑身颤栗,他想用枪打,但枪身抬起来就会碰到豹子,等不到放枪,他就会遭到不幸。他把刀子试了试,又担心捅不破大花豹那厚厚的皮毛,而豹子这时候却蹭到他的身边,他突然来了幽默,用手抚摸起大花豹的身子来,这只豹子居然顺势睡倒在他的脚边。于是,他就不断地抚摸它,抚摸它,一边摸一边在心里想着,就当她是自己的一个小情人吧。于是他把自己第一个情人的"小姑娘"称号送给它。从此,他们成了沙漠中的伙伴,兵士再也不是"天涯孤旅"了。

7 月 8 日(阴历五月二十六),星期二,雨

早上送杨亮生回家,三点半起来,五点的船。

上午吴胜终于来了,原来他们学校放假推迟了一天。

下午与吴胜、国庆三人上街看电影《忠诚》。

晚上整理行装,决定明天回家。

7 月 9 日(阴历五月二十七),星期三,雨

仍是雨天。又是早上三点半,国庆送我与吴胜到轮船码头。他自己因为要看校,不能回去了。

在船上看"波斯人信札",孟德斯鸠著。这是一本由几百封信组成的书信体长篇小说。信一百三十九记载了一个小故事：瑞典女王乌尔丽克—艾来奥诺甘愿放弃王位,逊位与丈夫。在这60多年前,另一位女王克丽斯蒂娜为了专心致志研究哲学,也曾放弃了王位。这两个人都是伟大的,她们的智慧与心胸都超过了她们的富贵,一个基于求知,一个看重丈夫,都是值得赞美的。

7月10日(阴历五月二十八),星期四,晴

昨天下午到达枞阳,正好吴胜父亲的船泊在大坝,于是就在他的船上吃了晚饭。然后才到赵峰处。

今天上午到枞阳文教局,杨亮生正在他父亲这里。在这里看到了今年的高考试题,题目并不难,考生们也都反映考得不错。然而高考是水涨船高的事,题目容易,大家都考得好,分数线自然会提高。高考就是一代人之间的比拼。

7月11日(阴历五月二十九),星期五,晴

到达双店又停了一日,晚上到龙大旺家看望他。他已有两个小孩,听说家庭不太和睦,思想包袱很大,我们只能劝劝他。

7月12日(阴历六月初一),星期六,晴

本欲乘早班车回家,但一直没有等到班车,据说是车子坏了。正好双店公社有大型拖拉机送考生到天林去考高中,便搭顺便车上来,吴胜同行,12点到家。下午二人一起到朱桥张仕龙家。塔矶这地方几年未来,觉得路很不好走。

仕龙不在家,家人说他与未婚妻一道送妻妹考试去了。

7 月 13 日(阴历六月初二),星期日,晴

想在家看书,但人来人往的总安定不下来。于是干脆与村里人谈谈心,乘便了解一下农村的情况。从村民口中得知,农村这几年变化很大,政策的威力是无穷的。长期以来,国家总是对农业苦无良策,现在不到两三年,形势大为改观。过去回家听到的都是农民在抱怨缺粮,现在农民谈的都是粮食卖不掉了,生猪也不好卖。

为了保护农民种粮积极性,粮站在收购高价粮,一百斤稻谷二十元。而在自由市场上,大米只卖二角钱一斤。现在春节农民杀猪不卖肉,全部留下来自己吃的事情已不罕见了。但农民也有不满意的地方,就是社会治安比以前差多了,人的自私心高度膨胀起来。

7 月 20 日(阴历六月初九),星期日,晴

昨天下午与社潮一起去王从付家,今天上午匆匆赶回。因为生产队的"双抢"已经正式开始。今年,由于生产队分家,一个生产队拆分成两个生产队。我家所在的生产队劳动力特别紧张,所以我准备帮助生产队干几天活。

7 月 21 日(阴历六月初十),星期一,晴

第一天"双抢"是打稻,队长照顾我,要我去铡草。我自己要求挑稻,大家都担心我挑不下来了,我自己也有些怀疑,因为已

经整整一年没干过这么重的农活了。

好在稻箩不算大,每担湿稻大约一百五、六十斤。第一天终于挑下来了,尽管下午感觉有些吃不消。中间,忠池还帮我挑了两趟,帮我减轻了一些压力。由于稻田离稻床路途较远,必须要小跑着才能跟上脱谷打桶的。

傍晚,许多社员都来看我肩膀上的皮撕破了没有,然而让他们失望了,我的肩膀皮肤完整无缺,但的确红了一大块。还有人断定我到夜里一定非常难受。但是,晚上我和兴虎佴一起去西河生产队与陈新、陈平兄弟俩聊天到半夜。

7月22日(阴历六月十一),星期二,晴

今天队长又叫我铡草,我同意了。但由于铡刀不锋利,草又被烈日晒干了,格外难铡。一天下来并不比昨天挑湿稻轻松,两条背膀胀得特别难受。

傍晚,吴胜来了。我们约定明天一起到县城去。

7月23日(阴历六月十二),星期三,晴

生产队给家里分了点土栗(荸荠)田,必须及时栽插。所以,上午推迟去县城,先把土栗田做好,把土栗苗插下去后,才与吴胜一起到金神乘车去县城。

这次到县城的目的就是想对机关干部作一次调查,了解当前农村干部的情况。所以按照约定先到档案局朱副局长那儿去了。

朱是双店人,"文革"前在县监委,前几年因病离职了几年,

去年开始做档案局副局长。他是吴胜的亲戚，二人关系不错。故先去他那里了解一下情况。

在县委大院转了好几个弯，才找到档案局办公楼，朱正在办公。

见到朱的第一眼，心里的感觉并不好。这是因为突然想到了 12 号在双店等车时见到的情景。12 号那天，我们正在双店车站等车，突然从公社里出来一班人，约有七、八个，几乎都是一个模样：肥头胖耳，大腹便便。我不认识他们，身边的人告诉我，这是县委下来的一班人，有书记、常委、局长等。但走在最后面的那位我认识，他是新提拔的公社书记。因为他是瘌痢头，所以，六月天还戴着个大帽子，帽沿边挤出一圈红色的嫩肉，因而很容易认识。对于他的历史，有一个流传很广的故事。说是1959 年，有一次他与一个妇女在山上的庄稼地里乱搞男女关系，被一个农民发现了。为了灭口，他抬手一枪便把那个农民打死了。那时，他是公社的武装部长，身上有配枪。第二天，他主动出击，向上面"揭发"那个农民偷集体的山芋吃，所以被他打死了。别人虽有所怀疑，但苦于没有证据。那时的法律也不健全，况且那个农民还是个富农，因此也就没有人追究。后来才知道，此人在内部还是受了一点小处分。

正因为有了上面这个先入为主的印象，所以初见朱也是这种形象，感觉很不好。后来才发现，他的大腿肿得老粗，是因为发了"瘤火"。

朱很热情，立即请我们到宿舍洗脸、喝茶。不久又开始吃晚饭。县委机关食堂的饭菜并不比我们学校食堂伙食好。

饭后,吴胜说明来意,想就当前农村干部情况作一点调查。因为以前就知道朱有几个很要好且正直的朋友,希望能引见一下,让我们与这些人直接面谈。但令我们失望的是,朱说这些人目前都不在城关,只有一个在计委做秘书。因无住房,临时住在一家旅店里。而朱的腿正在发瘤火,不能陪我们前去。于是,我们改变计划,就所要了解的问题直接与朱进行交流。

这一晚,朱与我们谈了不少他所知道的情况以及他本人对有关情况的想法,还算有些收获。关于当前干部的思想状况,朱认为是两头小中间大,即真正能始终不渝、兢兢业业地工作并且能做到廉洁奉公的干部寥寥无几,但一意孤行,不顾形势,专谋私利,老虎屁股摸不得的干部也属极少数。大多数干部都是随大流,过去大家都在走后门、谋私利、贪吃挪用时,他们也跟着搞一些。现在风声紧了,他们也会收收手,总之,这种干部精得很,凡事不在人前,也不落人后。运动来了就缩缩头,运动过后再伸伸手。反正是法不责众,别人能行,我也过得去。现在,走后门的现象比以前少了,但不是他们变好了,而是因为物资丰富了,老百姓不用走后门了。招工招生工作也因制度改革无法走后门了。与其说他们这种人私心重,不如说他们奉行的是一种生存哲学:一有都有、一无都无。别人能搞点我就能搞点,如果从上到下的干部都不伸手,那我也可以金盆洗手。

在政治上,大部分干部对国家现行政策都有很大的抵触情绪,只不过他们不会表现出来。他们中的许多人还是抱着"两个凡是"的观点,对一些改革政策迷惑不解,也无所适从。还有一些人坚信,现在如果卖力推行新政策的话,将来一定如"文革"时期一样,会被秋后算账,最终还是要受惩罚。

朱在这方面的感慨很多,不能一一记下来。至于他自己,他也谈了不少。总的原则就一条,力求为官清白。但限于自己的年纪和身体,已经无力也无心去改变现状了。我说:"真能做到清白已很不错了,如果所有的干部都能做到清白,问题也就解决了一大半。"

7 月 25 日(阴历六月十四),星期五,晴

在桐城住了两夜,收获不算大,没有达到预期效果。所以第二天就没有多大兴趣了。第一夜住在搬运站福庆表兄处,第二天在荣休院江根祥处过夜。江讲了一些荣休院里的故事。这个荣休院是一个省直单位,里面主要住了两部分荣休军人,一部分是抗美援朝的伤残军人,一部分是对越战争的伤残军人。第一部分伤残军人的待遇比较好,他们当年甚至给毛主席写信,要求解决老婆问题。中央复信要求地方协助解决,在团委的号召下,一些女青年自愿嫁给了这些伤残军人。但对越战争下来的伤残军人境遇要差得多,主要是人的观念发生了变化,现在的年轻女孩子不可能像以前那样,上面一号召就愿意嫁给这些伤残军人。

从桐城回到金神的车拖了很长时间未发车,一打听,原来在路上出事了。至于出了什么事,没人说得清楚。后来发现是一场虚惊,这趟车子在天林粮站与一辆三轮车相撞,没有人受伤,只不过车子出了交通事故,走不了。

7月28日(阴历六月十七),星期一,晴

前天下午送吴胜回去了。他叮嘱我一定要下去一趟,可能有什么话要说。

昨天又上了一天工,还是帮生产队铡草,觉得比前几天要轻松多了。

今天与母亲一道上街卖梨子。在街上听社潮父亲说,社潮生病了。于是决定去看看他。约十一点到社潮家,意外地发现双伍也在。原来他是上午先到我家,听说我到社潮这里来了,便马上也赶到这里。

社潮的病并不重,不过是重感冒。但人的确瘦了不少,刚挂过盐水。

下午天气转凉,双伍提议翌日到黄大个子那儿去,大家欣然同意。

7月29日(阴历六月十八),星期二,晴

晨起,天上下起了细雨,这正是夏天出门的好天气。

吃早饭时到了黄家——天林公社向前大队。由于雨水与汗水内外夹攻,大家的衣服都湿透了。

黄的新婚妻子正在洗衣服,望着这些不速之客有些迷惑不解。据说她也是一个民办教师,至今仍在娘家学校执教。

黄家所在的村子只有两户人家,背靠山丘,面对冲畈,风水很好。站在门前一看,视野特别开阔。尤其是门前的两口池塘,水平如镜,颇有郊野公园的气息。其实农村池塘到处可见,这两口池塘本是一体的,中间被一条细而弯曲的堤将其一分为二,反

而有了美感。

黄是我们高中时的班长,身高比我还高,大家都亲切地喊他"黄大个子"。他为人不拘小节,热情大方。黄没有考上大学,但他对考上大学的同学仍然一如既往,充满热情。正是这一点赢得了大家的尊敬。

下午从黄家回来,又淋了几阵雨,一个个成了"落汤鸡"。

7 月 30 日(阴历六月十九),星期三,雨

昨夜与双伍一起从金神回来,在杨桥渡口遇上一场大雨,只得躲在路边的排涝棚里。正好里面有报纸,便把近几天的报纸全看了,倒也算没有浪费时间。

8 月 10 日(阴历六月三十),星期日,雨

昨天上午,余书记来坐了一会,谈了些当前农村情况,所获印象与意料中情况基本相符。余书记刚走不久,王从付与占社潮来了。

这次暑假,上街次数特别多,几乎每天一趟。

8 月 13 日(阴历七月初三),星期三,晴

前几天的暴雨,使附近二十四个圩全部沉入水底。玉咀东边大圩也已经岌岌可危。

8 月 17 日(阴历七月初七),星期日,晴

吴胜昨天又上来了,今天陪他到赵秀华那儿去。这次来也

是我们上次约好的,十天前,我陪赵到他那儿住了两天,希望他们的关系一切顺利。

8月20日(阴历七月初十),星期三,晴

早上起来看天色似乎要晴的样子。原计划昨天返校,因大雨没法动身,既然晴了,那就好办。

然而,吃早饭的时候,对面大圩上突然传来声嘶力竭的叫喊。我一听就知道是大队余书记的声音。但此时社员正在吃早饭,没有人注意到这声音。于是我赶紧跑去找队长,队长又立即派人到邻队去喊人。他自己也扛起一把锹,一路连喊带叫地向大圩奔去。

我也扛起锹,光着脚,跟在队长的后面向大堤跑去。到了大圩中间,我朝四面一看,只见沿河一带,从好几个村庄里几乎同时射出一条条人流,像流星划过天空一样奔向同一个目标——大堤出险的地方。

各路队伍都在奔跑着,不一会便汇聚到了一起。所有人已经没有任何区别,不分性别,不分年龄,也不管来自哪个生产队。我的眼前仿佛出现了淮海战场上的支前民工的景象。在这里,险情就是命令,到处都充满着战场的气息。唯一不同的是,这里的敌人不是军队而是洪水。这里的武器不是枪炮,而是大锹、扁担,是船、木料、毛竹和石头,甚至是一双双粗壮的大手。在这里,你看不到农民平时那种自私、吝啬和斤斤计较,也没有了在大集体干活时所表现出的滑头、怠工和争吵,到处都是一片紧张、严肃、安静,一切井井有条。

我突然被深深地打动了，内心涌出一股别样的东西在喉咙里蠕动。

坝堤出险区约有十余丈长，已经出现半边下沉和裂缝，如果不及时抢救，要不了半天时间，就可能会出现全面溃坝。一旦圩破了，附近几个生产队就会颗粒无收，失去一年的劳动成果。

然而，几百人集中在这样一个狭小的地方，要做到有秩序地抢救是不容易的。我注意到它有一个神经中枢，一个战场指挥部。这个指挥部没有机构，没有电话，没有其他指挥部所有的东西。它只有一个人，这就是大队余书记。只见他站在一块大石头上，手里举着一个铁皮卷成的土喇叭，紧贴着嘴，大声地喊着。

他的脸本来就很黑，现在更是黑得像锅底，两眼充满着血丝，就像一尊塑像迎着风一动不动。他的一双眼睛在扫视着整个工地，嘴里不停地发出指令。听身边人说，他已经三天没有下堤了。每天都是别人带给他吃，困了就在防洪棚里和着衣服在渗透着泥水的草包上躺一下。

围有几千亩良田的大堤有十几里路长。他熟知每一段大堤的情况，哪里最危险，他就站到哪里。这一险段抢过来了，另一处可能又会出现险情。此外，还必须提前准备各种防洪物资，草包、木料、毛竹、铁丝、柴油等等。另外，还有公社、区县、专署不断派干部下来视察、检查，他也必须出面接待、汇报，会商解决办法。

他的身体并不好，已经五十多岁人了。前些年听说他一直在吐血。当时许多人都认为他不行了，但奇怪的是，这几年他的身体反而好了，一方面是由于到上海进行了治疗，另一方面也不得不佩服他的毅力。他那坚强的意志远远胜过吃药的效果。

半上午,有两个半大孩子饿得实在不行了(因为都未吃早饭),便趁人不注意偷偷地想往回溜。刚走到圩中间,就被书记的一声大喊怔住了,最后在众目睽睽之下不得不折返回来。这似乎有点不近人情,但如果不这样,人就会很快走光的。因为刚才大家是为抢险而来,现在险情基本稳住,而饥饿明显地刺激着每个人。农民就是这样,在危险时刻都能豁出去,但只要危险一过,他们马上又会恢复本性,对什么都无所谓。

但书记并不是忘了社员都没有吃早饭的事。他立即召开队长会,各个小队长被紧急叫到一起,五分钟后,一个个又回到自己的位置,宣布每队抽二个人回家,家中无人烧饭的,每户回去一个人,他们要按时把所有人的饭菜按时送过来。

我从书记身边擦身而过,他没有像往日那样寒暄,我也没有喊他。不一会儿,他来到我的身边,要我带一队人去搬木料和草包。很快,一个小队伍迅速组织起来,他们来自不同的生产队,但都自觉地跟着我走。我们完成任务刚回来,书记又分配我带一队人去拆防汛棚。如果哪里材料不够,棚子拆下来的材料就可以用上去。拆棚子有一定的危险,我听到了社员的议论。于是,我自己带头直接爬上棚顶去拆,让社员在下面接我拆下来的材料。

拆棚后不久,书记与队长打了个招呼,让小队长通知我回家。他可能知道我这个大学生不能与社员一样长时间忍饥挨饿。

我回来了。走了很久,回望大堤上一片繁忙景象,内心仍然充满着激动。

8 月 21 日(阴历七月十一),星期四,晴

昨天因在大堤上抢险没有走成,今天雨停了,准备起程返校。妹妹将我送到金神。

在街上遇到赵昌林,谈及赵彩云的复习问题,我建议她辞去民师,最好能到桐中去复习,要想考大学,就必须集中精力全力拼搏。希望赵昌林将我的意见转告她,不知她能否接受。

8 月 22 日(阴历七月十二),星期五,晴

天晴了。早上乘车到桐城,在桐城耽搁了两小时,到安庆已是下午一点。

在候船室买票时遇上戴斌和赵敬发,他们也是来买票的。船票不好买,只买到一张小轮票。

晚上在东方红大戏院看了一场黄梅戏《谢瑶环》。

安庆显得比芜湖干净,市容也整洁些,夜里显得更繁华一些,街头绿化也好多了。毕业后如果能回安庆工作,还是很满意的。

8 月 23 日(阴历七月十三),星期六,晴

清晨四点起来漱洗完毕,怕影响小赵的休息,与戴斌一起没打招呼就走了。

江水很大,要通过几层跳板才能上船。

船到枞阳港,我在人群中寻找杨亮生。果然心有灵犀,看见

他上船了,便喊他们一行到四等舱来叙谈。

疲劳之极,下午一觉睡到芜湖。

8月24日(阴历七月十四),星期日,晴

今天去看望舅爹,带了20个新鲜鸡蛋作礼物,农村没有别的东西。

8月25日(阴历七月十五),星期一,晴

今天正式上课了。本学期有历史唯物主义、政治经济学、欧洲哲学史三门必修课和中学政治教学法一门选修课。

8月27日(阴历七月十七),星期三,晴

给母亲、上海表姐和光奇各写一信。

8月29日(阴历七月十九),星期五,晴

看小说《许茂和他的女儿们》。这是到校后周文龙多次推荐的。看后,觉得确实不错。作者周克芹当过生产队长,是四川青年作家。

小说分十章,《新华文摘》转载了第1、3、5、6、9共五章,这五章可以独自成篇。小说乡土气息浓厚,反映农村生活非常真实,是不可多得的农村题材佳作。

我觉得还有一些不足:

一是议论过多,尤其是有几段故意把小说中人物与整个社会背景联系起来的议论,其效果一定是事与愿违。

　　二是金车水作为一个普通的大队书记,下台后还买土壤学、植物学等科技书籍进行研究,其实是不可能的事。这个人物形象有点假,不典型。吴昌全是一个回乡青年,在周围恶劣的环境里,一个人坚持搞科研竟取得那么好的成就,也显得不真实。

　　三是大队副书记郑百如生活作风上表现出的流氓淫棍形象落了俗套。这与"生活的路"(竹林著)中的支书一个样,显得雷同。其实,基层干部之间喜欢争权夺利的人未必就一定是淫棍。再说,生活作风如此堕落的人是如何毫不费力地爬上土皇帝的位子上的呢?这里的原因也不能说服人。另外,他为什么要干放火烧金东水房子这样的蠢事呢?

　　从小说中看,郑百如并无后台老板做靠山,也不是什么老干部,更没有光辉的业绩,那么,他为什么能那样幸运,那样有能耐?仅仅如书中所说是他的狡猾、虚伪、残忍吗?这有点把现实生活过于简单化了。

8 月 30 日(阴历七月二十),星期六,晴

　　系里开大会,会议名称叫"学生宿舍搬迁动员大会",真是奇怪的会名。许多大事不重视,这样一件小事竟如此大费周章。程副书记作动员报告(笑),就一个大搬迁的"大"字论述了好几分钟,全是典型的官僚语言,同学们为此议论纷纷。

9 月 1 日(阴历七月二十二),星期一,晴

　　为搬迁学生宿舍,学校专门停了两天课,加上星期天,共计三天时间。搬迁分批进行,我们安排在第二天搬,整整累了一

天,到晚上才勉强将东西整理完。

新宿舍比原来的要宽敞。一系一幢楼,我们在四号楼。房子形状与原来不同,加上其他原因,小组也进行了调整。我们原来的三组只留下六个人,我与周文龙被调出来了,周文龙分在七组,我分在五组。

五组原来的同学也大部分被调出,新进的同学不少是我们以前老四组的,张培银、徐敏、刘先义,李宜青等,大家又回到一个组,很亲切。

9月2日(阴历七月二十三),星期二,晴

下午看《海之恋》,电影反映了一个特殊年代一帮青年人的不同遭遇,结尾没有通常的大团圆,而以立秋跳海自杀结束,显得不落俗套。

晚上应邀到化学系马老师家玩,他是上次来校时在小轮上认识的。马老师住教工食堂边一号楼,房子很宽敞。他是合肥人,四十多岁。他到枞阳是为了哥哥平反的事。他说,当年哥哥在汤沟供销社工作,是他做学生时的主要经济来源。可在60年,哥哥被冤死在普济圩农场,由于未做结论,一直是悬案。这导致马老师两次出国都没有获得通过(一次到加拿大,一次到美国)。因此他很想把此事搞清楚,但办案人员却是说要慢慢来,早得很呢!

马老师的俄语、英语都很好。他劝我们要认真学习英语。他说他也是30岁才开始学英语的,全靠自学,现在教参已经全是英文原著了。

9 月 3 日(阴历七月二十四),星期三,晴

上午是政治经济学课,由吴老师讲授。吴老师曾被打成右派,遭受过很多磨难,所以在讲课时心态有点放不开,显得谨小慎微。

9 月 6 日(阴历七月二十七),星期六,晴

上午看《古堡幽灵》,西德片。

下午到芜湖工艺美术厂参观。厂址不远,就在赭山东麓,不过三里路。

芜湖工艺美术厂是全国唯一的一家铁艺厂。主要产品是铁画,其次还有羽毛画、木漆画、麦秆画,都很出色,铁画是全国独家,据说已有三百年历史,是由明末清初的芜湖铁工汤天池创制。最出名的铁画作品是人民大会堂里面的迎客松、毛主席纪念堂里的长征诗和一幅松鹰图。芜湖铁画曾在世界和平理事会展出并获奖,世界和平理事会主席曾写信表示祝贺。

工艺美术厂有 200 多名工人,这里环境优美。工人在这里是荣幸的,可以一边工作一边获得艺术享受。

9 月 8 日(阴历七月二十九),星期一,晴

昨天下午,我们到火车站接新生,从 12 点一直忙到晚上 6 点。主要有三趟列车,每次用两部汽车接送。今年新生普遍年纪小,大半是由家长送来的,所以人特别多。

晚上李萍过来帮忙订被子,王春霞也来帮忙。王还把她表弟的一幅字拿给我看,字写得很不错。她说表弟在阜阳师院美术班读书,书法在阜阳地区常得第一名。李萍是干部子弟,过去我们都认为她可能不会干针线活,但她说自己完全不亚于那些农村女孩,并说明了其中的原因。原来,她的父母都是老革命,苏北人。母亲十八岁参加革命,父亲先在新四军,后到八路军。"文革"前,她们家里有保姆,但"文革"期间慑于形势,便将保姆全都辞了。于是一切家务活都落到十三岁的李萍身上,因为她是家中年龄最大的女孩。

刘先义生病了,得了阿淋巴痢疾,大约需要住院一周。医生说,急性阿淋巴痢疾如不治断根,将会转成慢性,就会经常复发,所以马虎不得。中午和晚上,我们去看了两次,晚上由吴光球陪床。

9月9日(阴历八月初一),星期二,晴

傍晚,本村的忠庆与他姐夫来了。他俩是来芜湖卖草籽的。这几年,农村做生意的人多起来了。他们的草籽还未卖出去,钱却用光了,于是来找我借钱。我只好找人借了20元钱给他们。

9月10日(阴历八月初二),星期三,晴

晚上吴老师与金老师来辅导政治经济学。在聊天中发现,我们不仅是同乡,而且是一个祠堂的同宗。

9月13日(阴历八月初五),星期六,晴

五届人大第三次会议给人以全新的感觉。会前对"渤海二

号"事故的处理,会上对国务院和人大常委会的人事调整,对经济体制改革以及整个会议中间显示出来的民主份围,都给人留下深刻印象。如果能这样扎扎实实的干下去,四化有望矣。

9 月 14 日(阴历八月初六),星期日,晴

看了《今天》的 4、5、6 期,感触很多,主要是觉得自己太渺小了。如果说我们时常也有人才被压抑的感觉,那么他们则是大才被埋没了。但是,我们的觉醒并不迟,只是行动太迟了,往往是空谈多于实干,感慨多于深思,豪言壮语多于脚踏实地。

《今天》上的小说、诗歌、评论都有自己的独到之处,发人深思。尤其是连载的中篇小说《波动》(作者艾珊),无论思想性、艺术性都很高。特别是语言简直达到了炉火纯青的地步。

社会的变革永远是由青年人完成的。

看电影《瞧这一家子》。

今天还在镜湖看了全国航海模型表演。

9 月 16 日(阴历八月初八),星期二,晴

今天是八月初八,中秋节很快又要到了。回顾去年的中秋,我们几个人在聚会后成立《明月社》,出了几期《明月》小刊。一转眼已一年过去了,虽然时过境迁,但却常在心中勾起眷恋。近几日晚自习回来,在荷花塘边嗅到一阵阵扑鼻的桂花香,不自觉地就会止住脚步,看着如泻的月光,疏落的荷叶,摇动的桂影,心头竟涌起莫名的惆怅。《明月》只能算是一朵不为人知的野花,谈不上有多好的质量。然而,这样一份小刊也会惊动许多人,真

是不知从何说起。

晚上与黄、周一起到米老师家去拜访,这是几天前就决定的。这次去没有带多少学习上的问题,主要是想和米老师聊聊。因为从他的授课中,大家都发现他是一个与众不同的老师,有自己独特的思想。另外,也听到一些传说,他曾被打成右派,干了二十多年的苦工,最近才平反回校,这更引起了我们的同情与尊重。

只知道米老师住在凤凰山,问了几个人才弄清是二楼四号。米老师正在家,听他说,我们是第一批去他家拜访的学生。

谈话内容很多,从教学谈到考试,还有当前学生的学习风气、思想状况以及当前形势等等,比较乱,并无一定的头绪。但后来主要是请他谈了自己的经历。

一开始,米老师不愿太多的谈自己,可能是有顾虑。后来,他觉得与我们的思想很相通。于是,他才零零碎碎地谈了一些,那简直就是一部血泪史!

这里简单的理理头绪,记录如下:

米老师是吉林人,解放前在老家读中学,1955 年毕业于中国人民大学研究班,认识的人中有作家高玉宝,有女扮男装的战斗英雄郭俊卿,还有后来的大右派李希凡。哲学班的同学特别喜欢与李进行争论。李学习非常刻苦,床上书很多(当时学生都没有桌子,只能在床上用木板写字)。毕业后,米老师被分到吉林师大教了两年书,后和 20 多名青年教师一起被派到南方来支援南方高校发展,有的到了昆明、贵州等地,米老师则到了安徽师大。在这里,他一边教学,一边组建哲学教研组。他说,自己当时信心十足,不仅在本部上课,还兼授夜大课程,芜湖的许多工人、教师和机关干部都听过他的课。

1957 年,反右之前开门整风,领导号召大家向党提意见,帮助党整风。米老师当时要到广州去开会,便按照领导要求,将自己的意见写成书面材料上交了。由于当时思想活跃,材料中涉及面很广,提的问题也较多。主要有三个方面:

1. 要用经济办法管理经济,不能用行政办法管理经济。

2. 不能滥用 5% 这个概念,因为中国有六亿人,5% 也是一个很大的数。当时各单位都在强调 5%,每次运动都要抓 5%。这样没完没了的抓人,后果不堪设想。

3. 我国工人阶级没有受到西方黄色工会和各种机会主义思潮的影响,这是个优点。但同时,由于我国没有经过完全的资本主义社会,缺少民主,又是一个缺点,等等。

这份书面意见被上交后,等到米老师从广州回来没几天,就被通知去接受批判,从此被逐出讲台。他的爱人是华侨,在这期间被迫带着两个孩子(一儿一女)回到香港去了。这给他带来了巨大的伤害。现在,他的女儿已经大学毕业工作了,马上到欧洲去。今年结婚前还曾专程来看望他。

1962 年,李葆华到安徽来工作,曾平反了一批右派。[①] 这期间,米老师也被召回学校一年多,但摘帽问题始终未被通过。主要是他关于 5% 的意见直接与毛主席的言论相冲突。

---

① 李葆华(1909—2005)中共早期领导人李大钊之子。1931 年加入中国共产党。新中国成立后,长期担任水电部副部长。1962 年 2 月至 1967 年 1 月任中共安徽省第一书记,因纠正安徽左倾错误,曾被老百姓称为"李青天"。(资料来自网络)

"这以后可就吃了大苦了。"米老师说,从此,我不仅没有被平反,反而加重处罚,被开除了公职。没有了工作,他们又逼我搬家。我后来的爱人正在临产,学校领导沙流辉出于同情,说我给你批个条子,你可以把这一套家具带走,找个地方先暂时安定下来吧。我说,不仅是家具,这床也得带走,因为孩子即将出生。我有"罪",孩子是无罪的。

这样,我被迫再次离开学校。有的领导出于同情,安排我到校办印刷厂去领蜡纸回来刻讲义,刻一张蜡纸可得四角钱的工钱,这样可以维持基本生活,我也同意。可是,我到印刷厂材料科讨了半天,他们也不给我一张蜡纸。原来,这里的头儿曾被自己得罪过。当年有一次给芜湖机关干部和学校领导讲课,这位科长没有按约定时间把讲义印好,自己曾与他争执过。现在正是他报复的机会到了。

刻蜡纸不成,我只好持介绍信到芜湖市劳动局找工作,可是当时已有许多"右派"都在等着分配工作。局里说,非体力劳动的工作已经无法安排,如果你愿意,可以去挖土方。我本来有顾虑,自己从小没有做过体力劳动。但想到眼前处境,必须生存,只好答应了。结果其他"右派"不乐意了,他们都指责我,说我是想摘帽子才愿意去干苦活。但我顾不了这些,还是硬着头皮去了。

初时,那些工人也有些欺生。他们认为自己已是艰难至极,我这个不能干活的文化人又想去揩他们的油水。但是,没有几天,我们就熟悉了。由于我的活干得很好,这些工人对我也改变了态度,把我当成他们中的一员。我发现工人都很讲义气,我有时生病了,他们还会主动帮我代班。我是临时工,没有任何劳保福利待遇,但他们把我的医药费也给报销了。

在四褐山挖土方是供烧窑用的。这些窑泥必须头年挖出堆好,浇上水,经过一个冬天的冷冻,次年才能做成瓦坯或砖坯。挖土方是一件艰苦而危险的活,我曾亲眼看见几个小伙子被土方砸死在自己的面前。我挖土方每天只有八角钱的工资,而从四褐山到我家的公共汽车票钱就要四角六分。如果步行则来回需要四个小时,这根本不现实。因此,我只能选择不回家,晚上就在一幢空房子里过夜。这间房子没有门窗,没有生活用具,大家就在地上用稻草铺个地铺,几个人睡在一起。

文化大革命开始后,工人停工了。我们这些临时工也就没有了工作。为了生存,我便想到批发冰棒到清水河一带去卖。有一天,冰棒没卖完,眼看都快化成水了,于是我用这几根冰棒换了几个鸡蛋,结果耽搁了时间,回来得迟了。正在往回赶的路上,突然听到一声冷枪,接着就有几个人挡住了我的去路,硬说我是侦探。原来是两派红卫兵在武斗。经再三解释,他们才将我放回。可从此再也无法去卖冰棒,我又失业了。

那时候,市民家里生火都要靠煤球,做煤球需要用黄土。于是我到学校的一个科长家去,请他允许我在学校山上挖黄土,好弄几个生活费维持一家人的生活。可是,我在他家门口整整等他吃了一餐饭的时间,他却对我毫不理睬。从此,我凡路过学校都绕道而行,再也不到这所学校里来了。

此时,镜湖区几个小青年邀我到无为县去开农机修配所,40元钱一个月,我觉得还可以,就跟着去了。我本来只有中学物理水平,只能临时现学。但很快,我不仅能修电动机,而且能对电动机进行改装。他们几个小青年整天东逛西荡不干活,就靠我一个人在厂里承接业务,自修自装。后来我连自行车上的小马达也能修了。别小看这种小马达,它是交流的,不是直流的。

不久,由于这帮小青年胡闹,经常把客户电动机的零件搞错了,东拼西凑,互易其位,引起当地人不满。修配所被迫停办撤回,我再次失业了。

为了谋生,我又去学做漆工,东家串,西家问,为别人漆家具,弄得满身都是油漆。油漆工一是容易中毒,二是很累。尤其是在造船厂漆钢梁,一天下来累得手都抓不住筷子,吃饭都不行。

就这样,一直到去年才彻底平反,调回学校。本来父亲要我回东北原籍,但是我没有同意。

听着米老师的叙述,把我们带到一种从未有过的凄凉、屈辱、悲愤的气氛中,他自己也不时喉咙哽塞,说不下去。真是一把辛酸泪,一部血泪史!

我们问起米老师平反的具体过程。他说:今年,一位调查人员查看了我当时的信(已被印成右派言论集),找我去询问当年的情况。他一再追问我除了这封信还有什么问题。我说,就那一封信,没有别的问题。他不相信,说这封信没有一点错,而且很有远见,怎么会凭此将你划右派呢?我心想,你还是太年轻了,不知道当时情况。他问我当时多大年纪?我说二十八岁。他也十分感慨,正当有为之时啊,一晃就是二十多年。

现在,我并没有什么懊悔的,吃苦受累对我也不算什么,反而锻炼了我的身体(现在他身体确是很好)。唯一的遗憾就是觉得时间损失太多了。现在,我无论对自己还是对学生,在时间上都特别珍惜,不能再浪费了。

最后,我们又请教了学习上的几个问题,对马克思主义哲学的科学性与其他特性的关系问题进行了讨论。

晚十点,我们起身告辞。米老师说,他即将出去开一次学术讨论会,回来时,希望我们再去他家交流。

9 月 18 日(阴历八月初十),星期四,晴

昨天,张泽谋到北水这里来了。他与姐夫是一个生产队,我们也熟悉。他住在鸠江旅社,我们陪了他一个晚上。

9 月 19 日(阴历八月十一),星期五,晴

看周振甫的《诗词例话》。以前曾经看过一次,但对诗词始终不能掌握。现在重看只是想提高一点欣赏能力。

昨天上午与黄学敏一起到张老师家坐了一会。从他那儿又听到一些关于米老师的事。一是米老师的爱人很贤惠,在他受迫害期间,爱人在纺织厂工作,只有三十多元钱的工资,一直和他们同甘共苦。二是去年上师大发起成立全国十九所高等师范院校哲学教材编写组,米老师参加并承担了历史唯物主义部分的第二章"人与人类社会的本质"的编写工作,初稿已经完成了。

9 月 21 日(阴历八月十三),星期日,雨

这两天一直下着雨,老气横秋的,叫人不快活。

早上还在被窝里就被黄学敏喊起来。他送来一张"大篷车"的电影票,六点四十的。于是匆匆漱洗后与他一起赶往电影院。这是我第四次看印度电影,以前看过的有《流浪者》、《章西皇后》《两亩地》,每一次都留下深刻的印象。在外国影片中,我比较喜爱印度电影,其次才是墨西哥、埃及、意大利、苏联、美国、英国、法国的电影,在东方国家中则比较喜欢日本电影。

昨晚与黄学敏一起到教室上自习,我们总是在生物系教室自习。期间我们出去散步,他要我为校刊写点小文章,说校刊编辑向他约了稿,我拒绝了。或许是我的脾气太拗了,去年曾向校刊投过两次稿,都因意见不合未被采用,于是我就发誓再不为校刊写稿了。

这一年来,我甚至后悔不该来上大学,觉得上大学是白白地浪费了几年的光阴,还把过去那点理想之火全给灭了。

巴金在他的随感录四十三"怀念黎烈文"一文中说:

我过去常说我这一生充满着矛盾,这还是在美化自己。其实我身上充满了缺点和惰性,我从小就会"拖"和"混",要是我不曾咬紧牙关跟自己斗争,我什么事也做不成,更不用说……

9月22日(阴历八月十四),星期一,晴

晚上看电影《我这一辈子》,这是杨柳青根据老舍原著改变的,好极了。我十分喜爱老舍的东西,这部电影完全保持了老舍的风格。

9 月 24 日(阴历八月十六),星期三,晴

上午上完两节哲学史课,与黄学敏、谷玉山三人去二院看望王春霞同学。她昨天得了急性阑尾炎,今天早上转入二院治疗。我们到二院时,她正好做完手术出来,许多同学都来看望她,以至门卫都有意见了,不让他们进去。他指了指上面挂着一块牌子:上午治疗时间,不许探询。

回来路过百花剧场,正碰上卖《泪痕》电影票,我以前还未看过,便买了一张,下午一点十分。

晚上,黄汇平又来邀我去看王春霞,去时已经八点了。刘敏、顾祝妹、李萍、严琴四人也在那里。李、严二人值班陪夜,刘、顾不久就回去了。我们到九点多才回来。

今天是中秋节,可老天阴沉沉的,连月亮的面也见不到。

中秋节历来受人重视,据说后羿妻子嫦娥偷吃王母送给丈夫的仙药,徐徐升天,落入月亮广寒宫,寂寞无穷,懊悔不尽。因此,趁每年中秋之夜,探看人间,向往尘世生活。所以唐诗说:"嫦娥应悔偷灵药,碧海青天夜夜心。"

9 月 25 日(阴历八月十七),星期四,晴

这几天,学校五号楼的墙上出现了许多大字报,强烈谴责学校不关心学生生活,自来水经常断水,房间里臭虫特多,室内电灯光线太暗,食堂伙食奇贵还不卫生,等等。学生有的写大字报,有人在画漫画,有的写诗歌、编快板和顺口溜,有的干脆就是刷大标语。后来发展到对整个学校工作的指责,说学校充满了官僚主义、形式主义,领导脱离群众,压制民主,学生会是御用工

具,等等。

9月28日(阴历八月二十),星期日,晴

与徐敏一起到二院看望王春霞,她准备明天出院了。随后,我们到时林华、李慰先、孙晓雯三位走读生同学那儿去玩。时林华外出未遇。晚上在孙晓雯家晚餐,她家人都很热情,使我感受到与在农村同学家一样的亲切。

9月30日(阴历八月二十二),星期二,晴

下午骑车到弋矶山医院刘秀茹那儿(她今年来此进修),打听余鸣亚是否来芜。她说自己也未接到信,余一定是不来了。

傍晚,吴胜按约来了。我们相约在国庆节期间到马钢学院周代进同学那儿去。

10月1日(阴历八月二十三),星期三,晴

国庆期间,我与吴国庆、吴胜三人一起去马鞍山。早上5点50分的火车,整整晚点了30分钟,路上又平白无故地停了两个小时。八角钱的火车票,到马鞍山时竟然已是中午十一点了,也就是说路上花了五个多小时。

好不容易赶到马钢学院,不料周代进同学因父亲突然病故,已于28日回去了。我们为周同学感到难过,希望他能顺利渡过难关。"投友不遇",始料未及。

下午,我们三人自行到雨山湖游玩。就公园的设施建设来说,雨山湖公园似乎比芜湖的镜湖公园和赭山公园都要好,与安

庆菱湖公园有相似之处,但它比菱湖公园还要大些。我们在这里整整玩了一下午,傍晚时分还在夕阳的映照下划了一个小时的游船。

划船结束,兴致未减,浑身似有无穷之力,只觉无处发挥。

晚上,在湖滨饭店二楼,三人喝了一斤酒。吴胜虽然有点醉意,但仅是头晕而已,头脑仍然清楚如常。我们乘兴再到外面草坪上谈论许久才回到马钢学院。正值学院放电影《刑场上婚礼》,看完电影后才去宿舍睡觉。

周代进的同室学友怀宁人胡某热情地接待了我们。

10月2日。(阴历八月二十四),星期四,晴

早上起来,感觉好舒服。漱洗毕,到马钢学院学生食堂吃早饭,有稀饭与糍粑,食堂给人印象很好。

上午告别胡同学,在湖滨展览馆站乘二路汽车到九区,然后转乘四路车到采石游玩。

采石矶是我一直想来的地方。由于太白楼一直未修复完成,所以有几次机会都放弃了。上次团支部组织来玩,我也未报名。故今天是第一次到这里。

吴国庆曾来过一次。据他说,这次所见与去年变化颇大,新修了不少设施。

锁溪桥在公园入口处。走上桥,郭沫若写的"采石公园"四字赫然醒目,吸引了许多游人近前拍照。

沿锁溪边的公路向西走去,很快来到太白楼前。这是一幢

采石矶。（图片来自网络）

古老的建筑，如今已经修复一新，显得金碧辉煌。"太白楼"又称唐李公青莲祠，据记载已有一千一百多年历史了，原名"谪仙楼"，历经多次毁、修，直到清雍正八年重建后始正式更名"太白楼"，现存太白楼是清光绪三年重建的。

我们特意将游太白楼放到最后，先去爬山。

顺着公路前行，不知不觉地把我们引到长江边。只见一堵悬崖峭壁临江侧立，呈于游人面前。临江一侧有铁栏杆，游人队伍扶着铁栏杆缓缓向前移动。石阶下一块巨石悬空横出，上有一个 50 多厘米长的大脚印，据说这是明大将常遇春三打采石矶时留下的。当年，朱元璋正从和阳（和县）进攻太平路（当涂），然后再从太平路直取集庆（南京）。在攻打采石矶时，大将常遇春飞身登矶时留下了这个"大脚印"。显然，这些都是后人的穿凿附会。好在游人对这类典故出处并不关注，大家喜欢的是这里的迷人景色。从这里,游人可以直达崖底,近距离观看那江水的涨落与洲渚的浮沉。

我们三人逆着人流,拾阶而上,到达"燃犀亭"。此亭始建于东晋。相传东晋名将温峤曾在此燃犀牛角以照金牛水怪,所以采石矶在旧时也叫"燃犀渚"。"燃犀亭"坐落在临江绝壁之上,是一座四角古亭,简朴而淡雅。亭内有大碑,"燃犀亭"三字甚为醒目。字为清代长江水师提督李成谋所书,苍劲有力,红漆一新。循声向亭下望去,只见滔滔江水穿过天门,一泻而下,巨大的涌浪直击悬崖峭壁,轰然卷起千堆雪,气势蔚为壮观。

站在燃犀亭上迎着江面远眺,东西梁山隐隐可见。突然想起去年清明节时,我们全班同学去西梁山扫墓的情景,大家临江高诵:

> 天门中断楚江开,
>
> 碧水东流至此回。
>
> 两岸青山相对出,
>
> 孤帆一片日边来。

后来,我还以"孤帆"为名写了一首歌。不知不觉地,一年半时间过去了。怪不得"子在川上曰:逝者如斯夫"啊。

在"燃犀亭"边,我和吴胜、国庆三人留下一张合影,背靠大江,脚踩巨石,以小亭为景。

留影过后,我们又回"燃犀亭"内欣赏碑上书法,忽听有人喊,抬头一看,却是皖医张娜,她也来此游玩。在她身旁还有其弟张大新和同乡许丽以及她的同班另一女生。她们也是刚到不久,略为寒暄,我们三人先行离去。

自左至右：吴国庆、吴鹏森、吴胜。

　　这一次，我们变慢为快，顺着石阶直上翠螺峰，途中在山腰的李白衣冠冢稍事休息。"李白衣冠冢"几个大字是当代著名草书大家林散之的手笔。衣冠冢是新迁的，历代诗人在李白坟前留下了不少诗句，出名的如白居易的李白墓诗，项斯的《经李白墓》诗，也有一些平庸俗句，为此，梅之涣专门写诗加以讥讽：

<blockquote>
采石边上一抔土，
李白诗名耀千古。
来来往往一首诗，
鲁班门前弄大斧。
</blockquote>

　　据说"班门弄斧"的成语就是从这里演化而来的。

　　从李白衣冠冢继续拾阶而上，经过一阵费力登攀，终于到达翠螺峰顶。由于峰顶的台阁已毁，加上树木遮隐，我们在这里实际上什么也看不见。于是我和吴胜爬上一座铁架，才算有了一点登峰造极之感。站在铁架上四下俯瞰,视野顿显开阔,胸中豁然开朗。大江、绿洲、渚溪,一切尽收眼底。

下了翠螺峰,从另一条道上到达峨眉亭。北宋沈括在此留有一首描写峨眉亭的诗:

> 双峰秀出两眉弯,
>
> 翠黛依然锁影间。
>
> 终日含颦缘底事?
>
> 只因长对望夫山。

此亭之所以叫"峨眉亭",据说是因为在此处远望天门山,宛如峨眉,遂以亭名。

游过峨眉亭,我们退回原路去游三元洞。因江水上涨,洞底已不能入,很快便退出来了。

回程中,我们在广济寺前留步。广济寺大门紧闭,广场上,几个小青年正在伴随着录音机的舞曲忸怩作态,练习洋舞,引起一众游人围观。

最后,我们来到采石游的最后一站,也就是有意留到最后游览的太白楼。

太白楼址原名牛渚矶。据说李白当年游采石时,因醉酒误入江水中捉月而溺。死后初葬于此,故后人在此建楼以纪念。[①]太白楼飞檐重阁,三层两院。庭苑内的桂花、棕榈、玉兰等青翠有色,暗香浮动,浓郁醉人。

---

① 王定保《唐摭言》云:"李白着宫锦袍,游采石江中,傲然自得,旁若无人。因醉,入水中捉月而死。"李白死后初葬于此,唐元和年间建此楼以为纪念。后毁于兵火,清光绪时重修。(资料来自网络)

进入一楼,迎面一堵巨大屏风,上绘国画"李白漫游采石矶"。两边有李白生平简介和李白游踪地图,还有古今诸多名人字画,显得格外清雅脱俗。

我忙于收集楹联,在一楼就与国庆、吴胜二人分开,他们先上楼去了。

进门所遇第一联就是吴箫撰的一副长联,篆书飞金,光彩照人,给人以富丽堂皇之感。联为葛行屏所书:

　　谢宣城,何许人,只凭江上五言诗,教先生低首;

　　韩荆州,差解事,肯借阶前盈尺地,使国士扬眉。

二楼上,一座李白站立的塑像,神态潇洒,不过有点过于现代化和英雄气。在李白塑像前,我沉思良久,反复凝望着这位屈原之后中国最浪漫的诗人,不禁浮想联翩,心情很不平静。

李白一生诗才横溢,正气凛然,为后人留下了无尽的诗之瑰宝。人们仰慕他的诗才,他的豪情,他的飘逸。然而不要忘记,李白的一生其实是很不得志的。他有远大的政治抱负,然而社会并不需要他,封建帝王并不重用他。他们只希望他做一个御用文人,写些点缀宫廷生活的赞美诗,颂扬歌舞升平的盛世太平。李白既无用于朝堂,又不愿攀附权贵做歌德派,便只能去游青山、弄扁舟了。

二楼前有李白手迹,史书记载等物,三楼有李白同时代的酒杯,还有一个石香炉。

站在三楼窗口,真正有"风月江天贮一楼"之感。

在太白饭店吃过中饭,乘公交车重回马鞍山市区。一路望着连绵的青山,忽然想起马鞍山地名的传说:当年项羽兵败垓下,自觉对不起江东父老,自刎乌江,唯让乌雏马渡过江去。但乌雏马因怀恋主人而滚跃自戕,留下地名"滚马滩",而马鞍则飞落一边化成青山,成为今日之马鞍山。因此,到了马鞍山不能不想起项羽,虽然他是历史的失败者,但仍是古今称颂的英雄。李清照有诗于天下:"生当为人杰,死亦为鬼雄,至今思项羽,不肯过江东。"

在火车站,又遇到张娜一行四人。

10 月 5 日(阴历八月二十七),星期日,晴

吴胜昨天走了,这次来他一定不快活。不光是在马鞍山从头到尾尽遇一些不顺心事。回芜这两天,我们又进行了激烈的思想交锋。前天晚上,我们三人在足球场谈到夜里一点多钟,最后还是在保卫处值班人员的劝说下才回房睡觉的。昨天上午,我们又谈了二、三个小时。如果说前天夜里还是谈些生活上的事,气氛比较缓和,那么昨天上午则是激烈的观点交锋。像这样直言不讳地提出不同意见,在我们中间还是第一次。过去明知对方有缺点也不肯提,即使提也是转弯抹角,怕互相伤了感情。这次我是下了决心要开一个先例。这些年来,我们几个人一直亲如手足,价值观上也比较一致,大家都是有理想、有抱负的年轻人。但毋庸讳言,我们中间也有许多分歧,尤其是上大学以后,大家对社会的看法,对人生的看法,怎样为实现理想而奋斗,做一个什么样的人,等等。在这样一些重大的人生问题上都存在一定的分歧。谁是谁非有待时间的验证。各自对人生作出不同的选择也是必然的,我们不可能做到处处一致,只能求同存

异。但让我常常比较担心的是,我们会不会成为一个空谈家?我们这一生能做成点什么事吗?对这些问题,不能不深思。

10月8日(阴历八月三十),星期三,晴

给胡龙龙和赵秀华各写一信。

五届三次人代会似乎是一个转机。"文革"并不是突然出现的,它其实是1949年以来的极左政治长期孕育的结果。今天的改革开放形势其实是被"文革"的消极后果逼出来。如果不是"文革",中国的极左路线还会长期存在下去,也许三十年,也许五十年,甚至可能就这样一代人、一代人地延续下去。但"文革"出现了,它以一种极端的方式把今后几十年的历史进程浓缩在十年内淋漓尽致地表现出来,集中暴露出这种制度的各种弊端,从而加速了人民的觉醒,缩短了极左路线的寿命。从这个意义上说,"文革"不失为中国当代历史的一个转折点。只不过代价太大了,血腥而残酷!

近几年来,国家的形势发展虽有曲折,但总的趋势是好的,是一条向着光明的上升路线。这种路线我们都能很清晰地感觉到。但是应该怎样评价它,它的动力是什么?目前还讲不清楚。

有人说,这几年的形势完全是某个领导人带来的,这是片面的,显然是一种英雄史观。当前中国形势发展的背后其实有两股力量在共同作用,一是人民群众自下而上的斗争,四五运动、张志新事件,真理标准的讨论,"文艺复兴"与思想启蒙,等等。二是中央的顺应和因势利导。前者是根本性的,后者是关键性的。今后的形势能否继续沿着这条上升路线继续发展,就看这

两股力量是否能继续发挥出和谐的共振效应。

令人担忧的是,中国的守旧势力太大了,可以说根深蒂固、盘根错节。而中国人又特别容易满足,并且有着惊人的忍耐精神。

10 月 9 日(阴历九月初一),星期四,晴

舅爹今天生日,买了两条糕作为寿礼。这是我们老家的习俗,不过老年人总是怀念过去的东西,对这种礼物还是十分高兴的。

老人病倒已经一年了。他想到自己女儿家去。因为在自己家里,表爷表娘工作都很忙,根本无人照应他。冬天来了,他又不能吃冷食,所以面临的困难特别多。最近正好怀香表姑回来了,同意他去,可能不久就要成行。

10 月 12 日(阴历九月初四),星期日,晴

昨晚和北水、国庆三人到江云那里去。我以为江到老家还未回来,实际上她已回来两天了。

北水与国庆去买电影票时,江与我谈到赵秀华给她来信,告诉她已经与吴胜正式确定了恋爱关系。

10 月 13 日(阴历九月初五),星期一,晴

傍晚接到妹妹来信,母亲又生病了。医生说是坐骨神经痛,家里事情根本没人做。洪水已经退了,菜地需要有人种。妹妹说她想退学,要求我请假回家一趟作决定。因此,今天与培银讲

了一下,又到钱老师那儿请了假,准备后天回家。

10 月 15 日(阴历九月初七),星期三,晴

早晨四点起床回家,北水送我至码头。深秋时节,大街上落叶萧萧,初出校门,不由人一阵寒慄。

船五点离港,旅客不算太多,船上没有以前那样拥挤。借着昏黄的灯光,看 1980 年的 7—9 期的《散文》,只为消磨时间。

下午四点十分,船到枞阳。四点四十分就已经到了桐城航运公司。赵峰与祝老都在社里。

10 月 16 日(阴历九月初八),星期四,雨

今天早上,天忽然下起雨来,装沙船无法卸沙,因而也就不能走。所以,无法跟顺便船回去了。本想乘客班回去,赵峰不让。他说乘客班只能到双店,离家还有三十里路,况且雨天路也不好走。

中午、晚上都在祝老那里吃饭,自然也免不了喝酒。祝老很爱喝酒,我问他每天三两怎样?他点头称是,看样子不止三两,因为他每天要喝二顿。令人惊奇的是,他不仅能喝酒,还能吃饭。中午喝了三两酒还吃了两大碗饭。不知这是身体好的表现还是身体不好的表现。

晚上祝老家乡的书记来了,我们又在一起喝酒。我与祝书记是第二次见面,晚上三人又喝了一斤多酒。

晚上被刘主任邀去打扑克,我已有多年没有打扑克了。但在此也不便推辞。刘、赵、我和公司收发员孙其武四人,玩的是

双乌龟,一直玩到晚上十点。奇怪的是,我和孙其武对门,两人打得罕见的顺利,刘、赵被连打了 20 个乌龟,他们的鼻子上已经挂满了白纸条。我建议他们拿下来,只计数即可。后来听赵峰说,他们从未打过这样失败的牌,要不是我这个客人在场,小孙一定会大吹牛皮了。

今天虽然耽搁了一天,但也不算白等。上午看了一本《世界发明》(1980 年第 1 期),又看了最近几天的报纸。下午看了一会《政治经济学概论》(徐禾著)第五章第一节:产业资本循环的三个阶段。这是在我请假期间将要学习的课程内容。

资本循环,简单地说,可以概括为买进、生产、卖出三个阶段。买进与卖出是流通领域,中间是生产领域。在每个阶段,资本都表现为一定的形态,并且有一定的职能。资本在每个阶段不仅积极地执行着特定的职能,而且在完成自己的职能后立即转变自己的形态,把资本循环从一个阶段推向另一个阶段。这三个阶段是资本循环中缺一不可的。在买进阶段,资本家用货币购买生产资料与劳动力(二者之间有一定量的比例),这是必要的第一阶段,它为价值增殖做好准备,提供条件。没有这一阶段就谈不上价值的增殖。在生产阶段,资本家以一定的方式把生产资料与劳动力结合起来,从而创造价值和剩余价值。这是最重要的阶段,资本家要生产资料与劳动力像饲养场里的公羊与母羊结合一样,繁殖出无数的小羊来。在这个阶段里,流通虽然中断了,但生产却在进行。在卖出阶段,资本家把生产出的商品又投入市场出售,换回货币。这时的商品已经不是原来资本家买进的商品,不仅质的方面不同,量也不同了,它是公羊+母羊＋小羊。这三个阶段是紧密联系、不可分割、周而复始的。资本家正是在这个资本循环的螺旋形轨迹的运动过程中,不断获得剩余价值,不断扩大自己的资本总额的。

但是,书上有一个问题未交代清楚,即资本家在买进自己生产所需的商品即生产资料和劳动力时,其中的生产资料是分为两部分的。一部分是生产手段或工具、机器,一部分是原料或半成品。劳动力与生产资料的结合,就是由劳动力用机器、工具把原料或半成品加工制作成市场上所需要的商品。因此笼统地提生产资料就不是很清楚。另外,原料是被全部加工成商品的(废料除外),而机器、工具、厂房等不会一次性用完,这些也应该提一下。

晚上约好,明早有船到金神。

10 月 17 日(阴历九月初九),星期五,晴

早上不到六点钟,船上徐师傅就来喊了。我与赵峰来不及漱洗,立马赶到船上。六点十分,船正式起航,两位司机一位姓徐,一位姓张,都很年轻,为人也很热情。张师傅打水让我们漱洗,七点多,徐师傅也做好了早饭。十点半,船已经停靠在苏老生产队前面的大圩堤边。我从此处下船中午,十一点就到家了。

10 月 18 日(阴历九月初十),星期六,雨转晴

上午天下雨,不能干活,只好在家看书。

下午天晴了,于是去地里挖了点山芋,同时把棉花秸也从地里拔回来了。傍晚,姐姐带一位民间郎中来,据说他是专为人治筋骨痛的。于是请他试试看。这是一个瘦黑的小老头,牙齿已

脱落不少,两腮都瘪下去了,而且衣着邋遢,赤着脚,给人一副不修边幅的样子。经询问,他姓汪,是唐桥公社塘塥大队人,以前曾在贵池建筑工程公司食堂当过厨工,60 年自动离职回家。

汪郎中让母亲在地下站着,用针在母亲的腿上放血,针扎破静脉血管,血立即涌了出来,全是紫黑色的血。汪说,母亲身体虚弱,肌肉有些浮肿,血管没有全显露出来,病血也无法完全放出来。要想治好病,必须将病血完全放出来才行。他要求母亲必须多吃营养品,滋补身体,使肌肉收缩。晚上汪又为母亲拔了火罐,并用酒进行推拿。

10 月 19 日(阴历九月十一),星期日,晴

上午到大队部肉店里买了一斤多肉和一副猪脚给母亲吃。

忠布带信来说,余学文今天要来。可等了他一上午,不知为何未来。

下午送妹妹上学,她要到学校住宿。学校条件很差,男生晚上就住在白天上课的桌子上,女生则需另找地方。秀华妈说她那儿可以,就初步定下来住在赵家。后来又到中学去见了张老师。张老师说,妹妹比较粗心,作业字迹潦草。但学习还可以,接受能力比较强。

10 月 20 日(阴历九月十二),星期一,晴

今天累极了。早上碾了一担米,回家匆匆吃过早饭,又将几处菜地全翻了一遍,整整干了一个上午。回来还要洗衣服,搞卫生,忙得不可开交。以前这些事都是母亲自己干。

下午又去整地、挖山芋,回家已是六点了。

母亲的病情并未好转,看来那个民间郎中也是徒有虚名。母亲整天疼得直叫唤,看来还是要到县医院去治疗。

给母亲治病是这次请假回家的主要目的,只有治好了母亲的病,才能安心回校。

10月23日(阴历九月十五),星期四,晴

家里的油菜已全部种下去了,但山芋还未挖完,麦子也未种下去。

昨天是假满之日,写了一封信给钱老师和培银,申述延假因由。明天陪母亲到县医院治病。

吃晚饭时,姐夫来了,说许师傅的小汽车回来了,特来接母亲去跟他的便车到县城。许原来就是司机,现在公路检查站工作,开的是公路巡回检查车。

多日没看书,课程缺的太多了。

10月25日(阴历九月十七),星期六,晴

早上六点,陪母亲乘许师傅开的小吉普到县城汽车队,离医院还有两里路,母亲腿疼,走了一半路就不行了。只能慢慢地走,一路走一路停。

到县医院,挂号一角,抽血化验二角,结果根本没有讲出个名堂。医生开了0.33元的丸药,保泰松与维生素B1片。这药以前在赤脚医生那里已经吃过多次,谁知花钱到县城正规医院仍是如此。陪母亲走到门口,觉得不甘心,想再找中医看看。中

医看后认为是坐骨神经痛,一时半会好不了。开了三瓶舒筋活血片,两盒丁公藤注射液。

出县医院已是十点多钟。医院给人的印象与其他单位一样,服务态度很不好,只知道闭着眼睛要钱。现在,各个单位都在强调利润、盈亏、奖惩,导致普遍乱要钱。有一个小孩已经化验了,另一个医生要他再化验一次。引得孩子父亲大骂:"要来要去,还不是只要我们农民的钱,其他人都是公费医疗。"这倒是大实话。

中午在福庆表哥那里吃饭,约定下周五下午到他这里来住宿,他说可以帮我找到去合肥的便车。

下午准备乘三点的班车回家,谁知车子等到了,车门却坏了。司机说,找不到人维修,因此无法出车。车站没有任何人出来与乘客讲一下情况,平白无故地就取消了这班车。而这是今天的最后一班车。

于是只好去住旅社。晚上看了一场黄梅戏《花打朝》,第一次看,戏没有什么积极的内容,无非是些逗人娱乐的东西。

10 月 27 日(阴历九月十九),星期一,晴

别的地方都已经包产到户了,安庆却仍在抵制着。一开始将大生产队拆分成小生产队,但小生产队仍然无法满足农民要求单干的愿望。我所在的小朱庄生产队已经没有人管事了。队长自己躺倒不干,社员更加没有信心。生产队的社员也不愿意选出新队长。他们说:"我不选任何人,谁愿意干谁就自己去干。但他不是我选的,也就管不了我。"有的社员说"要是让我干,我就把田全分了。"

　　有一天,我在上街的途中遇到大队余书记,两人在路边谈了很长时间。我介绍了一下外地的农村改革情况,也谈了今后农村的改革方向。我说,象我们这样落后的地方,应该早点分田到户。如果把油菜和麦田分到户,各种各的,一定比在一起强。余书记也同意这个办法。但又提出我们这个生产队连找个带头分田的人都没有。于是,我提议他亲自去。在我带母亲到县城治病的那天晚上,书记真的自己去了,又当队长又做会计,直接把我们生产队的油菜田全部分给了各家各户,明春要上缴的征购油也一同分摊到户。果然没几天,农民就把分到的油菜田全部种下去了。

11月1日(阴历九月二十四),星期六,晴

　　昨天上午挖了一担山芋,种了两双油菜和一双蚕豆。下午从金神乘车到桐城过夜,今天乘早班车到合肥才十点半,又乘12路车到合工大找余鸣亚。我的学生证还在她那儿。在传达室问了一下,余住七幢宿舍楼,正准备去那里,她来了,真是巧。

　　吃过午饭,找到赵代国,季贤春二位。下午,我们一起游包河公园,余因有实验课没有去。

　　包公祠就在包河公园,也是唯一值得玩的地方。三分钱门票。

　　包公祠新近油漆一新,雕龙画凤,色彩艳丽。祠内有一座很大的包公坐像,两边有几副楹联。

(一)

　　　　理冤狱关节不通自是阎罗气象,
　　　　赈灾黎慈悲无量依然菩萨心肠。

（二）

一水绕荒祠此地真无关节到，

仿车肃遗像几人得并姓名尊。

包公就是北宋著名铁面无私的廉臣包拯。他是龙图阁大学士，这里是他幼年读书的地方。

坐像左后边的墙上刻有一幅石像，上书"宋包孝肃公像"。出包公祠，右边有一亭，亭内有一口井，曰"香花墩井"。墙上有香花墩井亭记，系李鸿章的侄孙清光绪时举人李国蘅所写，说从前有个官员喝了井里水导致肚子痛，而他喝后却什么事都没有，说明这是一眼廉泉，只有贪官喝了才会肚子痛。显然是胡说八道。

在四牌楼，为范大平买了一只耳机，为吴胜买了一个眼镜盒。回来路上，到省图书馆、体育场、手球馆、书画院等地走马观花地简游一圈，浮光掠影，看到为止。

晚上在合工大看电影《复仇》，罗马尼亚故事片，还可以。

11 月 2 日（阴历九月二十五），星期日，晴

早饭后到余鸣亚那里拿行李准备走，她的同学转交一张留言条，余说她母亲昨天下午来了，今天上午要去省医院作检查。她要我今天不要走，她中午十一点钟就能赶回来。但我等不及，在留言条上写了几个字表示感谢，取了行李就离开了。

赵代国、季贤春两人送我到火车站。车到芜湖才十二点半。这次坐的是 205，普快。

这次回家，确实做了不少事，挖山芋、种麦、种油菜、种蚕豆，忙得不亦苦乎，简直把人累坏了。但这次请假回家的目的是为

母亲治病,母亲的病没有治好,请假的目的就没有达成,这是最大的遗憾。晚上到钱老师处销假,他说要补续假条。

这次回家收支情况:

补助费 8 元

助学金 4 元

借班费 10 元。

开支:

小轮票 1.50 元

苹果 2 斤 1.10 元

买追风酒一瓶 1.10 元

付郎中工资 1 元

买肉 2.30 元

买鱼 0.41 元

药费 0.61 元、2.33 元

甘蔗 0.10 元

纸烟 0.72 元

路上买饼干 0.4 元,吃饭 0.45 元

车票 1 元

给妹妹零花钱 1 元

妹妹带米钱 2 元

煤油 0.6 元

买小说选刊 0.40 元

买酒 2 斤 1.64 元

买虾子 4.6 元

买饼干 5 元

车票 0.50 元、2.75 元、1.80 元

中途吃饭 0.35 元、0.20 元

《小说选刊》0.40 元

药费 0.85 元

收支相抵,又欠了些债。

11 月 3 日(阴历九月二十六),星期一,晴

看《小说选刊》创刊号、《文学评论》第 5 期、《散文》第 10 期。

11 月 4 日(阴历九月二十七),星期二,晴

今天上午两节课,午后把床单、枕巾洗了,没有午睡。结果导致下午哲学课一直打瞌睡。

这几天都在忙着回看笔记,上课也找不到头绪。缺了 20 天课,不是一下子就能补回来的。多亏汪俊秀、刘先义、张培银三位代我把笔记一直记下来了,否则现在更是抓瞎。

11 月 8 日(阴历十月初一),星期六,晴

昨天下午和今天上午在校小礼堂听中央党校马奇兵①的专

---

① 马奇兵,原名马齐彬,1922 年生,安徽巢县人。1938 年参加新四军,1939 年加入中国共产党,1943 年调抗日军政大学华中分校学习,1948 年 10 月入中共中央马列学院学习。后分配到中国人民解放军军事学院任中共党史教员至 1979 年。改革开放后担任中央党校教授,中共中央党史征集委员会副主任、全国中共党史研究会副会长。(资料来自网络)

题讲座。内容是关于毛泽东思想的产生、形成、发展情况。听了报告，感到收获很大，使过去的一些想法更加明确了。

马奇兵将毛泽东思想分为六个时期：

① 萌芽时期(1921—1927.7)：提出了反帝反封建的纲领(1922年"二大")；对中国社会各阶级首次进行了调查分析；首次提出无产阶级领导权问题(邓中夏最早)；对农村运动进行了深入的有特色的研究；与陈独秀的路线进行了斗争。为什么说此时毛泽东思想还未形成呢？主要是当时党有三个弱点或者说缺陷：一是理论准备不足，连马克思主义的经典著作都未翻译过来，即使有译本，翻译的水平也很差。陈望道把"全世界无产者联合起来"译为"四海之内皆兄弟也"。二是革命经验缺乏，没有丰富的实践经验就不可能形成自己的理论与策略。"二七惨案"是第一次大惨案，既反映了我党的勇敢，也反映了党还缺乏策略，只知盲干。最后是运用马列主义的自主性不够，热情虽高，但缺乏自主性，只知道听从共产国际的决定和斯大林的指示。

② 开始形成时期(27.1—35.1)。这时有了条件：

a. 经过锻炼，取得了正反两方面经验，认识到中国的反革命势力在城市，革命力量在农村，也认识到赤手空拳不行，必须搞武装，发动农民。

b. 通过南昌起义、秋收起义等，一大批革命领导人转入农村。八七会议，新时期到来，枪杆子里出政权，红色根据地，这样就有了红色政权的理论。

c. 抵制批判了共产国际的错误，与斯大林、共产国际的指挥棒斗争，解决了农村包围城市，武装夺取政权的道路问题，这是对马列主义的最大贡献。

d. 八年抗战中逐步形成了马列主义的政治、思想、军事路线，最早是在与王明路线斗争中形成的，是马列主义中崭新的东西，如土地革命，游击战争，《反对本本主义》，"没有调查就没有发言权"，理论联系实际。

③ 形成体系时期(35.1—45)

这 10 年是中国共产党的大发展时期。抗战前 3—4 万党员，抗战胜利后 120 万党员，90 万野战军，220 万民兵，解放区人口九千万。正确处理了民族矛盾与阶级矛盾关系，制定了正确的战略策略，坚持了独立自主，延安整风，大生产运动，为大胜利奠定了思想与物质基础。自力更生，三大法宝。

"七大"正式提出毛泽东思想作为党的指导思想，刘少奇将毛泽东思想概括为九个方面：

一、关于世界现代情况和中国国情的分析。

二、新民主主义革命的理论与政策。

三、关于农民的理论与政策。

四、统一战线的理论与政策。

五、革命战争的理论与政策。

六、新民主主义共和国的理论与政策。

七、关于革命根据地的理论与政策。

八、党的建设。

九、文化政策。

这个时期之所以得到大发展，也有三个原因：

a. 24 年正反两方面的丰富经验，两次反复，大革命失败，红军失败,否则毛泽东思想的内容不会如此丰富。

b. 中央转移到陕北,站稳了脚跟,安了家。相对安定的环境使理论研究大大前进了,全党都学习、分析、研究、翻译出版了一大批著作,成立了各种研究机构,整风,普及教育,毛泽东选集中此时的文章占了 1/2。

c. 与左、右的斗争,把马克思主义推向前进,尤其是与王明的两次斗争。

④ 光辉发展的时间(46—56 年)

这七年,可以说是一个胜利接着一个胜利。赶走了蒋介石,建立了新中国,恢复了国民经济,完成了三大改造,完成了第一个五年计划。

在解放战争时期:

a. 马克思主义战略、策略的新发展,一步步把决战引向胜利:帝国主义和一般反动派都是纸老虎。战略上轻视,战术上重视敌人。以革命的两手对付反革命的两手。人民统一战线等等。

b. 军事思想大发展,运动战、防御与进攻都是历史上空前的,是独创。千里跃进大别山,三大战役,十大军事原则,从战略防御转向战略进攻。

c. 正确制定了革命转折的方针与政策,人民民主专政——马克思主义学说的新发展,民主主义革命转向社会主义革命,农村向城市的转变。

在建国初期:

a. 不失时机地实现转变,是世界历史上少有的成功。彻底砸碎了旧国家机器,建立了各级人民政权,这中间粉碎了蒋的和谈阴谋,抵制了斯大林的隔江对峙主张。彻底完成了历史遗留任务,土改、剿匪,调整工商业,没收官僚资本主义,各种经济结构的改造。

b. 正确实现了对资产阶级的赎买政策,改造了企业,也改造了人,是新贡献。政治上选票,经济上钞票,使荣毅仁叹息:像给你围上了白毛巾,然后把头发剃光,动要割破头,不动只有剃,动弹不得。

c. 正确进行了对农业的社会主义改造。最初设想是通过三阶段对农村实现改造:集体化、机械化、现代化,最后达到消灭城市差别。但急躁冒进,"一刀切",邓子恢不同意,被说成"小脚女人"。

d. 正确解决了革命与建设的关系。坚持以生产为中心,生产迅速而逐步地上升。总路线有主体——工业化,两翼——三大改造:实质是将私有制转变为公有制,革命与建设同时并举。

e. 正确解决了对外关系的政策与原则。抗美援朝了不起,表现了伟大的英雄气概和无产阶级国际主义。和平共处五项原则,今后还是外交基本原则。坚持国际主义,尽了最大的努力,虽然也有像越南、阿尔巴尼亚那样的国家。

这个时期,特别是"八大"尤为重要。毛主席的开幕词,刘少奇的政治报告,邓小平的修改党章的报告,周恩来、陈云、林伯渠等人的重要讲话。"八大"宣布基本解决了无产阶级与资产阶级的问题,剥削与剥削阶级已经消灭,工作中心将由社会主义革命转入社会主义建设。但八大对政治民主化,中心转移等问题讨论不充分,不明确。

⑤ 曲折时期(57—76年)

这二十年,又可分二部分,前十年虽犯了严重的错误,但还有部分发展,后十年则完全是灾难。

在前十年,党在58—60年犯了严重错误,十年中三年有错误,所以说基本正确。

a. 关于正确处理两类不同性质的矛盾是对马克思主义的重大发展与新贡献。列宁没有人民内部矛盾这个概念,斯大林长期在此问题上犯错误。

b. 中国自己的工业化道路,正确处理农轻重的关系。

c. 百花齐放、百家争鸣的方针,是今后科学文艺长期发展的基本方针,是马克思主义发展史上的独创。

d. 统筹兼顾,两条腿走路的方针,调动一切积极因素,多快好省地建设社会主义,经济上大中小企业共存,技术革新等。

e. 提出了包括工农在内管理经济、管理企业的权利。干部、专家、群众三结合的方法。虽然没有做到。

f. 坚持发展商品生活和按劳分配的原则(有空想如大跃进)。

g. 采取合理调整经济计划,有计划、按比例的发展国民经济方针。

h. 坚持反帝、反霸的国际统一战线。

这几年中也犯了一系列错误:

a. 阶级斗争在理论上与实践上有扩大化的错误。

1957年,认为大规模的阶级斗争已经基本结果是对的,但又错误地提出要进行政治思想战线上的社会主义革命,这是矛盾的。

（1）阶级关系分析上的错误。

（2）反右扩大化,伤害了一大批知识分子。

（3）创造了一个"四大",反而压制了民主。

但这些还是局部性的,以后就严重了。八大二中全会提出主要矛盾是无—资,社—资的矛盾,这与八大路线是相违背的。庐山会议反对彭德怀,第一次提出党内也有阶级斗争。1962 年又把这个理论系统化（基本战线）,由此提出千万不要忘记阶级斗争,要年年讲、月月讲、天天讲,构成了一个错误的理论体系,错误估计农村有 1/3 的领导权不掌握在我们手里,于是搞四清,提出走资派（这个不科学的概念）形成了错误的革命对象,认为党政军各种文化机构里有一大批反革命修正主义分子。因而,必须发动文化大革命。69 年"九大"提出了继续革命的理论,要革那些革过命的人的命。75 年还说,"搞社会主义革命,不知道资产阶级在哪里,就在共产党内,党内走资本主义道路当权派,走资派还在走。"可见到老不悟。

b. 主观主义,急躁冒进,违背经济规律,不把工作重心放在提高生产力上,而是在不断地改进生产关系,夸大了生产关系的反作用,于是有了大跃进、人民公社,限制资产阶级法权,供给制（未实行）,空想社会主义,大炼钢铁,滥砍森林,付出了极大的代价。

c. 违反了民主集中制的原则,破坏了集体领导。

毛晚年越来越脱离集体,脱离群众,脱离民主集中制,听不得反面意见。打倒了彭德怀,林彪四人帮代之而起。个人崇拜(与斯诺70年谈话)5卷80页,不经批准不得发中央文件。实际上是家长制,政治局的上司,使得党内鸦雀无声,亲自领导、发动了文化大革命,("亲自"说明了他的责任)其原因:

① 党内传统。陈独秀就是家长制,把其他人当儿子看,大家喊他"老头子",李达改他父亲两个字,被骂跑了。毛在会上给他递一纸条子,提意见。他当众撕毁了,放在脚下踩。王明是洋家长制,张国焘是军阀,动不动就砍头,也不知杀了多少人,总之都是听不得反面意见。毛主席搞民主制时间最长,35年至56年,但晚年不幸也出了问题。

② 中国传统。二千年封建社会,小生产、中央集权、专制主义根深蒂固。

③ 终身制。

④ 集权制。战时是必要的,建设中就有害了,未改。

⑤ 一元化成了一人化。

可见,毛主席自己违反了毛泽东思想,也要跌跤。

⑥ 新时期。恢复、坚持、发展了毛泽东思想。

11月9日(阴历十月初二),星期日,晴

马尔萨斯说:每一种享乐,如无节制,都可破坏它本身的目的。

看马尔萨斯《人口论》,觉得它有不少积极意义。在思想史上,马尔萨斯受的冤屈最大,长期受到批判,其实都是先歪曲地理解他,然后再来批判它。

在研究人类各种社会问题中,马尔萨斯是第一个看到人口本身是人类的灾难的杰出思想家。他发现了人口与食物必须平衡的基本规律,他提醒人类要尊重这条规律。

马尔萨斯坚信人会死亡的论证很有说服力。"我们推理,只能根由我们所知。"

马尔萨斯说,"睡眠之必要性,与其说取决于精神,毋宁说取决于肉体。"

"饥饿的要求,酒的嗜好,娶美女的欲望,将驱使人明知此种行为大有害于社会一般利益,而不免明知故犯。"

"人间刑罚的主要目的,无疑是限制与示例。限制,是从社会除去习惯不良而于社会有害的个人;示例,是表示社会对于某罪的意见,更显而近的,联合罪与罚,维持一种道德的动机,以劝止他人犯罪。"

11 月 11 日(阴历十月初四),星期二,晴

天气干燥极了,到处尘土飞扬。不禁想起小时候听村里一位老人说过的一句话:"鱼在水中不知水,人在土中不知土。"后一句如改为"人在尘中不知尘"更贴切。

该下一场雨了。

晚上与国庆到中文系高子兰那儿去,一谈就是几小时。昨天在教学楼前遇到她,她说星期二晚上是她值日,约我们去玩。谈话涉及内容非常广泛,桐城派,农村形势,国家形势,文艺形势,学生生活,等等。听她说,中文系 77 级同学大部分都在准备毕业论文了。我问她有什么打算,她说准备研究桐城派,要为桐

城派翻案。但苦于没有资料,借书困难。我建议她写信给桐城县教育局与文化馆想想办法。桐城派的研究论文集,我是看过的,也做了一点笔记。我认为桐城派对中国的散文有杰出贡献,其进步意义应该肯定。我们应该尊重桐城派统治中国文坛240年的历史。

11月12日(阴历十月初五),星期三,晴

正值初冬时节,气候异常干燥。今天刮了一天的风,树上枯叶纷纷落下。诗人老是说秋天落木萧萧,其实未必准确。秋天树叶发黄、枯萎,但尚未耗尽它的全部生命力,还没有到非落不可的地步(当然少数除外)。所以,真正的落叶是初冬时节的事。

晚上看《读书》80—11,对林春、李银河《与传统的封建文化告别》,顾准遗作《科学与民主》,许征帆《温斯坦莱关于换公职人员的见解》,孙越生《读〈中国官僚政治研究〉》诸文留下了深刻的印象,他们的观点与自己平时的一些想法颇为一致,不过更明确、更深刻、更系统。

11月15日(阴历十月初八),星期六,晴

天还未亮,就到操场上跑了五圈(2000米)。操场上灰尘太重,跑道上尘土飞扬。不过跑步的人还是很多的。跑步过后,又练了一会儿双杆。我在夏天一般是不进行早锻炼的,但是冬天还是乐意搞一搞。现在已坚持了一个多月,一定要继续坚持下去。

下午,团支部开展人生观问题讨论,分四个小组进行。我们

与七组分为一组。人生观问题的讨论在报刊上已进行多时了。同学们平时也对此进行过不少思考,私下多有讨论。所以这次讨论一开始就激烈地辩论起来。有一位女同学首先发言,她认为,潘晓说人的本性就是自私,人人都是主观上为自我,客观上推动社会进步的观点是不正确的。她提出还是要提大公无私的观点。为此,她从理论上作了论证,并举出许多事实,如戚继光、董存瑞、雷锋,还有她下放所在地的生产队长,等等。但是,她的观点立即遭到驳斥。宋淮丰提出,不能用公私来表达人的本性,也不能用戚继光、邱少云在战场上不怕死的英雄行为来说明人的公心。因为按此逻辑,怎样解释日本的武士道精神?因为撇开他们的思想内容,其行为是一样的不怕死。我出来支持了宋淮丰的观点。我说,关于不能用公私来表达人的本性,可以依如下推理:人的本性是贯穿人类社会的全过程的,只要有人,就有人的本性。但公私概念是一个历史范畴,是人类社会在一定发展阶段上才有的产物。因此,不能用只在人类历史上某个阶段才存在的东西来表达人的本性。什么人生来就是自私的,什么大公无私,先公后私,公私转化等等,都不能说是人的本性。但人的本性也不是抽象的,它在不同的历史阶段,有不同的内容和不同的表现形式。在阶级社会里,它又往往有各种表现等。另外,我们也不能用军人的战场行为来说明一个人的公与私。因为勇敢、不怕死、服从命令是军人天职,“养兵千日,用兵一时”。另外,战场环境不同于平时环境。那是由不得一个人作多少思考的。即使是平时有私心的人在战场上也可能做出伟绩。《西线轶事》中的刘毛妹充分说明这一点。回顾一下历史,血战沙场,粉身碎骨的英雄人物很多,中国古代军人也曾有过许多不怕死的将军。国外有日本的武士道,德国的希特勒精神也很"勇敢",难道能说那也是出于公心?或者说那是社会主义道德或者是人的本性吗?可见它既不能说是公心,也不能说是私心,那就是战场上特殊环境中人的一种特殊心理状态。这当然不是否认战斗英雄的崇高思想境界,况且无产阶级的战斗英雄与古代的英雄,日本的武士道精神等等相比,它们的力量源泉是根本不同的。我们这里只是说,不能用战时人的行为代替平时和评价平时生活中人的行为。

这位女同学又讲起她下放时,那个生产队长的故事和周恩来总理的美德。周文龙说,听你讲的生产队长,似乎不是生活中的人,好像是什么小说上的。至于周总理,大家也提出了一些意见。认为周总理的道德是高尚的,但是他一生中有时不免优柔寡断,调和折中,甚至不能坚持原则。如庐山会议以及文化大革命中的行动和言论,虽然是环境所迫,但与彭德怀、刘少奇相比,在坚持原则上还是稍稍逊色。另外,听说周总理建国后当上总理时就讲过,在他有生之年,总理位子决不让人。有人就认为这未必符合社会主义的干部制度。因此,周总理也未必像报纸上宣传的那样是一个纯而又纯的完人。当然,他仍不失为开国元勋,国人的道德楷模。

我接着又讲了一些自己的看法。我认为,现在不少人在争论人为什么活着,实在没有必要。人为什么活着?活着就是活着,活着不过是一个事实而已。没有任何目的的人也可以活得很好,活得很健康。卢梭在《忏悔录》中说,我是我父母一次不幸行为的不幸后果。自然法要使你来到人世间报道,难道你还要先问一声为什么吗?只有西方的宗教才说人来到世界上是为了赎罪。当然,这样说不是反对讨论人生观问题,我们讨论人生观,应该讨论的不是人为什么活着?而是人应该怎样活着,怎样使人活得有意义。

另外,人生观也是由人所处的社会环境,经济地位,所受教育,所处位置等等决定的。当一个人连生存的基本条件都没有时,他当然要想着怎样使自己生存下去,怎样解决自己的衣食住行问题,当一个人生活上有了基本保障时,他必然会提出精神生活的要求。当一个人受到爱国主义、民族主义教育后,必然经常为国家民族忧心。试问,农民在从事农业生产时,有几个人整天想着自己是为国家做贡献而生产?如果这样,也不用进行农村改革了。大集体时代直接为集体和国家生产,他们却没有积极性,一分田到户,马上积极性大增。这是什么本性?其实,只要他们能够积极生产,夺得丰收,不管动机如何,都是对国家的贡献。这时,这位女同学插话,农民劳动也可以想着国家,想着如何为国家多做贡献,等等,结果引得大家哈哈大笑。

最后,我还谈到,有些事情很难分清是公还是私。如刚才所说,农民积极劳动,是公是私?是全公还是全私?我们上大学又是公还是私?宋淮丰提出,人的本性问题不能以社会上偶然事件、偶然现象、少数人的精神境界来概括,而要以大多数人的心理来概括。他还谈到,现在社会上还有一类现象,有些人并不是以损害他人来达到自私的目的,恰恰相反,以做好事搏出名,如有些人为了入党、入团而积极表现,在这几年中是普遍存在的。

会后,大家都认为有的同学的思想还停留在文化大革命时期,有的则属于天真幼稚,不了解社会,像个小学生。

散会后进行拔河比赛。我们小组以 2∶1 取胜,然后我们胜组与党员组比赛,又以 2∶1 取胜。

晚上,我想起白天关于人生观的讨论,觉得有些概念比较含糊,自己也未搞清楚。如什么叫私? 自私与自我是同一概念吗? 如不是? 那又是什么关系? 另外,讨论人生观却去找人的本性,这有必然联系吗? 人性是哲学问题,人生观是每个人都有的。工人、农民根本不了解什么是人性,但他们也有自己的人生观。人生观就是对人生的态度,是重生还是轻生,人生是一切为我,还是既为我又为他人? 人应该不应该多想想社会、民族、国家,还是只想着个人? 等等。

徐敏推荐我看《红旗》80—18 上马俊启的文章《辩证地看待我》,觉得文章讲得还不错。

"为我主义"有一定的客观基础,但这并非就是人的本质。资产阶级认为"人人为自己,上帝为大家"。社会主义还是应该提倡"我为人人,人人为我"的道德观念比较好。

英雄人物并非无私、无我的"圣人"。必须提出:(1)他们的"我"与自私的"我"有质的区别。(2)他们思想中的"我"不居主导地位。(3)他们能自觉地破私立公,先人后己。

"自我"是客观存在的,也是有价值的。"我"是社会的一员,是人类社会的一分子。整个社会的光明与正义就是一个个"我"的火星燃起的。所以不能轻视"我"。但也不能过分重视"我",夸大"我"的作用,任何"自我"与整个社会相比,不过是沧海一粟。社会固然由一个个"自我"组成,但不是简单的堆积,而是一个有机的整体。由于人的地位、环境、文化、世界观的不同,"我"的奋斗方向不可能都一样,有的对立,有的交叉,有的同一。

要提高自我的价值,离不开社会。

11 月 16 日(阴历十月初九),星期日,晴

晚上因等客人来,没有上教室,在家看《新华日报文摘版》(80—9),其中有一篇谈锻炼身体的文章引起极大兴趣。是香港人何达写的《我的体育生活》一文。文章一开头就极有趣:

"也许该把我的皮肤切片,拿到实验室去分析,看它起了什么变化。也许该把我放进冷库,看我能耐寒到什么程度。"

接下去看才知道,原来他是一个不怕冷的奇特人。他在冰天雪地里只穿短衫短裤,赤脚在雪地里行走如常,穿多了反而不舒服。然而他不是病态,而是锻炼的结果。

他谈了自己锻炼的始末。

大约在五十六岁时,他为了与衰老作斗争,开始在冬天只穿短袖衣衫与短裤,开始时受不了,冷得发抖,冷风来,身如刀割。于是他就尽量使身体放松,做深呼吸。这正是他的需要:身体放松呼吸深长。因为这是一种最佳状态。经过这种"苦肉计",大约两个月后,他的身体发生了很大变化,由"不怕冷"变成"不冷"了。从此之后,冷风吹身,只有快感与舒服。三年后(1976 年)的冬天,他已六十一岁,到美国爱荷华大学参加国际作家集会,竟然也是赤脚短衣,奔走在北美的大平原上。

根据他的记录,他可以适应零下九度的天气。在特冷的天

气,也只增加两个措施,一是清早跑步,只穿汗衫。二是每天洗两次澡,冷热交替浴。

他指出,锻炼要坚持,方式要多样。要因地制宜,因时制宜,灵活机动,不拘一格。如消化不良时不能洗冷水澡,疲劳时要多穿衣服。山近爬山,水近游泳,无风之地,则打羽毛球。

他自己从初中时开始洗冷水浴,热水洗脚可使人不致失眠。他的经验最好是冷热交替浴,说它对消除疲劳,提高精力,简直是灵极了。其方法:

先从温水开始,渐渐加热,直到几乎受不了为止,这时候身体发红,好像煮熟了。只要心脏正常,就会感到全身血液畅通,神经松弛,过了一阵,改用冷水来淋,又使血管收缩,头脑清新。这样交替几次,洗完之后身心感到特别舒畅,工作效率极高。但这一定要有热水设备,水要够热,否则效果欠佳。

他认为空气浴也很好,脱光全身,让太阳来晒,让冷风来吹,让平时不见天日的地方也享受太阳的恩赐。

另外,他还提出刷浴的好处,认为这给他平生益处最大。而且刷浴最方便,最有效,最容易实行,只要一把刷子。他从1940年开始实行,是从一本体育书籍上得到的启示。书上说"要像刷你的马那样热心地刷你的身体,而且不要忘记刷你的脚板底。"此后,他的刷子越刷越硬。后来洗澡时也用刷子,抹了肥皂后用刷子用力刷。

还有桑拿浴,与冷热交替浴相近。

在一个屋子里,用特种松木做墙,在门口安一电炉,放一桶清水,在炉中加一勺清水,满屋子就充满热气,亦有加两勺、三勺的,而后则加到五勺甚至七勺,热得头发烫,耳发疼,喘不过气,不到五分钟,汗水涌出,全身湿淋淋的。大汗之后,跑到隔壁浴室用冷水来淋,淋完再烘,冷热交替,三五个来回,不但洗了外面,而且洗了里面。这样忽冷忽热是否会感冒呢? 作者说:一点也不。

这真是好办法,当可试之。

11 月 17 日(阴历十月初十),星期一,晴

早上起来锻炼,发现整个大地都被大雾浓罩着,这是今冬的第一场大雾。

关于冬雾,农民有一种说法:①冬雾预示着大雪的来临。②冬雾与明年的丰收有某种联系。据说冬雾的次数越多,明年越有丰收的希望。

在浓雾中,操场上什么也看不见,只听到整齐的、有节奏的脚步声,这种节奏也能给人一种享受。越近天明雾越浓,空气中充满了湿气,不时有小水滴落到人的头上。远处的路灯就像天上的星星,又像长江中的航标灯,明泯闪烁,捉摸不定。近处楼窗里的灯光四射,被窗棂分割着的光芒就像落日的晚霞。

跑了五圈,操场上的人彼此才清晰可见。每个人的头上都是水淋淋的。随后来到双杠场地练双杠。自觉这两周的锻炼进步很大,只是两条背膀疼痛得很。

11 月 18 日(阴历十月十一),星期二,晴

这两周的哲学与政治经济学课程都改变了教学方法。教师

布置任务,让学生自己找材料阅读,然后写出读书笔记,最后进行讨论。教师抽查读书笔记,并对讨论进行总结,解答学生提出的问题。这一方法如果搞得好,效果肯定要比先生讲学生听的办法好。

哲学这一章的内容是"阶级、国家与社会革命"。我先把艾思奇的书看了一下,决定把重点放在"国家"一节上。我觉得这一节长期有些片面认识需要我们加以研究。如国家的起源,长期以来都认为它是阶级斗争不可调和的产物,是在私有制的基础上产生的,这无疑是正确的,然而却不够全面。只要我们把国家与氏族制度比较一下异同,就会发现国家产生的背景还有社会管理的需要。因为随着生产力的发展,就会出现生产的不平衡,引起人口的流动,用原来按氏族的办法管理已经不行了,必须要改变方式,开始按地区来进行管理,这就提出了建立国家的要求。这是对人的管理。再一个,国家不仅是阶级斗争的产物,也是阶级调和的产物。尤其是剥削阶级内部的调和,使之满足其共同瓜分劳动成果的要求。因为私有制出现后,不仅提出了要镇压被剥削阶级使之服从剥削和压迫的要求,而且提出了怎样使剥削阶级能够团结一致,免于互相争斗而达到共同剥削劳动者的要求,这也是国家产生的原因之一。第三,生产管理的要求也是产生国家的原因,如中国古代国家的出现与对水患治理的要求很有关系。正因为如此,国家的产生才会推动社会的进步、生产的发展、文化的繁荣和民族的融合等等。

再如国家的职能,传统说法有两种,一是对内维护统治阶级,镇压被统治阶级;二是对外防御侵略,或侵略别国。我认为对内除了维护统治外,还有管理生产的职能,对外除了维护国家的独立外,还有发展和促进不同国家的文化交流与经济贸易的要求。

按传统说法,在社会主义社会以前的国家都是猛虎,是罪恶,是人民的笼牢与枷锁,没有一点于人民有用的地方。那我们如何理解历史上的民族英雄是那样受到人民的爱戴和拥护,同时也为今人所肯定呢? 如岳飞、文天祥等,我们怎样理解一个国家的历史?

另外,国家有没有继承性? 同一国体的政体有无不同选择? 国体与政体是什么关系? 将来的国家会消亡吗? 怎样消亡? 等等,对此,我有一些自己的不同看法。

11 月 19 日(阴历十月十二),星期三,晴

昨夜给赵秀华写信,回答她提出的几个问题,相信能解释她的问题。

11 月 20 日(阴历十月十三),星期四,雨

林彪、江青反革命集团案今天开庭审判了,这是大快人心的事,自然是举世瞩目。清晨,广播里播出关于审讯的消息,可大家在宿舍里仍同时开着收音机听,一边收听,一边议论,脸上洋溢着喜悦的笑容。历史是不容嘲弄的,被嘲弄的只能是那些企图嘲弄历史的人。想想当年那些风云一时、左右全国的人物,如今一个个灰溜溜地被押上审判台,等待着法律的审判。这是一种什么样的滋味啊。一切无视历史与人民的人,都应该细细地

体会一下这种滋味。

当然,也有少数同学不以为然,觉得不过是"胜者为王败者寇"。他们满足于重弹一些老调,不去思考一下历史是怎样发展的,为什么那么精明能干的人物也会失败,而且是一败涂地?为什么有些人失败了又会站起来并最终取得成功?这其中绝不仅仅取决于他们个人的精明算计能力,在其背后更有历史趋势和人心向背在发挥着不可或缺的作用。

11月21日(阴历十月十四),星期五,雨

这几天一直下小雨,杀了一下飞扬的尘土,空气也变得清新了。地面上虽然还有些泥泞,但操场跑道是坚硬的,仍可坚持跑步。现在的晨跑已经不再勉强,反而有些乐趣了。

11月22日(阴历十月十五),星期六,晴

培银这星期请假回家,先义因家中有事缺课。二人的欧洲哲学史课程都由我来代记笔记,再加上政治经济学和哲学两门课要求自学,所以这星期就格外的忙。

傍晚,肖扬送来一张电影票《清官外史》,在校小礼堂放。放映前先收看最高法院特别法庭审判林彪江青反革命集团案专题。据我看,可能有判死缓甚至死刑的。特别值得注意的是江腾蛟,按说他算不上主犯,十人中,别人都是中委、政治局委员、常委、副主席之类,他不过是一个南京空军政委,分明不属一个层次。现在居然将他们放在一起了,反而值得重视。因为江是谋害毛主席的直接指挥者,不同于其他人的政治犯罪。因此,杀他完全有可能。

《清官外史》是一场好戏,人物性格分明,也基本符合事实。它向人们解释了清王朝为什么灭亡的一些原因,也使人明白了中国为什么自鸦片战争以后逐渐沦为半殖民地半封建社会。尤其是对李鸿章的刻画,可以纠正一下过去给人留下的刻板印象。这些年来,史学家由于受政治因素干扰,对李鸿章一再否定、贬低,似乎就是他在一心一意的卖国求荣,是一个必欲亡国而后快的人。其实站在他的位置上,他真正是两难啊。

11 月 23 日(阴历十月十六),星期日,晴

从黄学敏处借来《诗刊》(80—10),看了些青年诗人的诗作,很喜欢。觉得这些诗有一股清新的气息,给人一种美的享受。我特别喜欢舒婷、顾城、常荣梅沉静的诗。这 17 家新诗人中有一个叫陈所巨,是我们桐城人。我在农村老家时就对他有所了解,他这些年的进步很大。

过去我对诗看得极少,尤其是新诗。古诗倒看了一些,现在忽然发现这些现代诗,尤其是那些被许多人认为"看不懂"的新诗,竟然也能让人陶醉其中,使人仿佛进入一片新的天地,可以尽情吸收其中的清新空气。

11 月 27 日(阴历十月二十),星期四,晴

这几天,一直忙着写"阶级、国家、社会革命"这一章的读书笔记。

11月28日(阴历十月二十一),星期五,晴

我喜欢斯宾诺莎。

11月29日(阴历十月二十二),星期六,晴

看了中文系的几个学术报告(油印本),对文艺理论的一些问题获得了新的认识。

11月30日(阴历十月二十三),星期日,晴

晚上到米老师家里去了一趟,把国家理论一章的读书笔记交给他。然后就国家学说的有关问题,以及当前一些社会现实问题与他进行了讨论,我们的意见非常统一。但是对一些所谓敏感问题,他虽同意我的观点,但要求我还是谨慎为好。

12月2日(阴历十月二十五),星期二,晴

朱光旭同学寄来20元钱,支援我买手表,很感谢他。

看《社会科学》(80—5),对于中国无产阶级的历史局限性问题,关于现实中存在的超经济强制行为问题,得到一些启示。

12月3日(阴历十月二十六),星期三,晴

班级对人生观问题讨论了很多次,也出了多次墙报。团书记姚钦颖同学多次找我,要我写文章参加讨论。可我一直没有动笔,就是不感兴趣。

我始终认为,讨论"人为什么活着"毫无价值,活着就是个事实,标志着人的物质存在,未必要有什么目的。要讨论的是"人怎样活着",这才是真正的人生观问题。

　　讨论人生观涉及到人的本性问题。王源扩认为自私是私有制的产物,周文龙认为自私是资本主义制度的产物,吴光球认为,自私是人的本性,并非私有制产生后才有,而是与人类同时出现的,如原始社会中为了生存而同类相食的现象经常发生,它不是自私吗? 我认为,用公与私来表述人的本性是不妥的,思考的路径不对。

12 月 6 日(阴历十月二十九),星期六,晴

　　看《沧海恨》(《春风》80—1)竟然忘了时间,把上午的欧洲哲学史课耽误了。一看到好的文学作品就容易忘记一切。

　　晚上看最高人民法院特别法庭审判林江集团案专题,一方面觉得这是林江的应有下场,另一方面又觉得现在的法庭审判还有许多不完善之处,有些地方证据并不充足。

12 月 7 日(阴历十一月初一),星期日,晴

　　把徐禾本《政治经济学概论》的最后一章看完了。这就等于把全书的纲目看了一遍,觉得本书编得很有水平,超过于光远的本子。特别是政治经济学原理阐述得特别清楚。另外,这本书不仅结合了"资本论"原著,而且也联系了西方现代一些经济理论。此外,本书的一个特点是通俗易懂,可以说是中国化了的马克思主义政治经济学。而于光远的本子太简单了。

　　但是看过以后,也产生了许多疑问,这不是编者的问题,而

是涉及马克思主义政治经济学本身的问题。

例如,书上认为,资本有机构成低的产业创造的剩余价值比资本有机构成高的产业还要多。如果这一观点成立,那么资本家为什么还要努力提高资本的有机构成呢?资本家为什么还要千方百计地向集约型工业发展呢?又如,随着科技的不断进步,农业生产力也将不断提高,农业产量将无限地提高。这可能吗?还有,劳动价值论在农业中能贯彻到底吗?如相同的资本投资,相同的劳动力在优地与劣地上却创造出完全不同的价值,这种价值的差额是哪儿来的呢?为什么相同的劳动力能创造不同的价值?

如此等等。

12 月 8 日(阴历十一月初二),星期一,晴

晚上与周文龙、黄学敏去米老师家,一谈又是三个小时。米老师生病了,但他仍坚持着要和我们交流。

12 月 10 日(阴历十一月初四),星期三,晴

下午,附中政治教研组组长邱老师给我们上中学政治教材教法课,讲得较生动,但有时也不免有哗众取宠之嫌。

晚上,听完刘兰芳的"杨家将",学校突然停电了。于是我和北水一起到江云那儿去玩。在这里遇到双店的一位老农民,与他谈起家乡的生产情况,这个老头子气得不得了。他说,我干了十三年的生产队小队长,再也不愿干了。现在农村普遍没人愿当小队长。主要是因为上面那些干部都是官僚主义、形式主义。

他说,天下哪有和尚认不得菩萨的道理? 或者说哪有农民不会种田的事? 他举例说,现在农村插秧,上面仍然坚持要插 3×5 寸的距离,还要农民拉绳子插成直行,这就是典型的形式主义,为了好看。这些干部哪里知道,现在农村田地瘦,又没有农家肥和绿肥,光靠化肥怎么行? 如果插得稀疏一点,产量一定能提高。用绳子拉成直线插,虽好看,一旦遇到大风,导致稻禾倒覆,就会全爬在泥中。如果顺着田埂栽,稻子即使被风吹倒了,由于是一棵棵地错位岔开,稻秆也能互相支撑,不会全部倒伏在泥水里导致颗粒无收。

12 月 12 日(阴历十一月初六),星期五,晴

写了一篇人生观杂感,是应姚钦颖要求写的。谈了三个问题:

1. 为什么活着不是人生观问题,

2. 怎样活着才是人生观,

3. 人生观是与人死观相连的。人是唯一能预先认识到自己必死的动物,因为他有思维,所以就有一个如何对待死的问题,也可称之为"人死观"。许多宗教、遁隐、出家、自杀等等现象都与此不无关系。

下午到图书馆查了一下政治学有关书刊的索引,觉得先要抓时间把以下书籍看一遍:(本学期看不完,力求明年要看完)

《什么是国家》(苏)

《马恩论国家与法》

《美国政府制度》

《雅典政制》(亚里士多德)

《布朗基文选》

《温斯坦莱文选》

《巴黎公社》

《革命法制与审判》(索伯斯比尔)

《巴贝夫文选》

《论人类不平等的起源和基础》(卢梭)

《论人民民主专政和人民民主法制》

《二十世纪的南斯拉夫》

《英国政府》(罗威尔)

还有以下论文(本学期应看完)

严家其:重视社会主义政体问题的研究

张显扬:言论自由

王桂民:论专政

李洪林:我们坚持什么样的无产阶级专政?

张显扬:无产阶级专政与民主

王贵秀:无产阶级专政的实质主要不在于暴力

严家其:国家分类和无产阶级专政国家的政体问题

吕世伦:资产阶级三权分立与人民代表大会制度

陈汉楚:巴黎公社与无产阶级民主,

吉师大学报 79—4:国家与文明的起源问题

历史研究 79—10:巴黎公社的薪金制度是社会主义原则吗?

吉大学报 79—5:巴黎公社的公职人员是社会公仆

12 月 13 日(阴历十一月初七),星期六,晴

前几天得到一条消息,说华国锋要让位于胡耀邦,这在同学间引起很大反映。

今年人代会上,华已经辞去了总理职务,并在海外引起强烈反响,认为这是中国高层权力斗争的结果。但似乎没有什么根据,极易驳斥。因为新时期要实行党政分工,进行权力分散。它对于干部革命化和干部正常退休都有促进与示范效果。现在华的主席一职又要让出来,用党政分工就不好解释了。华的功绩是有目共睹的,不仅是粉碎四人帮和和结束文化大革命,也不仅是平反冤假错案和把工作重点转到四化建设上来,更重要的是他能顺应潮流,推进了中国的思想解放运动。

但是,终身制必须废除,废除终身制是人民的要求,时代的要求,也是整个民族的呼声。

上午借书多本,有《二十世纪的南斯拉夫》(英·辛格尔顿著)、《十八世纪法国哲学》等。

天气干燥,又许久未下雨了。农村的油菜和小麦都刚出苗不久,如此干旱,极易导致幼苗干枯。

12 月 17 日(阴历十一月十一),星期三,晴

早上,中央台新闻提出,似乎有一起冤案久久不能平反,是因为制造冤案的人还在台上。"当时那个负责人……"的提法已是不点名的点名了。

家中来信,母病未愈,且更严重了。大队救济了 40 元钱,让母亲治病,张主任还亲自上门慰问,令人感动。因为这是不常见的,可以说从未有过。

从上周六开始,西欧哲学史由劳大文秉模教授给我们上,果然名不虚传,文老师的课就是与众不同。上课时教师轻松,学生愉快,听后效果非常好。他的课条理清晰,重点突出。不像有些课,教师和学生都手忙脚乱,糊里糊涂。

12月19日(阴历十一月十三),星期五,晴

下午,文老师开始讲小逻辑,这是他为教师开办的"小逻辑"专题讲座,允许学生参加。所以学生去了不少,座无虚席。许多人带着凳子去旁听,他并无讲稿,只有一个提纲,但讲得特别好。三个小时,受益多多。

为什么同是大学教师,差别如此之大呢?

有成就的学者一般都有几个特点:一是思想解放,没有框框条条,二是视野开阔,能从一个很高的层次看待具体问题。反过来看我们有些教师,实在是过于谨小慎微了。实事求是的思想路线早已恢复,刘少奇的平反只是时间问题了。可我们有些老师在提到刘少奇时还不敢说名字,鼓了好大勇气才说"说一下吧,他就是刘少奇。"可见对一个学者来说,解放思想是多么重要。

12月20日(阴历十一月十四),星期六,晴

下午是政治学习,分小组学习红旗杂志特约评论员文章,"做一个彻底地唯物主义者"。有人说,这是胡耀邦的治国宣言。

　　下午大扫除时，和顾国安、黄学敏、周文龙等人神吹一通，顾的演说才能是出色的，这一点我们都不及他。

　　中国的出路在哪里？我们每个人都在思考。有小道消息说，陈云曾提出上、中、下三策，上策是推倒重建，中策是体制改革，下策是修修补补。这显然是道听途说。中国的未来只能是多策并举。

　　现在反特权、反腐败的呼声一天比一天高，但要解决中国的特权和腐败问题是多么难啊。中国是一个小农意识和皇权思想充斥的国家，所以根本任务还是要反封建，提高全民族的现代政治理念与思想文化水平，在此基础上再进行体制改革，铲除官僚特权存在的土壤。首先还是要大力发展经济，不断提高生产力，提高人民的生活水平，从而为其他改革奠定雄厚的物质基础。没有这一点，什么都是空的，也不可能落到实处，更不可能持久。

　　中国是个政治惰性民族，人们最大的政治理念就是平均主义，并且是要求先进者为落后者作出牺牲的平均主义。就像两个人走路一样，不是要求落后的人加快步伐，而是要先进者放慢速度迁就落后者。真正科学设置的社会应该将整个社会设置在一种能够自动前行的重心上，使整个社会能够自我推动着向前进。然而，中国现在的突出问题是有一股向后坠的力量在拖整个社会的后腿。真正的人才和先进分子反而容易受到妒忌与排斥。那些整天无所事事，天天混日子的人却活得很好很滋润，舒适而安乐，这是最可怕的。

12 月 21 日(阴历十一月十五),星期日,晴

上午,文老师给我们讲康德的批判哲学,晚上讲黑格尔小逻辑。

同学们都说听他讲课是一种享受。确实,听文老师讲课就像跟着一个人穿行在一条曲曲折折的胡同里,虽然不停地转弯拐角,但行走的路线感觉很清楚。

12 月 22 日(阴历十一月十六),星期一,晴

有时间很想为生产队长写一本小册子,介绍一下生产队的管理问题。现在,许多农村搞不好的原因是没有一个好的生产队长,尽管一些生产队长的人品很好,责任心也强,可就是不知道如何管理,也不知道管理什么？过去计划经济时代只要听上面的就行了。现在,农村改革,普通实行了包产到户,如果生产队长只听上面的肯定是不行了,农民必须学会自己管理自己。

12 月 25 日(阴历十一月十九),星期四,晴

复习政治经济学,有些观点需要进一步思考。

1. 剩余价值并不是资本家延长劳动时间得来的,而是他购买的劳动力在规定的时间内生产的。延长劳动时间所得的价值是一种超经济强制得来的价值,它不属于资本主义制度的范畴。这里的问题在于,劳动力是个特殊商品,它生产的价值可以高于生产它的价值。

2. 资本家购买的资本应分三部分,劳动力、劳动原料或原材料(即劳动对象)和生产资料(工具、设备、厂房等等)。其中,劳动原料的价值被转移到产品中去了,劳动力与生产资料的价值也消耗了。同时,它们又都在自身消耗的过程中创造了新的价值。新价值不仅补偿了自己失去的价值,并且超过了自身的价值,这才是剩余价值,价值与剩余价值都体现在产品中。

生产资料之所以能创造价值,是因为它们是科学技术的物化。这个价值实际上是科学家创造的,是科学家和技术工人的复杂劳动创造的,科学家创造的价值一部分物化为生产资料,一部分转化为技术传授给了工人,从而使科学家的价值转移到了劳动力的身上。

3. 劳动对象的定义应该是人的劳动加于其上并使之变成劳动产品的那些东西。这样劳动对象的内涵就明确了。而书中将劳动对象定义为人的劳动力加于其上的一切东西,这很不清楚。许多人把土地作为农业的劳动对象,这是错误的。土地不能变成劳动产品,因而不是劳动对象。只有种子才是劳动对象。而在修公路、开运河的劳动中,土地才是劳动对象。

4. 劳动价值论在农业中的贯彻问题也值得研究,如同样的农业劳动在一块肥沃的土地上可以收获更多的粮食,那么,它的价值是哪里来的？原始森林的价值在哪里？等等。

12 月 26 日(阴历十一月二十),星期五,晴

系里决定本学期课程全部开卷考试,这是一种新尝试。看来我们去年的争取还是有效果的。

12 月 31 日(阴历十一月二十五),星期三,晴

下午正准备去听文老师的讲座,江云与刘秀如同学来了。刘秀如还是第一次到这里来。她俩约我明天去她们那儿,我考虑到明天是元旦,学校里有一些游艺活动和音乐会等,便约她们明天还是来学校。

1981 年

安师大政教系的老办大楼。（图片来自网络）

1月1日(阴历十一月二十六),星期四,晴

江、刘下午如约而来,晚饭后,我和张、戴三人送她们回去,约定明天到弋矶山医院去玩。

1月2日(阴历十一月二十七),星期五,晴

早上八点,我们三人按约与江、刘一道沿江步行到弋矶山医院,游览了医院内的风景,特别是山上临江处颇有一些雄姿。中午刘还买了酒,菜也不少。有香肠、烧肉、油炸花生米等。

吃过午饭,我提议大家陪我到火车轮渡所张应民家去,于是大家连水也没喝就出发。哪知在江堤上经冷风一吹,戴斌将中午吃的东西吐了个干干净净,他中午不过喝了四两酒。到张家又吐了一次,弄得很是尴尬。

1月5日(阴历十一月三十),星期一,晴

托姑爹买的手表拿到了,半钢防震"钻石"牌,这是目前比较价廉物美的一种。

1月7日(阴历腊月初二),星期三,雪

今天下了入冬以来的第一场雪。整个上午纷纷扬扬地下个不停,天地一片银色。树是白色的,楼房是白色的,一切都如银装素裹,一扫秋冬以来的肃凉景象。

文老师又整整讲了一天,从昨天下午算起,已经连续讲了一天半时间。昨天下午讲西方近代哲学的研究动态,今天讲小逻辑的本质论与概念论。结束时,掌声雷动,经久不息。

1 月 8 日(阴历腊月初三),星期四,雪

天空虽然放晴了,但给人感觉是暖洋洋的,这说明还要下雪。雪后只有霜冻变冷才会放晴。

今年的课程已经全部结束了,以后的时间全是复习与考试时间。9—10 日考《欧洲哲学史》,18 日考《历史唯物主义》,23—24 日考《政治经济学》。

1 月 10 日(阴历腊月初五),星期六,晴

昨天布置了《欧洲哲学史》的期末试题,今天下午四点交卷。

1. 简述亚里士多德对柏拉图理念论批判的一般意义,亚里士多德滑入唯心主义与形而上学的理论思维教训。

2. 简述 16—18 世纪欧洲大陆唯理派哲学家的实体学说。

规定字数为 2500 字,但大多数同学都超过了,我写了约三千字。

1 月 14 日(阴历腊月初九),星期三,晴

傍晚到刘秀如那里去了一趟,请她帮助买了两瓶"夏天无"①。这是目前治疗风湿性坐骨神经痛比较好的药。听她姐夫余医生说,母亲的病可能有两种情况:一是风湿性坐骨神经痛(无论走、站立还是卧床都会痛),另一种是椎间盘突出,只有站

---

①　夏天无,中药名,又叫伏地延胡索、一粒金丹等。有活血活络,行气止痛,祛风除湿作用。功能主治:降压镇痉,行气止痛,活血去瘀。治高血压,偏瘫,风湿性关节炎,坐骨神经痛,小儿麻痹后遗症。(信息来自网络)

立时才痛,一睡倒疼痛感即会消失。这是因为人在站立时压力加大,椎间盘突出部分挤压到周围神经末梢,从而引起痛感,睡倒时则痛感立即消失。前者须用药物治疗,后者主要是推拿、理疗,再不行就只有动手术,切除。看来,母亲的病就是椎间盘突出,因为她只要一睡下,疼痛立即消失。

但是,我问,为什么母亲到县医院检查,抽血化验都是正常?刘秀如作了解答:如果是风湿性坐骨神经痛,处于阴性状态,血液正常。如果是发病期则血液不正常。如果不是阴性,而血液又正常,则说明不是风湿性坐骨神经痛,而是其他病,如椎间盘突出等。

刘秀如是化验员,她姐夫是医师。余医生帮我开了一张西药处方,让刘秀如代拿,星期天送给我。

吃过晚饭,匆匆赶回。

晚上一口气把历史唯物主义的生产力与生产关系,经济基础与上层建筑,人民群众和个人在历史上的作用等最后几章全部看完了。阶级、国家与社会革命一章是自学的,以前作过读书笔记。

1月15日(阴历腊月初十),星期四,晴

前几天,天气一直十分暖和,好像春天到了一样。今天天气开始转冷,如能下一场雪最好。

赵峰同学寄来三十元钱,真是雪中送炭。上次回家为母亲治病,把别人托带的电表钱用了,现在要钱帮人家买电表带回去,不得不写信向老同学求助。

1 月 19 日(阴历腊月十四),星期一,晴

《历史唯物主义》考试结束后,整整玩了好几天。从明天起正式复习《政治经济学》,有三天时间,中间还要为班上同学购买大轮票。

一些账目记一下:

① 为文艺买电表一只,24.40 元

② 为光罗代购一只茶壶,1.00 元

③ 为光瑾代购一本字典,1.27 元

④ 为张老师代购女鞋一双,6.12 元

⑤ 为母亲购三蛇酒一瓶,2.23 元

⑥ 特级黑枣 1 斤,1.10 元,桃酥一袋,0.31 元,川贝 1 斤,0.85 元,酥糖两盒,1.10 元,表纸 2 刀,1.08 元

1 月 23 日(阴历腊月十八),星期五,晴

最后一门《政治经济学》开卷考试。23 日出题,24 日收卷,题目较前两门课为多:

1. 试论抽象劳动的产生、作用、趋向。

2. 简析资本主义生产与剩余价值的关系。

3. 扼要归纳下列问题:

① 剩余价值、利润、平均利润

② 剩余价值率、利润率、平均利润率

③ 产业利润、商业利润、利息、资本主义地租的源泉与实质是什么?

4.资本主义本性及其对内对外政策由什么决定的？为什么？

在一天内完成，任务够重的。

大家都在连夜加班。我和培根、徐敏、肖扬四人到系办公室加班，午夜吃了一条糕，算是夜宵。回来睡觉时已是凌晨三点，但还算是比较早的。对我来说，这是第一次熬夜考试，以前从没这样过。早上起来誊写又整整花了两个半小时，大约5000字。

1月24日（阴历腊月十九），星期六，晴

考试结束，收拾东西准备回家。正好吴胜来了，陪他去长航找江云，在校门口遇张娜、许丽两人来询问船票事。于是大家一道上街，三点钟到长航。江已与熟人联系了，票仍未买回来，她说不行的话明天再去。

下午票来了，是六点的。长航临时将人民号货船改为客运。大家都在五点钟赶到码头，大雪纷飞，漫天皆白。我们在候船室门口与张、许二人会合，她俩已经等急了，大家匆匆赶向码头。六点十分开船。

这种船没有四等舱，也没有座椅，大家全部坐在船底钢板上。但每人可以分到一个草包放在下面坐着。四周一看，都是人靠人，人挤人，的确装了不少人。除了做生意的外，几乎全是大学生（师大、皖医两校同时放假）。大家都觉得此船很像方志敏写的"J"船，连人的精神状态都有点像。

1月25日（阴历腊月二十），星期日，雪

几乎一夜未睡，早上七点船到安庆，可以说是受了一夜

的罪。

迈出船舱,不觉眼前一亮,因为映入眼帘的是一片银色的世界。一夜之间,天地彻底换颜,到处都是冰肌玉骨,一尘不染。

路上结了冰,大家踏着积雪,连滑带跳地赶到汽车站。我按约到安庆饭店 215 号房间找学校两位买票人,哪知他们给我们买的是 26 号的车票。

我们怎么可能在此再住一天? 于是,大家又东奔西跑地到处找人买票。许丽找她弟弟许国,许国已为她买了一张票。张娜找她父亲的朋友吴某(自来水厂经理),吴某找了好多人也未搞到票。最后众人还是回到车站。还是许国有办法,他找的人答应等石台那边长途汽车到了就直接上车。张有点急躁,发了一些牢骚,弄得许丽姐弟俩很有意见。

中午十一点半,我的车到了,许国把我送上车先走了。许丽的车是十二点半的。

车到高河吃中饭,司机代我补了票。到桐城已经是下午两点,许丽的车一直未等到,却遇到了章钢与徐江华。我把行李丢在车站小程处,然后到水电局熟人处住宿。

晚上看电影《兰光闪过之后》。

1 月 26 日(阴历腊月二十一),星期一,晴

早五点半起来赶到车站,昨天票已买好,是 6 点 40 分的票。谁知雪后天冻,司机担心路滑,竟然不愿开车。没有办法,我们从早上一直等到十点多钟。后遇陈东方、方胜国、张娜等人,大家一起用一架板车推着行李,步行回家。

到家已是下午一点半。

妈妈的病比以前见好,能在村里转转了。这使我放心不少。

傍晚,张仕龙与他的同事林老师一起来了。他们是路过杨闸时听说我回来了,特地弯道而来的,谈到五点多才走。

1月27日(阴历腊月二十二),星期二,晴

雪仍未化完,整天冰冻着。

和兴虎一起到朱桥合作社。仕龙还未放假,二人约定正月见面。

1月28日(阴历腊月二十三),星期三,晴

早晨送电表去外公家。

上午到姐姐家,她昨天约我今天去吃中饭,说家里正在架电表。通电在农村也是一件大事。

到姐姐家时,电工正在装电表,架电的只有一个师傅,所以家里人都在帮忙。中午吃饭倒有不少人,大队副支书和会计等人都来了。

1月29日(阴历腊月二十四),星期四,晴

吃过早饭,与弟弟去买供应米,共 74 斤,籼米与粳米对半,花了十元另八角六分钱。

回程顺便在街上买了点年货。

1月30日(阴历腊月二十五),星期五,晴

今天给家里做豆腐。豆腐店是西河生产队开办的,每年腊

月十几才开张,所以特别的忙。但今年发大水,各家的豆子都很少,所以生意没有往年那么紧张。

我前面已有几个人在排队。

2 月 18 日(阴历正月十四),星期三,晴

又要返校了,这次寒假比历年都长,有三个星期,可还是迟到了几天。

寒假看了一本《曹雪芹》(端木蕻良著),主要是每天午夜在床上看的。白天都在接待人,很难有时间看书,再说心思也集中不了,不像在学校单纯。

由于灾荒,今年春节什么年货也没有。糯米是姐姐送的,豆腐只有四升豆子,粮食全靠国家供应(救济)。腊月 24 才去粮站买了 74 斤米,四个人又能吃多少天呢？腊月 25 日到姐家帮着贴年画,她去冬做了六间新瓦房,欠了六百多元的债,也是债台高筑。

腊月 29 日,浇麦。这是农村旧习惯,不能将大粪留到春节后。不论这习俗背后是什么原因,效果是好的。

年三十晚上破例陪儿时几个朋友打了一夜的扑克牌。

年初二到双伍家去,这是预先安排好的。下午到国庆家,他正在,年初三与国庆一道与双伍终于见面了。

初四与妹妹一起又到粮站买供应米,有七十斤米,另买了 50 斤化肥施于小麦与油菜。今年油菜和小麦全都分到户了,集体只有稻子。

初五早上,姐夫来拜年,吃过早饭要我与表哥一起去他家,

中午被长取拉去他家吃饭,晚上又在姐夫家,他家亲戚也来了不少。反正都是些农村习俗,从东家吃到西家,其实家家粮食都不够吃。

初六与妹妹浇了一天的麦与油菜,还未浇完。

初七,小外婆带着小孙子来了,后来社潮也到了。傍晚,姐姐又带着张龙与小二子回来了。

初八起程返校,原意是送妹妹与兴虎二人到枞阳大表姐家探亲,但未赶上车。只得步行到双店,在吴胜家过夜。

晚上,大雨如注、电闪雷鸣,天亮时仍有小雨。听了大家意见,送妹妹和兴虎搭早班车回去了。谁知早饭后天却大晴。剩我一人也无须急着返校,便等吴胜、江云一起,约定正月十一日一起走,反正只有一天,就等吧。乘此机会到大旺家去了一趟。

正月十一,三人起程去枞阳。早上八点动身到班船停泊点,有十七、八里地,其中还要走六、七里的泥河路。天大雾,肩上挑的也不轻,主要都是江云的东西,我挑了约六十斤,吴胜挑了约40斤。到湖心,泥水淹没了腿肚子,好在天并不太冷,只觉得泥水粘得很,使人特别容易感到累。大雾中什么也看不见,大家只能凭印象往前蹚。

到班船点已是十一点了。但比那些绕道的人还是早到了好长时间。

班船十二点半发动,到枞阳约为下午三点。

赵峰回家了,祝老也未来。幸好江云父亲在社里。吴胜的朋友陈兆生也在。江云父亲很好客,招待得热情周到,陈兆生每餐来陪酒。

傍晚在街上玩,遇杨亮生,他准备到下枞阳住宿,次晨搭船。

晚上在枞阳看黄梅戏《荞麦记》,群众对此戏称赞不已,我觉得很一般。

夜里又下了大雪,去芜之行只得作罢。在枞阳再停一日。

正月十三,雨停了,风仍不小。但这已不能阻止我们起程了。四人一道赶到下枞阳,旅客不少,因江云认识站长,因而得了不少方便。

在小轮上又认识了船上几个熟人,人多好办事,吃喝都好解决。玩的地方也有了,一天时间就这样打发过去了,到芜湖正好下午5点。

到了长航招待所,其他人一个未到。大家自己动手搞吃的,都是江云带来的糯米粑、蛋、鱼、肉等等。

十四日上午送走吴胜,九点赶到学校,已迟到了一天半。于是忙着抄笔记,这学期有三门课:中国哲学史、外国经济学说史、政治经济学(社会主义部分)。

2月19日(阴历正月十五),星期四,晴

上学期的《政治经济学》成绩下来了,我得了94分,名列第三,汪俊秀与王源扩96分,并列第一。他们准备报考研究生,考第一也是必然的。

《欧哲史》因是考查,只记等级分,全班都是合格。其实,在上学期三门课中,欧哲史的答卷是我最满意的。

《历史唯物主义》分数还不知道,老师还没有改完呢。

2月22日(阴历正月十八),星期日,晴

星期天,起来很迟。昨晚被北水喊去与戴斌和生物系徐庆竹打了半夜扑克。

八点钟,到火车轮渡所去,带了几斤荸荠与山芋粉,算是家乡土产吧。谁知张应民不在家,到上海出差去了。他的妻子、母亲都在家。

晚上看"新华文摘"81年第一期。

2月23日(阴历正月十九),星期一,雨

外语学习遇到了危机。张培银与吴光球都决定不学了,这对我无疑是一种打击。因为当初决定学习还是他俩带动起来的。他们不学的原因,一是感觉吃力,要花的时间太多,而今年的学习任务又重。二是电台的广播时间不好掌握,上午都在上课时间,晚上十一点重播,又会影响他人休息。①

我的困难是没有收音机,因而很容易忘记时间。如果这次不学,以后估计永远都不会再学了。

2月24日(阴历正月二十),星期二,晴

天晴了,但晴得令人有点不相信,总觉得很快还会下雨。上课时从荷花塘边路过,发现干涸的荷塘里,竟然长出几堆嫩嫩的水草来,在这万物对春天还没有感觉的时候,倒是这些水草先来

---

① 当年,由于缺乏外语师资,安徽师范大学77级只在理科开设了外语课程,文科不开外语课。这直接影响了一大批学生报考研究生的积极性。只有少数同学通过自学外语,考上了研究生。

报春了。

《中国哲学史》课的绪论部分今天结束了。授课人是臧老师,他讲课有深度,但经常掌握不好时间,一讲就没得完。

2 月 26 日(阴历正月二十二),星期四,晴

今天天气好,上午两节课后,大家都忙着洗被子。钱双根老师调到安庆去了,他的房间被我们几个老乡用来打牌,有电炉烧水,很是方便。

2 月 27 日(阴历正月二十三),星期五,晴

天又变冷了,俗话说:"春寒雨丢丢,夏寒雨断流。"是否又要变天呢?

下午看《天云山传奇》,我觉得它应该得今年的百花奖。

2 月 28 日(阴历正月二十四),星期六,雨

天果然又下雨了,愈加显出前天洗被子的正确与及时。

3 月 3 日(阴历正月二十七),星期二,晴

晚与国庆一道看电影《蓝色档案》,此片可与《与魔鬼打交道的人》有得一比,都是同类片中的佼佼者。

3 月 4 日(阴历正月二十八),星期三,晴

这几天都在看《茶花女》,著名作家大仲马的私生子小仲马的作品。

3月8日(阴历二月初三),星期日,晴

下午到国庆那里去,江云来了。她说到我宿舍敲门没人应答,以为我不在家。晚上国庆动手烧菜,我们就在他那儿吃饭,然后到江边去玩,国庆大舅的船泊在那里。

3月10日(阴历二月初五),星期二,晴

又换了一本日记本。到师大这几年,唯有这日记还算坚持记下来了。不过对记的内容并不满意,因为大多是些流水账。新的日记应当是一本从内容到形式都是全新的日记。

今年的课程实在太紧张,几乎每天下午都有课(不然就是政治学习)。而这些课程没有一门是我感兴趣的。下午的《中国哲学史》,开始是青年教师马老师讲,她讲得不算差,讲稿也很熟,口齿又清楚,表达也不错。但我对这门课还是不感兴趣。原因在哪里?我觉得与教师还是有很大关系。

从讲课内容看,教师只是介绍某种哲学出现的历史背景,哲学家所代表的阶级以及理论界的诸多观点和评价。可是,最重要的是这些哲学家自己的学术思想,反而没有给予足够的注意,或者干脆说没有讲清楚。譬如中国古代的阴阳学说、五行学说,到底有哪些内容?根本不知道。上课只有一本教科书,教师讲课全是对二手资料的分析、论证,我们连原始文献都没有接触到。《周易》、《洪范》、《论语》,这些原始文献为什么不能选一些出来作为参考资料发下来呢?学哲学史怎能不接触原始文献呢?怎能不先对其思想的原貌与整体有一个了解?不知其原貌

而妄加评论,这是"学问"吗? 这样的课,学生像只被人牵着的小羊,你到哪我就跟到哪,连方向也摸不清楚。这怎么行呢?①

也许是自己的心境不宁所致吧。这一段时间以来,自己的精神状态坏透了,整天到晚被一种不可名状的情绪占据着,有时连话都懒得说。我知道自己现在处于一种十分复杂的矛盾心态中,这牵涉到自己的理想、前途、家庭、婚姻、学业等等一系列问题,在每个问题上都存在着矛盾。这些矛盾归结到一点,还是理想与现实的矛盾,然而我却无法解决它或者说无力解决它。

耽误的课程太多了,没有一堂课能认真地听下去,笔记也记得很少。只有看小说才能使我暂时忘记这一切,让自己置身于另一个世界。我突然想起小时候一次游泳。我奋力地向前游啊、游啊,游得筋疲力尽,只要一松劲,身子就往下沉,沉到将要淹没的时候,突然感觉到了死亡的威胁。于是再次奋力挥臂,重又浮出水面,奋勇向前。但终归力气不济,游不了多长的距离又开始下沉、下沉,后来,还是我放的牛儿把我带到了对岸。

3 月 13 日(阴历二月初八),星期五,阴

雨停了,但道路仍然泥泞。

看了一本《历史的沉思》,全是青年学者写的文章。这更坚定了我的想法。中国的前途在青年,中国的青年是能够担当起这个历史重任的。

---

① 在那个年代,学生面临的最大问题是没有书看,这和网络时代的今天是完全不同的。

然而,报刊却一天到晚在提醒人们要注意青年问题,要对他们多做思想工作……,为什么要把自己与青年人放在对立的位置上呢?

3 月 15 日(阴历二月初十),星期日,晴

今天没出门,写了一篇《必须废除干部职业化》的政论文章。这是一年来在心中思考很久的问题,所以一上午就把初稿写出来了。

我认为,通过这些年的体制改革,干部终身制的危害已经被人们所认识,中央已经明确宣布要废除领导职务的终身制。但是,领导干部职业化的消极后果还没有被人们认识到。其实,干部的职业化才是领导职务终身制的制度基础,没有领导干部的职业化,就不会出现领导职务的终身制。职业化是官僚政治的显著特征,正是这种领导干部的职业化导致干部队伍日益庞大,机构日益臃肿,最终使整个官僚阶层彻底腐化(这几乎是一种必然性),并最终也使社会背上了沉重的包袱,迈不出前进的步伐。面对这种职业官僚集团,连杰出的政治家也会无能为力。当这种职业化的官僚集团达到鼎盛时,就会带来整个社会的政治动荡,甚至引发整个社会政治结构的崩溃,最后以它自身被某种外部力量摧毁而告终。这在中国封建社会中表现得尤为突出,也就是所谓周而复始的改朝换代现象。

中国要建立能够长治久安的政治制度,就必须废止这种职业化的干部制度。领导干部必须坚持从各行各业中来,再回到各行各业中去。干部不仅要能上能下,还要能进能出。

3 月 16 日(阴历二月十一),星期一,晴

晚上看了一些政治学的文章,对徐善广的一篇文章(《江汉论坛》80—6)作了较详细的摘录。

周文龙收到《东岳论丛》编辑部寄来的一本东岳论丛杂志,送给我看。我觉得有几篇文章还很"对口",应抓紧时间在两天内看完。

3 月 18 日(阴历二月十三),星期三,阴、小雨

实习开始了,这是四年学习情况的一次综合检查,也是一次实战锻炼。

昨天夜里,我们实习小组召开了会议,由指导教师单少杰老师讲了一些注意事项,分配了各人的教学任务。我们小组十个人被分在芜湖市第十七中学,有两个高一班,一个初二班,两个初一班。我分在高一(2)班,担任班主任和辩证唯物主义常识的教学工作。实习时间为五周,大致可分成三个阶段:第一阶段是见习,听原任教师的课,写教案,试讲,了解情况;第二阶段是授课,每人五节课。另外还要担任三个半星期的班主任工作,同时还要求作一点调查研究。最后阶段是总结鉴定阶段。

今天下午,学校召开实习动员会,教务处处长杨建新作了报告。主要讲实习的意义、任务和注意事项。他要求大家一定要重视这次实习,充分准备,只能成功,不能失败。因为这不仅关系到每个实习生的实习成绩问题,而且关系到高校招生制度重大改革(指恢复高考)的成败评价问题。

晚上,系里又作了一个补充动员。古江副主任讲话,着重谈了一些经验性东西,宣布了系里实习领导小组五名成员名单:古江、程正伟、吴长庚、黄德渊、钱广荣。古主任特别强调,实习时,要以主人翁的姿态进行工作,不要拘束猥琐、唯唯诺诺,要有主动精神,充满信心,尤其要重视头两节课,力求做到初战必胜。

散会回来已是晚八点多,天正下着毛毛细雨,扑在脸上是那样清爽柔软。

3 月 19 日(阴历二月十四),星期四,晴

据了解,我实习的班级原任班主任叫刘德甫,是该校的政治教研组组长,1957 年从北大毕业,可谓科班出身了。

3 月 22 日(阴历二月十七),星期日,晴

今天是星期天,大家都在忙着写教案,星期三就要试讲了,时间当然很紧张。我看了一点参考书,但一直未动笔。这是我的习惯,腹稿不打好是不动笔的。勉强动笔也写不好,不如先准备充分些为好。

家里来信,讲了三件事:

1. 生产队的田还未分,主要是没有人当队长牵头做这件事。大家都很担心今年的粮食会成问题。别的生产队都分田到户了。姐姐家分了六亩田,他们说,如果我家分田了,他们愿意代耕。

2. 家里粮食又成问题,以前的供应粮指标已买完了,本月的供应粮却无钱买,大约需要四、五元钱。

3. 妹妹目前学习尚可,分在中专预考班,学习抓得很紧。

她自己感到英语成绩很难跟上。

了解了家里情况,感到放心一些,不然心里老惦记着反而不好。上午写了回信,顺便借了五元钱寄回去,先把供应粮买回来再说。

3 月 23 日(阴历二月十八),星期一,阴

今天,我们开始了正式的实习生活。上午去十七中听课,一进校门就见墙上贴了大标语,欢迎我们这些实习生的到来。

3 月 28 日(阴历二月二十三),星期六,晴

一晃一个星期过去了。这一星期我们主要是见习听课,我一共听了五节课,分别是初一、初二和高一共三个年级五个班的课。与此同时写教案和试讲,我与汪俊秀过去都当过民办教师,所以准备起来要快一些,试教效果也还好。有几个同学过去从未登过讲台,试讲时不免有些紧张。通过这次实习活动,使我们更加感到当好一个教师,教好一堂课,确实不容易。

下周,我将接任高一(2)班的班主任工作,汪俊秀接任政治课的教学任务。从本周开始,我就着手了解班级的一些基本情况。下午召开班干会议,请刘老师参加。这个班规模不大,只有30 个同学。但纪律较差,有几个小痞子。最主要的问题还是学习搞不上去。由于学习成绩差,许多同学便失去信心,自暴自弃,只想混到毕业就行了。至于什么纪律、校规、制度都置之脑后。因此,从下周开始,我想重点从抓学习与课堂纪律做起,尽量多给学生鼓励,帮助他们重新树立起学习信心。

这个班也有好的地方,原班主任刘老师很有威信,班上想学

习和想考大学的人虽然不敢公开讲出来,实际上还是有一部分同学在暗中努力。班上女生较多,学习成绩也是女生好些。有七个共青团员,其中六个是班干。这些班干都比较好,能自觉地配合老师的工作。可惜我们实习班主任的时间太短了,不然有信心把这个班带好。

3 月 31 日(阴历二月二十六),星期二,晴

从本周开始,实习小组的五个同学先上课了。从这两天的上课情况来看,普遍反应较好,被学生认为超过了原任教师,原任教师们也都很佩服。这主要是因为大家都作了充分准备。

4 月 2 日(阴历二月二十八),星期四,晴

晚上听了张劲夫给科大、联大学生的报告(录像),讲得很生动,不愧是政工干部出身的宣传鼓动家,给人以振奋。但觉得有些地方讲的有点过分。

4 月 7 日(阴历三月初三),星期二,晴

班主任实习结束了,正要上课时,家里来了电报:母病速归。

4 月 15 日(阴历三月十一),星期三,晴

回家住了八天,匆匆赶回。

返校时途径桐城,排队买不上到合肥的车票。因为窗口根本不卖票,全靠走后门才能买到票。等到十点半只得屈服,去找车站小程帮忙买了票。上次已找过她一次了。如今的社会,你

不想搞歪门邪道都不行,它逼着你去走歪门邪道。

4 月 17 日(阴历三月十三),星期五,晴

今天上了第一节课,效果较好,得到刘老师和学生的肯定。

4 月 27 日(阴历三月二十三),星期一,晴

今天应刘老师之邀,与汪俊秀一起再次来到高一(2)班。他们一定要开一个班级欢送会。前天,十七中已经开过一次集体欢送会了。会上,刘老师把我们夸奖了一番,几个同学先后发言。然后,陈弋君、葛瑜等几位同学唱了几支歌。我与汪俊秀先后发言,对刘老师和全班同学表示感谢。班委会向我们赠送了两本笔记本。

昨天,桂宝平来了,我差点认不出来。他是我当民师时的学生,想不到几年未见,变化这样大。现在他在安庆港务局工作,这次到芜湖河运技校培训三个月,学习做驾驶员。他一定要我到他学校去玩。所以今天上午到技校去了一下,发现那里条件真不错,一切都是新的。

前天到米老师家谈了很久,内容主要是当前的形势。

临走时向米老师借了全国历史唯物主义研讨会的简报,共45 期。

4 月 29 日(阴历三月二十五),星期三,晴

天气比刚来时暖和多了,只能穿两件衣服。把床单洗了一下,蚊帐也挂起来了。

4月30日(阴历三月二十六),星期四,晴

晚上与国庆到海员楼看电影《巴山夜雨》,江的精神状态很不好,好像大病初愈一样。

最近看了于光远在河北省社联的一次报告,有几个问题讲得很好。如社会主义和共产主义的关系问题。他认为,这不是一种社会形态的两个阶段,这种说法是列宁在《国家与革命》中提出的。他认为,社会主义和共产主义是一种社会同时存在的多种属性,所谓社会主义是指这个社会里生产的高度社会化,使社会成为紧密联系的共同生产、共同占有,没有剥削、压迫。

还有一个问题和我思考的也很接近,这就是民主集中制问题。他说这个提法不准确,它似乎表明民主与集中是对立的。其实,民主中就有集中,没有集中的民主就不是民主,而是无政府主义,没有民主的集中就是独裁。所以他主张提民主的集中制,以区别专制的集中制和法西斯的集中制。前面的想法我很赞成,但他这个新提法我不同意,既然民主当中包含了集中,为什么要叫民主的集中制?

5月1日(阴历三月二十七),星期五,晴

今天是五一节,学校放假,可我哪里也没去,写了几封信。

下午继续看全国历史唯物主义讨论会的简报,颇受启发。

另外,读了《星星》诗刊81—3期

5月8日(阴历四月初五),星期五,晴

晚上到米老师那儿去,把上次借的"全国历史唯物主义讨论会简报"(共45期)还给他。天气很热,他只穿着背心短裤,搬个电风扇对着我吹。然后,我们就聊起来。

我说,看了这些简报颇受启发,对生产关系一定要适合生产力性质的规律,政治和经济的关系,西方马克思主义的发展情况,波谱尔的社会政治哲学,苏联及东欧对历史唯物主义的研究动态均有所了解。最后我说,我很同意金守庚用系统论对"两个承认"的研究。生产力与生产关系,政治和经济,物质和意识等等问题,确实有共相,或用系统论的语言说,它们有同构性。同时也应该看到,两派争论中还是有许多共同点的。以物质与意识的关系为例,一是都同意在根本意义(即本原)上是物质决定意识的。二是都承认在意识与具体的物质之间是有相互作用的,是可以相互转化的。因此,他们的分歧在理论形态上并不大,只要多说几句话,还是可以讲得清楚的,分歧是可以得到统一的。

米老师说,这里面之所以谁也不让步,不仅是理论本身的问题,而是背后还有思想、政治因素。比如政治和生产关系在一定条件下有没有决定性作用的问题,不同意有决定作用的人并非不承认它的重大反作用,他们顾虑的是这"一定条件"容易被人任意理解,从而有可能成为某些政治人物"强奸"社会的把柄,并以此为理由来发挥它的所谓决定作用。而维护这种提法的人也就是要为将来政治对经济、文艺、科学、教育等进行干扰留下空间。

谈到这里，米老师提到最近周扬的一篇讲话。他把一张"文摘参考"找出来递给我看，说周扬最近又提出，对文艺界还是要干预的，对书报、电影还是要审查的。这个人历史上就是这样。

最后，我也谈了一点自己的想法，想在国家学说方面作点研究，初步设想是先研究一下国体。我认为，不能把国体简单地归结为一个阶级对另一个阶级的专政。国体的内容是丰富的，至少应该包括两方面：一是统治阶级与被统治阶级的关系，二是统治阶级内部主导阶级与联盟者的关系以及统治阶级内部不同阶层之间的关系。马克思当年断言，在资本主义社会，社会阶级简单化到只有无产阶级与资产阶级的简单对立，我觉得这种现象是不会出现的。任何社会总是有好几个阶级，有些阶级处于中间状况。因此，任何国体都包含两方面内容，一是专政的内容，一是民主的内容（只有范围不同）。这样，就把民主不仅提高到政体层面，而且进一步深入到国体中去了。只有在国体中嵌入了民主的内容，在政体上才会有民主的形式。因为内容决定形式嘛。

米老师说，他正准备研究马克思主义关于人的问题。另外还准备写一篇文章，题目初步叫"从革命民主主义到共产主义世界观之间并没有一条不可逾越的鸿沟"。

九点钟，有客人来了，我便起身告辞。米老师送出门外，说他订有一份《国内哲学动态》，若查有关文章，可以在上面查它的论文目录索引部分。

5月10日(阴历四月初七)，星期日，晴

今天是星期天，本不想出门，在家看书。可戴斌来了，要我

陪他到大寨路买衣服。他路径不熟,不好推辞,两人各借一辆自行车去了。

从大寨路转到花街、二街,又到中山路,要买的全部买到了。我买了一件长袖衬衣,他买了一件短袖衬衣。

5 月 11 日(阴历四月初八),星期一,晴

单少杰老师送来一本列宁的《马克思主义论国家》,这是他从叶老师那儿为我借的。利用政治经济学课和晚上时间通读了一遍,收获不小。但我总觉得列宁的国家学说不及马克思的国家学说科学。

5 月 12 日(阴历四月初九),星期二,晴

看《采石》81—2,印象深的是译作《一个陌生女人的来信》。对上面的《歌恋》(贾平凹)与《心在坟墓中》两篇并不满意。

5 月 13 日(阴历四月初十),星期三,晴

晚上又到米老师家去,借来《国内哲学动态》(77、80 年)准备从中抄一些目录索引。

5 月 15 日(阴历四月十二),星期五,晴

下午参加哲学教研组的教学意见座谈会,谈了对中国哲学史,自然辩证法两门课的教学意见,大家都认为讲得不错。

中国哲学史是三个老师讲的,马文凤老师,张茂新老师和臧宏老师。目前,马老师与张老师的课已经上完了。这两个人

的教学方法是不一样的,马老师主要注意系统性,全面地介绍先秦哲学,而张老师则注重突出重点,从教学效果看,张老师的课给人印象深些。马老师的课给人有蜻蜓点水、面面俱到的感觉。但她这样讲也有其客观原因。因为在先秦哲学中,诸子百家、各个流派都达到相当的成就,在哲学史上的地位也差不多,因此不可能讲一家漏一家,必须要全面介绍,加上教时有限,就难免有点到为止的浅显之嫌。张老师讲两汉时期,这时社会已经大一统,诸子百家纷争的局面不见了,哲学思想的发展主要成了前后继承关系,这就必然会产生像董仲舒这样的高峰。所以,张老师采取突出重点的办法也是很得当的。他把陆贾、贾谊等人都一带而过,只是略略提到,主要介绍他们对董仲舒的影响,这样就把中心全放到董仲舒的哲学上,效果当然比较好。

然后,古江主任提到了毕业论文问题。据他介绍,理科各系有 15—20％的学生搞毕业设计,文科各系尚未确定。他本人的意见是每人都写一篇论文,哪怕达不到论文的要求也不要紧,因为有六周专门的毕业论文时间。他说,前不久在北京开会,教育部副部长高沂也是这个意见。因为毕业论文与学士学位有直接关系,只有各科考试成绩均达到优良,而且毕业论文也以优良通过,才能授予学士学位。

他要求同学们都作些准备,在六月上旬把自己的研究项目及提纲交给系里,以便安排资料与指导教师。

他还号召有条件的同学本学期可以先写,最好能开一两次学生学术报告会。

5 月 16 日(阴历四月十三),星期六,晴

下午,团支部组织我们到芜湖造船厂参观。我们两点种到达厂部阅览室,厂部团委的一位同志首先向大家介绍工厂的概况。这个厂原是荷兰一个资本家创办的,只有十几个工人,也只能修修小民船。当时的厂址也不在这里,而是在弋江边。以后几经搬迁才到了这里。解放后,这个厂直属六机部,由于政府大力投资,现在可以造三千吨位的远洋轮,航程能到达新加坡等地。按设计能力,他们其实可以造五千吨位的船。目前厂里已有 4、5 千工人,有新、旧两个码头,一个船台。他说,衡量一个船厂的水平,一看船台大小,二看设备如何,三看船在船台上安装速度的快慢。除造大船外,他们也造一些游艇、军舰、驳船等。

介绍完毕,团委几人领我们参观。从旧码头开始,然后到几个车间,最后到新码头,快五点钟才回来。总的印象很好,厂区的清洁、绿化工作也搞得不错。

在参观快结束时,有同学发现在新码头的江边,有一男婴尸体被江水推在江边的沙滩上,随着波浪前后涌动,看样子至多不过三、五天光景。有人怀疑是谁的私生子。但奇怪的是没有人报案。

5 月 19 日(阴历四月十六),星期二,晴

单老师把我要的两本书带来了,一本是《国家与法的理论》(下),苏联学者玛·巴·卡列娃等主编,一本是《国家和法权的理论讲义》(下),人大法律系国家和法权理论教研室主编。他对

我的研究很关心,米老师也表示全力支持,现在就看我的决心与能力了。

这几天虽然很忙,但还是抽时间看了《小说选刊》4、5 期,《小说月报》第 5 期上的部分小说。对好的小说,我还是有着特殊的兴趣。

5 月 20 日(阴历四月十七),星期三,晴

陈新突然来信,要求寄复习材料给他。本来,他今年已经参加了省招干考试,并且已经考上了。但公社一位领导认为他不是基层干部,不符合招干政策,不让他参加政审。所以,他只得回头再来考大学。从信中看,他把这件事归因于父母(公社书记和大队妇女主任)得罪了人。

准备寄一本政治复习材料给他,并祝愿他今年高考能达成所愿。

5 月 22 日(阴历四月十九),星期五,晴

昨天因生病缺了四节课。晚上头晕得很,根本看不成书。与吴国庆一道去看电影又没有买到票。

听说家乡今年旱灾非常严重。一个多月未下雨,棉花全靠挑水浇,农村已经包产到户,因水的问题引发的矛盾纠纷非常多,基层干部整天忙于调解这些民事纠纷。这也是意料之中的事,但不能以此作为否定包产到户的理由。任何事情都有利有弊,不可能十全十美。我们为什么要对包产到户求全责备呢?

今天利用《政治经济学》课写了一篇小文章,谈了一点对国体研究的想法,等于为以后再详细的研究提供一个提纲。

晚上下起了雨,这是大好事。但愿能下得再大些,以解天下农民之苦。

5 月 23 日(阴历四月二十),星期六,晴

下午听千家驹作关于国民经济调整的学术报告①。他是全国政协常委,民盟中央常委,科学院哲学科学部的学部委员。一个又矮又瘦的小老头,年过七旬,头发花白,还有严重的鼻炎。说起话来中气十足,音量洪亮。谈到我国的官僚主义时更是感慨激昂,手把桌子敲得咚咚响。

5 月 24 日(阴历四月二十一),星期日,晴

全国历史唯物主义研究会第一届干事会②初步设想:1981 年召开三次座谈会,第一次会议讨论群体、阶级、政党、领袖的关系,第二次会议讨论马克思主义国家学说,无产阶级专政学说问题,第三次会议讨论异化、人性、人道主义和历史唯物主义体系问题。

---

① 千家驹(1909—2002),经济学家。浙江武义人。笔名钱磊。1932 年毕业于北京大学经济系。曾任北京大学讲师,广西大学教授,《中国农村》《经济通讯》主编,香港达德学院教授,北京交通大学教授。1945 年加入中国民主同盟,任南方总支部秘书长。建国后,历任中国人民银行总行顾问,政务院财经委员会委员,民盟第五、六届中央副主席,中国科学院哲学社会科学部委员。1989 年 6 月出走美国。1991 年 3 月第七届全国政协常委会第九次会议决议撤销其全国政协委员资格。民盟中央决议撤销其民盟中央副主席、常委职务。2002 年去世。(资料来自网络)

② 第一届干事会总干事王正萍,副总干事高光、王于、赵家祥、黄美来、吴英杰,秘书周隆滨。研究会顾问:吴亮平、郭化若、冯定、孙叔平。

上个星期天，周文龙家修房子，我和黄学敏、谷玉山、魏殊友、章钢五人去帮忙。在路上，我们讨论起毛泽东同志的历史功过问题，我提出了自己长期积存心中的几点想法：

1. 毛泽东是中华人民共和国的缔造者。但毛泽东同志的功过不能用"三七开"或"功大于过"或"功劳第一位、错误第二位"等等说法来概括。且不说简单的数字划分不科学，就是所谓第一位第二位之说，也不见得能表述准确。他的一生对中华民族的独立解放作出了杰出的贡献，但在如何建设社会主义方面也出现了重大失误。还是应该本着"功是功，过是过"的方法。既不能互相替代，也不要互相冲抵。

2. 1945年和1949年两次国共和谈都没有取得成功，这是中华民族的一大损失。无论是哪一次，只要和谈成功了，中国的情况都会大不一样。

民主从来都是妥协的产物，没有妥协就不会有民主。

今天给北京严教授写了一封信，主要谈了我对国体的一些看法。这是由他的一篇文章引起的。他说，"这些年我们对国体谈得很多，而对政体缺少研究"。我的意见是，我们不仅对政体缺少研究，而且对国体的研究也不深入。我认为国体不能简单的归结为哪个阶级专政的问题。

1. 国体不仅涉及社会各阶级的关系，包括基本阶级与非基本阶级的关系。也包括统治阶级内部不同阶层的关系。

2. 国体不仅包括专政问题，也包括民主问题。没有民主的专政就是独裁，没有专政的民主就是无政府主义。

另外，我认为，决定政体的不是外因，包括历史的因素和外部环境的因素。真正对政体起决定性影响的是统治阶级的内部关系。一般说来,统治阶级内部是等级关系,就会要求建立君主政体;统治阶级内部是平等关系则会要求建立共和政体。

5 月 26 日(阴历四月二十三),星期二,晴

国家产生的原因可以用下图表示:

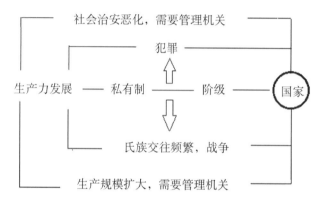

国家既有阶级职能(内、外),也有社会职能(内、外)。

这是我上次按照系里要求提交的《论国家的社会职能》一文的观点。

5 月 28 日(阴历四月二十五),星期四,晴

昨晚,写了一篇谈生产关系一定要适合生产力发展的文章。

下午,去医院进行了一次理疗。前年上体育课,有一次跳木箱把腰闪了一下。当时就感觉到非常疼痛,坐在操场边半天起不来。但最终还是忍住了,一直未予理睬。但此后就经常感觉到有隐痛。这次实在忍不住了才去做理疗。医生说要理疗七天,不知效果如何。

6月4日(阴历五月初三),星期四,晴

双伍来信,约我暑假搞农村调查,可今年我没有时间,无法承诺。

6月5日(阴历五月初四),星期五,晴

看张恨水《啼笑因缘》,总觉得解放后就没有出现过这样的小说了。鸳鸯蝴蝶派一直被人看不起,但老百姓喜欢看。

下午,中文系以教学参考的名义放彩色电影《红与黑》。我与魏殊友没有上课,一道去看了。

6月6日(阴历五月初五),星期六,晴

端午节,这是中国传统的三节之一。农村是很重视的,可我们竟不知道今天是节日,中午吃饭时才听说。

晚上,国庆来了。我们从朦胧诗谈起,一直到如何看待今天的社会现象,我俩进行了一场激烈地辩论,从六点半一直持续到晚上十点,先在宿舍辩论,后转移到图书馆旁的草地上,最后又到大操场上接着辩论。

6月8日(阴历五月初七),星期一,晴

想写两篇文章。一是关于鲁迅的历史观问题,以此纪念鲁迅诞生一百周年。鲁迅的骨气代表了知识分子的应有品质。他是中华民族的脊梁,鲁迅的目光特别敏锐,往往一两句话就能揭示出事情的本质。鲁迅最了解中国,他的一切都民族化、中国化

了。有个日本人说,中国有两个半人懂中国,一是蒋介石,一个是鲁迅,半个是毛泽东。说毛泽东是半个中国通,估计没有人相信。但鲁迅算一个,大家不会有意见。

另外想写一篇"论抽象人性"。主要是觉得理论界在这个问题上存在诸多混乱,甚至以误为正。我的观点是:

1. 抽象人性是存在的。理由:(1)从哲学上讲,有具体人性就有抽象人性。黑格尔说,当我们宣布一个事物的特殊性,同时就是宣布它具有普遍性。抽象人性与具体人性就是一般与个别、普遍与特殊的关系。(2)从伦理学上讲,抽象人性也是存在的。

2. 抽象人性就是共同的人性,或人性中的共性。这是永恒的、普遍存在的,如对光明的追求,对死亡的恐惧,对弱者的怜悯,对真善美的向往,对假丑恶的厌恶,对异性的恋爱,等等。

3. 抽象人性在阶级社会里可能有异化,甚至变成了它的对立面,但不能因此否定它的存在。

4. 抽象人性要通过具体的人性才能表现出来的。阶级性只是特殊的人性。阶级性也是有共同之处的,如宽容战俘等。阶级斗争无论如何激烈,也不能把对方不当人看,不能把对方看成另一个物种。

6月9日(阴历五月初八),星期二,晴

昨天学习外国经济学说史,看到作者批判穆勒与李嘉图一样分不清价值与生产价格的关系,对陈酒为什么比新酒价格贵的问题无法解释,于是作者自己重新解释了这个问题。我觉得这种解释也很荒唐。它的解释是这样的:

两种葡萄酒虽然生产时所耗劳动时间相同,但生产时间不同。陈酒生产的时间长得多,因此陈酒的生产价格比新酒高得多。

其实不管理论上如何分析,事实上陈酒之所以比新酒贵,是因为陈酒在储藏过程中发生了化学反应,导致酒的质量比新生产的酒要好喝。也就是说,它的使用价值更好了。如果储藏的不是酒,而是新鲜水果之类,这时的陈物一定比新物要廉价得多,甚至是一文不值。这时的储藏时间还能算是生产时间吗?

6月11日(阴历五月初十),星期四,晴

《祝你健康》81—2上介绍了一种记忆英语单词的速效方法——循环记忆法,声言五十年代全国速成学习俄语时曾广泛推广过。用此方法,绝大多数人记忆单词速度能达到每小时70—100个。

"循环记忆法"的特点:合理安排,提高刺激强度,延长信息储存时间。它的客观根据是:假如把一个单词连续念五遍,其记忆效果肯定比不上分五次,在不同的时间内各念一遍记忆牢固。它的使用先决条件:能借助音标和重音符号正确地读出各个单词。

使用方法:单词分组,初学加复习,二二相进循环记忆。

使用步骤:

1. 将待记单词分成若干组;

2. 初学和复习第一组;

3. 初学和复习第二组;

4. 复习第一、二组(小循环);

5. 初学和复习第三组;

6. 初学和复习第四组；

7. 复习第三和四组（小循环）；

8. 复习第一至四组（中循环）；

9. 如上法处理第 5—8 组（中循环）；

10. 复习一至八组（大循环）；

11. 如上法处理第九—十六组（大循环）；

12. 复习 1—16 组（更大循环）；

13. 如上法处理第十七—三十二组（更大循环）；

14. 复习第一至三十五组（最终循环）。

这样，如每小组以三个词为例，则每小时可将 32 组的 96 个单词分别见面 7 次。过 24 小时后总复习一遍，再过 30—40 小时后再总复习一遍，循环结束。

这种方法符合心理学特点，据研究统计表明：单词第一次见面后仅能保留几百毫秒，第二次——几秒，第三次——几分，第四次——几十分，第五次——几小时，第六次——几十小时至数月，第七次——牢记。最后两次总复习——完全巩固。

但要注意：

1. 用此法，要相信此法，不可将信将疑，变相使用；

2. 思想集中，情绪轻松愉快，如紧张会干扰抑制脑的正常活动，不利于记忆；

3. 单词分组要灵活，初学时单词可为 3—4 个一组，以后可逐步增加。一般说来，以 6—12 个一组效果最佳。每组不一定完全相同，所分组数应是偶数，且最好能被 4 整除，这是方法所要求的。

4. 对极易记、极难记的单词要分别处理,多读或少读,集中处理。

5. "初学"是指第一次接触,以后的接触都称为"复习"。

6. 在"初学"和"复习"单词时,都要经历一个过程:"读一读,看一看,想一想"。读的是音,看的是义,想的是特点。其过程极短暂,平均约为 2—5 秒,初学比复习略长。

7. 想一想的内容五花八门,丰富多样:可以想构词特点,音形义各方面都有。但不要苦思冥想。

8. 每次连读用于记单词的时间以 0.5—2 小时为宜,不要超过 2 小时。

9. 记忆的巩固靠运用,口笔运用都好,看汉语默写英语也大有好处。

摘自《祝你健康》81—2 作者徐竹生

6 月 12 日(阴历五月十一),星期五,晴

将去年写的一篇文章《论国家的社会职能》拿出来修改完善了一下,自己还比较满意。田老师建议投给《江淮论坛》,我不想投稿,因为我写稿不是为了发表,而是训练自己的科研能力。

6 月 13 日(阴历五月十二),星期六,晴

今天大扫除,我们把各自分配的环境区中杂草砍个了精光。

6 月 15 日(阴历五月十四),星期一,晴

接到严老师来信及寄来的"政治学研究通讯"。信中介绍了

中国政治思想史上关于"国体"与"政体"问题的演变情况,以及它在英语中的字面含义。他还谈了自己对此问题的意见。最后希望我能系统地梳理一下我国近代史上"国体"与"政体"概念的用法及其含义的演变情况,并能提出自己的见解。他还鼓励我继续研究影响政体的因素问题。

这封信对我很有鼓舞作用,它使我觉得自己与"政治学研究"的距离一下子拉近了许多。我决定把当前的复习暂停一下,先将已准备的材料写成一篇"从无产阶级专政到人民民主专政——兼谈社会主义国家的国体问题"寄给他,并把上次写的"论国家的社会职能"一文也寄去,请他提意见。然后有机会考察一下他提出的问题。

6 月 21 日(阴历五月二十),星期日,晴

今天给严老师写了回信,并寄《简析从无产阶级专政到人民民主专政》一文。

6 月 24 日(阴历五月二十三),星期三,晴

美国华裔教授唐德刚先生来校讲学。[①]

唐德刚是美国纽约市立大学终身职教授,亚洲学系主任,中

---

① 　唐德刚(1920—2009),美籍华人历史学家、传记文学作家,安徽肥西人。曾就读于舒城中学,1943 年毕业于国立中央大学历史学系,1944 年在安徽学院史地系讲授《西洋通史》。1948 年赴美留学,1952 年获哥伦比亚大学硕士学位,1959 年获历史学博士学位。后留校在哥伦比亚大学中文图书馆负责口述史计划中的中国部分。1972 年受聘为纽约市立大学教授、亚洲研究系主任。2009 年 10 月 26 日在美国旧金山病逝,享年 89 岁。(资料来自网络)

美友好协会副会长。他中等身材,貌不出众,但风度翩翩,精神极好,老年人常见的衰老现象在他身上完全看不到。相反,他就像个小伙子,穿着短袖衬衫,说起话来十分风趣,礼堂里充满了笑声。

张海鹏教授在致辞中对唐先生做了一点介绍,他自己在开场白中对自己作了更详细的介绍,由此我们得知了他的基本情况。唐先生是安徽合肥人,抗日战争期间毕业于大后方的重庆中央大学。大学毕业后,他跑到老家教中学。战后,安徽师范大学的前身安徽学院恢复,缺部分西方历史教材。有人推荐说,看到一位中学教师的书架上有一本五寸厚的金皮书。历史系主任李泽厚即前往聘请他为"西洋史"教师,信任就在他的大厚书上。一年后,国民政府招考官费留学生,唐德刚前往报名并考取了候选留学名额。但是,只有在正式名额中去掉六个人才轮得到他。于是他决定自费出国留学,由于当时外汇比价相差 20 倍以上,他借了 70 元钱兑换了 1500 元去美,寄回 100 元还债,剩下的1400 元用于留学。

在哥伦比亚大学,他由助教而讲师、助理教授、副教授、正教授、一级教授、终身职教授。1972 年,纽约市立大学成立亚洲学系,物色他来当主任,并愿意出经费让他回国考察。那一次是他出国留学后第一次回国。这是第二次回国,是应国务院、国际关系学院、北大等单位邀请回国讲学,先后在北大、国际关系学院、北师大、西安大学、山东大学、复旦大学讲学。在山东大学时接到了我校的邀请,他愉快地接受了邀请。因为这是他故乡的学校和曾经执教过的学校。1972 年第一次回来时他就与张海鹏教授有接触,这次算是"老朋友"了。

唐先生讲学的内容:

24 日:中美国情对比。

25 日:胡适评议。

26 日:美国汉学家及其对中国的研究。

唐先生讲课有一个特点,那就是完全与学生融成一片。他像在一堆聊天人中间的一个发言者,或者说像个故事员,与学生一同笑,一同乐。他总是把抽象的概念和数字具象化,使人记忆深刻,听后难忘。但他也没有忘记自己是一个教师,讲课的内容要系统化,条理化,该准确的地方必须十分准确。比如他在中美两国对比中说了很多数字,都是准确到个位数。

在中美国情对比中,虽然他并没有讲出多少新内容,但人们还是爱听。他说的许多观点我们不一定都同意,但同样不会引起反感。能达到这种效果应该说与他的讲课方法有关。

6 月 25 日(阴历五月二十四),星期四,晴

唐德刚教授在昨天的讲座中说了一个观点:中国与美国有一个很大的不同,即两国的重心不一样。中国社会的重心在中央,只要中央稳定了,地方就会安定下来;中央不出问题,地方上即使有点问题也不怕,很容易解决。如地方上不安定,中央发几号文件,马上就能解决问题。北京地铁不卫生,邓小平一句话就解决了。文化大革命十年动乱,乱源在中央。四人帮一粉碎,只用了三、四年时间,地方就安定下来。……美国恰恰相反,它的重心在"地方"。只要地方上不出问题,"中央"无论怎么闹都没

有关系。打死了一个美国总统,马上就会出来另一个总统。所以,美国这样的国家不怕政治犯,就怕经济危机、失业等等社会问题。①

6月29日(阴历五月二十八),星期一,晴

看了小说"啊,生活的浪花"《新华文摘》(81—6),觉得它就是一篇关于遇罗锦的辩护词。

昨晚十点半,与刘先义一起看电影《南昌起义》。

7月1日(阴历六月初三),星期六,晴

前天,中共十二届六中全会公报发表,同意华国锋的辞职请求,选举胡耀邦为中共中央主席。今天,首都召开庆祝共产党成立六十周年纪念大会,胡耀邦发表了长篇演讲,实际上等于是就职宣言。

7月4日(阴历六月初三),星期六,晴

期终考试结束了。外国经济学说史成绩已公布,幸运的得了个"优"。

7月5日(阴历六月初四),星期日,晴

今天等了吴国庆一天,他想到安庆玩,因此和他一起乘大轮

① 但这种观点不能绝对化,北洋政府时期的"中央"就没有这种能力,否则也不会发生北伐战争。

到安庆。

晚上八点半的东方江 20 号快班大轮,戴斌已提前买了票,苏翔同船。

我们是五等舱,不过快班船上五等舱也有床铺。晚上国庆到戴斌那儿(三等舱)去了。我想独自睡一觉,可是一睡下就觉得浑身疼痒,原来船上有不少臭虫,让人根本无法入睡。奇怪的是,别的床铺上人却能呼呼大睡,看来人与人还是不一样的。

邻床是两个小姑娘,安庆郊区人。她们都在合肥幼师读书,也是放假回家,所以带了不少书。晚上,我向她们借了两本来看,一本是《爱的教育》,一本是《多余的人》。

《多余的人》对我触动很大。它与其说是小说,不如说是一篇动人的故事。书中描写一个右派的女儿在文化大革命中曲折而辛酸的遭遇,这些遭遇又与她的爱情、婚姻纠葛在一起。她在长期的屈辱生活中形成了自卑、怯懦、害羞的孤僻性格,但却有一颗善良、美好的心灵。她渴望爱情,可表现出来的却是对爱的害怕。后来,在她对美好的爱情已完全失望的时候,却偶然在车站遇到了过去的恋人——市歌舞团的演员。不久,他们就再次热恋起来。

7 月 6 日(阴历六月初五),星期一,晴

在桐城县招待所遇到学文,他正在县里监考。晚上就住在他这里。

7 月 7 日(阴历六月初六),星期二,晴

乘早班车回家。本以为今年大旱,早稻一定减产,实际却并

非如此。由于实行了包产到户,早稻仍是一片大丰收,与往年大不一样。

7月25日(阴历六月二十四),星期六,晴

一晃,暑假就过去了大半。实在是太忙了,日记也无法坚持。

由于包产到户,我在暑假中不得不比农村一般劳动力还要忙得多。每天晚上,累得连饭也懒得吃,腰疼腿胀,一睡倒就不想爬起来。真想痛痛快快地睡它三、五天才好。这使我仿佛体会到了战争年代战士们连续作战时的疲劳状态。

在农村的双抢季节,干一天活绝非城市工人上班、学校教书或机关上班可比。尤其是在这样的炎热天气里。再加上今年是包产到户,各家干各家的,谁也指望不上。

8月15日(阴历七月十六),星期六,晴

提前一周回到学校。

这个暑假自觉收获颇大。首先就是进一步感觉到包产到户是中国农村的必由之路。在目前这种生产力条件下,只有包产到户才能调动广大农民的生产积极性。过去的大集体农业已被过去三十年的实践所否定。到目前为止,包产到户在我们这里已成不可抗拒之势。一些过去被视为先进典型的生产队现在因未搞包产到户,仅仅一季下来,就使他们不仅在粮食产量上变成了落后队,而且在舆论上也成了人们心目中的落后典型。

梅冲生产队可说是最明显的例子。这个生产队一直是我们

大队的先进典型。如今,生产队的陈队长已经成了社员们谩骂、讥讽、嘲弄的对象。我在假期中与这个生产队许多社员有接触,他们无论在公开场合还是私下都直言不讳地表示了对生产队长的强烈不满,并向我了解国家的发展形势及对未来的预测。

据他们介绍,今年春天,各队都在蠢蠢欲动之时,梅冲队的社员也想分田到户。但陈队长跑到大队书记和公社书记那里哭诉,说是邓小平害苦了他。他说,多年来,自己如何一心为公,苦心经营,努力学习大寨经验,使生产队成了远近闻名的先进典型。前两年,他就想好了,要通过几年苦干,把全队社员的房子统一规划,建设一个象大寨那样的社会主义新农村。没想到邓小平走回头路,搞包产到户,使他的理想和多年经营的成果瞬间化为乌有。诉罢,涕泪交流,悲怆不已。书记见他如此动容,便说:"那好吧,你们队可以暂时不搞责任制,将来可以和那些包产到户的队比一比"。陈队长讨得这一指令,立即回到生产队召开社员大会。他并没有亮出领导的指示,而是大讲本队的先进历史,要求社员继续保持这种光荣传统。然后,他拿出事先准备好的四份合同让社员选择,在同意的那份合同上签字盖章。四份合同的内容分别是包干到户合同、包产到组合同、分段包工合同和维持原样的合同。他心想,那些整天吵着要分田的不过是一些强劳力户,未必是家家都想分田。如果能用这种办法让这些强劳力户变成少数,就可以堵住他们的嘴了。正是由于有此底气,他才敢让社员自行选择。谁知结果一出来,把他气坏了。原来,四十户社员中竟有三十六户在包产到户合同上签了章,只有他本人和三个

"工属"①户主张不变。最后,他不得不摊牌,并夸大其词地说,本队一直是先进典型,上级领导也主张不分。最后还是他这个队长说了算,坚持不分田,继续走集体化道路。可是,一季早稻下来,周边几个一惯落后的生产队粮食产量都翻了倍,单单一季早稻的产量就比过去全年产量还要多。而他们这个先进典型的粮食产量却比去年还下降了许多。

这样的生产队长挨骂不是活该吗?

8月20日(阴历七月二十一),星期四,晴

晚上到米老师家拜访,米老师刚从苏州回来。原来,他的假期也没有休息,到苏州参加辩证逻辑进修班去了。看他风尘仆仆的样子也是累坏了。本准备马上就走,他却坚持要我留下来谈谈。主要是他向我介绍刚了解到的一些新情况。

不久前,邓小平有一个内部讲话,认为对白桦的批评还是必要的。② 中央开了一次宣传工作会议,决定白桦还是要批。不过形式可以改变一下,由评论员文章改为署名文章,人民日报再予转载。米老师要我转告周、黄等人,遇事要谨慎一些。

从米老师那里回来,又到田老师家去了一趟。这是我第一

---

① 所谓"属户",是指那些在工厂或机关上班,家里只有妇女和未成年人的农户。这种家庭不缺现金收入,就是缺乏农业劳动力,所以不愿意包产到户。

② 白桦,著名作家。1958年被打成右派,三年后平反。1980年担任电影《今夜星光灿烂》编剧。1993年,其长篇小说《哀莫大于心未死》获得台湾金鼎奖。1996年担任《宰相刘罗锅》编剧。2005年,出版长篇小说《一首情歌的来历》。2017年获第3届中国电影编剧终身成就奖。2019年在上海逝世,享年89岁。(资料来自网络)

次来田老师家。听单老师说,田老师正在研究国家与法的问题。他推荐我将《论国家的社会职能》一文送给田老师看看,请他提提意见。

8 月 22 日(阴历七月二十三),星期六,晴

下午,江云来了,我们和双伍、国庆四个人一起去划船,并在船上晚餐。

8 月 23 日(阴历七月二十四),星期日,晴

下午和国庆、双伍三人到镜湖游泳,约一个半小时。

晚上看电影《花开花落》。

8 月 24 日(阴历七月二十五),星期一,晴

这几天看了罗素的《自由之路》,印象颇深。罗素提出的政治理想——基尔特社会主义虽然不能令人满意,但他在分析其他的主义(无政府主义、马克思的社会主义、工团主义)时却比较冷静、客观。尽管存在不少错误,总比生硬地说教要好些。

8 月 25 日(阴历七月二十六),星期二,晴

看了白桦的中篇小说《妈妈啊妈妈》,可以与罗素的《自由之路》"交映生辉"。这两本书性质完全不同。一本是外国政治学术著作,一本是中国当代小说;一个写于 1918 年,一个写于 1981 年;一个近乎预测,一个颇似总结。但它们都接触到一个敏感问题,认为社会主义社会也有弊端。在这一点上,两本书又

有相通之处。

8月26日(阴历七月二十七),星期三,晴

昨天班上开会进行学年小结,今天则是评"三好学生"。一般同学于此都无多大兴趣,觉得它不能反映真实情况。我在下午继续陪双伍到镜糊游泳两小时,然后应邀到定福表爷那儿晚餐。

晚上看电影《奴里》,印度故事片。奴里的形象美极了。

8月27日(阴历七月二十八),星期四,晴

今天正式上课。方老师讲《费尔巴哈论》,效果还可以。

8月28日(阴历七月二十九),星期五,晴

我对决定论总是有些怀疑。我认为今天的社会主义国家单纯注重物质生产的行为可能与决定论有关。以为只要物质生产上去了,其他精神层面的东西就会自然而然地到来,因为社会存在决定社会意识。其实未必。

8月29日(阴历八月初一),星期六,晴

威廉·李卜克内西说:"'科学'是没有市场价值的。"马克思花了四十年写的《资本论》,所得稿酬比一个德国工资最低的零工在四十年中所得到的工资还要少得多!而20世纪最负盛名的哲学家罗素与他的老师花了十年时间写成的《数学原论》一书,用马车拖到出版社,所得稿酬却是"—100英镑"。

9 月 1 日(阴历八月初四),星期二,晴

看意大利电影《警察局长的自白》。

9 月 2 日(阴历八月初五),星期三,晴

孟老师给我们讲授《资本论》原著。他的课讲得非常好,有观点,有材料,条理清楚,内容充实,而且对所讲的内容非常熟悉,果然如张老师所说,他是全系老师中唯一能完全脱稿讲课的教师。同学们反映也相当满意。我虽然对经济学不太用功,但他的课却很爱听。

然而,我从他的讲课中也隐隐的有一点不好的感觉,就是他把经典作家的东西都当作不证自明的公理,然后才去讲理由,讲得出理由的当然津津乐道,讲不出理由的地方也从不怀疑。然而作为科学的理论,更应该要靠科学与逻辑征服人。即使是马克思主义经典作家的理论,也要靠严谨的逻辑来证明,这样才能更好地吸引年轻人。

9 月 4 日(阴历八月初七),星期五,晴

一口气把戴厚英[①]的《人啊人》看完了,连午睡也未睡。这是王春霞昨天托李宜青送过来的。这部书上学期就已经出来

---

① 戴厚英(1938—1996),安徽颍上人。1960 年毕业于华东师范大学中文系,后为上海大学文学院副教授。1985 年加入中国作家协会,著有长篇小说《人啊,人!》、《诗人之死》,散文集《戴厚英随笔》等。1996 年 8 月 25 日在上海家中被害,终年 58 岁。

了，班上许多同学都看过，可我当时因要看别的书，一直没有来得及看。

看了这部书，我的感受是什么自己也说不出，但是常常与书中人物同哭同笑，尤其是同哭。在现实生活中，我是很少流泪的。然而这部小说却让我常常为书中人流泪。男儿有泪不轻弹，只是未到伤心处。其实，我是在为自己流泪。当书中人物的命运与你的命运相同或相近时，很容易引起强烈的情感共鸣。

9月7日(阴历八月初十)，星期一，晴

昨天傍晚，姐夫与长取兄弟俩来了。他们是卖毛笔路过这里，目的是想看看芜湖能否卖出一部分毛笔。

昨晚陪他们看了一场电影《警察局长的自白》，今天上午又陪他们去几个小学(藕园小学、向渊小学，柳春园小学)联系卖毛笔的事，结果根本卖不动。因为现在的孩子都不写毛笔字了。他们也灰心了，不愿再住下去。吃过午饭就送他们过江回去了。

9月8日(阴历八月十一)，星期二，晴

罗素的《自由之路》一书摘要终于做完了，约二万多字。这是开学以来完成的一件大任务。

9月9日(阴历八月十二)，星期三，晴

刚刚看了罗素的《自由之路》，又看了苏联科学院远东研究所编的《毛主义哲学思想批判》，这对我长期接受的教育无疑是一个大震动。这部书的著者显然怀有极深的偏见，在某些地方可以说

是吹毛求疵。但总的说来，又不能不说它击中了中国思想界、哲学界的要害，使我们进一步看清了中国这些年来干了多少蠢事。

书中批判的许多观点，我国理论界现在也正在清理，然而没有像他们那样追根溯源。当然，这在中国是不可能的。

自十一届三中全会以来，我就一直在思考，毛主席一生所犯的错误与他在哲学上的唯意志论是否有关联。例如大跃进、人民公社就十分明显地带有唯意志论的色彩。然而过去并未深入、系统地思考这个问题。

从正反两个方面去探索对同一问题的看法，既从肯定的角度，又从否定的角度去分析同一个问题，对获得正确的认知往往是有益的。

9 月 10 日（阴历八月十三），星期四，雨、多云

中国哲学史课好长时间未听了，主要是座位在后排，根本听不清楚。

下午到文科阅览室去翻阅"民报"第一至七号，查找有关"政体"方面的文章，这些文章主要是"精卫"、"思黄"、"县解"等人写的。

后面还要翻阅"新民丛报"。当时，这两大报互相论战甚为激烈。

9 月 11 日（阴历八月十四），星期五，小雨

读孙中山在民报纪元节上的演说辞。

9 月 12 日(阴历八月十五),星期六,晴

又一个中秋节到了,这是在大学过的第四个中秋节,也是四年大学中最后一个中秋节,因此大家都感兴趣。北水提议几个老乡聚餐,我们也欣然同意。晚上在鸠江饭店聚餐,弄了不少菜,大约十多个吧。酒是濉溪大曲,大家开怀畅饮,闹了几个钟头。然后吃月饼,只是大家都没有那个肚量吃了。

可惜的是,天上布满了乌云,间或还下几点小雨,月亮是无法欣赏了。尽管在那云层的外面,月亮与往年是一样的圆、一样的亮。

9 月 13 日(阴历八月十六),星期日,晴

星期天,花了一上午时间洗衣。

看《译林》,其中有日本电影文学剧本《古都》和美国短篇小说《热血与冷血》;还有卓别林儿子写的回忆录:卓别林与《摩登时代》。另外,还有高尔基为什么没有对《钢铁是怎样炼成的》小说进行评论等等。

午后,戴斌带韩茂青的弟弟韩茂强来了。这个小伙子是蚌埠船校毕业的,刚分到芜湖省航工作,正在等船。他才十九岁,却十分讲究穿着,并且抽烟、喝酒、打牌样样都喜欢,说话开口闭口都是女人。

我说了他几句,他很不好意思。说这是在淮河上实习时染上的。

9 月 17 日(阴历八月二十),星期四,晴

下午课后,辅导员公布的一条消息使全班愕然:老郭因为离

婚而受到留校察看一年处分,调离班级,到学生区劳动。辅导员有点伤心地说,我们只有八十八个同学了。

9 月 18 日(阴历八月二十一),星期五,晴

王夫之关于道、器关系的论述,可以与黑格尔媲美,甚至超过了黑格尔关于一般和个别关系的论述。

中午,吴江生送来一本《公开的情书》,看得很有味。

9 月 19 日(阴历八月二十二),星期六,晴

中午报了论文题目《论国家的社会职能》,可我又想另写一篇《社会存在论》。

我认为社会存在不仅包括社会的物质存在,也应该包括社会的精神存在。任何一种新社会意识的产生都是这二者相互作用的结果。马克思主义的产生固然与资本主义生产方式的诞生有关,然而,如果没有三大理论来源,要形成马克思主义也是不可想象的。其他社会意识的产生又何尝不是这样呢?

9 月 20 日(阴历八月二十三),星期日,晴

靳凡《公开的情书》:我的爱情完全是和事业融合在一起的。我分不出我是在爱事业还是在爱爱人。一个热爱我的人,一定爱我的理想和事业,而一个爱上我的理想、事业的人,她必将是我所爱的人。

9 月 21 日(阴历八月二十四),星期一,晴

看电影《英俊少年》,西德片。

9 月 22 日(阴历八月二十五),星期二,晴

严教授上星期又来了一封信,他希望我直接向报刊投稿。

这两天把"人民民主专政提法更科学"一文做了一点修改,准备寄到《东岳论丛》去。

时间太紧张了。明天要公布"中国哲学史"考试题,限三天交卷。随后法学课程也要考查,搞案例分析。十一周课程结束后,学年考试是资本论原著与经济学原著,然后是毕业论文。事情一件接一件。

想对有关的法学著作系统地阅读一遍。主要是以下几本书:

《马克思恩格斯论国家和法》

《法学通论》

《法学基础知识》

《刑法总论》

《刑事诉讼法总论》

《国家和法的理论讲义》

听说中央政法干校要编一套法律丛书,应该买一套,可以找系里订一下。

今天,给王从付同学买的英语书,由王刚的同学汪惠方送来了。书是北京外国语学院的专业教材,共六本,四册是低年级用的,两册是高年级用的。

9 月 30 日(阴历九月初三),星期三,晴

前天,田老师托人带信找我,与我谈了对《论国家的社会职能》一文的意见。他认为这篇文章很好,可以投《江淮论坛》或《光明日报》。我没有同意,我觉得文章还不完善,有机会还想作进一步的研究。

田老师邀请我参加《哲学原理发展概述》一书的写作。这是他为福建人民出版社组织的一本书。单少杰老师写法学源流专题。他安排我写西方思想史上国家观的历史源流。

约定国庆节讨论写作提纲。

10 月 1 日(阴历九月初四),星期四,雨

上午,去田老师家讨论"国家观的历史发展"写作提纲。

我提议按四部分写:

一、古希腊罗马时期的国家观,主要写柏拉图、亚里士多德、西塞罗。

二、中世纪的国家观,主要是奥古斯丁、托马斯·阿奎那,以及文艺复兴时期的马基雅弗利。

三、近代资产阶级思想家的国家学说:

1. 资产阶级革命初期:英国的霍布斯、洛克,荷兰的斯宾诺莎

2. 法国大革命时期:伏尔泰、唯物主义者、卢梭

3. 德国古典哲学家:康德、费希特、黑格尔、费尔巴哈。

四、空想社会主义者的国家学说

1. 莫尔、康帕内拉(早期)

2. 马布里、摩莱里等

3. 圣西门、傅立叶、欧文

这个国庆节就是如此度过。

10 月 2 日(阴历九月初五),星期五,雨

上午 10 点半,送吴胜走。

下午开始看亚里士多德的《政治学》,从此要系统地看各种国家学说了。

徐敏为我代购了一本《美学概论》,王朝闻主编。

10 月 3 日(阴历九月初六),星期六,晴

看《政治学》,给严教授复信。

10 月 4 日(阴历九月初七),星期日,晴

看电影《远山的呼唤》,相当好。前天看的《毕升》觉得太粗糙,编、导、演的水平都不过关。

为妹妹买了一本《中学生优秀作文选》。下午向单老师借柏拉图的《理想国》,才知道他已经结婚了,他们夫妻旅游刚回来。马老师也在家。吃了他们的喜糖。

10 月 10 日(阴历九月十三),星期六,晴

晚上如约到米老师家.他要看我的读书笔记,就是那本苏联远东研究所主任写的《毛主义哲学思想批判》的读书笔记。

米老师明确告诉我,他已把我上报到教研室,让我留校。国庆节那天他就已经暗示过我。我说我的条件不够,与系里领导也没有打过交道。米老师说,他一定要据理力争。

我自己对留校并不抱希望,如果能到安庆师范学院或桐城中学也可以。

10 月 11 日(阴历九月十四),星期日,晴

星期天,如约送了两篇文章给方老师看。这是我第一次与他打交道。方老师很热情,交谈约十多分钟,我就告辞了,他送出门好远。

10 月 13 日(阴历九月十六),星期二,晴

今天全天都在文科阅览室看书,查阅有关中世纪国家学说的资料,但很有限。中国过去三十二年几乎没有政治学,翻译的外国文献资料也少得可怜。只能从其他学科的相关材料和书籍中零星地摘到一点。

昨天妹妹来了一封信,写得很好。给她回了一封长信。

10 月 15 日(阴历九月十八),星期四,雨

这个月的雨水特别多,真是"秋雨绵绵无尽期"。

这几天一直在看中世纪国家学说的相关书籍与文章,不过数量很少,而且都不是正面的,只能从不同的文献中零星地寻章摘句。

自从答应与田老师合作以后,这一阵子就是围绕这个中心

在忙。上星期写了一篇《古希腊罗马时期的国家学说》初稿。

10 月 25 日(阴历九月二十八),星期日,晴

《古希腊罗马时期的国家学说》一文初稿送田老师看后,他提了如下意见:

①观点全面,②文字干净,③没有与马克思主义哲学原理密切联系,分析太简单了。④没有给几个重要代表人物以足够的篇幅。

修改稿明天就可以完成。

这一部分主要看了以下参考书:

《古希腊罗马哲学》

《欧洲哲学史资料简编》

《世界通史》

《西方哲学史》

《政治学》

《雅典政制》

《理想国》

《欧洲中世纪哲学史纲》

《政治学说史》

《简明欧洲哲学史》

10 月 28 日(阴历十月初一),星期三,晴

晚上,黄学敏开玩笑说,要用扑克牌为我"算命",意外的是"算"了两次,结果竟然相同:很早就谈恋爱,由于自己挑剔,结果

失去了一个与漂亮姑娘谈对象的机会,而找了一个一般化的妻子。远离家乡,但有很多好朋友在照顾家庭,事业上比较顺利,将来要做"大官",而且有一笔不小的财产……

第二次"算"的结果,还多了一个表面上很好而实际上却有很重嫉妒心的朋友在算计我。

真是荒唐而滑稽。

过去我也算过命,那是小时候。上大学以后,据说母亲还为我特地找过算命先生算过命,但奇怪的是,竟有某些内容是相同的。其实,这不是算命先生的算命准确,而是他们编的命词大致相同而已。

当然,这不过是一个玩笑。但由此我也想到几次回家时发现,现在农村的迷信活动非常猖獗,算命、看相,卜卦还算是比较"正规"的,更多的是与鬼神联系在一起的,什么仙姑、大神之类到处都是。有的地方农民竟然成群结队地去祭拜一棵古树。

中国人要彻底破除迷信,变成一个讲求科学的民族多么难呵!

10 月 29 日(阴历十月初二),星期四,晴
看了格林写的《觉醒的中国——美国人不了解的中国》。

10 月 30 日(阴历十月初三),星期五,晴
下午,全班在西操场拍毕业照。
开始整理《资本论选读》课堂笔记。

10 月 31 日(阴历十月初四),星期六,晴

下午,系里作了一次毕业志愿调查。相关问题及我的回答如下:

一、父母情况(姓名、工作状况、单位)、兄弟姐妹情况(姓名、工作或学习单位)

父亲早逝,母亲是家庭妇女。姐姐已经出嫁,农民。妹妹在初中读书,弟弟在小学读书。

二、本人或家庭有何特殊困难。

本人没有特殊困难,但家庭长期欠了一些债务。

三、个人志愿及理由或原因

1. 是否要到大专院校? 如有可能,希望分到大专院校。青年人首先应该从事业上考虑。经过这几年的专业学习,对理论发生了兴趣,有继续探求的愿望。

2. 是否要到家庭所在地? 如果不能分到大专院校,就去做中学教师,希望能分到家乡,一则因为离家近,可以照顾家庭,再则我是农民的儿子,我乐意为农民服务。

3. 是否要到城市? 我并不留恋城市,但如不能去家乡而要分配到外地,希望能分在城市,因为交通方便些。

四、是否服从分配,为什么?

愿意服从组织分配,因为我是一个新时代的青年,是人民助学金培养了我。

五、自我评价(好、较好、一般、较差)

1. 政治思想表现:较好

2. 业务水平:较好

(填写时间:1981 年 10 月 31 日)

晚上与戴斌去海员俱乐部看电影《金鹰》。

11 月 1 日(阴历十月初五),星期日,雨

上午去和平大戏院看《访日见闻记》,是江云他们单位包场的票。这部长达二个半小时的彩色纪录片把日本简直描绘成了人间天堂,或者说那就是马克思梦寐以求的"共产主义社会"。日本的生产力高度发达,人民的生活水平居世界前茅,劳动成为人生乐事,国家全心全意为人民谋利益,人民爱国如家、爱厂如家,精神文明与物质文明相映生辉,人民的道德风貌为我国所不能比拟,人们自觉地遵守公共道德,街上没有一个交警,公共汽车、地铁不需要售票员,工农差别、城乡差别、体脑差别几乎消失……。

所有这一切可能都是真的,但显然有些夸大了,有些又被掩盖了。例如西方国家普遍存在的夜生活,影片只轻描淡写地提了一句,而且还带上了一句辩护词,说这些门上都写着:未成年人不得入内。报上经常披露的高离婚率,高自杀率,高青少年犯罪率等更是一句未提。这样的宣传是不是从一个极端又走向了另一个极端呢?

但是,这部片子的确很值得一看,特别是从中可以悟出一些道理。日本为什么能在三十年内从一个战败国变成世界经济巨人?日本经济腾飞的根本原因是什么?我们可以从中借鉴什么?影片虽然对这些揭示不多,但还是有一些。

11月2日(阴历十月初六),星期一,晴

昨天下午开始发烧,今天一天都没有看书。《自然辩证法》与《法学概论》,本周就要考试了。

今天有老师告诉我,我的留校之事遇到很大阻力。主要是负责分配工作的某位领导不同意。对此,我有思想准备。

11月4日(阴历十月初八),星期三,晴

下午布置《刑法》考试题,开卷考试,星期六交卷。三题全是案例分析。

11月6日(阴历十月初十),星期五,晴

上午进行《自然辩证法》考试,题目有二:

1. 举例说明辩证唯物主义自然观的基本点。

2. 恩格斯说,随着自然科学的每一个划时代的发现,唯物主义都要改变自己的形式,对这一科学论断,你如何认识?

另有一道附加的征求教学意见题。

当堂开卷,时间2小时。

11月7日(阴历十月十一),星期六,晴

天开始晴了,这对农民是个好消息。农村正是秋收秋播时节,我今年不能请假回家帮忙了,只能依靠姐姐、姐夫。

今天上午是最后四节课,前两节是孟老师的《资本论》选读,后2节是伦理学张老师的《唯批》。有同学说,这是四年上课情

况的一个缩影,最好的老师和最差的教师都在这里。师资严重两极分化,这就是安师大政教系的师资现状。

11 月 12 日(阴历十月十六),星期四,晴

晚八点半,在教学大楼前的草坪上看电视台转播中沙足球赛。比赛在新加坡举行(据说因为沙特足球场是人工草坪,中国队员不适应,所以改在第三国进行)。这是一场激动人心的比赛,简直像一场激烈的战斗。中国球员在比赛中充分表现了中国人的韧性和顽强的精神。上半场一开始,沙特队就猛打猛冲,中国队员感到很不适应,在九分钟到十分钟的很短时间内,沙特队连进了两球,以 2:0 领先。这时,沙特队得意洋洋,他们的速度、攻击力都明显减弱。随后,他们采取了保守的办法、破坏的办法甚至是消磨时间的办法来保证自己的胜利。场上观众心情十分焦急,解说员也不平静了。整个上半场就是这样,始终是 2:0。下半场开始不久,敏锐的中国队教练看到了本队的问题所在,及时替换了两名中国队员。在最后半小时内按连打进四个球,最后以 4:2 获胜。这时场上观众欢声雷动,没有人不为中国队员们百折不挠的精神所感动。

观看比赛结束,欢呼声立即震动了整个校园,整个校园沸腾了。大家都觉得有一股喜悦和欢乐的心情无法发泄出来。于是人们一阵又一阵的呼喊、歌唱,最后有人竟然把拖把燃起来当作火把,还有人把脸盆、搪瓷缸等敲打起来,更有人把热水瓶从楼上扔下去当作礼炮放。大家开始涌向街头。也不知哪几个同学还找来了一套锣鼓,锣鼓声进一步壮大了游行队伍的声势。于

是这支队伍在半夜里涌上了空旷无人的街头,从春安路到北京路,再转到长江路,人们跑啊,跳啊,喊啊,唱啊,简直疯狂了。

队伍来到了安徽机电学院的大院里,许多人在街上买来了爆竹,噼噼啪啪地放起来。

机电学院的学生已经睡了,喊了好一阵才有几十个学生出来加入了队伍。

于是队伍继续前进,这时街上路过的居民和刚下班的工人也有不少卷入了这支队伍,使得整个游行的队伍越来越大,越来越长。他们从新芜路又转到中山路,在第一百货公司那里遇上了师大第二批游行的学生队伍。这些人不知从哪里弄来了七、八面红旗,顿时更显得声势浩大起来。队伍游行到劳动路,又汇集了师大第三批的同学,他们捧起几块木牌,由三轮车在前面开道。三支队伍又汇集一起继续向皖南医学院进发,到皖南医学院已经是夜里十二点了。在皖医大院里又闹了一阵,约有一百多名皖医同学也敲锣打鼓地出来加入了队伍。于是队伍又回头向中山桥前进。这支如痴如狂的队伍,一路上不断地呼喊着口号:

"中国万岁"。

"冲出亚洲,走向世界"

"向西班牙进军"

"振兴中华"

人们还一遍又一遍地唱起了国歌。

整个队伍直到浑身的狂热情绪全部发泄完了以后才回到学校。此时已经是夜里一点钟了。

我虽一贯不喜欢狂欢，但仍然被他们的激情所感染。这是我在师大的四年大学生活中第一次遇到自发形成的大规模游行活动。

11 月 13 日 (阴历十月十七)，星期五，晴

上午，黄学敏跑到我们宿舍，讥笑我们昨晚的游行是狂热，甚至说有些人就是想趁机破坏公物、发泄情绪，等等。似乎唯有他的无动于衷才是恰当之举！

大家就此展开了一场激烈的辩论。

中午，汇平送来了一本"校园组歌"，这是我们系的同学集体创作的。我只是提了几点意见，为他们设计了一个封面而已。

11 月 14 日 (阴历十月十八)，星期六，晴

我决定毕业论文另写一篇，题目定为"论柏拉图理想国的阶级属性及其社会根源"。这是最近在研究古希腊时期国家学说的副产品。

11 月 16 日 (阴历十月二十)，星期一，晴

中国女排昨天以 3∶2 战胜美国队，今天又以 3∶2 战胜日本队，从而夺得了冠军。这是中国三大球在国际上第一次夺得世界冠军，举国震动，从而又引起各地大学生爆发了大规模的游行活动，也使得一次单纯的体育活动演变成了一项具有重大政治意义的街头狂欢。

中国女排的拼命精神鼓舞了所有人。她们不骄娇，不气馁，

那种坚强的意志和团结拼搏精神,强烈地震撼着大学生们,在他们中间焕发出强烈的爱国热忱和为中华而读书的激情。这种爱国主义、集体主义和顽强奋斗、不折不挠的精神正是振兴中华所迫切需要的。

11月17日(阴历十月二十一),星期二,晴

写了一个论文提纲,交田老师。

11月19日(阴历十月二十三),星期四,晴

与田老师讨论了毕业论文提纲,他基本上同意了。

11月22日(阴历十月二十六),星期日,雨

天又下雨了。

这几天看的书不多,玩得太厉害了。临近毕业,大家都这样。整天就是打扑克、下棋,一玩就是好几个小时,甚至一个晚上。

11月23日(阴历十月二十七),星期一,晴

今天,毕业论文选了农业生产责任制调查报告的四位同学(王文有、魏殊友、傅恩国、易乃敬)到滁县地区凤阳县进行农村调查去了。

事有不巧的是,傅恩国早上刚走,他的父亲晚上就来了,只好由我来接待。他的父亲一看就是一位非常精明能干的农民。于是,我乘机向小傅的父亲询问了一些有关滁县地区实行农业

生产责任制以及当前农民生活变化的情况。

　　一开始他有点拘禁,每回答我一个问题都要站起身来。我请他不必这样,大家随便聊聊即可。很快,他就放开了,我们的交流变得非常流畅。

　　吴:你们滁县地区可在全国出大名了。你们那里都搞生产责任制了吧?

　　答:都搞了。

　　吴:是包产到户吗?

　　答:是包产到户。

　　吴:有没有像报纸上宣传的有多种形式?

　　答:全是包产到户。有些是先分到组,然后组里又分到户。上面不知道,便以为只是分到组。

　　吴:哦,怪不得了。我们那里也全是包产到户。只有这种办法才能使农民满意,是吗?

　　傅:是这样的。

　　吴:你们那儿田地是怎么分的呢?

　　傅:情况不一样。早分的地方都是承包的,开始许多人不愿意多要田,认为太忙、太累了,结果许多人只要了不多的田。另一些人则认为多多益善,于是要了好多田。以后就固定下来了,虽然不大平均,但那些分田少的人都是自己当初的选择,因而也没得话说。

　　吴:您分了多少田?

　　傅:我们是先分到组的。开始我们三户为一组,后来又将组分到户。我们小组一共分了三担九斗种,后来两位知青走了,他俩的田荒在那里无人要,队里硬要塞给我们,我们也就要了。这样,我们大约每人分了二亩田。

吴:您那儿主要农作物是什么? 产量如何?

傅:主要是水稻,单季。亩产可以达到吨字粮(加上一季麦在内)。

吴:哟。这么高? 水稻的单产有多少?

傅:一千五百斤左右。

吴:什么种子这么好? 哪里提供的?

傅:种子是由种子站供给的,主要是……(没听清,记不下来)

吴:一千五百斤的单产? 你们的田亩一定很"松"吧?

傅:不,我们分田时是用公尺量的,很认真。

吴:一亩田多少公尺?(这问题自己也觉得提得奇怪,但我很怀疑他们的亩产量)

傅:一百平方公尺。

吴:不是六十平方公尺?

傅:过去也用六十平方公尺的亩。这次改用了一百平方公尺。原因有两个:一来避免数字太大而引人注目,害怕因此被上面增加征购;二是为了计算起来简单好算。

吴:难怪了,不然怎么会有那么高的亩产量呢! 那么,你们一个劳动力的年收入有多少呢?

傅:各队不一,各家也不一。

吴:一般情况下有多少?

傅:大约七、八百元,多的可达一千元。

吴:农业成本很高吗?

傅:很高,我家大约每年要成本四、五百元吧。

吴:以一亩水稻田为例,大约要施多少肥?

傅:做田时,每亩施五十斤碳氨后插秧,以后再追加四十斤尿素。

吴:那么你刚才说的劳动力收入是毛收入,还是净收入?

傅:净收入。

吴:你们全靠水稻收入吗?

傅:不,还有其他经济作物。

吴:有哪些?

傅:有黑瓜子、花生、烟草等。

吴:这些收入如何?

傅:黑瓜子正常年亩产可达 300 斤,丰收年可达 500 斤,国家收购价是每斤一元二角五。花生价格今年比往年要便宜些,带壳的五角一斤,花生米八角六一斤。

吴:哦。我们那里经济作物太少,农民主要靠水稻、棉花的收入。责任制的情况差不多,不过分得更彻底,不仅土地分了,农具分了,而且耕牛也分了,只差公屋未拆。这还是因为上面不允许。

傅:一样的。我们连生产队公屋都卖了。

吴:对于无劳力的农户怎么办?

傅:好办,互相换工帮忙。

吴:大家都忙呀!

傅:不过无劳力户通常要迟两天才能完成。

吴:这不影响收入吗?

傅:不会,我们那里是一季稻,迟几天、早几天无所谓。

吴:我们家乡不一样,是双季稻。双抢时,时间抢得厉害。特别是晚稻,在立秋前三天插秧就有收入,后三天再插就没有收入。因为迟几天,晚稻在灌浆时会遇上霜冻,最后全部变成了瘪壳稻,没有收成的。

傅:那是个问题。

吴:你们那里没有劳力的农户能找到人帮工吗?

傅:能,主人只要买菜招待一下就行。

吴:不要工资?

傅:不要。

吴:我们那儿是要工资的。除吃喝外,每天工资一般是一元二角到二元不等。也有不要工资的,那是亲戚、朋友互相帮忙。

傅:噢。

这时,宿舍里不少人下自习回来了。我们的谈话就这样结束了。这次谈话使我得到了不少收获,犹如自己亲自到滁县作了一次调查一样。我们还谈了不少农作物的耕作技术问题。

从这次谈话中,我更加感到我国的农村体制应该根本改革,公社制已经不能适应了。

11 月 25 日(阴历十月二十九),星期三,晴

前天收到母亲来信,说了许多令人难受的话。她要我务必分配回家乡。这些年母亲受够了苦,她对我的毕业寄予了莫大的希望。

11 月 27 日(阴历十一月初二),星期五,晴

北水星期五要回家,因欠了他七元钱,只得再向别人借钱还给他。现在离毕业虽然只剩最后一个月了,但这最后一个月似乎较以往更加困难。

天气冷了,晚上坐着看书,感到脚很冷。

11 月 28 日(阴历十一月初三),星期六,晴

今天开始写毕业论文初稿,速度比较快。上午在图书馆写了大约三千字。下午是集体活动,晚上又接着写了约四千字。

这次毕业论文临时决定重写,显然有点仓促,但因腹稿比较成熟,能找到的资料都已经看过并做了较详细的笔记,所以,初稿写起来非常顺利。

12 月 8 日(阴历十一月十三),星期二,晴

前天,田老师从武汉开会回来,我把初稿送去了。初稿写得比较长,约一万五、六千字。

这一阵子看了不少电影,记得的有《小街》、《吉卜赛少年》、《请你参加晚会》,还有几部都记不起来了。

昨天双伍寄来拾元钱,正及时。

12 月 9 日(阴历十一月十四),星期三,晴

上午,田老师召开了一次小组会,逐个谈了他对我们每个人毕业论文的意见。他对我的论文是比较满意的,不过他说观点

太新了,能否立得住还要进一步分析。他提出,说柏拉图的"理想国"是知识分子的空想,会不会让人觉得说它是超阶级的?他说,知识分子只是一个阶层,归根到底还是要依附一个阶级的。我对此提出了自己的不同意见。这里涉及到贵族和平民是两个阶级还是两个阶层的问题。我认为,他们只是奴隶主阶级内部的两个阶层而不是两个阶级。柏拉图是知识分子,他的阶级性没有问题,他是代表奴隶主阶级的。正因为如此,他才想努力消除贵族与平民的矛盾。田老师说,他要把文章带回去再看一遍,还要先看一些参考文章,然后再与我进一步讨论。约定明天晚上在他家里谈。

系里进行广播操比赛,我们班得了第二名,大家都高兴。因为毕业班总给人松松垮垮的印象,连我们自己也认为这次比赛肯定是不行的。辅导员老师也只提出了不要垫底的要求,可是结果却出人意料。其实,我们只马马虎虎地学过两回,原因如许多同学所说,毕业班同学都是"老油条",就像部队里的老兵,久经沙场,平时训练有点无所谓,真要上战场,又都认真了。今天做操就是这样,大家一下子认真起来,效果就出来了。

晚上看了最近一期的《十月》(第6期),上面有一部电影剧本:她和她的歌。还有一篇评论:古华和爬满青藤的小屋。

《人物》(80—1)杂志上有几篇文章,胡洁青谈老舍,还有谭嗣同、瞿秋白、续范亭将军以及柳亚子的诗与字等。

12月12日(阴历十一月十七),星期六,晴

日子一天天过去,离毕业的日子越来越近了。昨天下午接

到新的通知,期终考试要全部提前一周,本月 25 日考试必须要全部结束。这样,复习的时间更短了。大家的毕业论文一般都还没有完成,这两天才开始定稿。只有少数同学开始正式誊写。我的论文初稿田老师又看了两遍,前天晚上才提出进一步修改的意见

昨天本来可以写稿,因小学同学张龙来了,在此住了一夜。他是到他哥哥这儿找工作的,他哥介绍他学铁皮匠。他比我只大了两岁,可是大家都说他好像比我要大十岁以上。确实,他过得很不好,人显得未老先衰,这完全是农村艰苦的生活条件造成的。

为了赶时间,昨晚开了一个通宵,一直干到凌晨三点。今天上午将稿子交给田老师。他很吃惊,速度这么快!然而不抓紧又有什么办法呢?

12 月 14 日(阴历十一月十九),星期一,晴

毕业论文初稿定下来了。

看了黄学敏的毕业论文:论瞿秋白世界观的转变。同时也看了谷玉山、汪仞冈、肖扬等人的毕业论文。

毕业合影已经洗出来了。原是十二寸的,这次为节约,把白边剪去一些,但效果还可以。另外,作为毕业纪念品的两个瓷杯子也发下来了,这是从江西景德镇定制的,上面烧印了"安徽师大政教系七七级毕业留念"的字样,并且每个杯子上都有各个同学的姓名和日期。

12月16日(阴历十一月二十一),星期三,晴

赵秀华来信,谈到她的一些情况,并询问我的分配情况,另请我通知江云,她春节已决定回家。

12月17日(阴历十一月二十二),星期四,晴

上午崔书记找我谈话,主要询问两个问题。一是我本人对分配有什么要求和看法,二是对班上留校的情况有什么意见,并要求推荐几个名单。看来,她对我的留校态度有所转变。

12月19日(阴历十一月二十四),星期六,晴

晚上与学敏一起复习"终结"。

12月20日(阴历十一月二十五),星期日,晴

晚上与学敏、汇平、严琴四人一起复习讨论。之后一起到操场散步,议论了一些毕业分配的事情。

12月22日(阴历十一月二十七),星期二,晴

看电影《风雪黄昏》。

12月23日(阴历十一月二十八),星期三,晴

上午考《哲学原著选读》(闭卷),效果不太令人满意。许多人都反映题目不明确,不知该答什么,不该答什么。方老师多次来课堂上作了解释。

12 月 26 日(阴历腊月初一),星期六,晴

今天考《〈资本论〉选读》。与哲学选读考试一样,分量很重,但题目是明确的,再加上是当堂开卷考试,自我感觉考得还不错。

由于连续考试,大脑中紧绷的弦还没有放松。下午系里又召开毕业分配工作动员会。崔书记作动员讲话,内容约略如下:

一、时间安排

26 日下午至 31 日是毕业鉴定。

1—2 日是节日(元旦),放假。

3—6 日是毕业教育。

7—12 日公布方案,填报志愿,分配。

13—14 日办理离校手续。

15—16 日正式派遣。

二、搞好毕业鉴定。

1. 重要性。毕业鉴定要进入个人档案,伴随终身,供用人单位参考。

2. 如何写。学校拟了七条:

(1) 四年间在坚持四项基本原则方面情况,特别是对党的十一届三中全会以来的路线、方针、政策的态度。政治课和政治学习情况。学习《决议》情况。

(2) 在学雷锋,树新风,创三好和五讲四美活动中的表现,培养共产主义情操、劳动人民的思想感情、劳动观念方面的表现及艰苦奋斗方面的情况。

(3) 学习目的与态度,所学专业知识的掌握程度,教育实习,毕业论文,以及分析解决问题的能力怎样?

（4）遵守国家法律和学校各项规章制度的情况。

（5）尊敬师长,关心集体,爱护公物,团结同学,开展批评与自我批评的情况。

（6）能否积极参加文体活动,国家体育锻炼标准是否通过,体质状况。

（7）忠诚党的教育事业,立志当好人民教师以及服从分配的情况。

3. 要求按上述七条内容,写一份自我小结,写一份自我鉴定。

4. 时间安排

26 日下午动员。

27 日—28 日上午自我写总结。

28 日下午—29 日　小组总结。

30 日—31 日上午　班级鉴定。

31 日下午　鉴定意见与本人见面(班组意见)。

12 月 30 日(阴历腊月初五),星期三,晴

我的自我鉴定:

（一）拥护"四项基本原则"和党的三中全会以来一系列有利于国计民生的路线、方针、政策,拥护"关于若干历史问题的决议",积极参加政治活动,关心祖国的前途和命运,喜欢看报刊杂志,及时了解国内外的动态,敢于思考与分析一些社会问题,注意理论与实践相结合,不盲信盲从。

（二）注意修养道德情操，勇于解剖自己，疾恶如仇，遵法守纪，尊老爱幼，团结同学，生活简朴，能吃苦耐劳。

（三）为振兴中华而读书，学习目的与奋斗目标十分明确，坚定不移。通过四年学习，初步掌握了马克思主义的理论体系，成绩优良。学习兴趣广泛，知识面较宽。教育实习态度端正，毕业论文有所创新。除所学课程外，还选择了一些课题进行探讨，有独立分析问题和解决问题的能力。

（四）学习时间抓得不紧，被动性大。

（五）不能积极锻炼身体，体育没有达标，也不能积极参加文体活动。

（六）日常生活马虎草率，不注意养成良好的生活规律。

12 月 31 日(阴历腊月初六)，星期四，晴

昨晚看电影《许茂和他的女儿》，八一厂、北影厂两部连映（9:10—12:15）。就我个人而言，我觉得八一厂远胜北影厂，首先是剧本改得好，情节紧凑，不露痕迹，对白少，动作多。揭示主题也集中、深刻。其次是导演和演员的表演好。斯琴高娃的"三妹子"形象相当成功。贾六的"许茂"形象也比李伟演的更符合人物身份，"爱社如家"的奖状与全家福合影镜框这两个道具安排得好。不足之处是农村气息不浓，或者说不太符合农村实际，如人物一个个长得过于丰满，服装也太好了。田华演的工作组长不太成功，主要是导演安排得不好。

北影厂的片子正好与八一厂相反，它的成功在于真实。从人物脸谱到服装，到开社员会等都很符合农村实际，四姐(李秀

明饰)比较成功,但它的缺点也较多:①本子编得差,虽然忠于原著,但情节有点杂乱。作者既想揭示金东水与四姐(许秋雅)的爱情,又想揭示社会的主题,甚至连许琴与工作组成员的爱情也要写实,内容太多,显得杂乱。②对话多,废话多。如开会前一个劲地点名,会议内容过多的讲话等等。一多一杂,就使许多重要的东西被轻描淡写地忽略了。③"许茂"太怯懦,不符合人物的身份。许茂是当地一个有名的人物,在老伴先死情况下,一个人抚养九个女儿,并且都出人头地。这说明他不是一个简单的怯弱的农村老汉,而是一个相当精明,有心计的农民。虽然晚年生活受到一些磨难和女儿们的牵扯,情绪不好,对许多事情感到无能为力。但仍掩盖不了他的精明,以及他在年轻或年壮时的能耐。而这点李伟显然不如贾六。④杨在葆演的金东水也不及八一厂的演得好。九妹的团支书形象不及赵娜演的好。

今天上午到表爷家,正好表姑爷来了,我们是第一次见面,他叫王衣法。

下午,班组鉴定意见与我们每个同学见了面。

晚上在二轻文化宫看电影《漓江春》。

1982 年

（1月1日—2月13日）

安师大墙外翠明园。（图片来自网络）

1月1日(阴历腊月初七),星期五,晴

今天是元旦。各系都搞了游艺会。我未参加,看到那些低年级小同学的高兴劲,很是羡慕。总觉得自己过时了,已经不属于这个圈子了,因而也懒得去猜谜语,对对联。

下午与国庆一起到江边去散步。

晚上在黄老师那儿喝酒。

1月2日(阴历腊月初八),星期六,晴

与戴斌一起到张应民、余家宽两位家里告辞,感谢他们这几年的关心与照顾。然后两人到皖医几个老乡那儿玩,受到黄学勤(天林,78级)、姚方来(杨圩,78级)、邓六一(肖店,78级)等人热情地招待我们,喝了两瓶酒。

1月3日(阴历腊月初九),星期日,晴

从今天到六号是毕业教育阶段。

上午听省委书记的录音报告,然后听朱部长的补充报告。

下午讨论。

1月4日(阴历腊月初十),星期一,晴

上午听省教育厅副厅长王士杰的报告,主要介绍我省中等教育情况。

下午学习材料。

晚上班级召开毕业联欢晚会,校系领导和授课教师都来参加,晚会生动活泼。

今天接到《东岳论丛》编辑部来信,说我的稿件《人民民主专政的提法更科学》一文经过复审准备刊用,但放在哪一期未定。希望我毕业分配后告诉他们新的工作单位和通讯地址。

同学们都向我祝贺。这在我系还是第一个。

1月5日(阴历腊月十一),星期二,晴

上午由安庆地区太湖中学特级化学教师给我们作关于忠诚党的教育事业的报告。他的报告很实在,可以说是推心置腹的交心,也是经验之谈。他是我校 1957 年毕业的老校友,也是昨天作报告的王士杰副厅长的学生。他是徽州人,在徽州师范读书时,王是他们的校长。

晚上到田老师和米老师家还书。

吴江生帮助代购了一本《近现代西方主要哲学流派资料》。

1月6日(阴历腊月十二),星期三,晴

上午,各组表态。内容虽然不一,但态度高度一致:坚决服从国家分配。

1月7日(阴历腊月十三),星期四,晴

上午宣布分配方案,填写留校人员推荐表。

分配方案:

1. 高校 14 人:师大留 9 人(其中两名政工),附中 1 人,机电学院 1 人,安医 1 人(男,党员)巢湖师专 1 人(党史),淮南师专 1 人(党史)。

2. 省直单位6人:省建委1人,省委宣传部1人(党员,优秀毕业生),公安厅1人(劳改学校),省高教局1人(党员),铁四局1人(铁中),火电二局1人(淮南市)。

省辖市

3. 合肥市5人(全在市区),其中合肥幼师1人("其中"指直接到校,下同)。

4. 蚌埠市2人,其中二中1人。

5. 芜湖市5人,其中一中1人,芜湖县1人。

6. 淮南市5人,一中、二中各一人。

7. 马鞍山市2人。

8. 铜陵市2人,其中一中1人。

9. 安庆市3人。

行署:

10. 阜阳3人:阜阳县1人,蒙城1人,亳县一中1人。

11. 宿县2人(全在宿城一中)。

12. 滁县6人:全椒1人,天长师范1人,嘉山1人,滁县一中1人,滁师1人,嘉师1人。

13. 巢湖6人:和县1人,巢师1人,含师1人,肥东师范1人,庐师1人,无为师范1人。

14. 六安6人:寿县1人,霍邱1人,金寨1人,霍山1人,舒城1人,六安市1人。

15. 宣城6人。其中宣城地区公安处1人。

宣城5人:当涂中学1人,郎溪梅中1人,宣城师范1人,宁国师范1人,当涂师范1人。

16. 徽州 8 人:歙县 1 人,绩溪 1 人,旌德 1 人,石台 1 人,黟县 1 人,休宁 1 人,屯溪市 1 人,其中屯溪一中 1 人。

17. 安庆 7 人:桐城中学 1 人,贵池中学 1 人,枞阳 1 人,怀宁中学 1 人,贵池殷汇中学 1 人,望江二中 1 人,东至二中 1 人。

共 88 人。

1 月 9 日(阴历腊月十五),星期六,晴

上午公布留校人员第一榜名单,计九名:

政工人员:姚(附中)、祁(辅导员)

教学人员:肖、余、宋、吴、汪、邢。

学报编辑部:陆。

第一榜公布后,还要征求意见两天。11 日正式公布定案。

晚上与黄学敏一起到古江主任那里谈了 20 分钟。他也在研究政治学。

周文龙、汪俊秀没有留校,大家都觉得可惜。

1 月 13 日(阴历腊月十九),星期三,晴

自第一榜留校名单公布后,系里一直在征求各方面的意见,包括领导的意见、教师的意见和学生的意见等。从目前反馈的情况来看,对我的意见不大,无论是座谈会还是私下征求意见,凡是有影响的同学和学习比较好的同学,这次都为我说了好话,尤其是考上研究生的王一频,史际春等同学。

对周文龙和汪俊秀未能留校的反应较大。所以,原计划 11 日公布第二榜未能按时公布,说要推迟至 13 日,结果今天又宣

布推迟。据说要推迟到 15 日。周文龙初步安排到机电学院,这就比较理想。汪俊秀的问题比较难办,听说系里意见也不统一。在留校的教学人员中,听说对个别人的意见大一些,但要临时替换下来也不容易。

今天上午,与周文龙、魏殊友一起帮黄学敏托运行李,是用板车拉去的,正好史际春也要走,于是一道将他们送到码头。

在码头上,大家受了一肚子气。本来我们连人带车都买了过江票,一共八角钱。可是正准备拉车进去时,被一帮所谓的"待业知青"和"五七"工拦住了,他们不准我们拉车进船,坚持要由他们拉,并要交给他们二元钱。大家觉得莫名其妙,坚决不同意。于是双方便争执起来,找到民警,民警来了也奈何不得。因为他们都是轮渡单位的干部子弟,民警不敢管。我们又发誓不让他们得到这二元钱,因为他们既不属于任何单位,又没有任何发票,完全就是敲诈勒索和拦路打劫。奇怪的是,这样的事情竟然行得通。许多旅客虽然意见很大,但为了息事宁人,都不得不付出双倍的钱。有的旅客甚至说,过去政府收费还要事先搞出个"由头",现在这些人连"由头"都不要了。大家都迫切希望有关部门管一管,想办法制止此类事情再次发生。

1 月 14 日(阴历腊月二十),星期四,晴

上午帮戴斌捆绑行李。听他说,他可能要分配到安庆市。

中午看电影《乡情》,珠影厂拍摄,觉得这部影片不错。《乡情》的确有乡情。尤其前半部拍得相当出色,但后半部比较差,给人有点虎头蛇尾的感觉。从演的角度看,田桂、翠翠、田母都

演得很出色,尤其是田翠翠演得相当好,把人物的心理表现得十分准确。但田桂的亲生母亲却演得很一般。从编剧角度看,把田母写成当年救匡华夫妇的大姐,巧合性太大,显得不真实,同时也降低了作品的社会意义。本来想表达的是,田桂生母最后态度的转变,是因为思想觉悟和认识水平提高的结果,现在变成了单纯的报恩情结。这样就把本来的主题,即干部进城前后与人民群众的关系一下子变成了两个人之间的私人恩怨上去了。

珠影厂拍的好片不多,《乡情》可以算一部。

晚上,陪戴斌到中文系副主任方可畏老师家告别。其实对我来说,这次不是告别,而是初次结识。方教授老家在杨公公社东风大队,我在家乡当民师时即听说过方老师的大名。但因专业不同,入学后一直没有去拜访他。直到现在已经毕业了方才得以相识。方老师年近六旬,小个子,热情好客。他是解放前的桐中毕业生,现在的专业是文艺理论。

1 月 15 日(阴历腊月二十一),星期五,阴

天气突然变冷,很像要下雪的样子。

分配方案仍未正式公布。下午,系里开了一个留校人员会议。内容有二:一是告知留校人员名单没有变动,在正式公布之前,只要不出"大纰漏",不会更动了。二是转告几天来各方面的意见。有政治方面的,有业务方面的,也有生活和工作作风方面的。有些意见比较中肯,符合实际;也有些意见不符合事实,有的意见甚至有点夸张和歪曲。最后,袁书记、崔书记、钱老师分别提了几点要求。

晚上,吴胜来了。安徽劳动大学 77 级的分配也已经结束,他分配在本校即将成立的皖南农学院马列主义教研室。听他说,安徽劳动大学政治系今年分配情况相当好,60%以上到党政机关和科研单位,只有极少数到重点中学。

1 月 16 日(阴历腊月二十二),星期六,阴

已是腊月二十二,在家乡早已是过年的景象。在这里,我们却什么过年的气氛也感觉不到。

分配方案还未公布,低年级的学生已经放寒假离校了。据说拖延时日的一个重要原因就是要等低年级学生离校,以免正式方案公布后有些同学闹事会给低年级同学带来不良影响。傍晚听说,可能明天公布分配方案。

整天陪吴胜出去玩。中午与北水、戴斌、国庆和吴胜等人在鸠江饭店聚了一下。汪锡铭也被邀来喝了几盅酒。

晚上和吴胜与国庆在江云那里聊天到十点。他们二人就睡在长航招待所,明天乘船回家。

1 月 17 日(阴历腊月二十三),星期日,晴

天晴了。

晚上和黄学敏、顾国安到高尔品家玩,顾与高是中学同学。

高尔品是安徽近年来有影响的青年作家,前年参加了社科院文学所讲习班。他家住团结路,今天晚上是在上二街他母亲家里见面的。这是一个小楼上的旧板房,室里陈设不多,几件老式家具,但井井有条。唯一的"现代化"是他岳父唐德刚送的英

国"菲力浦"牌彩色电视机。我们去时,中文系刘自宣已在坐,他们也是同学。高约三十多岁,大个子,长得比较魁梧,善谈,思想相当激进。

谈话大致涉及以下几点。

关于批白桦的问题。他认为这是邓大人为了搞平衡,为了平息几个将军的怒气。其根据是在两次批评白桦时,上面紧接着又通知各地不得歧视他们,不得因此而不发表他们的作品。

关于文艺界的评价问题。他最信服的是三十年代的几个老作家,这些人古典文学、西洋文学、外语、文艺理论都行,功底很厚。其次是五七年的一批右派作家,最后是他们这一批"五七战士"。他比较瞧不起的是五十年代那一批工农兵作家,认为他们写的是"报恩文学",只会忆苦思甜。许多作品文字不通,全靠编辑反复修改才能发表。现在他们普遍已经不能适应形势了。他们中有的人作品投给《采石》这样的地方刊物都被退稿,《当代》更是一连退了某个作家六个中篇。

关于遇罗锦的问题。他说曾听过其辩护律师的介绍,说遇本人也有问题。今天的婊子,明天的战士,见一个爱一个。但是他又说还是要支持她,这是形势需要。

关于他本人的创作情况。他说去年发表了十几万字,但最理想的还是《"细胞"闲传》(我也只看过这一篇)。他说,这一篇已译成多国文字,去年评选时得票很多,可就是不能入选。文联领导张光年曾找他谈话,说这篇作品在文学史上也许有地位,但现在不能提倡。

关于生活。他认为文学必须要深入生活,生活是第一位的,人总是在生活之中。他本人准备逐步把创作对象聚焦到市民阶层。芜湖是一个古老的消费城市,市民阶层很有特色,一到花街去转转,就会有许多灵感。

关于青年作家。他说,去年广州会议时,大家算了一下,各省有影响的 40 岁以下的青年作家不到 50 人。他认为孔捷生有才气,赵振开也不错。

关于文学与政治的关系。他说,文学是反映生活的,生活中总是充满着政治,政治也是生活的一部分。因此,文学是不可能离得开政治的,它必然要反映政治,为一定的政治服务。

谈话还涉及到一些其他内容。

总的来说,他给我的印象是:一个才气横溢、能说会道的青年作家。但其思想相当激进,也有一股傲气。不过我觉得他在政治上看问题还不够成熟。

虽然在评论其他文人时,他有一种狂傲。但对我们还是很谦虚、很尊重。大家都是年轻人,在一起谈谈心,无拘无束。临走时,他将我们送下了楼,送出了小院,甚至送到了大街上。最后他专门招呼老顾,要他约我下次到他自己的家里继续谈。

1 月 18 日(阴历腊月二十四),星期一,晴

今天是腊月二十四。在我们家乡,这一天是过"小年",要送灶王爷①。这是我第一次在外面过小年,自我感觉倒也没有什

---

①　旧历"小年",大部分地区都是腊月 23 日,只有少数地方是腊月 24 日。

么,可家里人一定很着急,甚至连年饭也吃不好。

黄学敏昨夜突然病重,腰部疼痛难忍。天不亮,我与张、谷二人用板车把他推到二院,医生犹豫不决,只开了点药就回来了。校医院的院长看后也拿不定主意,便用校长的专车送到弋矶山医院急诊。在弋矶山医院,医生判断有三种可能:肾绞痛、肾结石、尿道感染。下午连挂了三瓶盐水葡萄糖,说要等到明天上午拍片后才能确诊。

晚上与吴江生一道去米老师家,帮他批改 79 级历史唯物主义期终考试卷。9 点半归。

1 月 19 日(阴历腊月二十五),星期二,晴

上午与吴江生继续为米老师阅卷,中午在米老师家就餐。师母为我们准备了一顿丰盛的中餐,还喝了一点酒。我和江生是第一次在一起喝酒。米老师说,这是给我们的饯行酒。

晚上六点,系里终于公布了最终分配方案,批复其实在下午就到学校了。我们留校人员未变动。

周文龙分配到机电学院,戴斌分配到铜陵市。张北水到望江二中,但他决定不服从分配,作暂缓分配处理。

明天上午要做的事:

① 报到,领工资。

② 买回家需要的东西。

③ 到弋矶山医院看望黄学敏。

④ 买票回家,与汪青松同行。

1月20日(阴历腊月二十六),星期三,晴

夜里与汪青松一起离校,乘东方红24号轮回家。同行的还有历史系房列曙老师、中文系徐江华同学以及几个在芜老乡。

1月21日(阴历腊月二十七),星期四,晴

今晨抵安庆。到了汽车站才发现汽车票好难买,要走的旅客实在太多了。青松父亲专程送来了记者证,说用记者证可以买一张票。巧的是竟然在此碰到了陈晓和,他与未婚妻正在送汪俊秀上车。陈的未婚妻很热情也很能干,她连忙为我们买了两张票。还是熟人好办事。

下午到达桐城,住进三八旅社。这家旅社过去很不像样,如今已是焕然一新,并且新盖了一幢楼房。

睡到夜里十一点,突然听到有人"咚咚"地敲门。原来是金神链条厂有车子来了,他们喊我搭便车回去。于是赶紧起床,连夜匆匆地转移到金神过夜。

1月22日(阴历腊月二十八),星期五,晴

上午到戴斌、张娜家打了个招呼,然后到赵秀华家聊天。妹妹闻讯来接。

下午家里杀"年猪"。听说本来前几天就可以杀的,但母亲一定要等我回来。家里已经十年没有杀猪过年了。

1月23日(阴历腊月二十九),星期六,晴

今天没出门,整天在家浇油菜。

1月24日(阴历腊月三十),星期日,晴

年三十下小雨,早上赶到金神买鞭炮、茶叶,遇到赵、詹等人,傍晚才归。村里人已经送来不少红纸,给他们写对联,一直忙到天黑。

1月31日(阴历正月初七),星期日,晴

这几天就是在家"过年"。初一、初二未出门,初三按约到赵店见赵峰。初四与赵一起到王法如老师家拜访,在这里见到了王从付。初六与詹到肖店,双伍已走。初七,在大队各位领导家作礼节性拜访。

晚上看张恨水的"八十一梦",感触很多。

明天开始走亲戚。农村礼节很多,移风易俗,谈何容易。

2月5日(阴历正月十二),星期五,雪

昨天下午骑车到铁铺黄老师家,今晨发现大地白茫茫一片,到处都是"银装素裹"。黄老师原计划正月十五回校,看来是走不成了。

我决定还是正月十五日回校。文教局的手续可以当天路过县城时顺便办。

2月7日(阴历正月十四),星期日,晴

本来准备到文教局办手续,突然想起今天是星期天,机关不上班。所以先在县城住一夜,明天趁早把手续办好后直接到

安庆。

晚上在桐城剧场看戏《徐九经升官记》，该剧从整体上看还可以，但比较粗糙。

2月8日（阴历正月十五），星期一，晴

上午到县文教局转证明材料。他们很马虎，叫我们自己写，然后由他们在上面盖上章即可。

九点到车站，人很多，票也不好买。赶到安庆已是中午十二点半了。

首先到安庆师院钱老师那里，把行李放下后到码头买票：五等舱，凌晨三点上船。

由于时间充裕，便去找陈晓和、吴江生。在晓和家吃晚饭，然后与晓和一起到吴江生家，最后又去看了晓和的新房。没想到才过了几天时间，他已经结婚了，真够快的。

晚上，吴江生要我住在他家。他的外公是近代安徽著名人物房秩五①，也是我们老桐城的名人。晚上，他还带我到他舅舅

---

① 房秩五（1877—1966），我国著名教育家与社会活动家，清代桐城（今枞阳）人。1902年春，房秩五结识陈独秀等，成立"青年励志学社"，每周聚会议论国事。1904年协助陈独秀等创办《安徽俗话报》。当年秋天东渡日本，结识了女革命家秋瑾。1905年夏应邀回国主持安徽公学增设的"公立速成师范学校"。1921年出任芜湖道尹。1924年辞官回浮山创办图书馆，1925年创办浮山小学，1928年创办浮山初级中学，1946年增设高中部，使之成为一所完全中学。在此办学期间，曾多次掩护共产党人。国共关系破裂后，上海、安庆等地共产党人经常来此避居。当时的中共安徽省委书记王步文曾于此避居数月。革命烈士孙炳文在上海遇难后，其夫人带领四个子女在此避居两年有余。新中国成立后，1951年以特邀代表身份赴京参加全国政协会议。此后历任安徽省人大代表，安徽省政协副主席等职。1966年11月病逝于安庆，享年89岁。（资料来自网络）

房师亮①的家里看了看。这是一座庭院式建筑,院子里有多种花草树木,约有七八个房间。

2 月 9 日(阴历正月十六),星期二,晴

凌晨三点,江生送我到轮船码头。

因轮船晚点,直到凌晨四点才上船。上船后幸好补到了四等舱。

下水大轮的速度很快,下午一点就到芜湖了。

首先去看望米老师和田老师。田老师不在家,他和单少杰老师去广州开会了,14 号才能回来。

我们的房间已经分好,七号楼 305 室,四人一个房间。房间还算宽敞。

2 月 12 日(阴历正月十九),星期五,晴

上午古主任开会,传达了系里和总支对我们留校青年教师的安排和要求。

青松临时抽调到校史办编校史,宋淮丰和肖扬到公共教研室,余淑珍担任教学秘书,只有我和邢建国从事专业教学。

根据安排,我们在两年内不任课,也不能出校进修。具体任务:

---

① 房师亮(1903—1984),房秩五长子,清代桐城(今枞阳)人。1922 年赴德国留学期间经朱德、孙炳文介绍加入中国共产党。1937 年毕业于德国维尔茨堡大学,获医学博士学位。新中国建立后曾任安徽省卫生厅副厅长、省政协副主席。(资料来自网络)

① 跟班听课,当助教,为学生做辅导。

② 跟研究生班上课并参加考试。

③ 自己进修专业。

④ 学习外语。

2 月 13 日(阴历正月二十),星期六,晴

上午领工资。

在系资料室借书,每人许借三十本。

晚上,在芜同学集体到钱老师家问候,也是告别。

至此,我们的大学四年学生生活算是全部结束了。从今天开始,我们正式踏入社会,开始全新的生活。对我来说,虽然还在这个学校,但身份已经从学生转变成教师了。

附录 1
论柏拉图"理想国"的阶级
性质及其社会根源*

柏拉图是古希腊时期的一位奴隶主阶级思想家,他以其哲学上的"理念"和政治理论中的"理想国"而闻名于世。黑格尔曾说,柏拉图的哲学在不同时代"曾被加以不同的解释","许多笨拙的人……把他自己的粗糙的观念带进他的著作里面……当作柏拉图哲学中最重要的最值得重视的东西。"①这在"理想国"阶级性质的认识上也很突出。

"理想国"的阶级性质是什么? 一般认为,"理想国"是一幅奴隶主贵族阶级所向往的理想蓝图。按照这种说法,当时的雅典,贵族派与民主派斗争激烈,而柏拉图顽固地站在奴隶主贵族的立场上,极端仇视当时的民主制度。针对民主制,他提出一个贵族政治理想,这就是"理想国"。② 但也有人认为,"理想国"所

---

* 本文是我的本科毕业论文。写于 1981 年 10—12 月,由于当时对学术规范没有严格要求,所以,文中注释不够规范。文中引文除有注释外,都引自《理想国》一书。

① 黑格尔:《哲学史讲宣录》第二卷

② 孙碧华、周传霖:试论柏拉图的《理想国》,《新疆大学学报》1980 年第 1 期。

描绘的乃是氏族制解体和国家形成过程中的国家图景,他在理想国中所提倡的是一种由氏族贵族维护政权的政治制度。① 这两种观点都是值得商榷的。

首先,认为"理想国"是当时奴隶主贵族理想蓝图的观点是不准确的。柏拉图自己曾经说过,"自私的党争使党派的利益高于国家的利益,人们对于城市国家的效忠,反而步入推动某一党派的效忠。贵族效忠寡头制的宪法,平民效忠民主制的宪法,也已成为习见的事情。"②这说明柏拉图对当时雅典奴隶主内部激烈斗争的两派都是不满的。在《理想国》一书中,柏拉图对贵族派和民主派的主张都进行了批判。

柏拉图认为,民主制也有令人羡慕的地方,这就是"自由"和"选举"。他说:"于平民政治之国中,自由为最宝贵之物,惟爱慕自由之人,乐居于平民政治之国。"但是,柏拉图总的来说是厌恶和轻视民主制的。它采取的办法是先把民主制推向极端,然后再加以否定和抨击。他认为,在民主制度下,自由必然没有限制而被推向极端,从而使整个国家的秩序大乱,连驴马也自由放任,不听指挥。更重要的是,民主制在经济上会引起两极分化,导致贫富对立日益尖锐,使富人永远处于恐慌之中。民主制在政治上最终会导致暴君专制的出现。"极端之专制必产生于极端之自由。"他还认为,民主制必然带来激烈的党争,不利于国家政权的巩固,而这种无休止的党争又必然要大量消耗自身的力

---

① 朱德生、李真主编《简明欧洲哲学史》人民出版社,1979年,第24页。
② 吴恩裕:"论柏拉图和亚里士多德的政治思想",《政治学研究》1979年第3期。

量,导致国家的衰弱,从而不足以抵抗外来侵略。柏拉图在 20
岁时曾目睹了雅典向斯巴达的投降,他把自己祖国的这次失败
归咎于民主制度,尽管不无道理,但也充满偏见。

柏拉图对当时的贵族派是什么态度呢? 认为"理想国"不过
是贵族向往的理想蓝图的人们总是小心翼翼地避开了这一点。
其实,柏拉图对贵族派的主张也进行了激烈的抨击。他说,在
"军阀政体"中,掌握政权的人都是一些鲁莽而头脑简单的人,
"此辈之天性,必好战而不好和平。"他们"注重武备","以备永久
之争战";而另一种贵族政体——"富阀政体"则是"为少数富于
资财者所操纵之政治"。在这里,穷人毫无权利,即使你是哲学
家也罢。"至是则国中富人愈为人重,穷人愈为人轻。"这就必然
导致富人得以专权。这种国家的战争能力是很差的,因为统治
者不敢武装人民,他们害怕人民甚于害怕敌国。如果仅靠自己
出战则人数又太少。同时,与民主制殊途同归,这种体制也免不
了要导致两极分化,使大多数人成为"一无所有的人",而统治者
却"挥金如土",纯粹成为"浪费金钱之徒"。他们"仅有执政之
名,而无执政之实,形似治国之人,而实不过一个败家子耳。"
显然,柏拉图在这里所抨击的正是当时的贵族派所主张的。例
如公元前 411 年贵族寡头政变后颁布的新宪法就规定,只有能
自己出资装备武装的人才能成为享有选举权和被选举权的公
民。忒剌墨尼斯宪法也规定,"国家领导权归于有重武器的人们
(即有资产的人们)"。而那个被人们佐证柏拉图贵族立场的克
里提亚斯的三十僭主政府上台后,第一件大事就是废除陪审津
贴,限定全权公民的人数为最优资产的三千人。可见,柏拉图时

代的贵族派已不同于过往的贵族,他们与其说是贵族不如说是富族,是一个在对奴隶残酷压榨中形成的贵族寡头阶层。

从柏拉图本人对现实的批判中可以看出,他既不满民主派的政治主张,也不满贵族派的政治主张。他力图超越这两派而寻求一种能使贵族和平民都各得其所的政治制度。

其次,柏拉图的"理想国"是否"集中地反映了他妄图保存和恢复氏族制度的要求,反映了他对腐朽的氏族制度的憧憬"呢?持这种观点的人认为,"在柏拉图生活的时代,贵族维护氏族制残余与民主派扫除氏族制的斗争还远未结束。柏拉图忠实地反映了反动贵族的要求和愿望。他在自己的社会政治观点中,力图保存和恢复昔日的氏族制度,以重新确立贵族的专制统治。""'理想国'因而具有色彩浓厚的氏族制的特点。"①我以为,这种观点失之偏颇。

首先,断言柏拉图时代扫除氏族制残余的斗争"远未结束"不符合历史事实。我们知道,国家是在与氏族制的斗争中形成的,它是阶级矛盾不可调和的产物。在雅典国家的形成过程中,确实有很长一段时间,氏族制残余依然存在,并且与新兴的奴隶主民主势力进行了反复地较量。这主要表现在从梭伦变法到克里斯提尼革命时期。但是,氏族制在阶级社会里,毕竟是一堆过时的垃圾,经过克里斯提尼革命以后已经基本扫清了。恩格斯也认为,氏族制此时已"最终被推翻"。而柏拉图时代距克里斯

---

① 马振铎:柏拉图"理想国"的氏族特征及其哲学思想,《外国哲学史研究集刊》第二集,人民出版社,1980年版,第36页。

提尼时代已有一个世纪,怎么能说这一斗争还"远未结束"呢?同样,在柏拉图死后不久,马其顿帝国就迅速崛起,作为奴隶社会重要发展阶段的城邦国家将不复存在。怎么能说柏拉图时代还处于国家刚刚产生的阶段呢?

这两种观点的错误在于,他们不了解柏拉图时代的贵族已经不是昔日的贵族,他们是在氏族制彻底瓦解之后形成的新贵族,是一批贵族寡头。他们的贵族门第不是在氏族解体中形成的,而是在反对氏族的斗争中获得的。他们中许多人的祖先正是早期民主派的领袖人物,柏拉图的母亲就是梭伦的后裔。在雅典历史上,贵族派与民主派的斗争以克里斯提尼革命为标志分为前后两个阶段。前期主要是围绕维护还是摧毁氏族制度展开的,氏族贵族千方百计地要维护残破的氏族制度,维护自己在氏族解体过程中获得的高贵门第。而民主派(主要是新兴的工商业奴隶主)则坚决反对氏族制度,他们要求按财产重新划分等级,以金钱对抗门第。这场斗争最终以民主派的胜利告终。后期的贵族派与前期显然不同,这个时期的贵族正是前期斗争中的胜利者,是在前期民主斗争中获胜的"名门望族",他们不仅以门第为荣,更以财富炫耀。他们由革命派转变为保守派,因此要拼命维护祖宗获得的胜利果实。主张以财富为获得公民权利和划分等级的依据。此时的民主派也不再是以前的工商业奴隶主,而是在战争中破产了的中小自由民(或曰中小奴隶主)。这些人破产以后大量涌入城市,成了"城市平民"。因此,这一阶段贵族与平民的斗争焦点是围绕下列问题展开的:是全体奴隶主平等地参与国家政权呢?还是只有有钱的奴隶主贵族才能参与国家政权呢？柏拉图正处在这场斗争最激烈的时代。因此，怎么可以说他仍处在维护还是扫除氏族制的时代呢？柏拉图又怎么可能无视自己时代的政治现实而为一个世纪前已被消灭的氏族贵族筹谋策划呢？至于说"理想国"具有某些氏族特征，这一点也不足奇怪（后面我们还要论述到）。但我以为，"理想国"的氏族特征并不"色彩浓厚"，也不足以证明它是氏族解体和国家形成过程的贵族政体。例如它的"稍许走了点样"的群婚制特征并不是氏族解体中的贵族政体的婚姻制度，而是早期的氏族制婚姻。同样，财产共有也不是氏族解体中贵族国家的特征，而是早期氏族制的特点。因此我们同样没有理由证明柏拉图的"理想国"是氏族贵族奴隶主所向往的理想蓝图。

或许有人会说，贵族政体并不是我们强加给柏拉图的，而是他自己的主张。柏拉图自己在"理想国"中主张等级制、世袭制和贵族制。他说过，在"理想国"中应该实行"哲学王"统治或贵族政体。

诚然，柏拉图在《理想国》中的确主张实行等级制，并认为只有哲学家才是最崇高的，而从事农业生产的人都是下贱的。正因为如此，我们才说等级制是奴隶社会的基本特征。不仅贵族政体，民主政体也是实行等级制。大家都熟悉的梭伦变法就规定，把公民按财产分为四个等级：五百斗级、骑士、双牛级和日佣。柏拉图是奴隶主阶级的思想家，他不可能超越时代，提出一个全社会人人平等的政治理念来。柏拉图虽然也强调世袭制，但它划分等级的标准已经不是血统，而是"哲学、精神、体魄"。如果不符合这个标准，即使是第一等级也要降为第三等级。如果符合这个标准,即使是第三等级也要及时地拔为第一等级。柏拉图主张理想国中实行"哲学王"统治或者贵族政体,是仅就掌握最高权力的人数而言的。他说的"哲学王"统治是指一个哲学家掌握最高政权,而贵族政体则是几个哲学家共同掌握最高政权。他所说的贵族与现实中的贵族有着质的区别:前者以智慧和才能为标准,后者以血统或财富为标准;前者是"贤人"、"专家",后者是"遗老"、"寡头";前者要求终生以兢兢业业地公平治理国家为己任,后者则以贪婪地榨取奴隶血汗和剥削平民的劳动为满足。如果把理想国不折不扣地推行到希腊现实中去,恐怕贵族对它的不满更甚于平民。因为任何一个贵族,无论是氏族贵族还是工商贵族都不会愿意放弃自己的经济利益去欣赏柏拉图那些空洞的政治荣誉。柏拉图"理想国"的空想性正是表现在这里。

那么,柏拉图"理想国"的阶级性质到底是什么呢?

我认为,"理想国"是柏拉图作为一个奴隶主阶级知识分子面对整个奴隶制的急剧衰落而提出的政治解决方案。目的是为了维护整个奴隶主阶级的利益,挽救即将解体的城邦制度,避免日益激化的社会纷争和政治动荡。

正确认识柏拉图"理想国"的阶级性质,关键在于把握柏拉图所处的时代特征,认清柏拉图提出《理想国》的社会历史根源。

首先,在柏拉图时代,贵族与平民的矛盾已经遍及各个城邦。这种矛盾已经引起了无数城邦的政权更替和延绵不断的战争。旷日持久的伯罗奔尼撒战争(公元前431—404年)实质上就是全希腊的贵族势力和民主势力的大规模较量。这场战争彻底打乱了希腊城邦的原有秩序,动摇了城邦制度的基础。在雅典,战争给城邦社会带来了严重的灾难,兵连祸结,乡村破产。一方面是中小自由民日益贫困化,不得不贱价出卖土地,另一方面是大奴隶主趁机兼并土地,使土地更加集中。同时,在战争中大量使用奴隶从事生产劳动,导致大量平民失业街头,无所生计。然而,少数军人和商人却在战争中发了大财,成为新的富翁。这些新贵族所获得的财富完全不亚于旧贵族,甚至使旧贵族也相形见绌,失去光彩。总之,当时的奴隶主阶级内部也出现了严重的两极分化,贫富不均引发的社会矛盾日益尖锐,财富成了贵族的唯一标志。"神是空气和水,大地和火,太阳和光——哲学家如是说,但是我却发现:对我们唯一有用的神乃是黄金和白银。假如你把这两位神引到你的家里,只要你认为的东西,你都可以想望……你只要多给一点儿钱,就连带神自己也会做你的仆役。"[1]

这就是当时的历史学家告诉我们的情景。平民仇恨贵族以至如此严重:有的城邦几天之内就有一千五百多个富人被杀。同样,贵族也毫不掩饰他们对穷人的仇恨。亚里士多德曾记载了一个贵族的誓言:"我发誓我将永远为人民的敌人,我将尽我所能给他们以损害。"在纪念克里底亚等人的墓碑上刻着:"勇者之墓:他们曾在短期间顽抗被诅咒的雅典平民"。在米利都,贵族甚至把民主派的孩子抓住后涂上松脂活活地烧死。

如果说平民与贵族的矛盾异常尖锐,那么奴隶和奴隶主的

---

[1]　转引自《古希腊史》第 369 页。

矛盾同样更加激化了,而这一点往往为许多人所忽视。他们只看到奴隶主阶级内部各个阶层之间的矛盾,而忽略了奴隶社会最基本的阶级矛盾。这就很容易导致柏拉图是贵族派的拥护者这一片面结论。

在柏拉图时代,奴隶对奴隶主的反抗已经进入一个新阶段,它已不像最初那样毁坏奴隶主的工具,而是普遍地开始逃亡。伯罗奔尼撒战争中,斯巴达的奴隶曾经集体逃亡,并准备支援雅典人对斯巴达的作战。公元前413年,雅典军在狄克勒亚大败之时,雅典的"奴隶两万余人逃到敌人那边,当中有许多手艺者"。① 这种大批的奴隶逃亡,彻底动摇了奴隶主阶级的经济秩序和政治基础,甚至直接威胁到城邦的生存。尤其是层出不穷的奴隶起义,往往使许多城邦手足无措,不得不向邻国求援,以期共同镇压奴隶起义。根据希罗多法的记载,最早的起义是公元前494年亚多斯奴隶起义。奴隶们利用亚多斯被斯巴达击败之机,占据了这座城邦,组织了奴隶自己的政府,"一切大事都落到奴隶们的手上,他们管理一切、支配一切。"在斯巴达,奴隶起义更为常见。因为斯巴达带有民族奴隶制的特点。被征服的希洛人全都陷身于奴隶,他们时刻准备起义,致使斯巴达人"面对赫洛泰(即希洛)的起义及其人数的众多而不胜惶恐。他们只好时刻准备着,以便任何时候都可以起来镇压频频爆发的赫洛泰的起义。"公元前464年,斯巴达奴隶趁大地震之机发动起义,竟然兵临斯巴达的都城之下,斯巴达人经过长达十年之久的浴血

---

① 修昔的底斯《伯罗奔尼撒战争史》转引自《古希腊史》。

奋战才使希洛人退守山林。

更重要的是,奴隶反抗奴隶主的斗争往往与平民和贵族的斗争交织在一起,甚至出现了平民与奴隶的联合现象。例如在科赛剌岛内战爆发时,贵族与平民都派人到近郊野外号召奴隶们到自己这边来参加斗争,并且许以自由。结果大多数奴隶都依附于民主派。① 由此可见,柏拉图时代,贵族与平民,奴隶和奴隶主的矛盾是何等尖锐激烈。柏拉图作为一个著名的思想家和哲学家,一个关心政治的人,他比当时任何人都看得更清楚。他说"每个城邦,不论是如何的小,都分成了两个敌对的部分,一个是穷人的城邦,一个是富人的城邦。"②"穷人聚在城里,身怀白刃,有的负债累累,有的颠连无告。有的兼有此两种不幸而充满愤恨,打算对付夺取他们财产的人——他们在打算起义"。③他又说,没有国家的保障,"奴隶主将陷身于何等重大的恐怖之中,为自己,为儿女,为妻室而忧虑到奴隶们会不会把他们全部杀死。"④这说明柏拉图对当时这两对社会矛盾都有充分的认识。

那么,柏拉图是怎么看待这两类社会矛盾,或者说他对这两种社会矛盾的政治态度是什么呢? 很显然,他是站在奴隶主的立场上看问题的。他认为,应该消除奴隶主阶级内部的矛盾,建立一个稳固而强大的奴隶主阶级的国家,只有这样才能对付奴

---

① 参见《古希腊史》。
② 《古希腊史》第 389 页。
③ 《古希腊史》第 389 页。
④ 《古希腊史》第 390 页。

隶的反抗,保护整个奴隶主阶级的利益。在他看来,贵族和平民的矛盾是由于两极分化造成的,只要创造一种理想的国家制度就可以防止贫富分化,避免贵族与平民之间的矛盾。而奴隶和奴隶主的矛盾则是不可调和的。因为"奴隶——是这样一种财产,占有这种财产就会给你招来许多不愉快的事,须知奴隶永远不能成为其主人的朋友啊。"①正是出于这种忧虑,柏拉图才提出了他的"理想国"。

　　柏拉图在《理想国》中谈到的国家与我们今天谈到的国家是不完全一样的。马克思主义认为,国家是阶级统治的机关,是社会阶级矛盾不可调和的产物。柏拉图认为,国家就是人的群居团体,是社会必需的,因而从来就有。他说,"以余观之,国家之立,由于人类之必有待于互助。"因为任何单个人都不足以自立,人必须群居在一起,"交换服务","于是各本其愿……合群而成团体。凡由此群此团体联络而成之全部,即名之曰国家。"这里,柏拉图实际上是把国家和社会混淆了,并把二者统之于"国家"之名下。因此柏拉图的"理想"既是理想的国家结构,也是理想的社会结构。②

　　在柏拉图看来,要建立一个稳固而强大的城邦国家,关键在于使社会各个阶层和每个成员都有一个适当的位置。用柏拉图的话说,就是要使整个社会"一人专心于一事",而其事又必须是

---

　　①　《古希腊史》第 398 页。
　　②　必须指出,这并不是柏拉图的错,因为当时的社会发展还没有使人能将国家与社会这两个概念完全分开,第一个区分国家与社会的人是亚里士多德(参见亚里士多德《政治学》)。

"与其性相近之事",因为只有这样,"其所产必较优而较多"。所以分工成了理想国的构成原则。柏拉图把人的工作分成三类以适应人的三种性格(理智、意志和情欲)。从事这三种工作的人就构成三个社会等级:统治者、军人和生产者。统治者具有理智、智慧和公正的美德,负责公平合理的统治国家;军人具有坚强的意志,勇敢而又耐劳,担负着保卫国家不受外来侵略的重任。仅仅有情欲的人专门从事物质生产,为社会提供生活资料。柏拉图告诫人们,这三个等级都要节制自己的非分要求,各守其序,竭诚合作,这样就能达到"理想国"所要求的一致性和协调性。整个国家就具有了"公正"的美德,这也就是最理想的国家。

柏拉图最忧虑的是,在这样的国家里,统治者和军人有无限的权力,如果他们用以牟取私利,那是很容易的事。因此,为了保证理想国永葆"理想"之境界,他设计了种种预防措施。一方面,统治者和军人要经过严格的选择和专门的教育训练,另一方面,要从制度上保证他们永不蜕化变质。为此,他要求统治者和军人必须过十分简朴的集体生活,实行共产共妻制度,以消灭家庭和私有的观念。这一点显得十分突出。他们不可有"嗜酒与怠惰之习惯",不准藏有金银或佩戴任何装饰品,不准谋求私人的土地、住房和钱财。他们除了每年从生产者那里取得一年所必需的基本生活费外,其余一概不沾。柏拉图认为最重要的是三个等级各守其位,除了因为"哲学精神体貌"外,任何人不得以强力或财产而越位扰乱等级秩序,否则必将导致国家的灭亡。为此,柏拉图认为有必要对国民撒谎,说这三个等级是上帝分别用金银铜铁制成的,从而使他们相信命运,安于本分。这样,一方面可以避免生产者犯上作乱,争夺政治权利,另一方面又可以使统治者和军人得到慰藉,安于自己的简朴生活,不去追求私利,保证他们能够做到"神圣而无瑕疵"。

柏拉图充满自信地认为,采取这些措施以后,整个社会就会像音乐一样,虽然音符不同,但奏出的曲调却和谐悦耳,协调一致。

由此可见,柏拉图理想国的根本特点在于:统治者和军人享有充分的政治权利,但必须过极其艰苦的生活,而生产者虽然没有任何政治权利,却可以过上安居乐业的生活,没有人来剥削他们,如果有条件的话,他们还可以过上豪华的生活。《理想国》中的哀地孟德就已经看到了这一点,他说:"以汝之意,守御者弗获安乐矣,虽奄有城邦人民,为之领袖,而后他人能安享其利益,……驻扎一地,始终不可懈怠,一如雇工之受制于人,而权利及举动咸受限制"。而人民则"可自由购田地,建大厦,备种种繁华之用品,上献丰盛之祭于神,下施小惠于人,金银货币与夫一切人所贵重之物,养求给欲,如愿以偿。"理想国的这一重要特点常为人们所忽视,而这恰恰是柏拉图企图消除贵族与平民矛盾的秘密所在。他把上层建筑和经济基础,政治权利和经济利益割裂开来,然后把它分赠给互相对立的两个社会阶层——贵族和平民,一方面让那些知识贵族享有充分的政治荣誉,另一方面又满足那些"世俗者"的物质要求。这说明柏拉图根本不懂得社会发展的客观规律。马克思主义告诉我们,世界上一切阶级斗争和政治斗争,归根到底都是为了物质利益而展开的,政治压迫说到底还是为了经济剥削。对于古希腊人来说,无论是贵族还是平民,争夺政治权利,本质上还是争夺对奴隶的占有和剥削的权利。柏拉图不可能懂得,自从有了国家以后,国家从来就是富人利益的维护者。正因为他不懂得这一历史唯物主义基本原理,导致他自鸣得意的那些济国药方不过是一座海市蜃楼。

但是"理想国"并非柏拉图的凭空虚构,而是他潜心研究的积极成果,是他研究了当时所能见到的许多国家制度之后创立的一种政治方案。柏拉图是一个"读万卷书,行万里路"的博学家,他把当时的和古老的一些国家和社会制度都搜罗来为建立"理想国"服务,因而使理想国带有某种混合性特征。我们常常从中能够看到氏族制度、埃及种姓制度和斯巴达国家制度的影子。实际上,"理想国"也正是对这些制度加以理想化的大杂烩。它的主要蓝本是斯巴达(伯罗奔尼撒战争以前)的国家制度。由此也可从中窥见柏拉图的政治企图。罗素曾说:"要了解柏拉图……就有必要先知道一些斯巴达的事情。"①在斯巴达的国家制度中,我们可以找到许多理想国的原型和影子。柏拉图之所以选上斯巴达作为"理想国"的蓝本,最根本的原因由于斯巴达这个国家的贵族与平民两大阶层还没有完全形成为根本对立的两大政治派别,奴隶主阶级的内部矛盾还没有尖锐到像雅典那样的不可调和。正是斯巴达内部相对稳定的政治格局,使得斯巴达成为古希腊时代最强大的国家之一,长达三、四个世纪都没有发生多少变化,先后两次在古希腊全境获得霸主地位,这些正是柏拉图所梦寐以求的。正如柏里所说"对于一个像柏拉图那

---

① (英)罗素《西方哲学史》第 131 页。

样地思索着政治学问题的哲学家来说,斯巴达国家似乎是最接近于理想的了。"①但是,柏拉图对斯巴达也有诸多不满意的地方。如他不同意斯巴达人轻视文化、科学(包括哲学),单纯的注重军事训练;他也不同意象斯巴达那样把一个民族全部变成奴隶的做法。他在《法律篇》中曾经告诫那些城邦,不要养同一国籍的语言相通的奴隶,以免他们彼此商量,掀起暴动。柏拉图还汲取了埃及的社会分工思想。因为埃及的种姓制度,使得"他们用来维持国家制度的机构是如此完善,以致谈到这个问题的著名哲学家对埃及的国家制度的赞扬胜过对其他国家制度的赞扬。"②因此,"在柏拉图的理想国,分工被说成国家的构成原则,就这一点说,他的理想国正是埃及种姓制度在雅典的理想化。"③

理想国的氏族制特征也很突出,这除了汲取斯巴达制度中已有的一些晚期氏族特征外,对早期的氏族制度因素摄取也不少。如氏族成员之间没有经济剥削;人人都有事可做;没有严重的贫富悬殊和对立;氏族领导人在经济上没有特权;所有氏族成员都出自"同一个祖先";同辈之间通行既是兄弟姐妹,又是夫妻关系的群婚制度;氏族内部的分工按能力进行,等等。这些都直接间接地被应用于理想国中。在当时,怀念古老的氏族制度,是人们的普遍心理。人们对现实中那种无休止的政治斗争极度厌烦,很自然地泛起对远古时代的思念之情。他们把"祖先的秩序

---

① (英)罗素《西方哲学史》第 135 页。

② 《资本论》第一卷,第 406 页。

③ 《资本论》第一卷,第 405—406 页。

想象成'黄金时代'",因为那时没有这种严重的社会不平等和财产不平等,也没有如此激烈的阶级斗争和阶级仇恨,"生活有如静静的溪流"。① 公元前 392 年上演的阿里斯托芬的戏剧《公民大会的妇女》中的女主人翁说:"我认为,从今以后一切应该公有。一个人占有广大的领地和财富,而别人却无葬身之地,有些人有整队大军似的奴隶,而别人却连一个仆役也没有——这种秩序应该打倒"。② 我们还应该看到,社会的每一次进步,同时又是一次退步,由原始社会过渡到奴隶社会,这是人类社会的一个巨大进步,但是原始社会中人与人之间的那种关系也被激烈的阶级斗争所代替。随着奴隶社会的发展,阶级斗争也更加激烈,不仅奴隶主与奴隶的矛盾空前尖锐,奴隶主阶级内部也发生了新的阶级分化。这对于那些不懂得阶级斗争规律而又企图解决一切社会矛盾的人来说,发思古之幽情,怀念一些远古的制度和平静生活是在所难免的。

柏拉图处在这样一个特殊的历史时代,一方面他生活在奴隶制的鼎盛时期;另一方面他又处于奴隶制的城邦制度全面崩溃的时代。这就决定了柏拉图一方面要维护奴隶制度,因而不可能提出什么新的社会制度来;另一方面又面临着一个"多事之秋",眼见那些城邦国家已经日落西山,行将就木,因其内部不可调和的社会矛盾而陷入持续不断的战争。但是,受制于历史的局限,千年城邦制度所形成的观念是如此根深蒂固,没有人敢于

---

① 《古希腊史》第 370 页。
② 《古希腊史》第 310 页。

怀疑它的合理性。在希腊数百年城邦发展史上,无论是贵族统治还是平民统治,没有一个宪法愿意冲破城邦制度的束缚,接受外邦人成为本国公民。更没有一个人企图去统一全希腊,像中国的秦始皇那样。这种僵化的思维模式堵住了人们建立统一国家的任何可能性,甚至连当时最伟大的思想家也没有预见到这一历史趋势。亚里士多德做了亚历山大的八年老师,却对马其顿帝国的快速扩张一点反应都没有,他终生也像柏拉图一样,一直在研究如何建立一个优良的城邦制度。认识到这一点,我们就能理解柏拉图为什么总是面向古老的社会制度寻找答案。

总之,我认为,"理想国"既不是贵族派奴隶主的理想蓝图,也不是民主派奴隶主的理想蓝图,它是当时一个奴隶主知识分子企图维护整个奴隶主阶级的统治,挽救日渐没落的城邦制度而提出的一种政治蓝图。这个政治蓝图的空想性在于它违背了人类社会发展的客观规律,企图用古老的氏族制度来挽救即将灭亡的城邦制度,具有明显的历史反动性。但是,我们的任务不是对其简单地否定和指责,而是要研究和发掘其中合理的东西来。

"理想国"是一个伟大的思想家带给人类的一份值得永远珍视的宝贵精神遗产。

(1981 年 12 月 15 日定稿)

附录 2
论国家的社会职能 *

一

　　传统的教科书告诉我们，国家是阶级矛盾不可调和的产物。因此，国家的职能就是阶级斗争，就是专政，一个阶级对另一个阶级的全面专政。具体说来，国家的内部职能就是维护阶级统治，镇压被统治阶级的反抗；国家的外部职能就是抵抗外来侵略，维护国家政权不倒。

　　但是，国家除了这种政治的专政职能之外，还有没有其他的职能呢？我们的哲学教科书并没有涉及。但是，苏联康丁诺夫主编的《马克思主义哲学原理》(1974 年版)是有所涉及的。这本教材在国家的非阶级职能问题上写道：

　　国家的内部活动不只限于这一主要职能（指阶级职能），作为统治阶级的组织，它也力图调整本阶级成员之间的关系，促使这个阶级团结起来对付对抗的阶级。在许多情况下，国家也调整剥削阶级之间的相互关系。因为它保护这些阶级的共用利益，调整所有的社会关系，即民族关系（如系多民族社会）、家庭关系和其他各种关系。最后，国家也致力于解决某些经济和文化方面的任务。

　　这说明，在苏联教科书中已经注意到了国家的非阶级职能问题。但是，在这个问题上，它仍然是含糊不清的，对国家的非阶级职能并没有进行深入的理论分析和系统的理论阐述。

　　如何概括国家的非阶级职能呢？我们主张将其概括为国家的社会职能。因为这些职能都是国家从全社会的利益出发，以全社会的名义进行的。其实，马克思主义经典作家已经使用过这种提法。①

　　国家的阶级职能与社会职能的区别在于：国家的阶级职能是在社会划分为统治阶级与被统治阶级两大阵营的基础上，国家仅仅代表统治阶级利益对被统治阶级进行的支配和管理；而社会职能则要求国家必须代表全社会的利益，对社会生产和人们的社会生活进行管理，对全体社会成员的非政治关系进行支配、管理和调节。国家的社会职能范围至少包括两个方面：第一，调整阶级关系之外的一般社会关系以保证社会的正常秩序；

---

　　① 《马克思恩格斯选集》第三卷，第218—219页。

第二,组织整个社会进行经济和文化方面的建设。

国家之所以要承担社会职能,是由国家自身的性质和特点决定的。恩格斯曾说,国家不是从外部强加于社会的,而是一种从社会自身中产生,但又居于社会之上,并且日益同社会脱离的力量。①

国家的特点在于:第一,国家奠基于固定的地域,以地区来划分自己的国民。它通过地域关系来控制、确定自己的国民,国民居住于固定的地域之中,并必须向国家纳税、服役;第二,国家具有一种公共权力。它有各级常设的机关,由一大批专门从事各种管理的人员在其中任职;第三,国家有自己专门的暴力机构,如军队、法庭、监狱等等。这些机构是国家的力量保证。②

从国家的性质与特点来看,国家不仅是阶级统治的机关,也是人类社会一个高级、复杂的社会共同体。这就决定了国家具有双重性质,一方面,国家作为阶级统治的机关,它必须要执行自己的阶级职能;另一方面,国家作为人类社会的共同体,它又必须要执行其社会职能。这两种职能其实是密不可分的。政治统治到处都是以执行某种社会职能为基础的,而且政治统治也只有在执行了它的社会职能之后才能得到保障,才能长期维持下去。③ 正是国家阶级职能与社会职能相互交织在一起,才构

---

①　《马克思恩格斯选集》第四卷,第 166 页。

②　《马克思恩格斯选集》第四卷,第 166—167 页。参见摩尔根《古代社会》上册,第 270—271 页。

③　《马克思恩格斯选集》第三卷,第 219 页。

成了国家的全部,体现了国家的本质。不过,二者在地位上并不相等。阶级职能直接体现了阶级压迫的性质,而社会职能则从属于阶级职能,并为统治阶级利益所左右。

列宁从无产阶级革命的角度考察了国家。因此,他十分强调国家的阶级压迫性质,但是,列宁并没有明确否认国家还有另外的职能。相反,他指出,"在现代国家机构中,除了常规军、警察、官吏这个主要是压迫性机关以外,还有一个同银行和辛迪加非常紧密的联系的机构,它执行着大量计算、登记的工作(如果可以这样说的话)"。① 这些执行国家社会职能的机构绝不可以打碎,也用不着打碎。

二

国家的社会职能和阶级职能一样,也是在国家的自身形成过程中形成的。

我们知道,国家不是从来就有的,它是在阶级社会才出现的政治现象。列宁曾说,国家是阶级矛盾不可调和的产物,这说明阶级矛盾和阶级斗争是国家产生的直接原因,但不是最终原因。因为阶级是在私有制形成之后产生的,而私有制又是生产力发展到一定历史阶段的产物。因此,生产力发展到一定历史阶段才是国家产生的根本原因。

---

① 《列宁选集》第三卷,第311页。

生产力、私有制、阶级、国家,这几个环节显然相互交织在一起的,但它们之间的逻辑不可以混乱,它们之间是不可颠倒的环环相扣过程。在每一个具体的环节上,又会分蘖出许多其他的社会问题,从不同的角度提出了建立更高级社会共同体的要求。这种更高级的社会共同体就是国家。

具体来说,以下这些因素在国家产生的过程中发挥了重要作用。

第一,原始社会末期,社会生产力有了很大的发展,导致原始生产关系的松动与解体,生产力的发展使社会第一次出现了"剩余物"。由此出现了私有制,出现了阶级,出现了家庭奴隶制。原始的氏族社会中通过战俘与人口买卖,逐渐形成了一个奴隶主阶级。为了巩固奴隶主阶级形成的特殊地位,维护对奴隶的占有和有效榨取,必然要求建立一个常设性的有组织的力量,足以保证奴隶主阶级的特殊地位不受侵犯。这种常设性的有组织的力量就是国家,我们通常所说的国家是阶级矛盾不可调和的产物,正是基于这个意义。

第二,原始社会末期,生产力的发展使田野农业有了很大的发展,从而发育成为一种发达的农耕文明。农业离不开水,所以这种农耕文明首先是在几条大河流域出现的。但水既是农业发展的必要条件,又是农业发展的最大困扰因素。这就必然带来一个如何兴修水利工程以解决水患的问题。显然,这种巨大的水利工程是过去氏族社会无法承担的历史任务,必须要有更为庞大的社会组织,要有一种能够凌驾于社会之上的力量来进行组织与指挥。历史学家早为我们证明,古代埃及和我国的夏朝都是在这种浩大的治水工程中建立起来的。① 古巴比伦的汉漠拉比法典中也称国王是灌溉系统的建筑者。② 恩格斯说,"不管在波斯和印度兴起或衰落的专制主义政府有多少,它们中间每一个都十分清楚地知道自己首先是河谷灌溉的总的经营者。"③

在我国殷商时代的国家机构中,就专门设有负责手工业生产的"六工",在甲骨文的记载中就有工官和农官④。既然国家是在生产发展过程中适应生产的需要而建立的,那么,它就必然要求国家承担起组织社会生产任务,执行社会生产的管理职能。

第三,生产力的发展,使人类社会早期发生了两次大的社会分工。首先是农业与畜牧业的大分工,继之是手工业又从农业中分离出来。社会大分工带来了商品交换的需求,从而带动了贸易的发展与商人阶层的出现,并导致氏族成员的大流动,这就从根本上动摇了一个氏族聚居于一个区域内的早期格局,使得氏族区域化或区域氏族单一化的局面逐渐解体。摩尔根以令人信服的材料证实,在原始社会末期,要使一个氏族、胞族成员或部落成员继续聚居在一个地域已经很困难了,因为土地与个人的关系经常会发生变动。面对这种日臻复杂的社会,曾经的氏族组织已经无能为力,人们对"政治艺术发生了新的要求。"⑤按

---

① 参见《世界古代史》相关部分。
② 参见苏斯切夫主编的《政治学说史》(上册)。
③ 《马克思恩格斯选集》第三卷,第219页。
④ 《中国国家与法的历史参考书》(第一分册)第4—7页。
⑤ 摩尔根《古代社会》上册,第267—268页。

照地域划分人口的行政管理区并建立政府体系就成为非常必要。

第四,经常性的战争,特别是面对外部氏族的不断入侵,迫切需要建立一支常设的训练有素的军队;偷盗、抢劫、诈骗、拐卖、强奸等等社会犯罪行为的日益增多,也必须要有一个专门机构来对付它,以保证社会成员能够生活在一个有秩序的社会中。

由此可见,国家的出现,决不仅仅是阶级矛盾不可调和的产物,也是社会生产大发展的客观需要。只有国家这种凌驾于社会之上的力量才能"保证社会冲突保持在一定的范围内,避免社会的崩溃,并使之保持一定的稳定性。"①

导致国家出现的因素可以用下图表示:

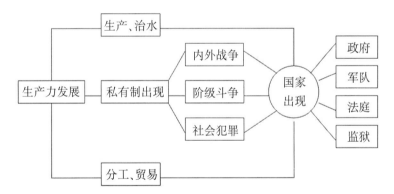

正因为国家的产生是由生产力发展引起的多种因素的共同结果,所以,国家也就不可避免的具有双重属性和双重职能。不过,由于统治阶级是最先成熟的政治势力,它们不仅在政治上,而且在经济上、文化上都占据着统治地位,因此,国家从一开始

---

① 《马克思恩格斯选集》第四卷,第 166 页。

就成了统治阶级的政治统治工具。

但是,国家的出现,仍然是人类社会发展史的一大进步,也是人类社会从野蛮跨入文明的最重要标志。这种进步绝不仅仅表现为阶级压迫与阶级剥削,而在于国家的出现,在人类历史上首次形成了一种凌驾于社会之上的力量。这种君临于社会之上的力量虽然掩盖了国家的阶级本质,但却有力地促进了社会生产力的发展,推动着人类社会大踏步地前进。

三

或许有人以为,国家是一个历史范畴,它有自己的产生、发展、消亡的过程,而国家执行的社会职能则是任何社会形态都需要的且都存在的,它和人类社会共始终。那么,这种永恒的职能不可能属于任何一个历史性事物。因此,社会职能应该不属于国家的职能。

这种观点其实是不正确的。

诚然,只要社会存在,只要社会还要进行生产和再生产,就必然要求对其进行组织和管理,这种组织管理不仅在阶级社会有,在原始社会与未来的共产主义社会同样存在。但是,将社会的组织管理演变成一种凌驾于社会之上的力量,却是阶级社会里的特有现象。同样,用这种凌驾于社会之上的力量进行社会的组织管理则是国家特有的一种职能。

在原始社会里,人们也在一定的共同体中生活。无论是原始自然农业还是原始的围捕狩猎活动,也需要有一定的组织管理。但是,这些组织与管理活动都是由社会自身完成的。这里的组织者、管理者同时也是生产者、围猎者。在这种原始的生产、狩猎与分配过程中,管理者没有任何的特权,一切都是根据需要进行的。他们的权力也是自然形成的,不需要任何的强制。这种管理是社会的自我管理,正像一个家庭中的自我管理一样。而在阶级社会里,国家执行社会管理职能具有极大的强制性,国家作为一种力量是凌驾于社会之上的,是以暴力为后盾的。这时的管理者不仅与被管理者完成了社会分化,而且形成了自己的特殊利益,并把这种利益合法化。掌握国家权力的政治统治者不仅是生产上的管理者,同时也是经济上的剥削者。因此,国家执行社会职能具有以下一些特性:

第一,欺骗性。国家在执行社会职能时,总是以全社会利益代表者的身份出现的。因此,它不仅在政治上代表着全社会利益,而且在事实上也与所有国民的社会生产与社会生活有密切联系。任何一个聪明的统治者都会将自己的特殊利益隐藏在全社会利益的背后,而把全社会利益的大旗高高举起。而社会的被统治者极易被这面大旗所迷惑,即使知道它的背后隐藏着统治阶级的巨大利益,也承认这是必需的代价。正因为如此,不仅统治阶级需要国家,被统治阶级同样需要国家。国家被认为是必要的"恶",是推动人类社会发展进步的重要机制。

第二,稳定性,国家的阶级职能是随着国家性质的变化而变化的,但国家的社会职能不会随着国家政权的更替而消失。每一个新的统治者在夺取国家政权后都必须要继承与发展原来国家所承担的社会职能,并以此作为赢得政权合法性的重要根据。凡是不顾全社会的利益,只知道追求统治阶级一个阶级的利益,不愿意承担国家社会职能的统治者,其统治地位也难以巩固,并最终会威胁到其自身的统治地位。

第三,复杂性。随着人类社会的发展,国家的社会职能越来越多,越来越重要。国家的阶级职能虽然也有不断完善的地方,但它远远没有社会职能的丰富与复杂。人类社会越发展,需要国家出面进行组织与管理的事务就越来越多,由此导致国家的机构越来越多,越来越复杂。这一点在现代国家中表现得最为明显。无论是资本主义国家还是社会主义国家,其国家机器都呈现出越来越庞大,越来越复杂的趋势。

第四,必然性。国家的社会职能并不是一切统治阶级乐于接受的,但是,任何统治阶级却又不得不承担其相应的社会职能。因为这关系到统治阶级自身的合法性与统治秩序,关系到统治阶级自身利益能否得到保障。历史上一切新兴的阶级都认识到这一点,主动承担起社会管理的国家职能,从而维护了自己的阶级利益与阶级统治。一切被历史淘汰的没落阶级总是不注意承担国家的社会职能,只知道赤裸裸地剥削、压迫被统治阶级,因而最终也使自己被历史所淘汰。

社会主义国家是人民当家作主的国家,更应该将社会职能作为国家的最主要职能。通过大力发展经济,提高人民的物质生活水平,促进社会的发展与进步来赢得民心,赢得支持。

总之,社会职能与阶级职能一样都是国家的重要职能。这两种职能是由国家自身的双重属性所决定的。因此,我们在阐述马克思主义国家学说时,千万不可忽视国家的社会职能。这对于全面建设马克思主义国家学说,建设社会主义现代化国家都具有非常重要而深远的意义。

附录 3
从无产阶级专政到人民民主专政[*]

在我国即将进行的修宪中,对国家性质的表述将从"无产阶级专政"重新恢复为"人民民主专政"。这是一个重大的理论问题,因而引起学术界的极大关注。对于为什么要恢复人民民主专政的提法,学术界也有不同的观点。有人认为,人民民主专政就是无产阶级专政,本质上没有区别。这是观点是不确切的,如果二者完全一致,还要修改干什么?"修改"本身就是对它作了否定的回答。也有人认为,主要因为无产阶级专政的声誉被林彪、四人帮败坏了,不改总是不顺耳。这种观点也说不通,真理是诋毁不了的,如果仅仅是声誉问题,只需在宣传上作一番拨乱反正即可,大可不必修改它本身。更多的人认为,人民民主专政更适合中国国情,因为在中国,民族资产阶级不是专政的对象,而是专政的主体组成部分。这种说法当然是对的,但它只能说明建国初期我们采用人民民主专政而不用无产阶级专政的原

＊ 本文写于 1981 年,文中注释不规范。

因,不能说明我们在今天为什么还要对宪法作出如此修改。如果说在生产资料私有制的社会主义改造以前,我国存在着一个特殊的民族资产阶级的话,那么社会主义改造胜利完成以后,我国的阶级关系与其他社会主义国家相比并无特殊之处。为什么我们还要恢复人民民主专政这个提法呢?笔者认为,原因可能很多,但最根本的一条在于人民民主专政这个提法比无产阶级专政这个提法更科学,更符合社会主义国家的实际情况。这次的宪法修改,应该是在充分吸取国际共产主义运动所提供的历史经验基础上,对马克思主义的国家学说加以完善的结果。

我们知道,无产阶级专政这个概念是马克思首先提出来的。1850年,马克斯在《1848年至1850年的法兰西阶级斗争》一文中指出:巴黎无产阶级在六月起义中用一个大胆的革命战斗口号取代了资产阶级性质的琐碎要求,"这个口号就是:推翻资产阶级!工人阶级专政!"[①]恩格斯在1874年写的《论住宅问题》中也明确提出:"无产阶级必须采取政治行动,必须实行专政以过渡到废除阶级并和阶级一起废除国家……",并指出,"这种观点在《共产党宣言》中已经申述过并且以后又重述过无数次。"[②]在《哥达纲领批判》中,马克思曾对此问题作了一次总结性的肯定:"在资本主义和共产主义社会之间,有一个从前者变为后者的革命转变时期。同这个时期相适应的有一个政治上的过渡时期,这个时期的国家只能是无产阶级的革命专政。"[③]这说明,马

---

① 《马克思恩格斯选集》(第一卷)第 417 页。
② 《马克思恩格斯选集》(第二卷)第 527 页。
③ 《马克思恩格斯选集》(第三卷)第 21 页。

克思的思想并非像机会主义者所说的只是马恩的"偶然"提及，而是马克思和恩格斯自始至终一贯坚持的重要思想。

但是，我们在传承马克思主义这份宝贵遗产时，还是应该进行具体的分析，把马克思主义的基本原理和在特定条件下引出的具体结论区分开来。我们认为，在马克思关于无产阶级专政学说中，最根本的思想是强调在未来的社会主义国家中，要坚持无产阶级的政治统治，坚持在社会主义国家中不与任何其他阶级分享领导权的思想。而马克思把这个思想概括为无产阶级的一个阶级专政则是一个具体的结论。这个结论提出的前提是，资本主义社会"使阶级对立简单化了。整个社会日益分裂为两大敌对的阵营，分裂为两大相互直接对立的阶级：资产阶级和无产阶级。"①同时，马克思又预言，社会主义革命首先将在他所描述的符合这些标准的资本主义国家内取得胜利。所以，如果是在只有无产阶级与资产阶级简单对立的社会里进行社会主义革命，当然只能建立无产阶级一个阶级的专政。

然而，这种情况并没有出现，历史的发展出现了许多新情况。虽然资本主义社会的基本阶级是无产阶级和资产阶级，但资本主义的发展并没有使阶级对立完全简单化。在今天的发达资本主义国家里，社会结构已经发生了很大的变化。以美国为例，当代资本主义国家最主要的变化有两点：第一，垄断资本并没有消灭小生产。"统计材料表明，小企业的消亡率占企业总数的 7％，但这种企业的出现率更高，为 8.5％。这

---

① 《马克思恩格斯选集》(第一卷)第 257 页。

样,战后每天平均有一千家小企业倒闭,有一千一百五十家新企业出现。"①在美国的农业中,过去经历了一个小农场被消灭的过程,现在却又出现了一个小农场的普遍复兴过程。第二,职员阶层不断增长。在这个不断增长的职员阶层中,虽然也有小部分是与垄断寡头有密切联系的管理和官僚上层,但总的来说,这个阶层的处境与无产阶级相似,他们不占有生产资料,也是以出卖劳动力为生,等等。只不过他们在生产过程中的地位与作用不同于传统的工人阶级而已。虽然这个社会集团并不属于真正的工人阶级,但它是工人阶级的同盟军,是工人阶级在反对垄断资本,争取民主和社会进步中的新同盟军,当然也是未来无产阶级革命的同盟军。② 因此,这些国家将来如果无产阶级革命取得成功并建立新的国家政权,也不可能建立无产阶级一个阶级的政权。更重要的是,社会主义首先在俄国和中国这样一些落后的国家取得了胜利,在这些国家建立单纯的无产阶级一个阶级的专政更加不可能。

　　理论与现实发生了矛盾,必须得到解决。教条主义者要求现实去适应理论(例如考茨基等人否认十月革命是社会主义革命),这是一种削足适履的办法。真正的马克思主义者应该从实际出发,总结实践经验来推动马克思主义的发展。列宁正是这样。

　　列宁不愧是伟大的马克思主义者,他不仅胜利地领导了十

---

① 参见(罗)格·普·阿波斯托尔主编的《当代资本主义》。
② 参见(罗)格·普·阿波斯托尔主编的《当代资本主义》。

月革命,而且清醒地看出,在俄国这样落后国家建立社会主义国家决不能简单地照搬马克思的现成理论。因此,他毫不含糊地提出:"专政的最高原则就是维护无产阶级与农民的联盟。"①他指出,"无产阶级专政是劳动者的先锋队——无产阶级同人数众多的非无产阶级的劳动阶层(小资产阶级、小业主、小农民、小知识分子等等),或同他们的大多数结成的特种形式的联盟,是为彻底推翻资本,彻底推翻资产阶级反抗并完全粉碎其复辟企图而成立的联盟,是为最终建成并巩固社会主义而成立的联盟。"②

　　列宁把无产阶级专政的最高原则归结为工农联盟,无疑既是对马克思主义的重大发展,又坚持了马克思关于无产阶级不与任何其他阶级分享领导权的思想。列宁还发展了社会主义民主的思想。认为"无产阶级专政是阶级社会中民主的最高类型。"③无产阶级民主制"把民主制发展与扩大到了世界上空前未有的地步。"④

　　但是,由于列宁仍旧沿用了马克思的无产阶级专政这个概念,这就导致这个概念的名实不符。其一,无产阶级专政这个提法表明这是无产阶级一个阶级的专政,而在具体内容的阐述上却不得不说是无产阶级与广大非无产阶级被剥削群众的特种阶级联盟。其二,无产阶级专政这个提法只表达了无产阶级(对资

①　《列宁全集》(第三十二卷)第 477 页。

②　《列宁全集》(第二十九卷)第 343—344 页。

③　《斯大林全集》(第十卷)第 87 页。

④　《列宁文选》(第二卷)人民出版社 1954 年版,第 442 页。

产阶级)专政的一面,而实际上它不仅有专政的一面,还有人类历史上"最高类型"的民主的一面。这就表明,根据国际共产主义运动发展的实际情况和社会主义国家的新经验,有必要寻求更科学的社会主义国家政权性质的新表述。斯大林本来有条件完成这个历史任务,但他没能完成。斯大林简单地认为,列宁的第一公式——无产阶级专政是一个阶级的政权和列宁的第二个公式——无产阶级专政是劳动者先锋队无产阶级和人数众多的非无产阶级的劳动阶层所结成的特种形式的阶级联盟之间没有什么矛盾。[1]

第二次世界大战结束以后,世界上出现了一系列人民民主国家。这些国家都是在无产阶级(经过共产党)领导下,在反法西斯主义、反帝国主义、反封建(在中国还有反对官僚资产阶级)的资产阶级民主革命胜利后建立的。在这些国家的民主革命过程中,许多进步的阶级都作出了重大的贡献,因此革命成功后不可能由无产阶级一个阶级建立政权。这就是东欧国家以及我国建立人民民主国家的重要历史背景。

毛泽东同志在论述我国即将建立的人民民主国家时提出了"人民民主专政"这个概念。他指出,"对人民内部的民主方面和对反动派的专政方面,互相结合起来,就是人民民主专政。"[2]具体地说,就是人民"在工人阶级和共产党的领导下,团结起来,组成自己的国家,选举自己的政府,向着帝国主义的走狗即地主阶

---

[1]　《斯大林全集》(第九卷)第 168 页。
[2]　毛泽东:论人民民主专政,《毛泽东选集》第四卷。

级和官僚资产阶级以及代表这个阶级的国民党反动派及其帮凶们实行专政,实行独裁……在人民内部,则实行民主制度,人民有言论集会结社等项的自由权。"①因此,人民民主专政就是"工人阶级(通过共产党)领导的,以工农联盟为基础的人民民主国家。"②这已经在 1954 年的新宪法中被肯定下来了。毛泽东同志提出,这是对马克思主义的又一次发展,它解决了一个理论上长期以来没有解决的问题,即国家政权属性名不副实的问题。这是毛泽东同志将马列主义基本原理与中国具体实践相结合的又一重要成果。

但是,由于毛泽东同志对人民民主专政的认识局限于我国的特殊国情,没有意识到它对所有社会主义国家的普遍意义,因此,在生产资料所有制的社会主义改造完成以后,我国便放弃了人民民主专政的提法,重新启用了无产阶级专政的提法,也就不足奇怪了。

粉碎四人帮以后,我国在理论上开始了拨乱反正,人们开始在各个方面检讨过去的一切。于是,人民民主专政的提法又被重新启用。应该说,我国在宪法上作如此修改,具有重大的理论意义。从形式上看,似乎它只是对建国初期人民民主专政提法的重新恢复,但实际上这是在新的历史条件下对马克思主义国家学说的一次具有重大理论意义的正名。

今天宪法重新确立的人民民主专政与建国初期的人民民主

---

① 　毛泽东:论人民民主专政,《毛泽东选集》第四卷。

② 　毛泽东:论人民民主专政,《毛泽东选集》第四卷。

专政相比,区别在哪里呢? 最根本的一点,就是我国的阶级关系已发生了很大变化,因而人民的内容也变了。新中国成立之初,我国还是新民主主义国家,人民的外延很广。毛泽东同志指出:"人民是什么呢? 在现阶段,就是工人阶级、农民阶级、城市小资产阶级和民族资产阶级。"①经过社会主义所有制的改造以后,民族资产阶级作为一个阶级已经不存在了,他们已被同化到工人阶级和其他劳动阶层之中。因此,今天的人民就是全体劳动者,今天的人民民主专政就是工人阶级(经过共产党)领导之下的全体劳动人民的民主专政。在这里,最关键的一点就是要坚持工人阶级的领导,这集中地表现为工人阶级的政党——共产党的领导。否认了一点,就与巴贝夫提出的劳动人民专政以及赫鲁晓夫提出的"全民国家全民党"没有什么区别。

坚持了工人阶级的领导,就是坚持了马克思主义关于无产阶级国家学说的根本思想,即无产阶级对社会主义国家实行政治统治的思想,无产阶级在社会主义国家中不与任何其他阶级分享领导权的思想。它的理论根据在于:第一,社会主义社会是比资本主义社会更高级的共产主义社会的初级阶段,因此它只能有由新生产力的代表者——工人阶级来领导。第二,社会主义社会的前途是共产主义社会,只有按照工人阶级的意志去组织国家,才能保证最终实现人类的最高理想——共产主义。

在坚持无产阶级政治领导下,还必须坚持吸收全体劳动人民参加国家政权建设。这是无产阶级革命的一个重要特点。历

---

① 毛泽东:论人民民主专政,《毛泽东选集》第四卷。

史上资产阶级在反封建的革命中也曾经与农民阶级(还有工人阶级)建立联盟,但是革命胜利后,资产阶级立即把"盟友"踢到一边,独占了胜利果实,建立了资产阶级的一家政权。因此,资产阶级国家可以说是一个阶级的专政。无产阶级则不然,它不仅在革命过程中注意同非无产阶级的劳动群众(在中国还包括民族资产阶级)建立广泛的政治联盟,而且在革命胜利后还要与他们共同建立政权,建立自己的国家。因为无产阶级只有解放全人类,才能最终解放自己。

坚持人民民主专政就是要求在社会主义国家里,全体劳动人民都是社会的主人,国家的主人。正像列宁所说的"普遍吸收所有的劳动者来管理国家。"

由此不难看出,人民民主专政不只是我国特殊国情的特殊提法,而是符合社会主义国家性质的现实要求,具有普遍意义。任何一个社会主义国家,只要符合下列三点,它就适用于人民民主专政:(1)坚持无产阶级(经过自己的政党)的政治领导;(2)专政的对象只是剥削阶级,主要的是资产阶级;(3)存在着非无产阶级的广大劳动群众。

因此,我们认为,至少在今天已出现的社会主义国家,从理论上讲都必须实行无产阶级领导下的全体劳动人民的民主专政。

诚然,人民民主专政这个概念的提出的确与我国的特殊国情有关。如我国的工人阶级在全体劳动者中比重特别少,又加上有一个民族资产阶级(建国初),还存在许多民主党派,等等。但是,这些特殊的国情只是使得无产阶级专政的提法名不副实的情况更加突出而已。但是,人民民主专政这个提法出现以后,立即显示出它的科学性,是一个有利于社会主义国家政权建设的新概念。如果要说有什么特殊的话,无产阶级专政才是社会主义国家的一种特殊情况,因为它只适用于无产阶级与资产阶级简单对立的资本主义国家。因为在只有两个阶级简单对立的国家中,"人民"已经等同于无产阶级,它们在内涵与外延上都具有同质性。在这样的社会里建立社会主义国家政权,当然只能是无产阶级专政了。但是,这种只有两个阶级简单对立的国家在人类历史上真的存在吗?至少到目前为止还没有出现过。因此,就其现实性而言,人民民主专政是一个比无产阶级专政更科学的概念。

后　记

　　今年春天,我正在写一本有关当代中国婚姻变迁方面的闲书。写作之余,从自媒体上看了几篇回忆1977年参加高考前后经历的文章,突然意识到,"77级"包括随后的"78级"和"79级"的所谓"新三届",作为当代中国的一个特殊社会群体正在退出历史舞台。因为前几年出现的回忆1977年恢复高考的文章,主题都是反映改革的,因为恢复高考是中国改革史上的一个大事件,是中国改革进程中的重要一环。然而最近两年,这一类的文章虽然越来越多,但文章的重点已经从宏观叙事变成了个人的微观忆旧。人们更多的是将当年参加高考作为个人生活史的一部分来叙述。导致这一现象的背后缘于一个无法回避的事实:他们已经退休了! 他们正在从历史的当事人变成了历史的回忆者。

　　这让我联想到即将到来的另一个时间节点:2022年1月是"77级"毕业40周年(医学等极少数专业除外)的日子。于是,我想起退休后整理个人资料时发现的几本日记,希望通过这几本日记来帮助人们了解一下"77级"在四年大学期间的学习与生活情况,同时也以这种方式纪念一下自己以及我们这个群体。

经过几个月的忙碌,总算将这本日记整理完毕。杀青之际,有一批人需要感谢。

首先要感谢速录员陈小姐。我将这几本日记交给她,请她帮忙将其录入电脑。她和她的小伙伴花了两个月时间做完了这件事。她给我发微信,说完成得不好,许多当年的东西她们看不懂。我说,已经很好了,少量问题难以避免,我会处理的。这句话绝不是客气,因为当年的日记由于时间久远的因素,大部分都已模糊不清,有的是墨水褪色导致字迹变淡,甚至似有似无,有的是当年的字迹非常潦草根本无法看清,还有一个重要因素是当年使用了许多如今已经废弃的第三批简化汉字。这些都让年轻的姑娘们根本无法辨识。因此,能做到这样子已经很不容易。我自己在后期处理过程中,许多地方也是费了九牛二虎之力才一点点地搞清楚。

其次,要感谢我的一批老同学。初稿整理出来后,我请他们帮忙发现问题和提出处理意见。大学同学有黄学敏、严方才、黄汇平、魏珠友、杨亮生、周文龙、张森年、范大平等,中学同学有严双伍、占社潮、赵秀华、吴国庆、戴斌、余鸣亚、吴胜、江云等。这里要特别提出,黄汇平与黄学敏两位同学提出了许多很好的建议。其他同学则就涉及到自己的部分作了审查与认定,有些同学还帮忙找出了许多错疏之处。在此,向他们表示衷心地感谢。对于因此而耽误了他们许多可以用来读书、钓鱼、旅游、打牌和在阳台上种菜的时间,我深感抱歉。

　　这里,特别要提及张北水同学,在日记中,大家会经常看到这个名字。他不仅是我的大学同学,也是我的中学同学。我们在金神高中读书时不仅在一个锅里吃饭,甚至在一个碗里争食。那时候,他已经与我们村一个漂亮姑娘定了亲,每天放学后,他不是直接回家,而是和我一道到他未婚妻那里去。进入大学后,他的父亲不止一次吩咐我将他盯紧一点,不能抛弃未婚妻。其实,他在婚姻问题上虽然面对过诱惑,但始终能够谨守道德底线,毕业后即与未婚妻结婚生子,相爱一生。可惜的是,天不假年,北水同学已于今年春天离我们而去。但愿这本小书能够告慰他的英灵,祝他在另一个世界一切安好。

　　还有两位中学同学也要特别提出来感谢。他们都在这本日记中被反复提及,一位是王从付同学,一位是赵峰同学。由于主客观多种因素的影响,他们俩没有考上大学。但他们后来都在自己的岗位上做得很好,赵峰同学还成了一名企业家。在这本日记的整理过程中,本想征求一下他们两位的意见,但因为已经多年没有联系,一时之间无从入手。加上时间紧,只能这样付梓。希望他们在看到本书时能够原谅我的唐突。

　　在这本日记中,还涉及到当年的一些老师,特别是对一些讲课效果不理想的老师多有抱怨。希望这些老师如果读到此书能够原谅学生当年的年轻气盛。另外,书中还记录了一些老师的身世经历,也记录了有的老师对本系其他老师的介绍与评价,这些记录都是当年在听后补记的,未必完全准确。本来也应该征求一下他们的意见,特别是几次动念头想去拜访米志峰老师。但是,因一件事促使我改变了想法。前不久,我将本书第一部分书稿发给黄从浒老师审阅,希望他能帮助纠正一些记忆错误。黄老师看后回复说:年纪大了,直看得他头昏眼花。这倒一下子提醒了我,这些老师如今都是高龄老人,特别是米老师已近百岁了。如果贸然前去拜访,导致其心理和情绪发生波动引发健康问题,则学生罪莫大焉。于是,便放弃了这一想法,对日记中涉及的老师不再回访。所有涉及到的问题由作者自行承担责任。

最后,要对责任编辑钱震华同志表示感谢。我们已经是多年的老朋友了。我的《乡村叙事》一书就是经他手出版的。我们的合作非常愉快,但愿我们的合作还会继续下去。

吴鹏森

2021 年 7 月于丁香苑

图书在版编目(CIP)数据

日记中的"77级"/吴鹏森著.
—上海:上海三联书店,2022.1

ISBN 978 - 7 - 5426 - 7626 - 9

Ⅰ.①日… Ⅱ.①吴… Ⅲ.①日记—
作品集—中国—当代 Ⅳ.①I267.5

中国版本图书馆 CIP 数据核字(2021)第 245371 号

日记中的"77 级"

著　　者　吴鹏森

责任编辑　钱震华
装帧设计　陈益平

出版发行　上海三联书店
　　　　　(200030)中国上海市漕溪北路 331 号
印　　刷　上海昌鑫龙印务有限公司

版　　次　2022 年 1 月第 1 版
印　　次　2022 年 1 月第 1 次印刷
开　　本　700×1000　1/16
字　　数　280 千字
印　　张　27
书　　号　ISBN 978 - 7 - 5426 - 7626 - 9/I · 1751
定　　价　88.00 元